KB081135

"우리는 이미 대화를 시작했습니다."

몸으로.

2

지은이 파르나르

삽화 あやみ

길찾기

|목차|

4회차

"환영합니다, 용사님!"

"……"

귀여운 척하는 라누벨의 목소리가 내 고막을 때렸다.

저 가식을 교정하려고 그렇게 애썼는데 또 초기화 돼버렸다.

4회차가 시작됐음을 알려주는 끔찍한 증거.

"정신이 드셨나요?"

"아니."

미치겠다. 진짜로 미치겠다.

내 3회차는 그 불합리한 편파 판정의 인성 과목 빼고는 전부 최상위권 점수였다. 평균점수를 매기면 합격점이잖아?

이번 재시험은 말도 안 된다. 꼭지 돌아가시겠다.

"그, 그런가요. 용사님, 슬슬 정신을 차려주세요! 예고도 없이 갑작스럽게 소환돼서 많이 혼란스러우시죠? 이곳은 판타지아. 용사님이 태어나고 자란 세계랑 다른 차원입니다. 당장 이해를 바라는 건 무리겠죠. 지금부터 차근차근 설명해드릴게요."

나는 토씨 하나 안 틀리고 암기할 지경인 라누벨의 설명을 한 귀로 흘려들으면서 마법진 주위를 둘러봤다.

라누벨, 지크, 왕궁기사들. 3회차랑 완벽히 똑같은 시작이었다. 그래도 일단 테스트.

"지크. 나를 기억해?"

도덕 선생이 모범생이라고 극찬하던 녀석도 졸업하지 못하고 회귀한 듯했다. 어리바리한 표정의 지크가 나를 발견했다. 그리고는 두 눈을 부라리며 외쳤다.

"헉! 강한수! 너, 이 자식! 잘 만났다! 내 실비아를 잘도-꾸엑?!"

겁도 없이 덤벼드는 지크의 턱주가리를 시원하게 날려줬다. 스트레스가 조금은 풀리는 듯했다.

털썩.

입에 거품을 물며 쓰러진 지크의 능력치를 살펴봤다.

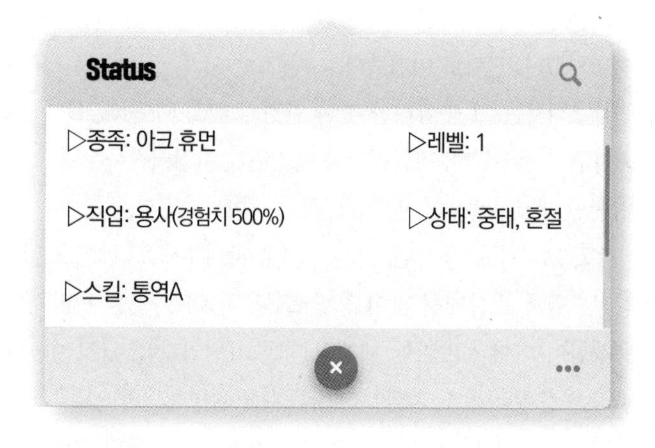

사악한 교직원 일동이 나만 차별하는 줄 알았는데, 회귀하면서 지크의 능력치도 싹 초기화되어 있었다.

전생의 기억만 남은 듯했다. 반면에 나는?

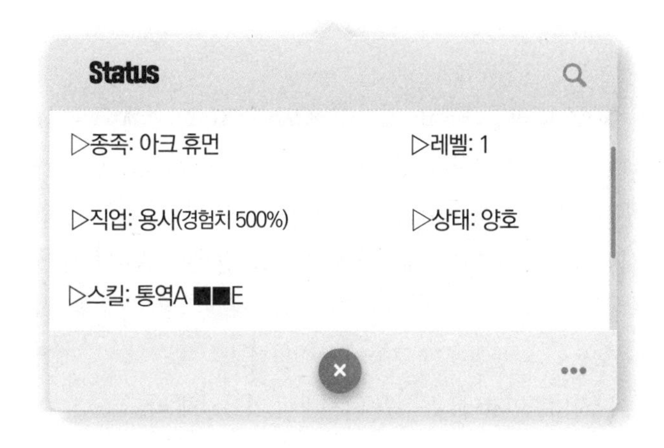

지크랑 다 똑같고 하나만 달랐다. 블랙박스.

3회차 때 성장한 E등급까지 그대로 남아있었다. 백신 프로그램 같은 악랄한 수에 걸려서 사라질지도 모른다고 걱정했었는데, 내 기우였던 모양이다. 활성화 전이라서 능력치는 소박했다.

"히익?!"

"용사님?!"

"헉?!"

라누벨과 왕궁기사들이 경악한다. 용사들끼리 갑자기 주먹질해서 놀란 듯했다.

▶빼꼼: 주위가 꽤 어수선한데, 벌써 무슨 일이 터졌나요? 시작부터 큰 문제에 휘말리면 울고 싶어질지도 몰라요.

뭐야, 이 녀석은. 말하는 태도가 도덕 선생이랑 전혀 달랐다.
정말로 도덕 선생이 경질된 건가?

▶발랄: 안녕하세요! 강한수 생도님! 저는 이번에 교생실습을 나온 임시교사입니다! 훌륭하신 선배님들이 만장일치로 양보해 주셔서 얼떨결에 준비 없이 입관하게 되어 많이 떨리는데요. 첫 실습이라 부족한 점이 많겠지만, 앞으로 잘 부탁드립니다!

호오…. 파릇파릇한 교생이 들어왔다.
남자야? 여자야? 우선은 그것부터 이야기해 봐.

▶움찔: 정말 죄송합니다. 수업의 형평성을 위해서 교생일지라도 개인신상 정보는 공개할 수 없게 되어 있거든요. 대신, 달리 궁금하신 점이 있으시다면 무엇이든 성심성의껏 답변해드리겠습니다!

이 교생은 시커먼 사내다.
다리에 송충이 같은 털로 가득하겠지.

▶버럭: 아침마다 꼼꼼히 제모하거든요! 강한수 생도님! 남에게 상처가 될 추측성 발언은 대인관계에 좋지 않… 앗?!

우후후후…. 어서 와. 교생 아가씨. 아! 혹시 결혼했나?

▶발끈: 안 했어요! 아직 남자 손도 못 잡아봤다고요! 그게 당신이랑 무슨 상관—헙?! 이 바보! 바보! 실습 중에 절대 욱하지 말자고 그렇게 다짐했으면서! 이제 난 다 틀렸어….

교생 아가씨. 너무 비관하지 마. 우리, 비밀 친구 하지 않을래?

▶깜짝: 안 돼요! 안 돼! 그런 배덕한 짓은! 당신은 학생, 저는 교사—가 될 몸. 선을 넘으면 안 돼요! 위험을 즐기는 자는 그 위험으로 망한다고 했어요!

고지식하긴. 그래서 학생들의 마음을 이해할 수 있겠어?

▶갈등: 그, 그건…. 알겠어요. 비밀 친구는 아니더라도 약간의 친분이라면…. 어디까지나 원활한 교육을 위해서요! 교육!

오! 융통성 있는 교생이네. 언젠가 훌륭한 선생이 될 거야.

"저기, 용사님…?"

나는 귀여운 척하는 라누벨의 소곤소곤한 목소리에 소름이 쫙 돋는 걸 느끼며 현실로 돌아왔다.

피떡이 된 얼굴을 치료받는 중인 지크.

살짝 긴장한 얼굴로 나를 보는 왕궁기사들.

귀여운 척으로 무장한 고고학자 라누벨.

그리고 4회차!

전투력, 평판, 업적. 세 과목은 우수한 성적이 틀림없다. 평판이 A학점인 건 다소 불만스럽지만, 그래도 불합격하고는 거리가 멀었다.

문제는 인성. 2회차보다 더 떨어져서 FF학점을 받았다.

채점자의 불합리한 횡포가 극심했다.

"그런 식으로 나온다면 나도 다 생각이 있지…."

"뭐가요?"

라누벨이 고개를 갸웃하며 참견했다. 나는 그녀에게 "귀여운 척하지 마!"라고 핀잔주는 대신, 화사한 미소를 지으며 말했다.

"라누벨. 폐하께 어서 안내해주렴."

지크가 딱 이렇게 해서 호평을 받았었다.

여기에 서비스로 미소까지.

"저기요, 용사님? 폐하를 죽이시려는 건 아니시죠…?"

"내가 왜?"

만두 국왕을 죽여서 무슨 이득이 있다고?

3회차에서도 꼭두각시로 만들지언정 죽이진 않았다.

"아, 아무것도 아니에요!"

우리는 그대로 알현실까지 직행했다.

턱주가리가 날아간 지크는 치료받고도 끝끝내 움직이지 못했다. 그래서 만두 국왕은 나 혼자 만나게 됐다.

대화는 굉장히 순조롭게 진행됐다. 이걸로 4번째 만남. 만두 국왕의 취향과 성격은 완벽하게 파악하고 있다.

물론, 그 옆에 다소곳이 앉아있는 왕비에 대해서도 머리부터 발끝까지 세세하게 파악하고 있다.

"용사여. 이 왕국을 구해다오!"

"물론입니다."

나는 아무런 조건 없이 무료봉사를 약속했다. 왕국을 돕긴커녕 요정들 편에 서서 공격했던 배은망덕한 용사 지크처럼 "모든 문제는 저에게 맡겨주십시오!"라고 말했다.

거짓말인 줄 모르는 만두 국왕은 무척 기뻐하는 눈치. 귀족들도 만족하는 얼굴들이다. 덕분에 회담은 화기애애한 분위기로 끝났다. 이제,

"라누벨. 꺼-내일 보자."

"하지만 용사님. 저희는 이제 막 만났는걸요? 제가 판타지아 대륙에 대해서 세세하게 알려드릴게요!"

"내일 말해."

내가 판타지아 경력 11년 차다. 세계의 비밀, 숨겨진 유적, 불편한 진실, 수호자의 은신처, 여러 비밀결사, 고대의 미궁, 세계의 불가사의, 망룡왕의 둥지, 향후의 날씨와 전쟁, 은밀한 흑막, 각국의 정세, 암흑상회의 암호…. 라누벨보다 훨씬 잘 안다고 자부한다.

"우우…. 아! 지금 출출하지 않으세요? 제가 굉장히 맛있는 음식집을 알고 있어요! 이건 비밀인데요. 왕궁 주방장보다 요리 실력이 좋아요."

"그것도 내일."

그리고 라누벨이 추천하는 음식집은 더럽게 맛없다.

달고, 짜고, 시다. 그녀의 자극적인 입맛에 맞춰져 있다.

"우음. 그러면…."

라누벨은 쉽게 꺼져주지 않았다.

“야! 라누벨. 내가 웃는 얼굴로 부탁할 때 잘 들어. 우리는 이제 내일 볼 거야. 제대로 알아들었지? 내일이다, 내일. 오늘은 너랑 아무것도 안 할 거야.”

“전부 내일요?”

“그래.”

“우우…. 그러면 내일 뵐게요!”

간신히 설득해서 떼어낼 수 있었다.

저 거머리가 내 인성 점수를 말아먹은 원흉 아닐까?

“일단은 참자, 참아.”

내가 배정받은 침실까지 안내해준 왕궁기사를 끝으로, 나는 간신히 혼자만의 시간을 가질 수 있었다.

이제 중간점검에 들어갈 차례다.

교생 아가씨. 전부 보고 있었지? 어떻게 생각해?

▶감탄: 혼자서도 잘하시네요!

바쁘다는 핑계로 휙휙 사라지던 도덕 선생이랑 달리, 이 교생은 나만 전담으로 맡은 까닭에 시간이 넉넉하다고 한다.

설마, 밤에도 지켜보는 건 아니겠지? 그건 좀 많이 곤란한데!

“뭐, 이번에 졸업할 테니 문제없으려나?”

4회차에서도 알렉스의 신나는 오리엔테이션은 닷새 뒤로 잡혔다. 물론, 나는 그때까지 기다려줄 마음이 없었다.

블랙박스를 활성화했다.

Status

▷종족: 카오스 휴먼 ▷레벨: 1

▷직업: 용사 (경험치 500%) ▷상태: 혼돈, 성검

▷스킬:
패기SSS 마기SSS 몰살SS 혼돈SS 내성SS 맹독SS 근력SS 맷집SS 민첩SS 투기SS 파괴SS 오감SS 검술SS 위엄SS 망각SS 통치SS 권투S 검기S 학살S 격투S 체술S 불굴S 돌파S 체력S 수영S 심판S 불사S 숨결S 회복S 인내S 활력S 근성S 선동S 저항S 날조S 재생S 면역S 냉정S 철벽S 금강S 투창S 포효S 도발S 광기S 추적S 기력S…

3회차보다 더욱 혼잡해진 능력치가 펼쳐졌다.

여기서 주목해야 할 점은 상태다. 성검.

"이야! 파트너! 다시 만나서 정말 기쁘다!"

성검2가 4회차까지 딸려왔다. 블랙박스 F등급 효과 '망각하지 않는다'는 아무리 봐도 연관이 없는 듯하니, 이건 E등급 효과라고 봐야 했다.

파괴되지 않는다. 이건 그야말로 혁명이었다. 왜냐하면,

탁.

성검2를 소환해서 오른손에 가볍게 쥐자마자 스킬 효과가 기하급수적으로 뻥튀기됐다. 시너지의 시너지가 더 큰 시너지로 탈바꿈한다.

갑자기 500레벨이 된 기분이다.

▶깜짝: 성검이 어째서 강한수 생도님에게 있는 거죠?!

교생 아가씨는 전혀 모르는 눈치였다.

그 잔소리꾼 도덕 선생이 진실을 은폐했을 가능성은 적으니, 교직원 일동은 내가 회귀하면 성검2 문제가 저절로 해결될 줄 알았던 게 틀림없다.

하지만 성검2는 파괴되지 않았다. 온전한 내 힘이 되었다.

교생 아가씨. 비밀 친구 하지 않을래?

서로의 은밀한 비밀까지 공유하는 진정한 친구.

▶움찔: 돼, 됐어요! 안 궁금해요!

언제든 마음 바뀌면 말해. 히쭉.

〕〔

알현실에서 보여준 내 대응이 마음에 들었던 걸까?

모든 회차를 통틀어서 가장 좋은 방을 소개받았다.

시녀 두셋 끼고 밤새도록 놀아도 될 만큼 넓은 침대, 귀족들의 프라이버시를 위한 두꺼운 방음벽, 당당히 탁자 위에 놓인 정력제와 술 또한 참으로 마음에 들었다. 그리고 가장 중요한,

"용사님. 무엇이든 시켜주세요. 무엇이든."

달밤의 외로움을 달래줄 여인까지.

왕궁에서도 손꼽히는 미모의 시녀가 뜨거운 눈길로 내 위아래를 바라보며 말한다. 남자라면 절대 모를 수 없는 청신호였다.

"응. 나가."

하지만 오늘은 안 된다.

"네?"

"부를 일 있으면 초인종을 흔들 테니 나가. 그리고 아무도 내 방에 들여보내지 마. 절대로."

"아, 알겠습니다. 용사님."

끼익-탁.

시녀가 공손히 침실 문을 닫으며 퇴실했다.

이제, 아무도 나를 간섭하지 않는다. 햇볕이 잘 드는 창문 하나가 있긴 했지만, 왕궁의 4층 높이 방을 훔쳐볼 만큼 높은 건물이나 구조물은 이 근처에 없다.

사색하기 딱 좋은 조용한 공간. 기분이 묘했다.

"이런 차분함도 참 오랜만이네."

내가 홀로 가만히 있는 경우는 매우 드물었다.

게임, 노래방, 인터넷, 영화, 오락, 쇼핑….

현대 지구의 자극적인 삶을 기억하는 나로선, 판타지아 대륙은 정적이고 따분한 세계였다. 그렇다고 한가하진 않았지만.

1회차 때는, 동료들이 멋대로 폭주하며 벌여놓은 사건들의 뒤치다꺼리를 하느라 쉴 틈이 없었다.

그러다가 간혹 여유가 생기면?

단련의 단련을 거듭하며 내 전투력을 키웠다.

동료들이 승전파티를 벌일 때마저도, 나는 이 야만적인 세계에서 탈출하겠다는 일념으로 몸과 마음을 혹사했다.

모든 건, 지구로 돌아가기 위해. 지금도 마찬가지다.

▶빼꼼: 강한수 생도님. 뭘 하시려고요?

교생 아가씨. 아주 좋은 질문이야!

3회차 내내 무료봉사로 바빠서 정리할 시간이 없었다.

스킬 등급이 반복작업의 숙련도로 올라가는 건 맞지만, 정령이나 신앙처럼 정신적인 성장을 요구하는 스킬들도 있다.

나는 침대 위에 반듯이 누웠다.

툭.

증폭기 성검2도 소환했다. 시간 단축과 원활한 진행을 위한 도핑은 기본. 흐트러진 영혼의 조각모음을 시작했다.

광기S→광기SS

지력A→지력S

행운D→행운C

날이 어두워질 때까지 집중해서 약간의 성장을 해냈다. 이것도 용사의 경험치 500% 특전이 아니었다면 엄두도 못 냈을 대작업이다. 그만큼 불분명하고 난해한 수련법인 탓이다.

광기의 성장은 크게 두드러질 게 없었다.

SS등급 효과가 좀 사기적이긴 한데…. 늘 이성적으로 판단하는 내가 광기 상태에 빠질 일은 없으니, 그다지 존재 의미가 없었다.

즉, 광기는 계륵(鷄肋) 같은 스킬이다.

아! 지력은 조금 좋다. 다만, 이건 똑똑해지는 스킬이 아니다. 바보는 바보, 천재는 천재. 지력 스킬이 성장하면 생각하는 속도가 빠릿빠릿해진다.

예를 들어, 푸는 데 10초쯤 걸리던 수학식이 8초로 단축된다. 하지만 애초에 멍청해서 못 푸는 수학식은 빨리 풀어도 틀리잖은가? 지력은 딱 그런 수준이다.

그래도 등급을 올려두면 좋다는 건 틀림없다. 마지막으로,

"행운이라…?"

이 스킬이 언제 C등급까지 올랐는지 모르겠다. 하늘에서 우연히 뚝 떨어진 걸 주운 기분이다.

도굴꾼과 도박꾼의 필수 스킬. 행운을 A등급까지 정공법으로 올리려면 나라를 말아먹을 만큼 오랫동안 도박에 심취하거나, 목숨을 100번쯤 걸어야 한다고 전해진다. 그래서 인위적으로 올리기가 쉽지 않다.

현재는 어두컴컴한 심야(深夜). 내가 침대에 누워서 명상하는 사이에 모두가 꿈나라로 넘어갔다.

사실, 내 목적은 스킬의 성장이 아니다. 기다리기 따분한 시간을 유익하게 보냈을 뿐.

▶관찰: 밤이 되길 기다리셨다고요? 왜요?

내가 명상을 시작한 이후부터 쭉 조용히 지켜보고 있던 교생

아가씨가 슬그머니 질문해왔다.

이건 가르쳐줘도 괜찮겠지.

나의 4회차 목표는 이미 정해져 있다.

"아무것도 안 하기 위해서."

내 3회차 인성은 FF학점.

상식적으로 나올 수 없는 최하위 점수였다. 불공정하고 비합리적인 채점자는 온갖 생트집을 잡으며 내 인성 점수를 떨어트리는 게 분명했다.

그래서 한 가지 계획을 짰다.

끼익-

나는 침실의 창문을 열고 주위를 둘러봤다.

왕궁의 아름다운 정원 외곽으로 왕궁기사 둘이 순찰하는 게 보였지만, 현대의 형광등이랑 비슷한 '마법의 등불'의 대량생산이 힘든 판타지 세계의 밤은 매우 어두운 편이다. 도시와 왕궁도 예외는 아니다.

"허술하구먼."

이제 막 소환된 1레벨 용사라고 얕잡아 보는 걸까.

나는 헛웃음을 터트린 후, 창문 밖으로 사뿐히 뛰어내렸다.

▶궁금: 강한수 생도님. 외출하시게요?

아니. 외출이랑 조금 달라.

이대로 마왕의 성까지 가서 안 돌아올 생각이거든. 히죽.

▶당황: 네?! 첫날부터 마왕이요?!

착.

4층 높이의 창문에서 가볍게 뛰어내렸다.

황금빛으로 반짝이는 성검1이라면 들켰을지도 모르지만, 수수한 붉은색 디자인의 성검2는 그다지 눈에 띄지 않았다. 암살용으로도 매우 쓸만하다.

나는 이 기세로 왕궁과 수도를 벗어나서 초원을 달렸다.

"흥! 내 인성이 문제라고?"

세 과목이 100점이고, 한 과목이 0점이라도 평균이 75점으로 졸업할 수 있는 시스템일 줄 알았다.

그런데 웬걸? 모든 과목을 따로 계산하고 있었다. 대신, 최저점수 허들은 그리 높지 않은 듯했다.

그렇다면 내가 취할 방법은 정해져 있다. 아무것도 하지 않으면 꼬투리도 잡지 못할 터!

나는 꼬투리를 안 잡히기 위해 야생 몬스터도 잡지 않고 피했다. 사람이랑 안 마주치는 건 기본이다. 그랬더니 심심해지는 건 어쩔 수 없었다.

아! 교생 아가씨. 노래 잘해?

▶흠칫: 비밀이에요.

교생 아가씨는 신상정보를 한 번 털린 이후부터 철벽이었다. 하지만 이제 고작 하루 지났으니 서두를 필요 없다고 본다.

나는 반나절도 안 지나서 왕국의 국경을 지나 마왕의 영토에 침입했다.

"음? 뭔가 지나간 듯했는데."

"잘못 본 거겠지. 기분 탓."

야생에서 배회하는 하급 악마들 또한 깡그리 무시했다.

편파적인 채점자라면, 무고한 악마를 죽였다고 빽빽거리며 내 인성 점수를 깎을지도 모르니까.

망룡왕과 성검2 떡밥도 같은 이유로 아웃(Out).

아예 빌미를 주지 않을 생각이다.

휙, 휙, 휙.

마왕 페도나르의 영토 곳곳에 설치된 함정과 미로 등도 내게는 전혀 장애물이 못 됐다. 내가 이 길만 3번 뚫었다. 눈 감고도 갈 수 있는 경지에 도달했다.

▶황당: 말도 안 돼…. 정말로 와버렸어…?

만두 왕국에서 마왕의 성까지 하루.

1레벨로 들키지 않는다고 애쓰느라 시간이 좀 지체됐다. 지금쯤 왕궁에서는 사라진 나를 찾는다고 시끌벅적하겠지.

숨어든 '마왕의 방'도 꽤 소란스러웠다.

"이, 이러면 안 되는데…."

"그러면 하지 마라."

"저에게는 남편과 아이들이…."

"하지 말라고 했다."

넓은 옥좌에 앉아있는 마왕의 튼실한 허벅지 위에 올라탄 요정왕 마누라가 비탄에 찬 어조로 말했다.

"하지만 저는 포로의 몸이니 괜찮겠죠."

"그게 대체 무슨 논리지?!"

그녀를 상대해주는 마왕의 얼굴은 피로로 가득했다.

옥좌 아래에는 왕비의 드레스가 떨어져 있었다. 옷의 주인이 보채듯 말했다.

"마왕님. 어서…. 몸이 식기 전에."

"내가 다 잘못했다! 요정왕 녀석이 하도 마누라 자랑을 일삼기에 심기가 불편해져서 납치해봤다. 집에 곱게 보내줄 테니 얼른 가라."

"너무 늦었어요."

"안 늦었다. 우리는 손만 잡아봤다."

"아니요. 당신의 그것을 알게 된 저는 몸뿐만 아니라 마음마저도 포로가 돼버렸답니다. 그러니 얼른…."

계속 듣고 있으려니 화가 솟구쳤다.

▶공감: 맞아요! 불쌍한 요정 왕비님! 저열한 욕망에 지배받을 만큼 타락하다니! 저 마왕은 정말 사악한….

할 거면 빨리하든가!

▶경악: 엣?! 분노한 이유가 그건가요!?

답답해서 더는 못 기다려주겠다.

쾅!

"요, 용사?! 어제 소환된 용사가 어째서 여기에…!"

"당연히 내 발로 왔지!"

마왕의 방 주변에는 다른 악마가 없었다. 종족의 벽을 뛰어넘은 남녀의 밀회를 훔쳐볼 만큼 눈치 없진 않았기 때문이다.

덕분에 내 기습은 방해받지 않을 수 있었다. 더없이 완벽한 타이밍.

"아줌마는 빠져!"

옥좌까지 단숨에 돌진 후, 마왕의 허벅지에 앉아있는 요정 왕비의 탱탱한 궁둥이를 힘껏 걷어차서 옆으로 치웠다.

"꺅?!"

걸리적거리는 방해꾼이 사라졌다. 그리고 남은 건,

"커억－?!"

푹!

나는 성검2의 칼끝을 무방비 상태에 놓인 마왕 페도나르의 가슴 깊숙이 찔러 넣어줬다. 1레벨로 급락한 마왕은 피하긴커녕 옥좌에서 일어서지조차 못했다. 내 노림수가 제대로 먹혀든 셈.

"용사가 비겁하게 암살을…! 쿨럭!"

페도나르는 자기 죽음보다도 내 용사다움에 경악한 듯했다.

"이런 걸 전술적 승리라고 부르지! 놀랐어?"

"……"

하지만 이미 숨이 멎은 마왕은 대꾸하지 못했다. 1레벨로 하락하면서 생명력과 회복력마저 깎인 탓이다.

"하으응…. 이게 대체…."

아픈 엉덩이를 문지르며 요염하게 일어서는 요정왕 마누라는 무시했다. 지금은 남의 여자에 눈독 들일 때가 아니었다.

자, 어서!

▷용사님. 모험은 즐거우셨나요?

채점이 바로 시작됐다.

▷진정한 용사의 길은 실로 험난합니다. 하지만 꿈과 희망을 잃지 않은 당신을 응원해준 수많은 인연이 있었습니다. 그들에게 우정과 사랑을 배우며 함께 성장한 당신은 마침내 사악한 마왕을 처치했습니다. 진심으로 축하합니다!

인간적으로 이건 너무 성의 없는 게 아닐까?

4회차에선 인연이 전혀 없었거늘.

▷지금부터 성적을 알아볼까요?

하지만 나는 웃는 얼굴로 대범하게 넘어갔다. 내 계산대로라면, 이번에는 확실하게 졸업할 수 있기 때문이다. 채점자에게 꼬투리 잡힐 부분이 전혀 없다.

자! 얼른 성적표 까봐. 얼른~

성적표

- 성적표를 꼼꼼히 확인해주세요!
- 이름: 강한수
- 전투력: C+
- 업적: SSS
- 평판: C
- 인성: C
- 비고: 재시험이 낳은 괴물인가…?

괴물이라니. 섭섭하게.

지능적인 학생이라고 불러주면 좋겠다.

1레벨이라서 전투력이 낮게 책정된 게 유일한 흠이지만, 딱히 문제 될 수준은 아니었다. 어차피 평균성적으로 졸업이 결정되는 게 아니다. 각 과목의 성적이 최소기준만 넘기면 끝.

대학입시랑 똑같다. 목표로 하는 대학이 요구하는 등급만 받으면 된다. 물론, 대학입시는 수험생들 간의 경쟁 탓에 턱걸이는 불안하지만, 내가 보는 이 시험은 상대평가가 아닌 절대평가. 걱정할 필요가 전혀 없다.

▷합격했습니다.

예상대로의 결과가 나왔다.

"드디어…!"

이 야만적인 판타지 세계를 탈출해서 집에 갈 수 있게 됐다.

주르륵. 감격의 눈물이 앞을 가렸다. 코도 찡해지면서 말도 잘 나오지 않았다.

"하! 너무 길었잖아!"

대충 11년쯤 이곳에 갇혀 있었다. 지구로 돌아가면 부모님께 뭐라고 변명해야 할까? 사악한 외계인들의 실험실에 납치당했다고? 당장은 아무래도 좋았다. 그건 돌아가서 생각해도 늦지 않다.

▶축하: 강한수 생도님! 축하드려요! 저는 아무것도 도운 게 없어서 이 말밖에 전하질 못하지만, 제 일처럼 정말 기쁩니다! 졸업을 정말 축하드려요!

무슨 소리. 교생 아가씨도 도움 됐어. 도덕 선생처럼 잔소리하지 않은 것만으로도 충분하다.

▶빵긋: 교생실습 하루 만에 실적이 생길 줄은 몰랐어요! 동료들이 알면 엄청 부러워할 거예요. 강한수 생도님께는 뭐라고 감사드려야 좋을지…. 아! 혹시라도 사회에서 만나게 되면, 그때는 친구가 되어드릴게요. 약속합니다!

그래. 그냥 친구 말고 비밀 친구다?

교생 아가씨가 훌륭한 선생이 되길 빌어줄게.

▷교직원 일동이 당신의 건승에 전율합니다.

내 치밀한 시험전략에 교직원들도 놀란 모양이다.

시험은 이렇게 보는 거다.

"이봐! 교직원 일동. 듣고 있어? 그동안 함께해서 스트레스였고, 우연히라도 다시 만나지 말자!"

상장

- 졸업을 축하합니다.
- 위 학생은 평소 모험을 성실히 하고 바른 선행을 스스로 실천하였습니다. 또한, 항상 동료들을 배려하고 양보하는 모습으로 판타지아 원주민들의 모범이 되었습니다. 이에 위 학생을 B급 용사로 임명합니다. 졸업을 진심으로 축하합니다.

맙소사! 상장 수여가 있었다!

하지만 이것도 성의 없는 복사&붙여넣기 냄새가 짙었다. B급 용사란 표현도 거슬렸다.

그러나 내가 목표로 했던 판타지 탈출이 달성됐기에 나머지는 아무래도 좋았다.

▶훌쩍: 괜스레 눈물이 나오네요.

교생 아가씨는 울보로구먼!

도덕 선생보다는 인간적이라서 마음에 드네.

파아앗—

어머니의 자궁처럼 따스한 빛이 내 몸을 감싸기 시작했다. 회귀할 때하고 별 차이 없는 것 같지만…. 기분 탓일 것이다.

지구 양! 이제 만나러 갑니다!

〕〔

나는 정신이 들자마자 주변부터 살폈다.

"…동굴인가?"

내가 눈을 뜬 장소는 어두컴컴한 방이었다. 바위를 깎아서 만든 듯한 원시적인 옥좌에 앉은 채, 미미한 빛이 새어드는 출구를 바라보고 있었다.

주위를 힐끔 둘러보니, 정면의 터널 외에는 길이 없었다. 노골적으로 "손님. 출구는 저쪽입니다."라고 안내하는 듯했다.

우선, 가장 중요한 내 몸부터 살폈다. 팔다리의 움직임은 멀쩡했다. 시각, 청각, 후각 등도 정상적으로 작동했다.

다음으로는 능력치.

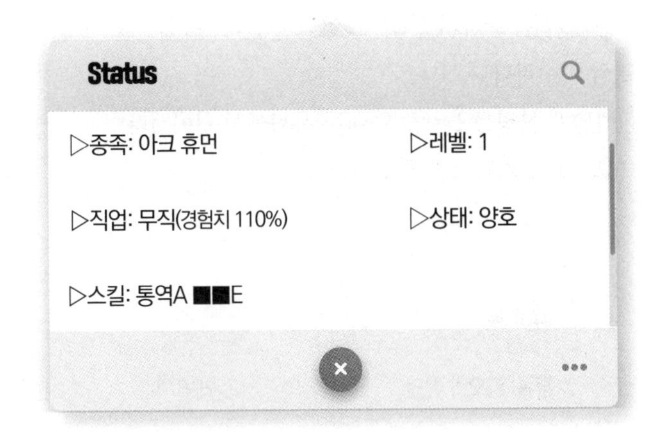

나는 직업에서 시선을 떼지 못했다.

어째선지 '용사'가 사라졌다.

"맙소사! 무직. 백수가 됐잖아? 용사로 임명한다더니, 졸업생에게 취업은 시켜주지 못할망정 있던 것도 빼앗네. 이게 무슨 횡포래."

하지만 괜찮다. 직업 용사가 지나치게 사기적이었을 뿐, 괜찮은 직업은 많다. 암살자, 투사, 추적자, 검객, 도적, 간웅….

전문가라는 측면에서 보면 용사보다도 낫다.

내가 가정했던 최악은 능력치가 '개꿈'처럼 사라지는 상황. 거기에 비하면 이건 상정범위 안이다.

현재, 내 복장은 후줄근한 갈색 면티와 면바지뿐이었다.

놀랍게도 속옷조차 입고 있지 않았다!

당연하다는 듯이 빈손이고, 호주머니에는 기초생활자금조차 안 들어있었다. 즉, 가난한 백수.

"허! 거참! 판타지 신(神)은 양심도 없나? 졸업선물 하나 안 주고 싹 압수하다니."

가볍게 불평을 늘어놓은 나는 옥좌에서 일어섰다.

그리고 블랙박스를 활성화했다.

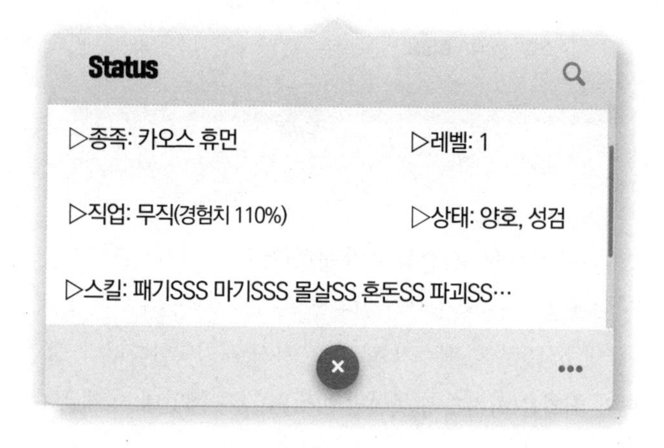

스킬 SSS등급, SS등급, S등급.

능력치가 밤하늘의 은하수처럼 아름답게 채워졌다.

탁.

성검2도 별다른 제약 없이 소환됐다. 스킬 효과를 증폭해주는 기능도 그대로였다. 육체의 업그레이드도 금방 끝났다. 야만적인 판타지 세계의 서바이벌에 특화된 전투민족으로 다시 태어났다. 튼튼하고, 유연하며, 영민하게.

"귀환 준비 끝."

감출 수 없는 기대로 심장이 두근두근 뛰었다.

이제, 동굴 밖으로 나가서 지구의 삶을 만끽하기만 하면 된다. 가장 먼저 부모님부터 찾아뵙고 밀린 영화와 드라마를 몰아보자. 할 일들이 태산이다.

곧바로 어두운 동굴을 빠져나왔다. 그리고 깨달았다.

"여긴 100번 양보하더라도 지구가 아닌데…?"

확 트인 경치를 쓱 둘러본 나는 무언가 잘못됐음을 직감했다. 아니면 내가 없던 11년 사이에 지구의 환경이 급변한 걸까?

고층빌딩처럼 거대한 나무의 숲.

지구에는 이런 품종이 아예 존재하지 않는다.

하늘에 떠 있는 2개의 달.

달이 새끼를 쳤다는 소리도 듣지 못했다.

"야! 교직원! 또 무슨 지랄인데. 당장 설명해!"

정말로 설명하기 시작했다.

▷보류됐습니다.

▷사유: 출제자가 의도하지 않은 수단과 방법으로 시험에 통과했습니다. 졸업자 명단에는 등록되지만, 시험을 올바른 양식으로 통과할 때까지 실질적인 졸업은 보류됩니다.

▷비고: 같은 꼼수는 이제 안 통해. 알간?

알긴 뭘 알아, 등신아.

이걸 꼼수, 부정행위라고 우기는 네 철면피나 뚫어라.

자기들이 채점 기준과 시험을 엉터리로 만들어놓고 학생 탓으로 돌린다. 인성과 양심이 FFF학점 수준이다.

"그나저나, 여긴 대체 어디야?"

정상적으로 회귀했다면 "환영합니다, 용사님!"이라고 지껄였을 라누벨과 차원이동 마법진이 보이지 않았다.

"이봐요! 여기 처음이세요?"

그 대신, 초면의 여자가 대뜸 내게 접근하며 묻는다.

깔끔히 무시하고 지나가려던 나는 멈칫했다.

뭐지? 이 여자.

나는 말을 걸어온 여자를 다시금 관찰했다.

예쁘장한 얼굴에는 옅은 화장기가 있었고, 복장과 액세서리는 촌스러운 판타지가 아닌 현대 지구의 세련된 디자인과 소재를 사용했다.

지크처럼 소환된 용사일까?

나는 그녀의 능력치를 빠르게 훑었다.

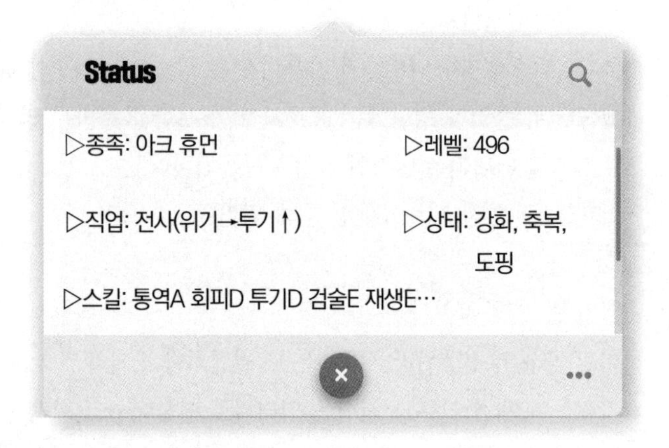

1레벨이 아니고, 직업 또한 '용사'가 아니다.

그렇다면 내가 잘못 본 걸까? 정보가 필요했다.

"말씀처럼 처음입니다. 영문도 모른 채 끌려와서 무척 혼란스럽고요. 아름다운 숙녀분. 초면에 실례지만, 여기가 어디인지 제게 가르쳐줄 수 있을까요? 사례는 꼭 하겠습니다."

나는 신사들의 언어로 소통을 시도해봤다.

"네. 여기는 말이죠…. 얍!"

웃는 얼굴로 친절하게 설명해줄 것 같았던 여자가 허리춤에 찬 검을 뽑으면서 내 목을 찔러왔다.

푹!

하지만 내가 더 빨랐다. 상체를 숙이면서 성검2를 소환한 후, 늘씬하게 뻗은 여자의 두 다리의 발목을 싹둑 잘랐다.

"꺄-푸하…!?"

나는 여자의 비명이 크게 터지기 직전, 신발 없는 맨발로 그녀의 가슴을 힘껏 밟았다. 폐의 공기가 빠지며 무음(無音)으로 그쳤다. 그걸로 상황은 종료.

나는 이 여자가 친근한 얼굴로 접근할 때부터 눈치챘다.

내게는 매우 낯익은 표정이었던 탓이다.

신성제국의 황녀. 미인계와 눈물로 용사 파티를 현혹하고, 끝끝내 신성제국의 여황제까지 오른 그녀랑 똑같았다.

나는 짓누르고 있던 여자의 가슴에서 발을 떼며 말했다.

"네 창자로 주둥이를 틀어막기 전에 닥쳐."

"……"

바로 얌전해졌다.

"예쁜 쌍년아. 다시 물을게. 여긴 어디니? 내가 나쁜 말로 할 때, 대답하는 편이 정신건강에 좋을 거야."

"포, 포기."

겁에 질린 여자가 엉뚱한 대답을 했다.

"…그래. 우리는 아직 초면이었지? 일단은 몸으로 대화한 후에 다시 이야기를 진행-어?!"

뿅!

내 눈앞에서 피투성이 여자가 대뜸 사라졌다. 온라인게임의 '접속종료'처럼 아무런 징조도 없이 깔끔하게.

이게 대체 무슨 조화일까?

친절하게 설명해줄 누군가가 간절히 필요했다. 도덕 선생의 손이라도 빌리고 싶은 심정이다.

▷교직원 일동이 당신의 복학에 식겁합니다.

▷전문교사가 파견됩니다.

▷전문교사가 파견됩니다.

▷전문교사가 파견됩니다.

▷파견할 전문교사가 없습니다.

…그렇다고 정말로 내민다는 뜻은 아니었는데.

농담과 진담을 구분 못 하는 걸까?

▶깜짝: 안녕하세요! 강한수 생도님. 금방 또 뵙네요! 졸업이 보류됐다는 소식을 막 들었어요. 무척 속상하시죠? 그래도 다시

힘내보도록 해요. 제가 곁에서 응원할게요!

환영해. 교생 아가씨.

내 4회차 입학식부터 졸업식까지 함께한 우리 사이에 가식적인 겉치레는 필요 없다고 본다. 우리는 좋은 친구다.

어때? 내 말이 틀렸어?

▶난감: 그렇게 말씀하시니 엄청 길게 들리는데요. 고작 하루인데…. 하지만 맞아요! 인연의 깊이는 시간으로 잴 수 없죠. 하지만 친구는 너무 성급한 감이….

어허! 교생 아가씨. 벌써 약속을 잊었어?

나도 이제 졸업생이야. 사회인이라구?

▶수긍: 맞네요. 약속했었죠. 사회에서 다시 만나면 친구가 되기로… 이런 식으로 다시 만날 줄은 몰랐지만요.

역시! 말귀가 잘 통하는 교생 아가씨답다.

나는 숲을 가리키며 질문했다.

"여긴 어디야?"

조금 전에 마주친 여자의 복장은 딱 지구인이었다. 하지만 이곳은 아무리 생각해봐도 지구가 아니다.

귀여운 척하는 라누벨의 "환영합니다, 용사님!"으로 시작하는 단순한 회귀, 재시험이 아니란 것만 어렴풋이 짐작할 뿐.

교생 아가씨가 거침없이 답했다.

▶설명: 안타깝게 보류되긴 했지만, 강한수 생도님도 엄연한 졸업생이니까요. 딱 좋은 시기에 졸업하셨어요. 듣고 놀라지 마세요. 짜잔! 이곳은 졸업생들만 들어올 수 있는 축제의 장이랍니다!

동문회 비슷한 걸까? 불길한 느낌밖에 들지 않았다.

▶소개: 강한수 생도님! 용사 페스티벌에 어서 오세요! 다양한 이벤트와 먹거리가 준비되어 있고, 축제에 참여한 모든 졸업생을 무찌른 우승자에게는 푸짐한 상품이 기다리고 있답니다!

무찔러? 다 죽이란 소리?

▶식겁: 방금처럼 포기시켜도 돼요! 그리고 죄송합니다. 제가 말실수했네요. 전부 무찌를 필요는 없어요. 상품은 마지막까지 생존한 3명에게 골고루 수여되거든요. 그러니 셋이서 파티를 맺고 사랑과 우정의 힘으로…. 강한수 생도님? 듣고 계세요?

응. 귀 씻고 경청 중이야, 교생 아가씨.

용사 페스티벌. 상품 3인분을 전부 먹으려면, 나를 제외한 마지막 3명을 동시에 처리해야 한다.

▶당혹: 어, 어떻게 그런 해석이…?

조언 고마워, 비밀 친구.
몰랐으면 진짜 큰일 날 뻔했네!

5회차

▶설명: 축제는 오늘까지 15일째에요. 저도 교생 신분으로 축제 준비를 한창 도왔었는데요. 그때는 정말 등골 빠지는 줄 알았다니까요! 아! 그리고 축제 중에 죽거나 포기하면 레벨이 조금 하락하고 퇴장할 뿐이니, 너무 걱정하지 마세요.

어? 잠깐! 교생 아가씨가 용사 페스티벌 준비를 도왔다고?
그렇다면 좋은 정보도 많이 알고 있겠네?

▶흠칫: 비, 비밀이에요.

에이. 우리 사이에 너무한다.
친구가 되겠다던 약속은 빈말이었던 모양이다.

▶딴청: 아! 저 멀리 보이는 설산(雪山)이 정말 멋지지 않나요? 저기까지 일직선으로 가는 길에 보이는 옹달샘에서 좋은 일이 있을지도 모른다는 기분이 조금 드네요. 제 기분 탓이겠지만요!

그래. 다 기분 탓이야! 교생 아가씨!
하지만 나도 저 설산까지 그냥 가보고 싶어졌어.

용사 페스티벌.
4년에 한 번씩 '몰살 이벤트'가 끝날 때까지 진행된다.
이건 축제를 가장한 예비군훈련이다. 마왕을 무찌르고 고향별로 돌아간 졸업생들의 감각이 떨어지지 않도록 주기적으로 소환해서 훈련한다는 취지다.
소환대상은 졸업생 전원.
바로 포기할 수 있기에 강제성은 없다.

▶홍보: 하지만 포기하는 용사님은 극소수예요. 저희가 준비한 이벤트도 풍성하고, 곳곳에 자리한 마을과 도시의 먹거리는 산해진미로 가득하니까요! 이건 절대로 말씀드릴 수 없지만, 메인이벤트 상품은 정말 어마어마해요!

그렇다고 한다. 하지만 4년은 주기가 너무 짧지 않나?
몰살 이벤트가 빨리 안 끝나면 축제가 겹칠 수도 있다.

▶깜빡: 아! 모르고 계셨군요. 판타지아와 페스티벌 차원은 통상적인 시간 축보다 10배 빠르게 흘러가요. 쉽게 말해서, 페스티벌은 최대 40년 동안 유지된다고 보시면 돼요.

10배?! 전혀 몰랐던 정보다.

도덕 선생은 이런 것도 안 알려주고 늘 잔소리만 해댔지!

물론, 내 잘못도 조금은 있다. 나는 생물 과목엔 강해도 물리에는 약했다. 아인슈타인의 상대성이론. 시간은 공평하게 흐르지 않는다.

그런데 나는 여기랑 지구의 시간이 똑같이 흐를 거라고 철석같이 믿고 있었다. 그래서 판타지 세계로 최근에 납치된 지크에게 현재 지구의 날짜조차 묻지 않았다.

내 입에서 절로 탄식이 나왔다.

"멍청한! 지크의 스마트폰 케이스…!"

시간이 똑같이 흘렀다면, 10년 전에 유행했던 구닥다리 게임의 캐릭터 상품을 소지하고 있었을 리 없다. 나는 이 사실을 간과했다. 아무튼, 내게 희소식이란 건 틀림없었다.

판타지 생활 11년 차. 내게는 매우 긴 시간이었다.

하지만 부모님의 체감상으로는 고작 1년이다. 1년이든 1일이든 아들놈이 말도 없이 실종됐다는 것 자체가 문제이긴 하지만.

그래도 조금은 안도할 수 있었다.

"내가 실종되고부터 지구는 1년 1개월밖에 안 흘렀다는 거네. 1년이면 재수 한 번 했다고 편하게 생각…. 음? 잠깐만! 설마, 지금 내가 지구로 돌아가면 호적상으론 여전히 미성년자란 거잖아?!"

충격과 공포다.

"거기, 수풀에서 소리 지른 놈! 당장 모습을 드러내라!"

아! 내 목소리가 너무 컸나.

교생 아가씨가 넌지시 알려준 옹달샘.

그곳에는 이미 선객들이 있었다.

"울프 씨. 첫마디부터 너무 공격적이잖아요. 이러면 나중에 오신 분에게 싸우자는 거로 들려요."

"그래. 울프. 함께 즐기는 축제에서 문제를 키우는 건 좋지 않아."

울프라고 불린 곰처럼 생긴 청년이 3인 파티의 전열에 섰다. 그 뒤편에는 호리호리한 남자와 예쁘장한 여자가 커플처럼 바짝 붙어있다. 셋의 외모로 봐선 서양계 지구인.

나는 그 2남 1녀의 능력치를 빠르게 살펴봤다. 그리고 살짝 충격받았다.

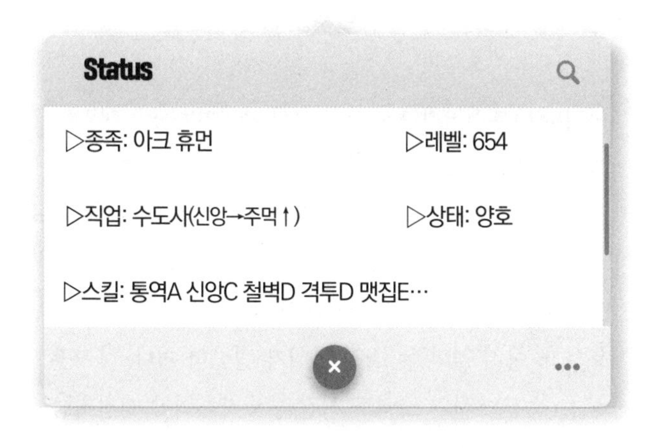

셋 중에서 능력치가 높은 울프의 수준이 이랬다.

조금 전에 도망친 여자도 그렇고, 전투랑 무관한 통역A를 빼고 보면 스킬들이 200레벨 용병에도 못 미쳤다.

보고도 믿기지 않았다. 나처럼 스킬을 감추고 있는 게 아닐까. 잡것들보다 쓸모없는 이 먼지들이 졸업생이라고…?

▶변호: 먼지까지는 아니에요! 졸업하면 용사 직업과 성검은 회수된답니다. 그 뒤부터 꾸준히 자기관리를 해주지 않아서 스킬 등급이 하락한 거예요. 이들도 처음부터 먼지였던 건 아니에요.

교생 아가씨. 그래서 현재는 먼지란 거잖아.

▶발뺌: 강한수 생도님! 섣부른 일반화는 좋지 않아요! 먼지보다 큰 빵부스러기 같은 졸업생도 있다고요!

먼지나 빵부스러기나 거기서 거기 아닌가?

하여간 대충 상황은 이해됐다.

직업 용사. 경험치 500%라는 사기적인 특전의 정체는 교육용이고, 오토매틱으로 떡칠한 성검1은 교보재였다. 이 둘이 사라지면 저렇게 빈 깡통(레벨)만 남게 되는 듯했다. 요정왕처럼.

용사가 '용사'일 때는 스킬 관리가 굉장히 쉽다. 하지만 아니게 되는 순간, 5배의 노력과 시간을 투자해줘야 이전처럼 유지된다. 그건 나조차 쉽지 않다.

"뭐야? 이 자식, 1레벨이잖아? 괜히 긴장했네."

"그러게요. 어떻게 졸업했을까요? 풋!"

"울프. 미안. 이건 문제가 될 수 없겠어. 킥킥."

먼지들이 내 능력치를 보고 비웃기 시작했다.

울프란 남자의 공격적인 태도와 말투를 나무라던 커플도, 내가 1레벨이란 걸 알고부터 똑같아졌다.

끼리끼리 논다고 했던가? 저들도 지크처럼 내 스킬을 보지 못하는 듯했다. 본다고 나아질 건 없지만.

"내가 1레벨이라서 무슨 문제라도?"

나는 셋 주위를 둘러봤다. 비바람만 간신히 막아줄 후줄근한 텐트. 그 안에는 식량으로 챙겨온 통조림들이 보였다.

이제 막 모험을 시작한 5레벨 코흘리개 용사도 쓰지 않을 법한 여행용품과 허술한 준비성. 이들의 스킬만큼이나 참혹했다.

654레벨 수도사 울프가 내게 경고했다.

"좋은 말로 할 때 꺼져. 죽여봤자 경험치가 미미한 1레벨이라서 살려준다."

그의 발언이 내 흥미를 자극했다.

"경험치?"

"그래."

"여기서도 죽이면 레벨이 오르나?"

"너무나 멍청한 질문이군."

친절한 답변에, 나는 웃는 얼굴로 회답해줬다.

"나쁜 말로 할 때 도망쳐. 경험치가 먹음직스러운 654레벨이라서 죽여준다."

"뭐?"

잽싸게 소환한 성검2를 횡으로 그었다.

서걱-촤악!

내가 1레벨이라고 방심했던 울프의 머리통이 사방에 피를 뿌리며 허공으로 떠올랐다. 수도사답게 양팔을 들어 막으려던 그의 동작이 뚝 멈추고, 머리 잃은 몸뚱이가 한 박자 늦게 허물어졌다.

털썩.

"꺅?!"

"울프—!"

놀란 커플이 공격태세를 갖췄다. 하지만 그 둘은 울프보다 처리하기가 훨씬 쉬웠다. 울프를 쓰러트리면서 내 레벨이 오른 덕분이었다.

서걱, 서걱—

땅을 박차며 도약한 나는 거리를 단숨에 좁히며 벴다.

커플임을 배려해서 동시에 싹둑.

"너희들의 경험치는 내가 잘 써줄게! 지구로 돌아가거든, 나를 씹으면서 예쁜 사랑 많이 하라구!"

싹수없는 연놈들의 행복을 빌어줬다. 나의 오지랖이란 참….

▶감탄: 강한수 생도님! 굉장히 강하시네요!

교생 아가씨. 이건 약과야.

나는 전투력 SS학점도 받았던 용사다.

무능한 판타지 신(神)이 내 멀쩡한 인성으로 트집만 잡지 않았어도 진즉 최우수 성적으로 졸업했을 것이다.

뿅! 뿅! 뿅!

죽은 2남 1녀의 시체는 바로 사라졌다. 그리고 옷가지와 소지품을 남겼다.

"옷은 그럭저럭 쓸 만하네. 아니, 내가 지금 입고 있는 싸구려 옷보다는 뭘 입어도 더 낫겠지."

하지만 놈들이 입었던 속옷만은 도저히 손이 가지 않았다. 싸구려 텐트에 들어있는 여분의 속옷도 포함해서.

다행히, 그들의 소지품에 돈이 좀 들어있었다.

짤랑. 이 축제에서 쓰이는 화폐 단위와 시세는 전혀 모르지만, 금화로 팬티 한 장을 못 사진 않을 것이다.

"거참! 용사 특전이 대단하긴 하군."

이번에 확실히 느꼈다. 잃어봐야 그 소중함을 깨닫는다고 했던가? 직업 용사가 얼마나 굉장한지 절실히 실감했다.

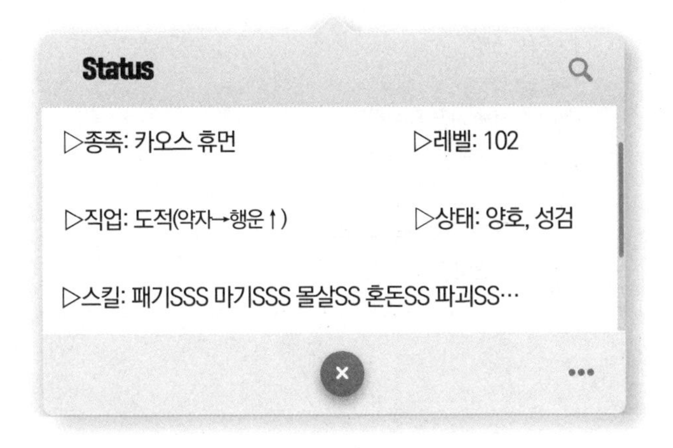

정당한 전리품을 회수했을 뿐인데, 불공정한 판정으로 내 직

업이 '무직'에서 '도적'으로 바뀌었다.

또한, 600레벨대 셋을 죽였는데도 경험치가 절망적인 수준이다. 용사였다면 못해도 300레벨은 찍었을 텐데. 스킬의 성장은 아예 엄두도 못 낼 듯했다.

"뭐, 어때."

5배로 노력하면 되는 것이다.

그리고 단점만 있는 건 아니었다. 지금까지 내 직업이 '용사'로 고정되면서 빛을 보지 못했던 스킬이 급부상했다.

행운C. 내 직업이 '도적'으로 바뀐 덕분이다.

도적은 약자를 상대할 때, 행운이 올라간다.

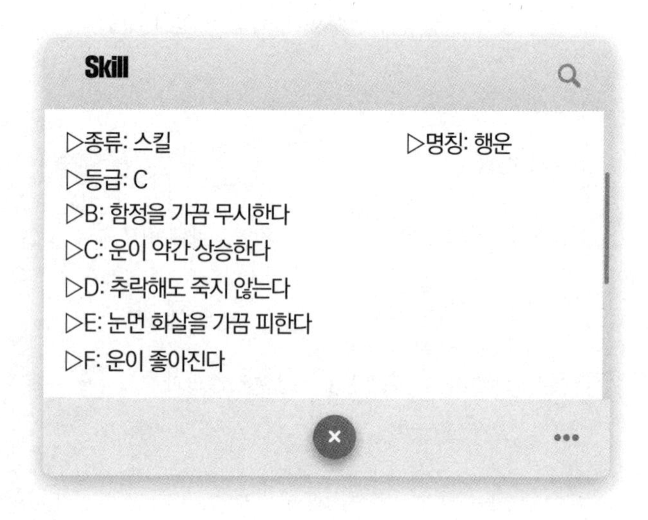

행운C의 효과들.

대단히 모호하고 불확실한 확률로 가득하기에 맹신했다간 그대로 골로 가는 수가 있다. 설상가상으로, 운이 터질 때만 숙련도가 미미하게 올라간다. 그러니 승급이 얼마나 힘들겠는가?

차라리 맷집의 숙련도를 올리기 위해 온종일 자해(自害)하는 편이 훨씬 쉽고 안전하다.

하지만, 여기에 도적과 성검2가 양념처럼 첨가되면?

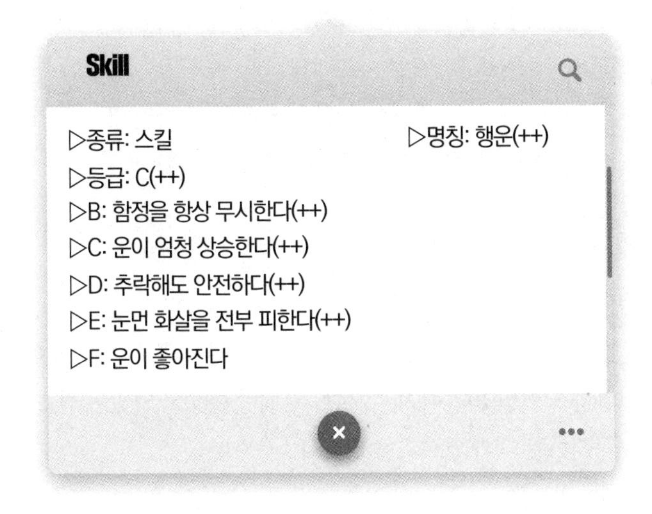

애매했던 효과들이 확정적으로 바뀐다! 가만히 보고 있으니, 용사의 경험치 500%보다 더 좋은 것 같다.

'도적이 이렇게 굉장한 직업이었나…?'

상대가 나보다 약해야 한다는 전제조건이 붙어있지만, 교생 아가씨의 설명대로라면 이 축제는 약자로 넘쳐났다.

지금도 그러했다.

"Troooor…!"

약자가 꼭 인간일 필요는 없다.

100레벨 야생 트롤의 출현으로 행운 효과가 상승했다.

나를 발견한 놈은 도망치지 않고 싸움을 선택했다. 긴 팔을 위협적으로 치켜든 채 돌격해온다. 그 기세는 정말 좋았으나, 콰당! 트롤은 옹달샘 주변의 조약돌을 밟고 미끄러졌다.

쿵. 자빠지면서 뒤통수를 뾰족한 바위에 찍기까지!

"Trooooog~?!"

고통을 호소하며 일어선 트롤의 몸개그는 계속됐다. 발이 꼬여서 옹달샘에 빠졌을 때는 나조차 헛웃음을 터트렸다.

"거참…."

이 트롤 실화인가?

"T, Trooo…."

손가락 하나 까딱하지 않은 내게 트롤이 접근했을 때는 이미 넝마가 되어있었다. 대체 이 트롤은 뭐랑 싸우고 있었던 걸까?

구경하는 내가 안쓰러울 정도다.

푹-

그래서 성검2로 놈의 심장을 찔러서 안식을 줬다.

이때, 예상하지 못했던 결과가 나왔다.

행운C→행운B

스킬 중에서도 숙련도 올리기가 어렵기로 악명이 자자한 스킬 '행운'의 등급이 상승한 것이다. 그것도 B등급으로!

낮은 등급에서 승급한 게 아니다. C등급에서 B등급이 되려면 얼마나 많은 숙련도가 필요한지는 계산해볼 것도 없다.

행운이 폭포처럼 팡팡 터져줘야 한다.

"이거, 기회일지도 모르겠는데?"

용사 페스티벌이 끝나면 직업이 '도적'에서 다시 '용사'로 바뀔 것이다. 그러면 행운 효과도 감소한다.

성검2의 증폭만으로는 이만한 행운을 몰고 다닐 수 없다. 둘이 중첩될 때만 이런 기적이 가능하다. 그리고 이 '행운'은 패시브다.

촤아악-!

옹달샘의 물이 솟구쳤다.

"이, 인어 살려! 콜록콜록!"

민물인어 한 마리가 물가로 흐느적흐느적 올라왔다.

"…넌 뭐니?"

진심으로 궁금해서 물었다.

"갑자기 꼬리지느러미에 쥐가 와서…. 감미로운 노래로 저를 유혹한 분께만 드릴 예정이었는데, 이것도 인연이겠죠. 신사분, 잠시만 손을 빌려주시겠어요?"

"손? 깨물면 회 쳐버린다."

"안 그래요! 인어가 피라냐인 줄 아세요?!"

한순간 성깔 나왔던 인어는 헛기침 후, 내 오른손을 살포시 쥐더니 손등에 키스했다.

내 스킬 중 일부가 변화했다.

수영S→수영SS

매력F→매력D

축복B→축복A

이 밖에도 여러 스킬의 숙련도가 소폭 상승했다.

행운, 마성, 가무, 정력, 기품….

이런 노다지 이벤트 상품은 판타지아 대륙에 거의 없었다. 그나마 있는 것도 효과가 굉장히 미미했다. 그런데,

"축제가 대박인데…?"

용사 페스티벌. 졸업생들에게 '용사'를 빼앗고, 이벤트로 대처한 걸까? 이벤트 보상이 지나치게 파격적이다.

"후후! 전설의 인어가 드리는 축복이에요. 당신의 앞길에 행운만 가득하시길!"

키스한 입술을 핥으며 눈웃음친 인어는 꼬리지느러미의 마비가 풀리자마자 살던 못으로 우아하게 잠수했다.

퐁당!

옹달샘 이벤트가 멋대로 클리어됐다.

이거, 행운이 너무 노골적이지 않아?

▶우쭐: 강한수 생도님. 어떠세요? 축제의 이벤트 보상이 정말 굉장하지 않나요?

그러게. 인정! 남 주기 아까울 정도다.

몰살 이벤트만 노릴 게 아니었다.

사실, 지구인들을 보고 조금 설렜었다. 그들이랑 친분을 쌓으면서 지구의 소식을 듣고 싶었다. 여기서 한발 더 나아가자면, 부모님께 내 안부를 대신 전해달라고 부탁할 계획도 세웠다.

바로 조금 전까진 말이다.

용사 페스티벌은 최후의 3인(人)이 남을 때까지 계속된다.

즉, 나를 포함해서 4명이 생존해 있는 한, 몰살 이벤트는 종료되지 않는다.

"감금해둘 3명만 남기고 빨리 몰살시켜야겠군. 축제는 그 뒤에 느긋하게 즐겨도 늦지 않아."

교생 아가씨가 말하길, 용사 페스티벌에는 다양한 이벤트 보상과 풍성한 먹거리(경험치)가 준비되어 있다고 한다.

하지만 축제는 이미 15일이나 진행된 상황.

후발주자인 나는 남들보다 좀 더 부지런히 움직이지 않으면 허탕만 칠 것이다. 그것만은 사양하고 싶다.

▶전율: 축제의 취지랑 점점 멀어지는 기분인데요…?

응. 기분 탓이야, 교생 아가씨.

나는 이벤트에 적극적으로 참여하는 중이라구.

"겸사겸사 행운 승급도 노리고 말이지. 행운 E등급 효과. 눈먼 화살을 전부 피한다. 궁수 비율이 높은 요정들이랑 전쟁을 벌이면 숙련도가 쭉쭉 올라가지 않겠어?"

그러니, 교생 아가씨. 내 내비게이션이 돼주지 않을래?

▶설득: 공정한 이벤트를….

난폭한 요정과 지구인이 많은 곳에 가고 싶어. 얼른~

▶딴청: 어머! 시원한 남동풍이 부네요!

아무리 각도를 재봐도 이건 남서풍-같은 남동풍이었다. 아무튼, 남동풍이다. 제갈교생이 그렇다면 그런 거겠지! 오케이!

나는 시원한 바람이 불어오는 남동쪽으로 쭉 달렸다. 남서쪽에서도 뭔가 날아드는 듯했지만, 전부 기분 탓이다.

▶버럭: 남동풍이 어때서요!

교생 아가씨. 누가 뭐래?

용사 페스티벌이 벌어지는 대륙의 지형은 뭐든 큼직큼직했다. 나무, 풀, 돌멩이, 연못, 개울…. 이벤트 인어를 만났던 옹달샘만 해도 그렇다. 선녀가 옷 벗고 목욕할 것 같은 아담한 냉탕을 떠올리기 쉽지만, 그 옹달샘은 수영시합을 해도 될 면적이었다.

지금, 내 눈앞에 보이는 느티나무도 그러했다.

엄청 컸다. 전설의 바벨탑처럼 굵고 높다.

짙은 안개와 나뭇가지에 가려져서 위쪽은 잘 보이지 않았지만, 두꺼운 나무기둥의 울퉁불퉁한 껍질에 매미처럼 달라붙은 사람들은 포착할 수 있었다.

"다 저리 꺼져!"

"밀지 말라고! 헉!"

"으아아아~?!"

사람들은 느티나무의 가파른 나무기둥을 오르는 중이었다. 하지만 우정과 사랑이 넘치는 협동하곤 거리가 멀었다. 서로 밀치고 공격하는 아비규환의 현장이었다. 저 나무의 꼭대기에 대단한 무언가가 있음이 틀림없다. 그렇다면,

덥석!

"켁-케켁?!"

지나가던 행인1의 목을 잡고 물어보기로 했다.

"머리 빨갛게 물들인 형씨. 하나만 좀 물어봅시다. 저 위에 뭐가 있기에 저리들 올라가려고 아등바등하는 겁니까?"

그가 말할 수 있도록 목을 쥔 손아귀의 힘을 살짝 풀었다.

숨통이 트인 행인1이 답했다.

"콜록콜록! 이 미친 새끼야! 내가 가르쳐줄 것 같-"

"어이쿠!"

우득! 손이 미끄러졌다. 그 바람에 목이 부러진 행인1은 옷가지와 소지품을 남기고는 신기루처럼 사라졌다. 덤으로 경험치도.

나는 새로운 행인2를 물색했다. 이번에는 손이 미끄러지지 않았으면 좋겠다.

"실례합니다. 짧은 치마 아래로 발칙한 속옷이 보이는 아가씨. 못 들은 척하지 말고 이쪽을 보는 편이 신상에 적당히 나쁠

겁니다."

"히익?! 네네!"

"자, 그러면 하나만 좀 물어봅시다. 저 위에 뭐가—."

"요정왕의 눈물이요!"

행인2가 내 말을 자르며 잽싸게 대답했다. 그녀는 내가 행인1이랑 대화하는 걸 들은 모양이다.

요정왕의 눈물. 인간 혐오가 극에 달한 경험치 덩어리의 눈물이 아니다. 시커먼 사내새끼의 눈물 따위는 줘도 안 갖는다.

이것은 엘브하임 왕국의 3대 비보 중 하나다.

▶참고: 모조품이긴 하지만요.

축제에 진품을 놓을 순 없다고 교생 아가씨가 덧붙였다.

아무튼, 요정왕의 눈물은 영약이다. 영원한 생명을 사는 요정왕족이 태어날 때, 함께 흘러나오는 특별한 양수(羊水)를 버리지 않고 가공한 것이다. 불로불사(不老不死)의 만병통치약!

하지만 아크 엘프는 출산율이 극악인 생물이라, 요정왕의 눈물을 만드는 양수 또한 대단히 귀했다. 그렇기에 엘브하임의 3대 비보. 요정들이 필사적으로 요정왕의 눈물을 지키는 이유다.

"인간의 침입을 저지하세요!"

"성소(聖所)로 못 올라오게 막아!"

"화살을 아끼지 마십시오!"

거대한 느티나무에 셀 수 없이 많은 요정이 잠복해 있었다. 그들은 나무를 오르는 인간에게 가차 없이 활을 쏘았다.

퐁! 퐁! 퐁—!
“아악?! 내 눈!”
“화살이 너무 많아!”
사람들이 요정의 화살에 맞고 나무 아래로 추락했다.
나는 이때 놀라운 사실 하나를 알게 됐다.
“으아 아으….”
여기, 추락해서 죽어가는 불우한 인간A가 있다.

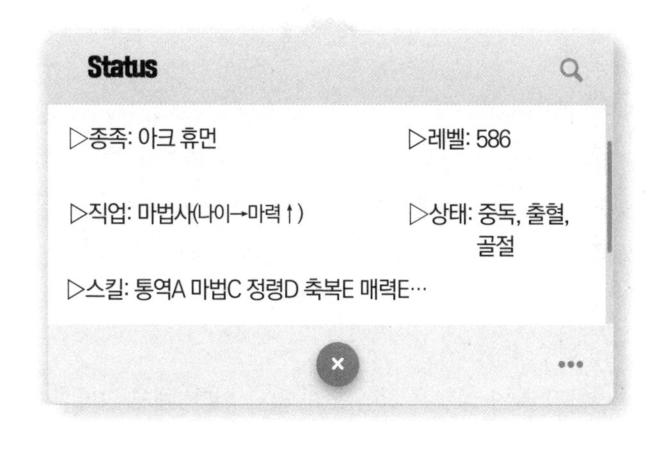

인간A는 마법사인데도 비행마법 하나 제대로 못 쓰고 땅에 떨어졌다. 화살촉에 묻은 독 때문이란 건 변명에 지나지 않는다.
이때, 귀엽게 생긴 인간B가 다가온다.
“치료해 드릴게요!”
인간B의 손에서 쏘아진 따스한 빛이 인간A의 몸에 스며든다. 뼈가 튀어나올 만큼 끔찍했던 부상이 단숨에 치료된다. 그리고,

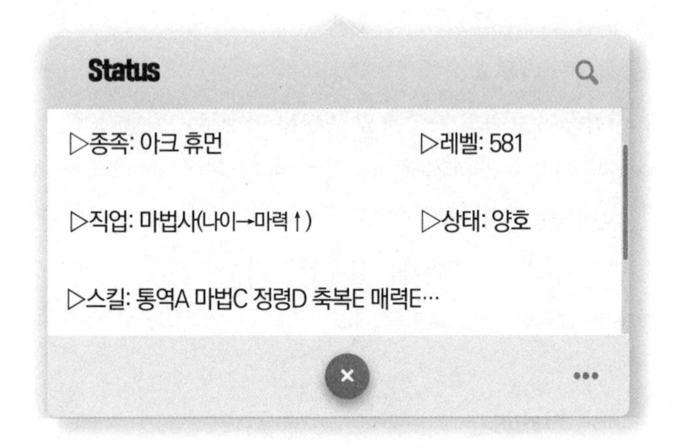

5레벨이나 하락했다!

만약, 인간B가 내게 저런 끔찍한 만행을 저지른다면, 죽을 때까지 허리디스크로 고통받으며 속죄하도록 했을 것이다.

그러나 인간A의 태도는 정반대였다.

"구해주셔서 고맙습니다!"

떨어진 자기 레벨은 신경 쓰지 않고 인간B에게 고마워했다. 치료비로 막대한 경험치를 줘놓고 뭘 감사해? 이해되지 않았다.

"별말씀을요. 무운을 빌게요."

하지만 그걸 또 당연하게 받아들인 인간B는 영업용 미소로 인간A를 배웅했다. 얼른 다시 싸우다가 다치라고 등을 떠민다.

▶감동: 멋진 협력체계죠?

교생 아가씨. 두 번 멋졌다간 사람 잡겠던데?

대단히 충격적인 장면이었다.

"그래서 졸업생들의 레벨이 낮았던 거군…."

졸업하면 직업과 성검만 반납한다. 능력치의 핵심인 레벨, 스킬은 그대로 유지된다.

그런데 웬걸? 졸업자들 상태가 전부 엉망이었다.

스킬은 용사가 아니게 돼서 그렇다고 치더라도, 999레벨조차 안 되는 낮은 레벨은 이해되지 않았다. 그런데 방금 그 협력체계를 보고 깨달았다.

"허! 지크 같은 연놈들이 사방에 널렸네!"

모험을 떠났더니 약해지는 놀라운 마법!

인간B에게만 좋은 일 해줬다.

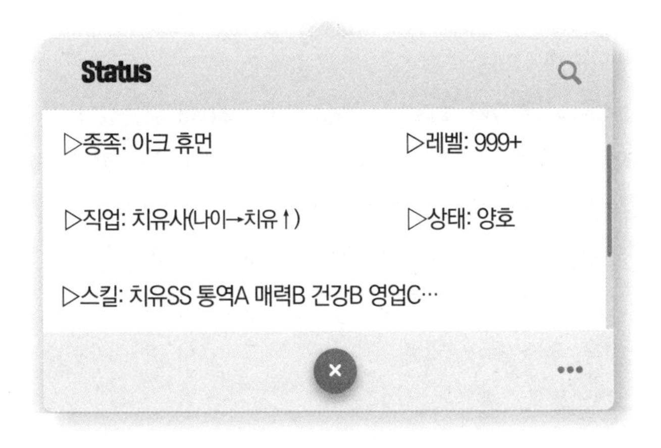

치유에만 특화된 능력치! 싸우면 싸울수록 레벨이 하락하는

전투직종이랑 달리, 안전한 후방에서 경험치를 수확해온 인간B의 레벨은 정상이었다. 인간B만 그런 게 아니었다.

"치료해 드릴게요!"

"환자가 있는 곳이면 어디든지 달려갑니다!"

"아프시죠? 조금만 참으세요!"

군의관처럼 뛰어다니는 999레벨 치유사가 여럿 보였다. 환자보다 더 많은 것 같다.

"…꼴값들 하고 있네."

탁.

성검2를 소환했다. 나는 이 야만적인 세계를 탈출하고자 11년이나 굴렀다. 그런데 졸업생이란 연놈들의 꼬락서니는 내 상상을 초월했다. 나는 무엇을 위해 그간 노력했던 걸까?

이들보다 내가 못하다는 걸 인정할 수 없었다. 그러니 배제하겠다.

훽-훽-훽-

의사와 환자가 몰려있는 곳을 향해 성검2를 휘둘렀다. 상대가 999레벨이라도 상관없다. 맷집 같은 방어계통 스킬 없이 치유만 무식하게 올린 '종이몸'을 썰어버리는 건 일도 아니다.

몰살SS로 스키장 면적을 난도질했다.

"크어어억?!"

"무, 무슨 일이-컥?!"

"꺄악?!"

요정왕의 눈물을 쟁취하는 이벤트가 한창 진행 중인 나무 밑동. 그 일대가 인간들의 피와 살점으로 붉게 물들었다.

하지만 그 참혹한 광경도 잠깐뿐이었다.

뿅! 뿅! 뿅! 뿅!

죽음 판정을 받은 졸업생들이 축제에서 추방됐다.

"포, 포기!"

"포기!"

"힉?! 포기요!"

뿅! 뿅! 뿅! 뿅!

운 좋게 몰살SS 범위를 벗어났거나 견뎌낸 자들도 빠르게 '포기'를 외치면서 퇴장했다. 바글바글했던 이벤트 장소가 한산해졌다.

▶황망: 먼지들이 남동풍에 싹 쓸려갔네요….

오! 교생 아가씨. 운치 있는 표현이야.

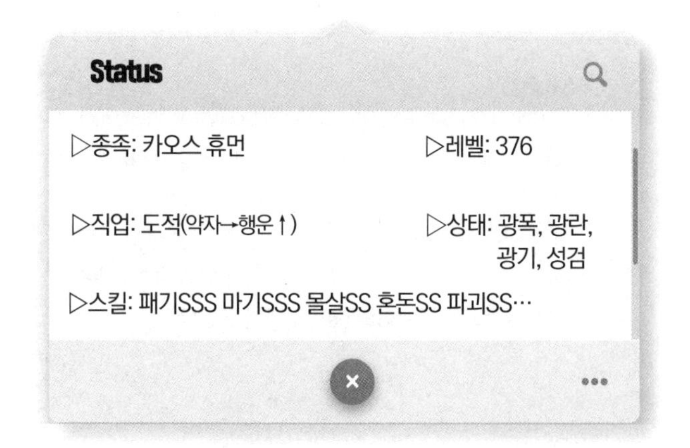

특색 없는 용사 특전은 이제 필요 없다. 5배로 열심히 사냥하면 레벨은 금방 오르기 때문이다. 상태는 사소한 문제니 신경 쓸 거 없다. 이제, 요정왕의 눈물을….

"당신은 누구십니까?"

좌악-

지척에서 들려온 신사적인 청년의 목소리에, 나는 자동반사처럼 성검2를 휘둘렀다. 살짝 풀어졌던 긴장을 다시 끌어올렸다.

'내가 인기척을 놓쳤다고…?'

보통은 있을 수 없는 일이다.

하지만 내가 있는 이곳은 보통이 아니었다. 용사 페스티벌. 마왕 페도나르를 쓰러트린 용사들을 몰아넣은 축제의 장이다. 전투력이 우수한 용사가 하나도 없다는 건 말이 안 된다.

정말로 그랬다. 내 공격을 피해낸 그자는 먼지 속에서 찬란하게 빛나는 보석이었다.

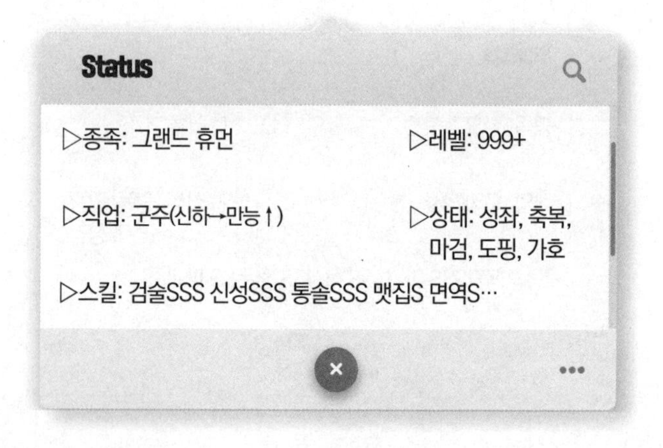

능력치마저 놀라웠다. 내 1회차에 버금가는 아름다운 스킬의 향연. 어떻게 저 많은 스킬의 숙련도를 '용사' 없이 유지 중인지 신기할 지경이다. 해답은 아마 '만능'에 있겠지.

여기에 '그랜드 휴먼'이란 종족도 신경 쓰였다. 내가 모르는 종족이기 때문이다.

"그러는 넌 누군데?"

"하하! 재미있는 분이군요. 제 얼굴을 모른다니. 졸업한 지 얼마 안 됐다는 걸 알겠습니다. 그렇지 않다면 이렇게 날뛸 리 없지요! 여기는 당신만을 위해 존재하는 판타지 세계가 아닙니다. 규칙과 질서로 유지되지요. 또한, 처벌도 있습니다."

툭.

운을 뗀 남자가 청동색의 고풍스러운 검 한 자루를 소환했다.

그의 상태에 표시되어 있던 '마검'이었다. 내게도 그 검은 무척 낯이 익었다.

"그건, 검왕 알렉스 전용무기잖아…?"

검왕의 허리춤에 늘 연인처럼 따라다니던 마검이다.

성마검(聖魔劍) 소드마스타!

검술에 미쳐 살다가 정말로 미쳐버린 수호자 '검신(劍神)'을 순수한 검술로 쓰러트리면 획득할 수 있다.

분하게도 나는 얻지 못했다. 한 분야를 통달한 미친 재능이 내게는 없었기 때문이다.

"하하! 저는 특별하…."

푸확-

잘생긴 그자의 머리통이 허공으로 떠올랐다.

말 많은 남자는 질색이다. 그렇지?

▶난감: 무기째 베어버리셨네요? 저러면 뛰어난 검술도 소용없죠. 당한 신사분은 무척 황당하고 억울하겠지만요.

헹! 억울하면 성검2보다 좋은 무기를 쓰던가!

"꺅?! 김만천 님~?!"

"우리 길드마스터가 일격에-?!"

"뭐? 검성(劍星)이 당했다고?!"

"맙소사! 김만천 씨가…!"

근처에서 기웃거리던 구경꾼들이 호들갑 떨었다.

젊고 예쁜 여성의 비율이 극단적으로 높아 보이는 건, 절대로 우연이 아닐 것이다. 낭만을 아는 군주로구먼?

그게 네 패배요인이다! 군주A!

"여러분~ 축제는 즐거우셨나요? 이제 배턴터치하고 집에 돌아가서 잘 시간~♪"

싫다고 떼쓰는 구경꾼들을 예쁘게 달래서 전부 집으로 돌려보냈다. 나는 가고 싶어도 못 가거늘. 집의 소중함을 모르는 바보들이다.

얘가 마지막이다.

"김만천 님이 절대로 널 용서하지 않으실-꺄윽?!"

앙칼진 목소리로 따분한 복수극을 예고하는 처자의 요추(腰椎) 4번과 5번 사이를 예쁘게 베어줬다.

"응. 사랑하는 임에게로 꺼져."

"개새-"

뽕!

여성들은 잘록한 허리와 뽀얀 허벅지를 훤히 드러낸 복장들이 두드러지게 많았다. 검은색 망사스타킹과 가터벨트의 선정 비율도 높았다. 군주A의 취향이 반영된 코디일까? 방어가 허술해서 베기 편했다.

"그래도 뭐 좀 걸쳐줬으면 좋겠단 말이지. 사람 깔보는 건가? 설마, 실전과 코스프레를 구분 못 해서?"

뭐, 아무튼. 거대한 나무 주변이 한산해졌다.

▶한숨: 선배가 이 휑한 광경을 보면 울어버릴지도 몰라요. 요정왕의 눈물 쟁탈전 이벤트를 준비한다고 정말 열심히 뛰셨는데….

교생 아가씨. 그렇게 안타까워할 필요 없어.

이 이벤트는 내가 접수할 테니까.

"멈춰라! 인간!"

"더 접근하면…. 에잇!"

피용-!

느긋하게 나무를 오르는 내게 요정이 화살을 쏘았다. 단순한 위협시위가 아닌 살상을 목적으로.

하지만 나는 화살을 피하거나 막지 않았다. 그럴 필요가 전혀 없기 때문이다.

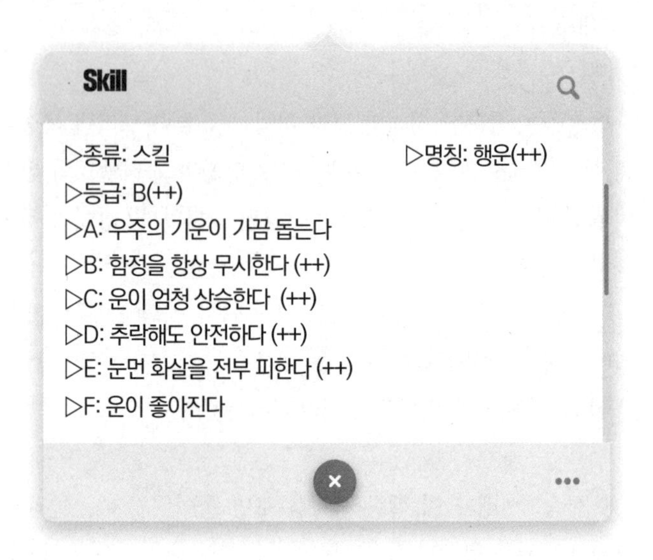

행운B의 가호를 받는 내게는 화살촉이 닿지 않았다.

"저 인간을 쏴라!"

"전 부대 사격 개시!"

"보물을 지켜라!"

거대한 느티나무 곳곳에 잠복해있던 수천의 난폭한 요정들이 화살을 쏴대기 시작했다.

슝! 슝! 슝! 슝!

그러나 나는 생채기 하나 없이 멀쩡했다.

모든 화살이 거짓말처럼 내 몸을 스치고 지나갔다. 갑작스러운 강풍으로 경로가 휘거나, 화살끼리 도중에 충돌하며 무산됐다. 활대가 부러지거나 활줄이 끊어지기도 했다. 안 맞는 이유도

참 다양했다.

“흥~ 흐응~♬”

요정왕의 눈물이 보관된 장소까지 무혈입성(無血入城).

행운이 팍팍 터지면서 숙련도가 가파르게 상승했다. 내 직업이 ‘용사’였다면 불가능했을 것이다. 그리고 마침내,

행운B→행운A

우주의 기운이 내 몸에 깃들었다.

▶애도: 선배님. 당신의 이벤트가 이상해지고 있어요….

퐁.

나는 요정왕의 눈물이 든 유리병의 뚜껑을 열고 마셨다. 모조품이긴 해도 효과가 제법 상당했다.

“…음?”

저건 뭐지? 이쪽으로 빠르게 떨어지는 거대한 무언가….

콰아아앙-!

요정들이 깔짝대는 느티나무 위로 운석이 떨어졌다. 이벤트 장소와 관계자들이 흔적도 없이 사라졌다.

우주의 기운이 굉장했다!

▶묵념: 선배님….

교생 아가씨. 기도 좀 빨리 끝내주지 않을래?

나는 거대한 느티나무가 불타서 사라진 대지를 보고 있었다. 뿌리 아래쪽으로 향하는 비밀통로 같은 게 눈에 띄었다.

이벤트의 연장선인 걸까?

▶곤혹: 글쎄요. 축제 준비가 번거롭다면서 모든 요정을 궁수로 배치한 선배인걸요. 이렇게 치밀한 설정을 짜뒀을 리가….

"그래…?"

나는 시커먼 구덩이로 냉큼 뛰어내렸다. 우주의 기운을 믿어보자.

새까만 구덩이 아래로 하염없이 떨어졌다. 낙하산을 깜빡하고 뛰어내린 스카이다이버가 된 기분.

착.

그래도 무사히 밑바닥에 착지했다. 내 육체 성능이 우수하기도 했지만, 행운 D등급의 '추락해도 안전하다' 효과가 가장 컸다.

나는 칠흑 같은 어둠 속에서 보았다. 여기가 땅속이란 게 믿기지 않는 넓은 공터에 세워진 웅장한 건축물.

이건, 궁궐이라고 불러야 할까. 그 위쪽에 심어진 거대한 느티나무가 짓누르는 모양새였다. 나무뿌리는 궁궐 내부로 침식해서 벽의 균열을 넓히고.

하지만 내 관심을 끈 부분은 이게 아니었다.

"묘하게 친숙한 궁궐 디자인이네."

내가 판타지아 대륙에서 보아온 다양한 종족과 수많은 문화의 건축양식 중에는 이런 느낌이 없었다.

이것은 지구 동양의 멋이었던 탓이다.

대한민국 경복궁, 일본 히메지성, 중국 자금성…. 지붕의 기왓장부터 병풍, 창문, 벽화에 이르기까지, 이것저것 좋다는 건 다 가져다가 버무려 놓은 느낌이다.

아니면 그 반대일까? 여기가 원조고 지구가 짝퉁?

뭐가 됐든 간에 이걸 보자마자 촉이 왔다.

"세계의 비밀이나 진실을 찾는 여행은 질렸는데…."

용사 경력 11년 차.

별 시답잖은 진실을 파헤치는 삽질을 많이 해봤다. 전설이나 신화란 단어로 거창하게 포장했지만, 막상 까놓고 보면 유치하거나 허무한 진실이 수두룩했다. 그 대표 격이 '전설의 용사' 아니던가?

판타지 원주민들은 신에게 선택받은 용사가 굉장한 인간이라고 굳게 믿지만, 실상은 지구의 사회 부적응자들을 납치해서 재활용한 것에 지나지 않는다.

용사는 직업 특전과 성검 빼면 시체다. 나 빼고!

▶깜짝: 이런 거대한 건축물이 페스티벌 대륙 아래에 묻혀있다는 얘기는 듣지 못했어요!

어? 잠깐. 교생 아가씨도 이걸 모른다고?

▶긍정: 네. 전혀 몰랐어요.

절대적인 교직원 관계자조차 모르는 장소란다. 아직 정식교사가 아닌 임시교사라서 열람 못 한 걸지도 모른다. 하지만 뭐든 간에 수상하다는 건 틀림없다.

교직원도 모르거나 감춘 무엇. 이 이유 하나만으로도 조사할 가치는 충분했다.

"우선은 출입구부터 만들어볼까."

벽을 힘껏 걷어찼다.

쾅—!

오래된 궁궐치고는 벽이 제법 튼튼했지만, 온갖 스킬로 강화된 내 각력(脚力)을 견딜 정도는 아니었다.

제법 좋은 입구가 만들어졌다.

▶당황: 강한수 생도님?! 입구는 저쪽에 버젓이 있는데요?!

쯧쯧. 교생 아가씨. 잘 들어. 그건 1차원적인 접근법이야.

자고로 도굴은 '용사'가 전문이다. 특히, 내 손에 걸리면 항아리 속 금화 한 닢까지 탈탈 털린다. 이처럼 오랫동안 방치된 유적일 경우, 입구에 멀쩡한 함정과 파수꾼이 덕지덕지 배치되어 있기 마련. 굳이 내 발로 찾아갈 이유는 없었다.

"흥~ 흐응~♪"

나는 콧노래를 흥얼거리면서 따끈따끈한 새 입구로 궁궐에 입장했다.

시작부터 코앞에 갈림길 같은 게 보였다. 오른쪽과 왼쪽. 친절한 표지판은 없고, 좌우 대칭이라서 판단 기준으로 삼을 힌트나 실마리도 없었다. 빙빙 돌지 않을 확률은 반반.

나는 턱을 쓰다듬으며 생각에 잠겼다.

"고전적인 미궁 방식이로군?"

대박을 노리며 찾아온 방문객을 눈속임과 스트레스로 쓰러트리겠다는 제작자의 악의(惡意)가 절절히 느껴졌다.

나도 1회차 때 수없이 당해봤다.

▶조언: 인생은 크고 작은 선택의 연속이랍니다. 실패가 두려워서 망설인다면 미래로 나아갈 수 없어요. 강한수 생도님. 용기를 내세요. 제가 곁에서 응원할게요!

고마워. 생기발랄한 교생 아가씨.

맞다. 그녀의 말대로다. 실패를 두려워해선 안 된다.

그런데 나는 굉장히 중요한 세계의 비밀을 간직한 분위기를 풍기는 이 궁궐이 무너질지도 모른다고 방금까지 걱정하며 망설였다. 지금부터라도 반성하자.

▶의문: 저기, 강한수 생도님? 무너진다는 건 대체…?

나는 성검2를 소환한 후, 행동으로 답을 대신했다.

슈우우웅－

성검2의 붉은색 칼날을 감싸기 시작한 시커먼 마기SSS. 그 기류를 중심으로 방대한 힘이 집결했다. 공격계열 스킬들이 중첩되면서 시너지의 시너지를 일으키고, 이걸 또 성검2가 증폭했다. 여기에 어째선지 '우주의 기운'마저 합류. 군주A와 잡것들을 사냥한 덕분에 레벨도 충분했다.

"이것이 내 선택이다."

나는 성검2를 정면으로 찌르듯 내질렀다.

파아아앙―. 일직선으로 뻗어가는 마기SSS.

그 새까만 기운은, 앞을 가로막는 궁궐의 벽과 유물 등을 불도저처럼 가차 없이 밀어버렸다.

펑! 쾅! 쿵! 팡!

수십 겹의 벽을 관통하며 넓은 터널이 생겼다.

나는 제3의 선택으로 떠나겠다.

▶당혹: 에…. 이것도 선택은 선택이네요. 이 궁궐을 건축한 기획자가 의도한 미지의 모험은 아니겠지만요….

이봐. 교생 아가씨. 모험은 약자들이나 하는 거야.

미궁을 부순다는 정공법을 못 하는 연놈들이 도박처럼 "어떻게든 잘 될 거야." 같은 막연한 희망에 매달리는 것이다.

딱, 지크 같은 사고방식이다.

"…그 자식은 지금쯤 어떻게 됐으려나?"

4회차가 시작되자마자 내게 턱주가리를 맞고 혼절한 지크. 곤히 자다가 5회차로 바로 넘어가서 당황하지 않았을까.

그건 좀 웃기겠네.

▶흐뭇: 아닌 척하지만, 강한수 생도님은 무척 자상하시네요. 동기를 걱정해주시다니. 우정은 날개 없는 사랑이라고….

잠깐! 교생 아가씨!

▶대답: 네? 말씀하세요.

지크랑 우정? 사랑? 어디 가서 그런 끔찍한 소리 하지 마!

교직원 일동이 오해해서 지크랑 또 붙여주면, 내 혈압 터져버릴지도 모른다.

교생 아가씨. 내 말 알아들었어? 똑바로 알아듣지 않으면 남자라고 소문낸다.

▶경악: 남자 아니래도요!

그거야 내가 알 바 아니고. 용사는 도굴이 전문, 선동과 날조가 취미다.

나는 제3 통로를 따라서 신전 내부로 쭉쭉 들어갔다. 팔면 돈벌이 좀 될 것 같은 예술품과 골동품이 듬성듬성 보였지만, 페스티벌에서 얻은 것들은 외부로 유출할 수 없다고 해서 포기했다.

물론, 여기에도 예외는 있다. 교생 아가씨 왈.

1) 레벨 경험치

2) 스킬 숙련도

3) 이벤트 상품

이 셋만은 계속 유지된다고 한다. 그렇기에 나는 자잘한 물욕을 포기하고 궁궐 심층부까지 빠르게 진격했다.

▶빼꼼: 너무 서두르시는 거 아니에요?

응. 서두르는 거 맞아.

궁궐의 동양적인 건축양식이 흥미롭지 않다면 거짓말이다. 그러나 이 순간에도 밖에서는 내 이벤트 상품을 노리는 먼지들이 부지런히 활동 중이다. 그 사실을 절대 잊어선 안 된다. 여유 부릴 시간 따위 없다.

"행운 효과로 함정들을 무시하니 참 편하-"

철컥.

내 움직임을 감지한 장치가 작동했다.

어라? 이상하다. 함정을 무시해야 정상일 텐데?

그 원인을 분석해보니, 내 왼손이 오른손 모르게 값비싼 다이아몬드를 쥐고 있었다. 왼손이 함정을 대놓고 건드려서 발동한 모양이다. 하하! 이 요망한 왼손 같으니.

"OwOw…!"

"OwOoow…!"

신전 여기저기에 배치된 쇠창살이 열리고, 몬스터 5마리가 괴성을 지르며 내게 덤벼들었다. 이쪽도 궁궐처럼 꽤 동양적으로 생겼다.

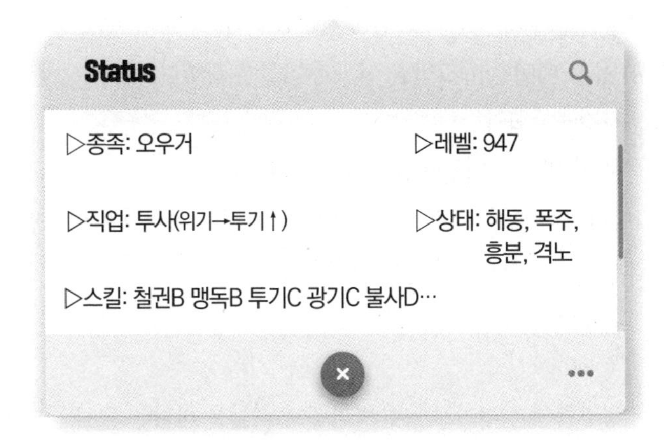

오우거(Ogre). 토종닭처럼 구수하게 부르면, 도깨비.

놈은 이마에 뾰족한 뿔이 돋아난 인간형 몬스터다. 평균 신장은 5m. 팔다리는 드럼통처럼 굵직하고, 우락부락한 몸통은 덤프트럭을 연상시킨다. 영악한 트롤이랑 달리, 오우거는 굉장히 멍청하다. 전술이나 협력 같은 생각 자체가 없다. 대신, 타고난 전투본능과 육체는 모든 몬스터를 통틀어서 최상위권에 속한다.

취미는 식인(食人)이다.

"OwOw－!"

두 눈이 붉게 충혈된 오우거가 전기밥솥 크기의 주먹을 내게 내질렀다.

"딱 봐도 축제용은 아니네."

이놈들은 보통 오우거보다 강했다. 당장 레벨만 봐도, 오우거의 평균 300레벨을 아득히 웃돌고 있었다.

이 신전의 오우거 100마리만 지상에 풀어놓으면, 용사 페스티벌은 오우거 미식회로 탈바꿈할 것이다. 용사 바비큐, 용사 스튜, 용사 베이컨…. 그만큼 이 오우거들은 강했다.

서걱-푸화악!

물론, 먼지들 기준에서 그렇다는 얘기다.

성검2로 가볍게 어루만져줬더니, 5마리 오우거가 양단되면서 먼지투성이 대지에 그대로 고꾸라졌다.

“Ow….”

“OwOw….”

생명력이 질기기로도 유명한 오우거들은 하나둘 숨이 끊기며 경험치로 치환됐다.

나는 일일이 확인해보지 않고 빠르게 그곳을 지나갔다. 산책 중에 마주친 개미 때문에 멈출 필요는 없잖은가?

그렇게 3번쯤 방해받았을까.

내 경험과 직감이 목적지에 다 왔음을 알려줬다.

“여기로군.”

굳게 닫혀있는 웅장한 출입문의 장식부터 무척 호화찬란했다. 이 안쪽에 신전의 보물이나 보스가 있을 것이다.

▶제안: 강한수 생도님. 너무 성급한 판단 아닐까요? 돌다리도 두들겨보고 가란 말이 있잖아요.

거참! 교생 아가씨. 내가 용사 경력 11년 차야.

도굴은 내 전문분야야. 알겠어?

▶삐죽: 네.

내가 이렇게까지 말했음에도 교생 아가씨가 믿질 못하는 듯하니, 가볍게 시범을 보여주기로 했다.

제자리에서 가볍게 점프, 점프.

"하나, 둘, 하나, 둘~♪"

리듬에 맞춰서 골반을 좌우로 흔들었다. 허리디스크가 오지 않도록 가볍게 허리를 풀어주는 운동이다. 그 뒤, 오른발을 뒤로 당겼다가 힘껏 내질렀다. 마왕 페도나르가 4회 연속으로 인정한 발차기. 그 위력과 퍼포먼스는 나무랄 곳이 없다.

쾅—!

거대한 문짝이 종잇장처럼 파괴됐다.

"헉! 누구냐!"

"빙고."

방 안쪽에는 내 예상대로 보스가 있었다. 보스는 요정왕이랑 무척 닮은 얼굴의 요정 수컷이었다. 이미 유전자 단위에서부터 사악함이 좔좔 흘렀다. 내 11년 경력이 속삭였다. 저것은 악(惡)의 화신이 틀림없다고.

옥좌에 앉아있던 사악한 보스가 벌떡 일어서며 외쳤다.

"그 검은 설마…!"

성검2를 아는 눈치였다. 전혀 예상치 못한 반가운 소식이다.

마왕 페도나르가 죽기 전에 "망룡왕에게 성검2를 보여줘라."라는 의미심장한 떡밥을 남겼기 때문이다.

4회차에선 바로 마왕 잡고 끝.

그런데 엉뚱한 장소에서 그 실마리를 발견했다.

"이 성검에 대해 알아?"

"물론! 매우 잘 알고 있소."

"호오."

"그런데 용사여. 어째서 여기까지 혼자 온 것이오. 궁궐 정문(正門)으로 마중 나간 짐의 여식을 보지 못—꾸엑?!"

빡—!

나는 보스의 시선을 성검2로 유도한 후, 그의 갸름한 턱주가리를 힘껏 날려줬다.

하지만 이건 시작에 불과하다. 베고! 찌르고! 때리고!

"몰랐으면 진짜 위험할 뻔했네."

"크, 크윽…. 용사여, 어째서 공격을…?"

왜냐고? 나는 보스의 말에서 매우 중요한 정보를 얻었다.

이와 비슷한 괴물이 또 있다는 것.

Status

▷종족: 카오스 엘프

▷레벨: 999+

▷직업: 폐왕(명성=권위↓)

▷상태: 봉인, 경악, 혼란, 공황, 충격

▷스킬: 정령SSS 궁술SS 망각SS 축복SS 인내SS…

보스의 능력치다. 마누라를 마왕에게 빼앗긴 한심한 요정왕이랑 격이 달랐다. 둘이 비슷한 건 외모뿐.

보스의 스킬은 등급과 구성이 끔찍한 수준이었다. 방어계열 스킬이 상대적으로 낮다는 게 그나마 다행일까.

일대일이라면 해볼 만하다. 하지만 둘은 무리다. 그러니,

“닥치고 얼른 뒤져!”

궁궐 입구에 잠복해있다는 보스의 딸년이 눈치채기 전에 각개격파 해야 한다.

“요, 용사여! 잠시만 대화를…!”

불리해진 보스가 평화적인 대화를 주장했다.

하지만 나는 안다. 내가 그의 평화제의에 마음이 약해지며 빈틈을 보이는 순간, 억울한 척하던 보스는 입 싹 닦고 반격해올 것이다.

지금은 망설일 때가 아니다. 보스의 딸년이 돌아오는 중일지도 모른다. 시간을 끌면 끌수록 내가 불리해진다.

▶혼란: 생활기록부를 대충 훑어보긴 했는데요. 강한수 생도님은 11년 동안 대체 어떤 경력을 쌓아온 건가요…?

나? 동료들의 기만과 통수 속에서 살아왔지!

“이젠 안 속아.”

“크! 용사란 자가 어찌 이리도 성급할 수－”

털썩. 성검2에 심장을 관통당한 보스의 숨통이 끊어졌다.

레벨이 쭉쭉 올라갔다.

■■E→■■D

그리고 블랙박스도 승급했다.

"흐음. 비슷한 속성의 종족끼리 통하는 연관성이 있는 건가…?"

카오스 드래곤.

카오스 타이탄.

카오스 머메이드.

카오스 엘프.

이젠 우연으로 치부할 수 없었다.

등신들만 졸업시키는 판타지 신(神)에게 대항하기 위해서라도, 이건 조사해볼 가치가 있었다. 하지만 어디서부터 접근해야 좋을지….

"아바마마. 지하감옥의 봉인을 푼 용사가 보이지 않…. 아바마마!?"

바로 조사할 수 있겠다.

나는 보스의 딸로 짐작되는 아가씨의 비탄 잠긴 목소리가 들려온 입구 쪽으로 몸을 돌린 후, 힘차게 도약했다.

우리에게 대화는 불필요했다. 변명할 생각도 없다.

나는 그녀의 친부를 살해한 철천지원수!

이해와 용서는 바라지 않는다.

정의로운 전쟁? 전쟁은 남의 가정과 평화를 파괴하는 쓰레기다. 용사는 그 쓰레기를 미화한 폐기물이고.

나는 보스의 딸이 가족의 죽음으로 충격받아서 한눈판 틈을 놓치지 않았다. 이 기회를 살려서 성검2를 휘둘렀다.

휭—!

그러나 허공만 갈랐다.

"뭣—?"

요정은 연체동물 같은 움직임으로 내 기습을 피해냈다. 그녀의 가느다란 팔다리가 세련되게 흐느적거린다. 오장육부가 들어갈 자리나 있을지 의심스러운 개미허리는 마리오네트 인형처럼 휙휙 구부러진다.

음극과 음극, 양극과 양극.

같은 극의 자석처럼 성검2의 칼날과 요정의 피부는 닿지 않고 끊임없이 비껴갔다.

우리는 액션 영화를 찍는 게 아니다. 그저, 내 공격이 그녀에게 유효한 타격을 주지 못할 뿐. 그만큼 보스의 딸은 빠르고 유연하며 늘씬했다. 심지어 간간이 역습까지!

챙! 챙!

보스의 딸이 쓰는 무기는 레이피어였다. 레이피어는 칼날이 가벼워서 비실비실한 요정들이 애용하는 무기 중 하나다. 하지만 지금처럼 그 효과를 극대화하는 요정은 진정 처음 보았다.

한 방! 딱 한 방이면 되거늘! 그 한 방 맞추기가 너무나 힘들었다.

"이거, 이상한데…?"

등골이 싸해진 나는 곧장 그녀의 능력치를 열람했다.

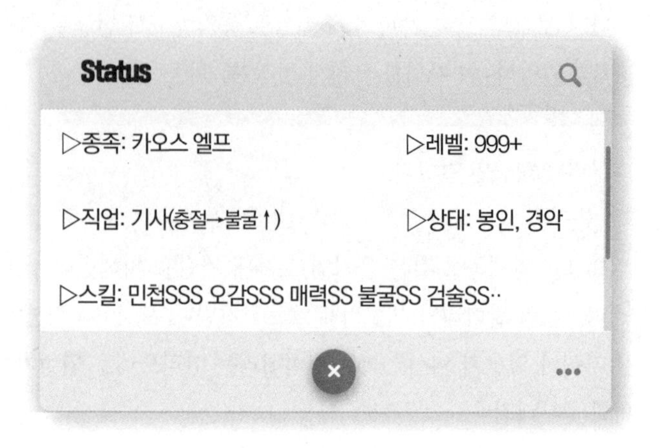

보자마자 헛웃음이 절로 나왔다. 민첩이 SSS등급이라고?

이 여자는 24시간, 365일 요가만 하며 살아온 걸까. 민첩이라고 해서 단순히 몸을 빠르게만 해주는 게 아니다. 관절도 유연하게 해준다.

하물며, 막대기 같은 육체를 타고난 요정들은 스킬이 없이도 상당히 유연한 편이었다. 잡을 곳도 없어서 흠이지만!

보스의 딸은 자기 종족의 특성을 극대화했다.

"당신이 정말로 용사?"

나머지 스킬들도 대충 훑던 중, 그녀가 불쑥 입술을 떼며 내게 질문했다. 나도 지지 않고 받아쳤다.

"그러는 너는 해파리 같은데?"

오랫동안 햇빛을 보지 못한 탓일까. 이 요정의 머리카락은 은빛이 감도는 백색이고, 피부는 뽀얀 우윳빛을 넘어선 백광(白光)이었다. 여기에 몸이 흐느적거리기까지 하니….

솔직히 좀 징그러웠다.

"용사가 어째서 우리를 적대하는 거죠?"

"내가 더 약해서?"

대화는 대등할 때나 성립한다. 아니면 내가 더 강하던가. 그것이 나의 생존전략이었고, 앞으로도 그럴 것이다.

"그 무슨 말도 안 되는 논리…."

"이해를 바라진 않아."

중간중간 대화를 나눌 수 있을 만큼 우리의 접전은 길어졌다.

요정의 회피 솜씨가 일품이기도 했지만, 그녀를 공격하는 내 모든 공격이 얕다는 이유가 가장 컸다. 보스의 딸을 죽여선 안 되기 때문이다.

새삼스러운 얘기지만, 나는 보스를 죽였다. 내게 세계의 진실을 들려줄 수 있는 '이벤트 캐릭터'는 이제 눈앞의 요정 하나뿐.

여기까지 와서 허탕만 치고 갈 순 없었다.

그런데 그 제압이 무척 힘들었다. 요정의 팔다리를 잘라서 무력화하고 싶은데, 연체동물처럼 움직이는 팔다리는 내 성검2의 예리한 날에 닿아주질 않았다.

가장 면적이 넓은 몸통은?

이쪽은 내가 살짝만 건드려도 치명상으로 죽어버릴 것 같아서 베거나 찌를 엄두가 나지 않았다. 그렇다면,

푹－

나는 의도적으로 요정의 레이피어에 찔려줬다.

레이피어의 얇은 칼날이 내 몸에 박혔지만, 행운이 팡팡 터지면서 중요한 장기와 힘줄은 전부 피했다. 즉, 피해는 미미했다.

불끈.

나는 그 상태에서 근육의 힘을 꽉 줬다.

생명과학의 힘으로 강화된 내 근섬유는 밀도가 매우 높은 편. 아무리 날카로운 명검이라도 잠깐이라면 붙잡아둘 수 있다.

"이런…!"

내 의도를 눈치챈 보스의 딸이 레이피어의 손잡이를 놨다. 그녀는 뒷걸음치며 빠르게 후퇴했다. 그리고 방 주위의 벽걸이에 장식된 다른 칼로 손을 뻗었다.

하지만 나도 그쯤은 예상했다. 젓가락질이 어렵다면 손으로 집어 먹으면 그만.

덥석!

이 요정이 빠르고 유연해서 날붙이로 벨 수 없다면, 빠져나갈 수 없도록 우악스럽게 붙잡아서 제압하면 된다.

나는 회심의 미소를 담아서 외쳤다.

"드디어 잡았다, 요년!"

"꺅?!"

나는 활짝 벌린 양팔로 요정의 가녀린 몸을 끌어안았다. 절대로 놓치지 않기 위해 양손의 깍지까지 꼈다.

데굴데굴.

우리는 살과 살이 뒤엉킨 채로 바닥을 굴렀다. 그런데 이 와중에도 요정의 민첩SSS가 발동했다. 생포했다고 확신했던 그녀의 몸이 뱀처럼 빠져나가기 시작했다.

이쯤 되면 사기 아닐까? 참기름을 바른 미꾸라지를 맨손으로 잡으려고 애쓰는 기분이다. 나는 바쁘게 팔다리를 움직이며 그

녀의 탈출을 저지했다. 물론,

빡-!

"커읍-?!"

보스의 딸도 내게 마냥 당하고만 있지 않았다. 고사리 같은 손을 앙증맞게 꽉 쥐고는 내 얼굴을 후려쳤다. 얼마나 세게 쳤던지 한 방에 코피가 터져버렸다.

호리호리한 몸에 어울리지 않는 힘! 이 요정은 스킬보다도 레벨이 더 깡패였다. 하지만 그건 나도 만만치 않다. 나는 레벨보다 스킬 쪽이!

바로 복수해줬다.

퍽. 무릎으로 그녀의 아랫배를 찍었다.

"읏!"

보스의 딸 입이 벌어지며 짧은 비명이 터졌다.

그러나 주술사 계열이었던 '폐왕'보다 압도적으로 몸이 튼튼한 '기사'의 움직임을 막기엔 역부족이었다. 반격할수록 약해지긴커녕 그녀의 저항만 더욱 거세졌다.

그렇다면, 나는 요정이 가장 민감한 부위를 공략하기로 했다.

텁, 텁. 양손으로 그녀의 뾰족한 귀를 붙잡았다.

"아응~?!"

요염한 비음을 흘리는 보스의 딸. 사람이라면 꿀밤 같은 벌칙 수준이지만, 요정에게 귀는 대단히 의미심장하고 중요한 감각기관이다. 외부의 자극이 가해지면 정신이 하나도 없을 만큼.

그래서 요정을 고문할 때도 자주 쓰인다.

"항복해."

"웃, 아웃…."

"후후. 얼마나 버틸 수 있을까?"

나는 쓰러진 요정의 잘록한 허리 위에 엉덩이를 깔고 앉았다. 아무리 그녀가 강해도 귀가 잡힌 이상 끝난 거나 다름없다.

자! 어서 항복하시지!

"으, 아으-얍!"

그렇게 으스대는 중에 들어온 예상치 못한 공격을 받았다.

"커억?!"

이번에는 좀 센데?!

퍽! 퍽!

요정이 앙증맞게 쥔 주먹이 내 안면과 하복부를 각각 때렸다.

엔도르핀 덕분에 고통은 없었으나, 끔찍한 충격이 내 보물 1호를 강타했다. 거리가 가까워지니 이런 약점이…!

▶난감: 이건 누가 봐도 범죄의 현장인데요? 가해자는 당연히 강한수 생도님이고요.

교생 아가씨! 싸움에 그런 게 어디 있어! 나도 이젠 열 받았다.

턱! 턱! 양손을 요정의 귀에서 뺨으로 이동했다. 고개를 돌리지 못하도록 그녀의 얼굴을 꽉 붙잡아서 고정한 후, 시원한 이마에 박치기했다.

빡-!

뼈 울리는 아름다운 소리가 들려왔다. 열심히 바둥거리던 요정의 팔다리가 힘없이 축 늘어졌다. 제압 완료.

"우후후후!"

절로 웃음이 나왔다. 이 세계의 비밀을 물어볼까? 아니면 성검2부터? 몸으로 마저 대화한 후에 진행하는 것도 나쁘지 않을 듯했다. 나는 행복한 고민에 빠졌다.

"히익?! 안, 안 돼요!"

높은 레벨과 스킬의 회복력으로 뇌진탕에서 금방 회복된 보스의 딸이 오들오들 떨며 사양했다. 그러나 이전처럼 거세게 저항하진 않았다.

예민한 귀를 마구 만진 탓일까? 그녀의 얼굴이 새빨갛다.

"아가씨. 무슨 생각을 한 거야? 혹시…?

"아, 아니에요!"

"흐흐. 요정답지 않게 은근히 밝히네!"

"나, 나는 그저 책에서 본…. 으으…."

우리의 분위기가 살육에서 낭만으로 급전개됐다.

이 여자는 친아버지를 살해한 남자에게 매력을 느끼는 걸까?

고도의 미인계일지도 모른다. 바로 그때,

"크흠!"

우리의 뒤편에서 남성의 과장된 헛기침 같은 게 들려왔다. 목소리가 어째선지 낯이 익다. 나는 고개만 슬쩍 돌려서 얼굴만 확인했다. 그리고 경악했다.

"말도 안 돼! 분명히 죽었을 텐데…!"

보스가 무척 난감하다는 얼굴로 내 뒤편에 서 있었다.

확실하게 죽여서 경험치까지 먹었던 보스가 되살아나는 패턴은 처음 겪는 기사(奇事). 경험치는 곧 힘이기 때문이다. 힘이 깎인 상태로 부활해봐야 또 죽을 뿐.

하지만 이 보스는 되살아났다. 내가 베고 찌른 자국이 옷 여기저기에 상흔처럼 남아있으나, 그 안쪽의 맨살은 멀쩡했다.

그렇다면 능력치는 어떨까?

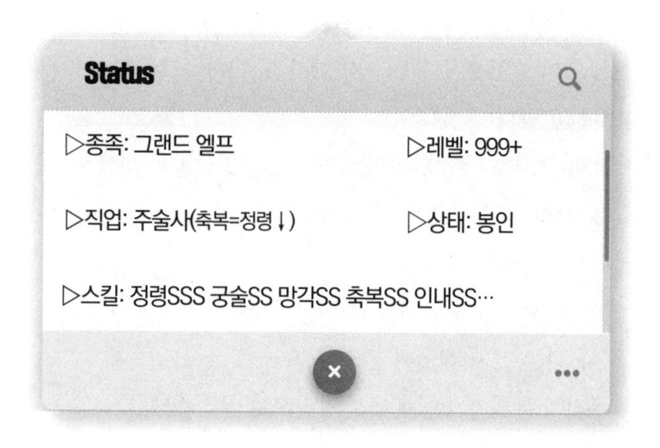

미친! 보스는 직업이 바뀌면서 더 강해졌다.

내 기습으로 엉망진창이 됐던 상태도 회복했고, 종족이 '카오스'에서 '그랜드'로 바뀐 것도 큰 변수로 작용했다.

보스가 다 안다는 표정으로 먼저 입술을 뗐다.

"용사여. 이 지하감옥에선 누구도 죽지 않소. 시간이 흐르면 저절로 되살아난다오."

"여기가 지하감옥이라고?"

"그렇소. 이곳은 안식이 허락되지 않는 무간지옥. 이 위에 사는 동족의 선조들이 짐과 딸아이를 이곳에 가뒀다오. 부녀지간이라고 하나, 정말 힘든 인고의 시간이었지! 만약, 짐의 취향이 큰 게 아니었다면…. 크흠! 아무튼, 용사여! 이만 대화에 응해주지 않겠소?"

보스의 한결같은 태도가 내 마음을 움직였다. 기만책인지는 당장 확인할 수 없었다. 하지만 부활한 보스는 자기 딸이 공격받는 중에도 내 뒤통수를 노리지 않았다. 이것만은 확실한 진실.

내 1회차 동료들이랑 달랐다.

"…뭐, 좋아."

안 그래도 궁금한 게 많던 참이다.

특히, 블랙박스에 대해 알고 싶었다.

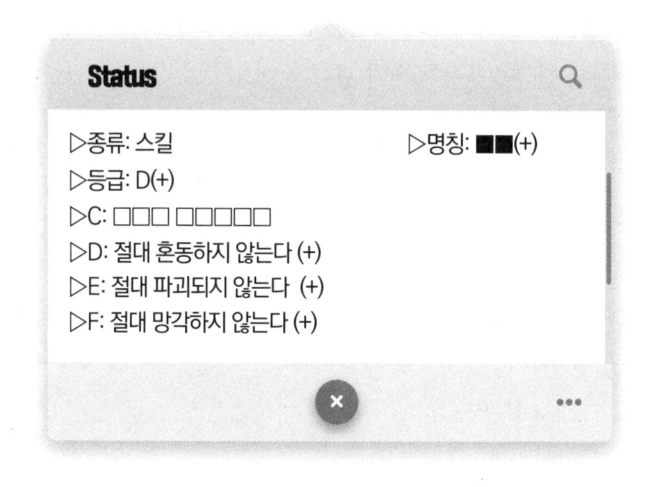

불확실한 주식에 전 재산을 쏟아붓는 건 위험하다.

이 블랙박스도 마찬가지. 놔둬도 알아서 잘 크는 중이지만, 교직원 일동과 채점자에게 치명적인 비수로 적용될 수 있는지 궁금했다.

나는 간신히 제압해둔 보스 딸에게서 천천히 떨어졌다.

참으로 멀리도 돌아오고 말았다. 이게 다 망할 요정 부녀(父女) 탓이다.

▶황당: 강한수 생도님. 따져보면 그게 다 누구 때문인데요? 평범하게 정문으로 들어왔다면 좋게 풀렸을 거라고요….

나는 승리자처럼 우쭐대는 교생 아가씨의 잔소리를 대충 흘려넘기며, 근처에 굴러다니는 의자를 끌어다가 앉았다.

"보스. 이해하기 쉽게 핵심만 요약해서 부탁합니다."

나는 진실을 들을 준비가 됐다.

"용사여. 짐의 이름은…."

"보스K. 서로 바쁜 몸이니 자기소개는 생략하고, 유익한 정보만 빠르게 교환하고 헤어집시다."

보스K가 한숨을 푹 내쉬며 답했다.

"짐이 3대 요정왕으로서 영겁의 세월을 살아왔소만, 그대처럼 성급한 용사는 진정 처음 보오."

"그래서 불만?"

"불만이라면…."

두드드드드-

갑자기 궁궐 전체가 흔들렸다.

보스K가 천장을 올려다보며 넋두리했다.

"…없소, 현대의 용사여. 우리 때는 배려와 인내가 당연했었는데, 시대가 바뀐 모양이오."

나도 그 진동을 느낄 수 있었다. 순조로운 진행을 지연시키는 돌발이벤트. 절로 눈살이 찌푸려졌다.

"보스K. 침입자가 온 건가?"

"그렇소. 용사여. 짐과 여식을 가둬둔 이 지하감옥의 봉인이 풀렸다는 것을 그들이 눈치챘소."

"인칭대명사 쓰지 마라."

이 야만인들은 설명의 기본이 안 되어있다.

"인칭-뭐?"

"그들이 누군지 똑바로 말하라고."

드디어 말귀를 알아들은 보스K가 원한 깃든 어조로 답했다.

"현대의 용사여. 이 시대에선 그들을 뭐라고 부르는지 짐은 모르오. 하지만 우리는 이렇게 불렀소."

그는 경멸을 담아서 그 이름을 말했다.

"천사(天使)라고."

가장 길었던 내 1회차 모험 중에도 보지 못했던 불분명한 종족의 이름이 튀어나왔다.

두드드드드!

외부의 충격으로 궁궐의 흔들림이 더욱 심해졌다. 보스K랑 느긋하게 대화하고 있을 때가 아니었다. 저쪽에서 오든 이쪽에서 가든 금방 마주치게 될 것이다. 나는 성검2를 재차 소환했다. 그리고 SSS등급 마기와 패기를 온몸에 둘렀다.

"어디, 그 천사의 면상이나 볼까?"

"저희도 돕…."

"됐어. 죽지나 마."

요정 부녀의 협력 의사는 거절했다. 나는 이들을 전적으로 신뢰하지 않기 때문이다. 한쪽 이야기만 듣고 판단하는 실수는 1회차 때 질리도록 많이 해봤다.

막말로, 이 부녀가 흉악범일 수도 있다. 너무 큰 잘못을 저질러서 무기징역 선고를 받은 거라면? 그렇다면 지금 쳐들어오는 자들이 올바르다는 결론이 나온다.

"OwOw~!"

"OwOwooo~!"

나를 발견한 오우거들이 떼로 덤벼들었다. 하지만 지금은 이것들이랑 놀아줄 시간이 없었다. 베는 시간조차 아까웠기에 그냥 무시하고 지나쳤다.

쾅-!

그런데 침입자들은 그럴 마음이 없는 듯했다.

"OwOwoo~?!"

"OwOw~?!"

어떤 빛에 관통당한 오우거들이 무더기로 죽어나갔다.

파스스스….

이 지하감옥에선 절대 죽지 않는다는 보스K의 설명이랑 달리, 빛에 당한 오우거들의 시체는 흔적도 없이 사라졌다.

나는 문제의 빛이 쏘아져 날아온 방향을 주시했다.

우선은 그전에 확인부터. 교생 아가씨. 천사의 정체를 알아?

▶대답: 당연히 알죠! 악마랑 대비되는 속성의 존재입니다. 이건 대외비인데요. 마왕을 쓰러트린 졸업생이 판타지아 대륙에 계속 남길 원하면, 자연스럽게 고등교육과정으로 넘어가게 돼요. 이때 상대하는 주요 적이 천사들이에요.

초등교육과정은 악마란 걸까? 교생 아가씨의 이야기를 들어보니 굉장히 위험한 상황이었다. 고등학생에게 대학교 문제집을 풀라고 내준 꼴이기 때문이다.

'천사라…?'

용사 경력 11년 차에 접어든 나조차 천사를 본 건 손에 꼽을 정도로 적다. 그리고 그런 천사는 대체로 추방된 죄인.

본인들은 "나는 과거에 천사였다. 놀랐지?"라고 말하지만, 그때는 솔직히 별 감흥 없었다. 추방되며 천사의 힘을 잃었을 뿐이라고 주장하는 사기꾼들이 하는 말들을 귀담아듣지 않았다. 지금도 그러했다.

뿅! 뿅! 뿅!

수십 발의 빛이 내게 쏘아져 날아왔다.

"싸우지 않고 건설적인 대화로 풀 수도 있는데."

저들은 국가의 안녕을 해치는 황녀의 마차를 습격한 정의로운 암살자들 같은 실수를 범하고 있었다. 저러니 매번 오해를 사서 억울하게 퇴장하지.

"이번에도 그럴 거고."

남에게 맞고 넘어갈 만큼 나는 착하지 않다.

이때도 행운은 꾸준히 발동했다.

휙, 휙, 휙.

천사들이 쏘는 모든 빛이 내 몸을 거짓말처럼 스치고 지나갔다. 빛 한 점도 내 몸에 닿지 못했다.

실소가 절로 나오는 상황. 직업 용사보다 도적이 압도적으로 점점 마음에 들기 시작했다.

슬슬, 침입자들의 윤곽이 내 시야에 잡혔다.

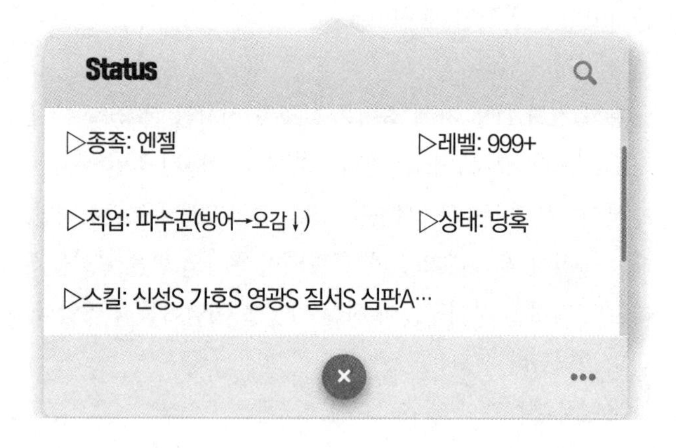

정말로 천사였다.

종족에서부터 이미 "나는 천사다!"라고 밝히고 있었지만, 등에 매달린 2쌍의 순백 날개가 상상 속 천사의 이미지랑 비슷했다. 그리고 다들 선량하게 생겼다.

"역시 용사의 소행이군요."

"죄인을 풀어준 죄로 척살합니다."

"편히 죽을 생각은 버리시오."

벌레 한 마리도 못 잡게 생긴 얼굴로 심한 말을 했다.

만나자마자 죽이고 시작하기?

1회차 때, 자기가 과거에 천사였다고 주장했던 대다수 사기꾼은 적어도 외모와 행동이 일치했었다. 선량하고 규칙을 준수하며 양심적이었다. 그런데 이들은 대체 뭘까?

"아아, 자기들이 무조건 정의라는 눈빛이군."

내 1회차 동료들이 딱 저랬다. 자신들이 하는 행동을 일절 의심하지 않는다. 도움을 요청하는 1명의 소녀를 위해, 비슷한 나잇대의 딸아이를 가졌을지도 모를 수백 명을 학살한다. 이 천사들이 취하는 태도 또한 마찬가지다.

나는 아무런 짓도 안 했다.

우연히 하늘에서 떨어진 운석이 이벤트 장소를 불태워버렸을 뿐이다. 그리고 등장한 지하통로. 나는 호기심에 들어왔을 뿐이다. 그런데 만나자마자 대뜸 죽이려고 한다.

"뭐, 좋아."

나도 주절주절 떠드는 것보다 이런 전개가 빨라서 좋다.

펄럭펄럭.

천사들은 폭이 좁은 궁궐 안에서까지 저공비행 하며 이동했다. 멀쩡한 두 다리는 장식인 모양이다. 나는 벽과 기둥을 밟으면서 입체기동으로 접근했다.

날개를 가진 천사들의 비행 능력은 여기서 큰 이점이 안 됐다.

사방이 막힌 공간. 이곳에서는 거추장스러울 뿐이다.

"어째서 안 맞는-컥?!"

나는 투덜대는 천사 남성의 면상으로 손을 뻗었다. 그자의 두 눈구멍에 손가락을 쑤셔주면서 볼링공처럼 붙잡았다.

그리고 굴렸다.

“꺄앗?!”

피투성이로 날아온 동료랑 충돌한 천사 여성이 깜찍한 비명을 지르면서 함께 나뒹굴었다. 나는 궁궐 천장을 밟으며 그쪽으로 단숨에 도약했다.

푹푹.

성검2로 두 천사를 꼬치처럼 찔러줬다.

“우선 둘.”

혹시라도 부활하면 귀찮기에 마기를 힘껏 끌어올렸다. 해본 적은 없지만, 상반되는 힘이랑 충돌하면 멀쩡하진 않을 터.

성검2를 휘감는 시커먼 기운. 여기에 노출된 두 천사의 몸이 경련을 일으켰다. 그리고 예쁘게 외쳤다.

“아아아아~!”

“꺄아악~!”

하지만 그 둘의 노래는 길지 않았다.

젊고 탱탱했던 피부가 순식간에 쭈글쭈글해진 두 천사는, 중년을 넘어서서 금세 노인으로, 미라 같은 시체로 변했다.

그걸로 끝. 부활의 징조는 없었다.

“용사가 마기라니!”

“이 마기는 마왕급이다!”

“천신이시여, 이 어찌….”

궁궐의 중심부에 있는 요정 부녀에게로 향하던 천사들이 일제히 방향을 틀더니, 내게 달려들었다.

최대 위협으로 판단한 걸까? 아니면 동료애?

뭐가 됐든 나로선 추적할 수고를 덜어서 편했다.

뿅! 뿅! 뿅!

비처럼 쏟아지는 빛무리의 향연.

하지만 그중 단 한 발도 내 몸에 닿지 못했다. 이쯤 되면 다른 공격수단을 꺼내야 하는 게 아닐까? 물론, 있다면 말이다.

"커억-?!"

나는 천사의 목을 붙잡았다. 만약, 이 천사가 보스의 딸 같은 전사였다면, 곧바로 내 보물 1호를 걷어차거나 주먹질하며 저항했을 것이다.

하지만 이 녀석은 그러지 못했다. 혼비백산하여 무의미하게 팔다리를 버둥거릴 뿐. 마치, 어린애를 상대하는 기분이다.

"허술해."

우득.

더 상대해주기도 귀찮았던 나는, 천사의 경추(頸椎) 6번과 7번 사이를 부러트렸다. 마무리는 이번에도 마기. 천사의 목을 중심으로 한여름의 아이스크림처럼 온몸이 녹아내리기 시작했다.

"도망쳐요! 전원 후퇴!"

"어서 상부에 보고를…!"

"이 용사는 대체 뭔가요!?"

더는 안 되겠다고 판단한 천사들이 몸을 돌렸다. 유일한 공격수단인 빛줄기가 안 통하고, 자신들이 전혀 상대가 안 된다는 걸 깨닫자마자 줄행랑치는 것이다.

나는 비릿한 미소를 지으면서 성검2를 휘둘렀다.

시비를 걸었으면 책임을 져야지? 내 출장료는 비싸다.

서걱, 서걱 – 쿠구구궁!

몰살 스킬은 생명체로 제한되어 있지 않다. 내가 허공에 내지른 칼질은 천사들의 날개와 육체를 긁고, 그 앞쪽의 기둥과 천장을 무너트렸다. 탈출로를 봉인한 것이다.

"용사여! 어째서 저 악의 종자들을 편드는 것인가!"

벌벌 떠는 천사 중 하나가 용기 내어 외쳤다.

"그 종자들이 뭔데?"

"타락한 용사의 동료들이다! 마왕을 쓰러트린다는 본분을 잊은 용사를 설득하긴커녕 잘못된 길을 부추긴 악(惡)!"

재미있는 이야기를 들었다. 나도 그 천사의 용기와 성의에 보답해주기로 했다.

푹 –

성검2로 찌르고,

치지직…!

마기SSS로 갈아버렸다.

"히이익?!"

"허걱!"

"신이시여…."

그 이후부터는 일방적인 싸움이었다. 닭장에 갇힌 닭들이랑 술래잡기하는 기분으로 상큼하게 하나하나 찾아다니며 목을 비틀어줬다. 물론, 바로 죽이진 않았다.

"속옷이 시커먼 천사 아가씨."

"사, 살려주세요!"

"순순히 죽고 싶으면 내 질문을 추측해봐."

"옛?!"

나는 생포한 천사에게 던지는 질문을 한정하지 않았다. 자유 주제의 논술형 문제를 냈다. 그러면 가끔 예상 밖의 정보가 튀어 나왔다.

"빛과 어둠, 신성과 마기. 그 어디에도 속하지 않은 혼돈의 종자들은 세상을 좀먹는 악입니다! 용사여! 눈을 뜨세요! 우유부단한 혼돈은 중도(中道)를 표방하면서 더욱 큰 재앙을 부릅니다!"

"더 말해봐."

"이제 끝-컥?!"

요런 정보. 박쥐 같은 중립국이라서 미워한다는 것 같다.

"용사님! 정신 차리시고 진실을 보세요! 그 칼은 신(神)에게 반기를 든 혼돈의 용사가 사용했던 5번째 성검! 쓰면 쓸수록 당신의 영혼을 좀먹으면서 서서히 파괴할 거예요! 꺄윽?!"

이런 정보도 있고!

성검이 최소 5자루가 더 있다고 해서 설렜다.

그것들을 전부 모으면, 손가락을 튕기는 것만으로 판타지 세계를 멸망시킬 수 있었으려나?

나는 천사들을 하나하나 심문하면서 죽였다. 예외는 없었다.

"멋진 용사님. 당신이 바라시는 노예가 되어드릴게요. 저의 몸은 지금부터 당신만의 것-꺄윽?!"

항복이든 충성맹세든 전부 죽였다.

"이년이 어디서 약을 팔아. 퉤!"

약자가 강자에게 지배받는다. 이 야만적인 세계에선 너무나 당연한 논리다.

그런데 약자가 "너의 노예가 되어줄게. 고마운 줄 알아." 같은 건방진 소리를 지껄이고 있다.

실비아 같은 년! 내가 가장 마음에 안 들어 하는 부류다.

"용사여! 우리는 천사입니다! 신의 사도! 신에게 선택받은 용사가 우리를 적대한다는 건 말도 안-커억?!"

"그 이유만으로도 너희는 멸종해야 해!"

나를 이 끔찍한 세계로 납치한 판타지 신의 앞잡이란다. 오늘부터 내게 새로운 목표가 생겼다. 천사는 앞으로 이유 불문하고 보이는 족족 삭제다. 판타지 신이 뒷목 잡을 때까지!

▶깜짝: 강한수 생도님. 천사를 싫어하는 마왕의 꿈이랑 너무 흡사하신 거 아닌가요?!

나는 괜찮아. 교생 아가씨.

▶으쓱: 네. 큰 문제는 없겠죠. 천사랑 마주치는 전개는 고등교육과정. 진정한 선(善)이 무엇인지 고민하는 심화 과정입니다. 용사 페스티벌이 끝나고 강한수 생도님이 판타지아로 돌아가시면, 천사랑 마주칠 일은 절대 없을 거예요. 이번에는 좀 의외였지만, 그건 여기가 페스티벌이라서 가능한 특수성이죠.

특수성이라? 그렇다면 축제를 최대한 오래 끌면서 즐겨야 할 듯했다. 내가 이번에 천사들을 죽이고 얻은 스킬 탓이다.

신성F→신성E→신성D

신성(神聖).

성녀나 교황 같은 종교계 최상위직업만 얻을 수 있는 스킬.

일부 몬스터도 가지고 있긴 하지만, 인간 기준으로 D등급이면 매우 높은 편에 속한다.

반짝반짝.

내 손바닥 위에서 신성D가 찬란하게 빛났다.

"어, 어떻게 마기와 신성을 동시에…?"

성검2에 찔려 숨넘어가기 직전인 마지막 천사가 망연자실한 얼굴로 중얼거린다. 이렇게 잘난 용사님은 처음 보는 모양이다.

나는 마기SSS로 마무리하며 답했다.

"굳이 알 필요가 있을까?"

당장은 쓸 수 있다는 게 중요한 것이다.

나는 요정 부녀가 있는 심층부 쪽으로 몸을 돌렸다.

) (

용사 페스티벌이 벌어지는 대륙 어딘가에 매립되어있던 이 지하감옥은 아주 오랫동안 봉인되어 있었다.

요정들이 사는 거대한 느티나무 아래에 짓눌린 채, 머나먼 미래에 찾아올 감옥의 붕괴만을 하염없이 기다리며 시간을 보냈다.
아무도 찾아오지 않고, 아무것도 바뀌지 않는다.
바로 조금 전까지는 분명 그랬다.
"원통하도다…."
"비밀을 끌어안고 사라져라, 3대 요정왕."
싹 몰살시킨 줄 알았는데, 천사 하나가 빠져나간 듯했다.
솔직히 거기까진 상관없다. 문제라면, 나를 긴장시켰던 보스가 고작 천사 하나를 어쩌지 못해서 절체절명의 위기에 빠졌다는 점이다. 딸은 어디로?
"아바마마에게서 떨어져!"
내 의문이 끝나기 무섭게, 넝마 꼴인 보스의 딸이 레이피어로 천사의 등을 찔렀다.
반짝!
그리고 새하얀 빛이 터졌다. 레이피어 칼끝이 천사에게 닿자마자 신성SS가 접촉지점에서 폭사했다.
"꺅?!"
그리고 보스의 딸은 허무하게 튕겨 날아갔다.
챙그랑.
손아귀가 찢어지며 놓친 레이피어도 바닥에 떨어졌다.
"기다려라. 네년도 곧 죽여줄 테니. 물론, 굴욕과 수치 속에서 죄를 반성하고 후회하도록 선처해주마. 내가 친히. 흐흐."
칼에 찔리고도 멀쩡한 천사가 악당 같은 미소를 지으며 말했다. 선량한 얼굴로 저런 표정이라니….
"지크 같은 놈이로군."

그래서 더는 못 봐주겠다.

내 손에서 미끄러진 성검2가 일직선으로 쭉 날아갔다.

푹-

용사님! 나이스 샷!

"커억?! 어떻게 내 신성을 뚫은-이, 이것은 마기…?!"

철퍼덕.

요추 4번과 5번 사이에 성검2가 박힌 천사가 횡설수설하다가 추하게 앞으로 고꾸라졌다.

"이 새끼, 너무 약한 거 아니야?"

대사와 전투력이 반비례했다. 생각해보니, 모든 천사가 약했던 것 같다.

▶설명: 강력한 신성은 같은 속성을 띤 신성과 성검, 반대 속성의 마기가 아니면 전부 튕겨내요.

오! 교생 아가씨. 해설 고마워.

▶걱정: 그나저나 너무 안타깝네요. 중요한 비밀을 간직하고 있는 요정 신사분이 곧 죽겠어요.

아차차! 보스K를 깜빡했다.

사기적인 신성으로 보호받는 천사에게 일방적으로 당한 그는 열심히 유언을 남기는 중이었다.

"요, 용사여…. 내 딸아이를 부탁하오…. 가슴은 작아도 마음은 넓은 착한 아이라오….”

“아바마마! 이 상황에도 농담을…!”

부녀의 분위기를 보아하니, 천사에게 당해서 죽으면 부활할 수 없는 듯했다.

나는 딸을 부탁하는 보스K에게 다가갔다.

그리고 멱살을 잡고 흔들었다.

“켁켁!”

“무책임한 새끼야! 내 취향과 의사도 존중하지 않고 멋대로 딸을 떠넘기지 마라! 진짜 민폐니까!”

나는 이번에 얻은 따끈따끈한 스킬을 활성화했다. 신성D를 보스K의 몸에 빨대처럼 꽂았다.

츄우우웁―!

천사가 보스K에게 맹독처럼 심어둔 신성SS가 빨대(신성D)를 타고 서서히 내 몸쪽으로 유도됐다.

처음에는 도도한 미녀처럼 꿈쩍도 안 했던 신성SS지만, 빨대 반대편에 넘실거리는 마기SSS를 보자마자 득달같이 달려들었다.

우우웅!

신성SS는 보스K를 공격했던 것처럼 앙탈을 부리기 시작했다.

그러나 끝끝내 나를 '파괴'하지 못했다. 그리고 새 주인을 맞이했다.

신성D→신성C

단시간에 스킬을 생성하고 C등급까지 한 방에!
썩 나쁘지 않은 수확이었다.

▶당혹: 용사 페스티벌에 고등교육과정은 없어요. 그런데 강한수 생도님은 진도가 너무 빨라요. 축제는 쉬라고 있는 거랍니다! 시험준비는 축제 끝나고 하시는 게 어떠세요? 쉬는 것도 공부란 말이 있잖아요~

얘가 대한민국 어머님들에게 따귀 맞을 소리 하네.
선행학습은 내 고향에선 상식이야.

▶전율: 그, 그런가요. 무서운 곳이네요….

나는 보스K를 위아래로 쓱 살폈다. 신성SS에 좀먹히면서 죽어가던 모습은 온데간데없이 사라지고 빠르게 건강을 되찾았다. 그러나 약간의 후유증이 있었는지 어딘가 전체적으로 늙어버린 분위기를 풍겼다. 뭐, 그거야 내가 알 바 아니고.
"보스K. 몸 좀 추슬렀으면 대화를 하고 싶은데."
천사들의 방해로 시작조차 못 한 이야기를 나눌 때가 됐다.
"짐의 이름은-아닙니다. 은인이시여. 뭐든 물어보십시오. 원하신다면 제 딸아이의 몸무게부터 생년월일까지 싹 알려드리겠습니다."
"아바마마?!"
"하하! 나의 사랑스러운 딸아. 오늘부로 짐은 왕이 아니니 편히 부르거라."

근엄한 왕이 아닌 아버지의 말투로 보스K가 말했다. 평범한 아버지의 범주에 넣기엔 지나치게 많이 엇나간 것 같았지만.

어떻게든 내게 딸을 떠넘기겠다는 의지가 엿보였다.

"아바마마."

"어허!"

"…아버지. 소녀는 아직 준비가…."

"용사님이랑 이미 살도 섞지 않았느냐?"

"그, 그건…!"

나는 요정 부녀의 김칫국 촌극을 가만히 지켜봤다.

착각은 자유라고 하잖은가?

하지만 보스K의 주도로 자녀계획까지 구체적으로 진행되는 걸 보고는 안 되겠다 싶어서 참견하기로 했다.

사심 없는 냉철한 어조로 요구했다.

"그 천사가 입막음하려던 내용부터 읊어봐."

사람이 살다 보면 어처구니없는 일을 자주 겪는다. 가령, 세계의 진실이란 중대사를 들어도, 이미 오래전부터 알고 있던 내용이라서 별 감흥 없을 수도 있다. 이걸 꽝이라고 부르던가?

"내가 양식장 물고기 신세란 것쯤은 이미 알아."

도덕 선생을 만난 2회차부터 깨달았다.

"그, 그렇습니까…"

보스K가 어설픈 미소를 지었다. 본인 딴에는 굉장히 중대한 발표를 한 모양인데, 위대한 용사님께서 이미 다 알고 계셔서 무척 놀랐다는 얼굴이다.

교직원, 성적표, 회귀, 시험장, 졸업, 평행세계….

내가 몸소 겪어서 다 아는 내용뿐이었다.

머나먼 과거, 보스K도 용사의 동료였다고 한다.

그의 정보 출처는 3회차 용사. 자신들이 용사를 키우기 위한 복제품 혹은 소모품이란 사실에 대단히 충격받았었다고 한다.

"이해해. 나도 충격과 공포였거든."

마왕 페도나르를 쓰러트리면 지구로 귀환할 줄 알았더니, 갑자기 성적표와 회귀가 기다리고 있었다.

교직원의 존재는 2회차부터 눈치챘다. 그때는 정말 뒷목 잡았었다. 망할 도덕 선생. 화딱지 나는데 부채질까지 했었다. 이번에 경질된 모양인데, 우가우가 원시인 용사를 가르치는 원시지구 같은 차원으로 발령됐으면 좋겠다.

"용사님. 제 딸아이는 안 궁금하십니까?"

보스K가 남자들끼리만 공유되는 능글맞은 눈빛으로 넌지시 내게 질문했다. 여전히 포기하지 않은 듯했다.

내가 해줄 말은 처음부터 정해져있다.

"요정K는 내 취향이 아니야. 서로 즐기는 정도라면 몰라도, 나는 이 대륙에서 30년쯤 지내다가 떠날 거거든."

"30년입니까?"

"최대 30년."

당장 내일이 될 수도 있다.

"떠나시는 건 안 말리겠습니다. 그전에 몸과 마음이 전부 큰 손녀 하나만 주고 떠나십시오."

보스K는 그렇게 말하면서 바로 옆에서 걷는 요정K의 특정 부위를 매우 안타깝게 쳐다보았다. 애증이 담긴 눈빛으로.

"이 자식. 부모로서 완전히 글러 먹었네."

"하하! 요정 속담에는 이런 말이 있습니다. 1,000년 전에는 자식, 후에는 친구. 2,000년부터는 이웃."

그만큼 오래 사는 요정이기에 가능한 개념이었다.

하물며, 보스K와 요정K는 이 지하감옥에서 단둘이 영겁의 세월을 함께 생활해왔다. 그동안 근친혼이 안 이루어진 게 신기할 지경. 현재는 아버지와 딸보다는 오누이에 가까워 보였다.

그나저나….

"너희는 언제까지 쫓아올 거냐?"

보스K와 요정K는 병아리처럼 쫄래쫄래 지상까지 따라왔다. 그 뒤에도 계속 함께하는 중이었다. 반나절쯤 지난 것 같다.

"저와 딸아이가 살아있다는 걸 눈치챈 천사들이 곧 추격자를 보내올 겁니다. 과거의 전성기처럼 신성에 대항할 수단이 생길 때까지는 용사님께 빌붙어서 생활할 계획입니다."

"염치없지만, 소녀도 부탁드릴게요."

K부녀가 간절히 애원했다. 그들에게는 목숨과 자유가 걸린 문제이기에 대단히 절박할 터였다.

단칼에 거절하려던 나는 생각을 바꿨다.

"보스K. 천사들이 추격자를 보낸다고 어째서 확신하지?"

현재, 스킬 신성은 C등급이었다. 이것만으로도 판타지아 대륙의 교황과 추기경의 자리를 위협할 수준이었지만, 나는 S등급 미만은 스킬로 취급하지 않는다. 아! 행운A 빼고.

Skill

▷종류: 스킬 ▷명칭: 행운(++)
▷등급: A(++)
▷S: 운이 마르지 않는다
▷A: 우주의 기운이 자주 돕는다
▷B: 함정을 항상 무시한다 (++)
▷C: 운이 엄청 상승한다 (++)
▷D: 추락해도 안전하다 (++)
▷E: 눈먼 화살을 전부 피한다 (++)
▷F: 운이 좋아진다

내 마음 같아서는 직업이 '도적'으로 쭉 유지됐으면 좋겠지만, 내가 도둑질하지 않으면 직업은 금세 엉뚱한 거로 바뀔 것이다. 그전에 S등급까진 올려두고 싶다.

S등급 효과처럼 운이 마르지 않는다면, 그 뒤부터는 굳이 애써서 행운 작업을 하지 않더라도 숙련도가 서서히 오를 것이기 때문이다. 최우선 과제 중 하나였다.

보스K가 내 질문에 답했다.

"천사들은 혼돈의 존재를 경계하기 때문입니다."

"그런 모양이긴 하더라."

나는 마기SSS와 성검2 조합으로 천사들을 일방적으로 도륙했다. 내가 강하다기보다는 그것들이 지나치게 약했다.

레벨과 스킬만 높은 싸움의 초짜들. 다 이유가 있었다.

"용사님께서 보셨다시피, 고등급 신성에는 반대속성 '마기'나 동일속성 '신성' 외의 공격은 전부 튕겨내는 효과가 있습니다. 그렇기에 천사들은 적수를 찾기 힘듭니다. 악마와 혼돈 빼고."

천사들은 전투경험이 굉장히 열악하다. HP가 깎이지 않는 치트키를 쓰고 싸우기에 회피나 방어 같은 기교와 기술이 전혀 필요하지 않은 탓이다. 맷집 같은 스킬 숙련도 또한 쌓을 기회가 없다. 그렇기에 악마와 혼돈의 공격에 취약하다.

단, 여기에 변수가 적용된다. 악마는 태생적으로 천사에게 매우 약하다.

천사의 무적 치트키를 깨부술 '마기'가 있긴 하지만, 악마라는 종족특성이 천사의 '신성'에 더 취약하다는 치명적인 문제가 있었다. 그렇기에 악마도 기각.

결국, 혼돈의 존재만이 약점 없이 천사보다 우세할 수 있다.

"천적이라서 노린다? 그런 것치고는 너희가 너무 약하던데?"

천사 하나를 어쩌지 못해서 빌빌거리던 보스K와 요정K의 발버둥은 눈물 없이는 볼 수 없을 만큼 참담했다.

"흠흠. 신성 속성이 깃든 전용무기를 압류당하고, 스킬 마기도 봉인된 탓입니다."

"저도요!"

천사의 무적 치트키를 깨부술 수단을 빼앗겨서 패배했다고 주장하는 K부녀였다.

"아무튼, 천사가 너희를 앞으로도 노릴 거란 말이지?"

"그렇습니다."

"네."

그리하여, 나는 K부녀의 동행을 수락했다. 천사를 유인할 미끼로서. 충동적으로 내린 판단은 아니었다. 내가 천사들을 통해서 수집한 정보와 K부녀의 주장을 취합한 결론이었다.

교생 아가씨. 하나만 물어봅시다.

▶오한: 이유가 뭘까요? 갑자기 어깨가 쌀쌀해졌어요. 상식적인 질문이라면 성심성의껏 답변해 드릴게요!

천사들은 어디에 살아? 걔들도 먹고 싸는 서식지 같은 게 있을 텐데.

▶식겁: 쳐들어가시려고요?!

왜? 대단히 합리적인 판단이라고 생각하는데.

미끼를 푸는 것보다 이쪽이 효율적이다.

▶경고: 강한수 생도님이 강하다는 건 인정해요. 하지만 고등교육과정을 담당한 천사들은 훨씬 강합니다. 그리고 이건 비밀 아닌 비밀인데요. 애초에 천사들은 판타지아 차원에 살지 않아요. 초등학교와 고등학교가 같은 건물을 쓰지 않는 것처럼요.

지름길이나 편법이 없다고 주장하는 교생 아가씨.

나는 여유롭게 어깨를 으쓱했다. 믿는 구석이 있기 때문이다.

"고등학교인지 초등학교인지는 모르겠고, 내가 간절히 바라면 우주의 기운이 도와주겠지."

행운 증폭! 도적은 판타지아 최강의 직업이다.

단, 직업이 바뀌지 않게 유지하려면 도적질은 필수.

나는 착하게 살고 싶지만, 이 야박한 세계에서 살아남으려면 어쩔 수 없이 도적질해야 할 팔자였다.

…지금은 용사도 아니니 괜찮지 않을까?

교생 아가씨의 말대로, 축제는 즐기라고 있는 거다. 여기서는 인성과 평판 점수로 스트레스 받을 필요가 없다.

이번 5회차는 성적표와 졸업 개념이 없다. 쓰러트릴 마왕이 일단 없잖은가? 용사 페스티벌이 끝나면 6회차로 넘어갈 것이다.

또 라누벨이 귀여운 척하면서 "환영합니다, 용사님!"이라고 인사하며 내 속을 뒤집어주리라.

상상만으로도 스트레스가 쌓였다. 화병으로 내가 쓰러지기 전에 휴식이 필요하다. 축제는 축제답게 즐기자!

"도적질이라면 대도시가 역시 최고이려나?"

▶당황: 설마…?

교생 아가씨. 내비게이션 부탁해요. 얼른~

) (

나와 K부녀는 페스티벌 대륙의 정중앙에 자리한 가장 큰 도시인 '시작 도시'로 이동했다.

스페인어처럼 혀 굴러가는 그럴싸한 도시 이름을 행인3으로부터 들었지만, 발음이 어렵고 정감이 안 가서 포기했다.

시작 도시까지 얼추 닷새쯤 걸렸을까? 여기서도 나는 심한 차별을 느꼈다.

"나는 동굴에서 시작했거늘!"

나를 제외한 졸업생들은 모두 이 도시에서 시작했다.

속옷 없는 그 후줄근한 복장으로 시작하는 건 똑같았지만, 눈을 뜨자마자 보이는 어여쁜 성녀님이 참가자들에게 그럴싸한 옷과 기본 장비, 초기자금을 무상으로 제공해줬다.

하나부터 열까지 차별!

나는 이 부당한 대우에 깊은 유감을 표시하지 않을 수 없다.

"와아! 오랜만에 태양을 보니 기분 좋네요! 공기도 맑고."

요정K가 평평한 가슴을 활짝 펴며 탄성을 터트렸다.

"용케도 오랫동안 안 미쳤네?"

나는 판타지아 대륙에 갇혀 있는 것만으로도 미칠 것 같던데.

하지만 이 요정은 그 좁은 궁궐에서 성희롱하는 아버지와 흉측한 오우거들이랑 매일매일 똑같은 일상을 보냈다. 아주 기나긴 세월 동안. 그 지루함을 어떻게 견딜 수 있었던 걸까?

"글쎄요. 요정이니깐?"

태양을 봐서 기분 좋다던 요정K의 상큼하기까지 한 그 한마디로 내 모든 의문은 부질없어졌다. 은행나무가 3,000년 동안 한 자리에서 어떻게 살 수 있었냐고 따지는 거나 다름없다. 아무튼,

"드, 드리겠습니다!"

"해치지 말아주세요!"

우리는 커플로 짐작되는 행인14와 행인15에게 모자를 선물 받았다. 정의로운 용사의 상징이나 다름없는 성검2를 어깨에 걸친 채, 웃는 얼굴로 모자를 칭찬했더니 순순히 넘겨줬다.

"옜다. 이걸로 귀를 가려."

모자로 가린다고 해서 안 들키진 않는다. 나처럼 졸업생들도 남의 능력치를 마음껏 볼 수 있기 때문이다.

K부녀의 종족을 들키는 건 시간문제. 하지만 나는 아예 안 하는 것보다는 낫다고 판단했다. 왜냐하면,

"오오! 인간들의 도시로구나! 아아! 사방에서 흔들리는 열매들이 어찌 저리도 탐스럽단 말인가! 짐의 두 눈을 어디에 둬야 좋을지 참으로 모르겠도다. 인간 최고! 요정 쓰레기!"

시작 도시의 동쪽 출입구. 지나가는 인간 아가씨들을 본 보스K가 노골적인 동족 혐오를 외치기 시작했다.

저 자식, 3대 요정왕이라고 하지 않았나?

쿠데타 당할 만하다는 생각이 들었다.

"용사님. 저런 아버지라서 정말 죄송합니다…."

뾰족한 귀 끝까지 새빨개진 요정K가 내게 꾸벅 사죄했다.

"아니. 이해해."

내가 아는 요정왕도 유감스럽기 때문이다. 저건 아무래도 유전인 모양이다. 바로 그때,

"어?! 너, 강한수지? 그렇지?"

지크가 아닌 누군가가 내 이름을 또박또박 불렀다. 그 소리의

근원지를 돌아본 나는 눈살을 찌푸렸다.

"누구시더라?"

그곳에는 머리를 노랗게 물들인 양아치가 있었다.

"나야, 나! 판타지 세계의 여러 종족 미녀들이랑 흥미진진한 모험을 떠난다고 했던…."

"아하! 너구나!"

"강한수. 드디어 기억났냐?"

"그래, 너!"

"전혀 안 났잖아! 이 망할 자식아!"

그때부터 벌써 11년이나 지났는데 어쩌라고?

나는 고등학교 동창A랑 마주쳤다.

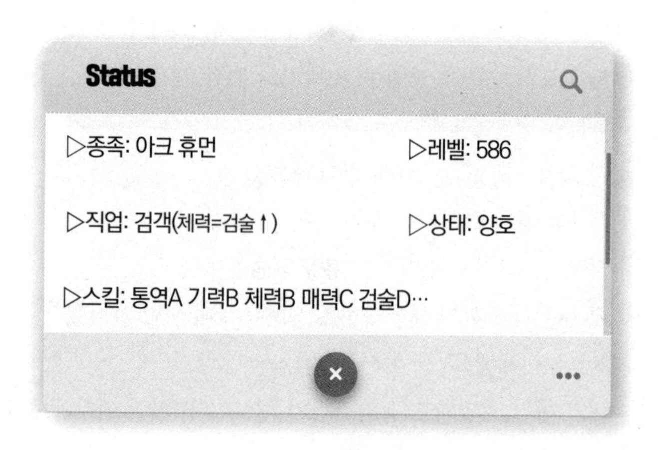

동창A의 능력치. 내가 축제에서 마주친 수많은 졸업생의 능력치랑 비교하면, 동창A는 꽤 준수한 편에 속했다.

검객에게 가장 중요한 검술이 너무 낮은 거 아닐까?

하지만 이런 걱정은 솔직히 무의미했다. 스킬 최고등급이 D등급밖에 안 되는 용사가 적지 않기 때문이다.

그걸 고려하면, 동창A는 상위권 능력치라고 할 수 있었다.

"일단은 자리를 옮기자."

"그래."

우리(동창A 포함)는 탐스러운 열매들을 구경하기 바쁜 보스K를 질질 끌다시피 해서 도시 안쪽의 시장으로 이동했다.

어딜 가도 시끌벅적. 시작 도시는 판타지아 대륙의 도시랑 달랐다. 현대와 중세를 합쳐놓은 유럽의 관광도시 같은 분위기. 겉보기에는 좀 낡았으나, 편의시설과 첨단 문물이 조화롭게 잘 갖추어져 있었다. 현대에 익숙해진 졸업생들을 배려한 걸까.

이걸 교직원 일동이 준비했다고?

▶우쭐: 네! 큼직한 건물은 기본이고, 길가의 꽃과 음습한 골목, 안 보이는 하수구까지. 정성이 안 들어간 곳이 없답니다! 가장 먼저 선보이는 장소가 변변찮다면 누구라도 실망할 테니까요.

교생 아가씨가 신나게 설명했다. 대단한 자부심만큼이나 유용한 정보가 톡톡 흘러나왔다. 나중에 꼭 활용하기로 했다.

딸랑딸랑~♪

우리는 문에 방울이 달린 운치 좋은 카페로 이동했다.

원래는 술집으로 가려 했다.

"한수야. 우리는 미성년자잖아?"

그런데 동창A가 천연덕스럽게 이따위 소리를 해서 기각됐다.

어째서 판타지 세계에 알코올이 아닌 커피가 흥행하는지 따지고 싶었지만, 카페에 설치된 벽걸이 에어컨을 본 시점에 포기해버렸다. 여기는 판타지의 탈을 쓴 지구였다.

"지상은 정말 많이 변했네요."

"그렇구나. 하지만 변치 않는 것도… 후후!"

지하감옥에 오랫동안 갇혀 있었던 K부녀는 도시에 펼쳐진 선진문물에 할 말을 잃은 얼굴들이었다. 이 촌스러운 요정들이랑 같이 못 돌아다니겠다.

"용사님. 카모마일 티가 뭐예요?"

"에스프레소와 아메리카노의 차이가 뭡니까?"

메뉴판을 물끄러미 올려다본 촌스러운 부녀가 내게 묻는다.

카모-뭐?

"직원에게 물어봐."

나는 밀린 주문으로 바쁜 인어 점원을 가리키며 말했다.

그때, 동창A가 불쑥 참견했다.

"카모마일은 땅에서 나는 사과라는 뜻의 사과향이 나는 하얀 꽃입니다. 거기 요정님처럼 아름다운 숙녀분의 피부 보습과 진정, 숙면에 도움을 줍니다. 카모마일 티는 그 꽃을 우려낸 차입니다."

그리고 이어서,

"에스프레소는 곱게 갈아서 압축한 원두 가루를 뜨거운 물에 고압으로 통과시켜서 만든 진한 커피입니다. 반면, 아메리카노는 제 고향별의 미국이란 나라 사람들이 즐겨 마시던 연한 커피에서 유래됐습니다. 커피가 처음이시라면 연한 아메리카노를 추천합니다."

두 커피의 차이에 대해서도 막힘없이 시원시원하게 설명했다. 현지민이라고 해도 믿겠-현지민이 맞았다.

묘한 패배감이 엄습했다.

▶토닥: 강한수 생도님, 힘내세요. 11년이면 유행을 못 따라가서 촌스러워지기에 충분한 시간이니까요. 블랙은 아직 기억하시나요?

컥-!

교생 아가씨의 말이 내 가슴에 비수처럼 꽂혔다.

말도 안 돼! 내가 촌놈이라니!

우리는 마시고 싶은 음료를 각각 주문한 후, 동그란 테이블에 빙 둘러앉았다.

나는 동창A에게 먼저 운을 뗐다.

"너는 판타지에 얼마나 있었어?"

직업 용사를 잃은 졸업생들이 터무니없이 약하다는 건 잘 알겠다. 하지만 그들이 정확히 얼마 동안 판타지 세계에서 모험하다가 마왕 페도나르를 쓰러트리고 졸업했는지는 모른다.

조사해둘 걸 그랬나? 지금이라도 늦지 않았다.

"3년."

동창A가 대수롭지 않게 대답했다.

"…정말로? 겨우 3년이라고?"

"그래. 그때는 얼마나 충격적이었던지! 부하 악마들로 찔끔찔끔 귀찮게 하는 마왕 페도나르를 쓰러트린 후에 느긋하게 하렘을 완성하려고 했었거든? 그런데 마왕을 죽이자마자 지구로 귀환해버렸어."

동창A는 자신의 모험담을 읊기 시작했다. 내 1회차랑 여러모로 흡사했다.

우연히 경매장에 구경 갔다가 노예로 전락한 요정 공주 실비아를 사서 동료로 영입하고, 얼마 안 지나서 인어공주와 성녀A가 세트로 동창A의 파티에 합류했다.

약 1년 뒤.

동창A와 잡것들은 중앙대륙에서 북대륙으로 넘어갔다.

거기서 정략결혼을 거부하고 "나를 쓰러트린 사내랑 결혼할래!"라며 버티는 검희(劍嬉)에게 도전했다가 처음으로 패배!

"진짜 강하더라고."

"그 미친년이 좀 세긴 하지."

나도 겪어봐서 잘 안다. 하지만 나는 검희랑 결혼할 목적으로 도전한 건 아니었다. 그 미친년이 내게 먼저 시비를 걸어왔었다.

"흐흐. 몸도 미쳤었지."

동창A가 눈가를 찡그리며 음흉하게 웃었다.

"용케도 칼부림 안 난 모양이네."

그년의 부주의로 알몸을 봤다가 살해당할 뻔했다.

"음? 얌전하던데?"

"…음?"

동창A는 검희를 함락시킬 방법을 곰곰이 연구했다. 그리고 해결책으로 북대륙에 잠든 전설의 성검 이야기를 듣게 된다.

이러쿵저러쿵해서 성검1 획득!

검희에게 재도전한 동창A는 성검1의 자동전투 기능으로 무난하게 승리를 거머쥘 수 있었다.

하지만 그녀는 승복하지 않고 3차례나 더 도전했다. 그러나 사기적인 오토매틱을 이길 순 없었다. 결국, 약속대로 용사님의 여자가 되었다.

"결혼식은 치렀는데, 우리 둘 다 19세 미만 미성년자라서…."

"어이?"

이 동정(童貞) 실화냐?

앞으로는 동창A이 아니라 동정A라고 부르자.

"한수야. 듣고 놀라지 마라. 나는 북대륙에서 악명 높았던 얼음공주까지 내 하렘에 넣는 데 성공했다! 현자의 지팡이를 줘서 폭주하는 힘을 제어시켜줬더니 고맙다며 따라오더라."

그런 공략법이 존재했었군? 나는 썰어버렸는데.

동료들은 불쌍하다며 만류했지만, 폭주하면서 수백 명의 사람을 꽁꽁 얼리는 여자를 가만 놔둘 순 없었다.

"그럼, 현자는?"

"남자잖아?"

"흠. 그렇군."

죽여서 지팡이를 빼앗았다는 모양이다.

계속 들어보니, 동정A의 모험에는 남자 동료가 단 한 명도 없었다.

"하여간 굉장하네."

내 칭찬이 마음에 든 걸까? 동정A가 엉덩이를 들썩이며 이어서 말했다.

"이런 식으로 3년 동안 18명의 미녀가 내 하렘 파티에 합류했어. 그러자 마왕이 부러웠던지 내 연애를 귀찮게 방해하기 시작하더라? 그것도 모자라서 내 여자들을 죽이려고까지 하고!"

"그래서 마왕의 성으로 쳐들어갔다?"

"당연하지!"

나는 동정A에게 미친놈이라고 말해주고 싶었다.

하루 만에 쳐들어간 내가 할 말은 아니지만, 마왕의 성까지 가는 길은 1회차 용사에게 만만치 않다.

그런데 동정A는 해냈다.

"어떻게?"

"내 여자들이 우수했거든."

사랑의 힘! 동료와 연인이 많으면 많을수록 강해지는 성검1의 필살기 앞에서는, 그 아무리 강한 악마도 부질없는 저항이었다. 그리고 동료들 자체도 강했다.

"마왕은?"

"이름 있는 악마 중에서 가장 약하던데? 내가 나설 것도 없이 마누라들이 쉽게 쓰러트리더라."

"…그렇군."

마왕의 페널티. 그건 아무래도 '용사의 동료'까지 적용되는 듯했다.

이게 만약 사실이라면, 동료들보다 용사 레벨이 낮으면 마왕을 손쉽게 쓰러트릴 수 있다는 결론이 나온다.

교생 아가씨. 내 짐작이 맞아?

▶긍정: 사랑과 우정을 중요시하는 이유랍니다. 시작부터 답안지를 공개한 셈이죠. 그런데도 마왕 앞까지 못 가고 죽어서 재시험 보는 생도가 부지기수지만요.

그렇다고 한다.

"강한수, 너는?"

실컷 자신의 모험담을 늘어놓던 동정A가 역으로 물었다.

뭐라고 답해주는 게 좋을까?

"하루."

11년이라고는 죽어도 대답 못 한다.

"하, 하루? 농담이 심하네. 하하!"

동정A가 배꼽을 잡고 웃는다.

엄한 자존심을 세운 내가 생각해도 하루는 좀 무리수였다. 순수한 1레벨로 마왕의 성까지 홀로 가는 건 불가능하니까.

"운이 좋았지."

"풋! 됐어. 말하기 싫다면 하지 마. 모험을 캐묻지 않는 건, 용사들 사이의 불문율이니까."

그렇게 말한 동정A는 K부녀에게 호기심을 보였다. 하지만 그도 요정이라면 많이 봤었는지 금세 흥미를 잃었다.

이 뒤로는 현실 이야기가 주를 이뤘다.

음악, 게임, 만화, 소설, 운동….

내게는 고대의 유물이랑 동급으로 들리는 고유명사들이 폭포수처럼 쏟아졌다.

"…노는데 질려서 잘 모르겠네."

"하하! 그건 나도 공감. 미녀들이랑 함께하는 판타지 모험이랑 비교하면 지구의 오락은 좀 따분하지."

동정A는 내 생각하고 정반대였다. 그게 아니면, 내가 향수병이 심해져서 지구의 추억을 미화한 걸까?

아무래도 상관없다. 나는 어떻게든 지구로 돌아갈 것이다.

하지만 그전에 동정A에게 꼭 물어보고 싶은 게 있었다.

"내 부모님은 잘 계셔?"

내 질문에 동정A가 고개를 갸웃하며 되물었다.

"너도 지구로 귀환한 용사이면서 네 부모님 안부를 왜 내게 묻냐?"

"……"

그것도 그렇네! 성급했다. 둘러댈 변명이 영 떠오르질 않았다.

"아! 혹시? 강한수, 너도 요즘 기승이라는 그거냐?"

"그거?"

"지구 부적응자. 살던 고향과 집으로 안 돌아가고 판타지 모험 비슷한 삶을 끊임없이 찾아 배회하는 사람들."

"어…. 응. 맞아."

지구는 대체 어떻게 돌아가고 있는 거야…?

동정A에게 부모님 소식을 듣진 못했다. 대신, 축제가 끝나고 지구로 돌아가거든 나 대신 아들놈이 무사하다는 안부를 꼭 전해주기로 약속했다.

"강한수! 다음에는 서울에서 보자!"

"그래. 너도 잘 지내라."

우리는 서로에게 손을 흔들며 헤어졌다.

그리고 들려오는 소녀의 목소리.

"오빠~♪"

카페를 나온 동정A의 옆구리에 찰싹 달라붙은 고등학생 또래의 여자애가 팔짱을 끼고는 나란히 걸었다. 세련된 패션으로 보아선 저 여자도 용사.

동정A는 그 상태로 멀어져 갔다. 나는 헛웃음을 삼켰다.

"미성년자는 개뿔."

판타지 세계에서 3년을 보냈으면 정신연령은 이미 성인이다. 무르익은 육체는 짝짓기하기 좋은 상태고.

젠장! 지구산 여자친구라니! 부러우면 지는 거다.

"용사님. 이제 어쩌실 거예요?"

판타지산 요정K가 묻는다. 정말로 내 계획을 몰라서 묻는 건 아닐 터. 어지간히 이 도시가 마음에 든 모양이다. 여기가 도적질로 아비규환이 안 되길 바라는 눈치였다.

"도시의 물이 참 좋습니다. 아! 아메리카노 말입니다. 흠흠!"

프린트 스캐너처럼 쉴 틈 없이 눈알을 좌우로 움직이는 보스K도 비슷한 마음인 듯했다. 사실, 지하감옥에 오랫동안 유폐되어 있던 이 부녀라면 모래뿐인 사막을 데려가도 새롭다며 좋아했을 것이다.

아무튼, 계획 중지는 안 될 말이다. 직업 도적을 유지하기 위해서라도 도둑질은 필수. 내 목표는 처음부터 정해져 있다.

시작 도시 중앙의 대광장 옆에 자리한 대신전 건물. 그곳에서 졸업생들이 차례차례 소환된다. 하지만 대신전의 용도는 그것만이 아니다. 대형 이벤트의 보상 저장고 역할도 겸하고 있다.

"우리는 지금부터 대신전을 공략한다."

행인23의 정보에 따르면, 대신전의 방비는 바늘구멍 하나 들어갈 수 없는 철통의 보안을 자랑한다.

교직원 일동이 심혈을 기울인 건물이니 당연한가?

▶충고: 강한수 생도님. 포기하세요. 이번 선택은 진짜로 자살행위에요.

괜찮아. 교생 아가씨. 죽어봐야 6회차밖에 더 되겠어?

게다가 행운 B등급 효과로 함정에 절대 걸리지 않는 나라면 충분히 침투할 수 있다. 우주의 기운도 나를 돕는 중이고.

"K부녀는 밖에서 소란 좀 일으키고 있어."

"정말로 하시는군요…"

"쩝. 은인의 뜻에 따르겠습니다."

K부녀에게 시선이 쏠린 틈에 나는 대신전으로 침투할 계획이다. 대신전 내부구조는 교생 아가씨도 모른다고 하니, 이번에는 순전히 내 감과 운에 의존-음?

도적→성자(신성=날조↑)

신성 등급이 오른 탓일까? 도적에서 '성스러운 자'로 직업이 바뀌었다.

성자(聖者). 그 특전의 성능은 성녀와 교황 사이. 종교계열 2위의 최상위권 직업으로 불린다.

하지만 나는 전혀 웃을 수 없었다. 서둘러서 성검2를 소환한 후, 행운 효과를 확인했다.

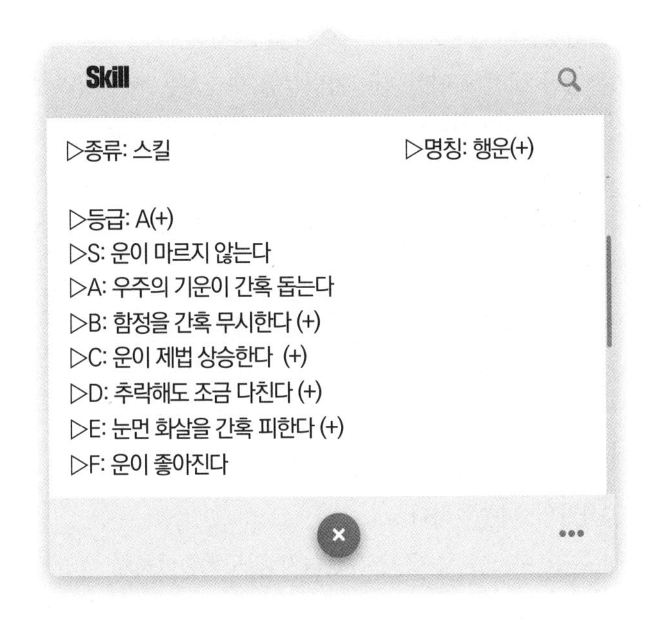

완전히 망했다! 성검2의 증폭을 받고도 스킬 효과가 애매해졌다. 무작정 믿고 돌진하기엔 너무나 불안했다.

“허! 진짜 돌겠네! 성자 같은 보조직업으로 뭘 하라고….”

갑자기 뒷목이 확 땅겼다. 그때,

“성자께서 강림하셨다!”

"오오! 성자께서 이 땅에…!"

"성자님! 제 아들을 치료해주세요!"

나를 본 우매한 원주민들이 호들갑 떨기 시작했다. 그 소란은 전염병처럼 순식간에 도시 전역으로 확장됐다.

"와! 대박! 성자는 미구현 아니었어?"

"성자가 된 졸업생은 처음 봐."

졸업생들의 반응도 크게 다르지 않았다.

존경심 대신 희귀한 천연기념물을 바라보는 시선이긴 했지만, 나를 시기와 질투의 시선으로 바라본다는 건 느껴졌다.

대체 왜?

"위대한 성자님. 실례가 안 된다면, 소녀가 대신전까지 모셔도 될는지요?"

대신전 입구에서 나온 성녀(聖女)의 동행요청.

나는 너털웃음을 터트렸다.

'대신전에 침투하고 싶다고 간절히 기도하긴 했지만….'

우주의 기운이 너무 강했던 모양이다.

"성자님. 이쪽입니다."

은은한 미소를 쭉 유지한 성녀가 천도복숭아처럼 생긴 엉덩이를 좌우로 음란하게 씰룩이며 앞장섰다.

성녀를 지구인 감성에 맞춘 것 같다. 뭇 남성이 좋아할 법한 배덕함과 순결함이 뒤섞인 수녀복, 미장원에서 최소 3시간은 손봤을 스타일, 깔끔한 화장, 고운 피부…. 옷걸이와 옷의 완벽한 조화였다. 능력치도 미쳤다.

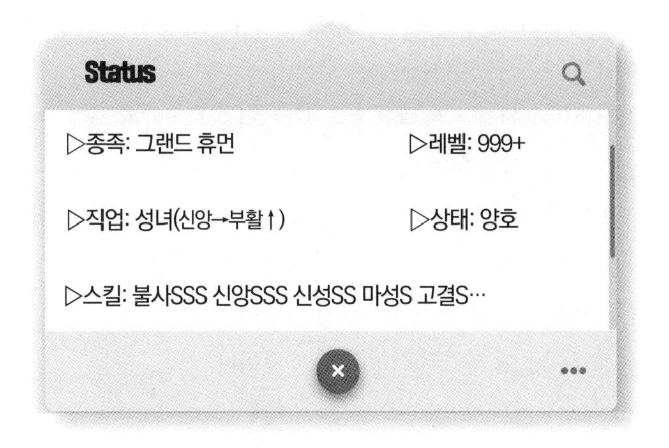

허허! 불사가 SSS등급?

겉보기엔 가녀린 여인이지만, 성녀의 레벨과 스킬 구성은 살아있는 요새나 다름없었다. 어느 정도냐?

이 성녀를 홀딱 벗겨서 알몸으로 치열한 전쟁터 한복판에 던져놔도 상처 하나 없이 멀쩡할 것이다.

씰룩쌜룩~

"흠…."

물론, 불끈 달아오른 사내들이 그녀의 엉덩이를 가만 놔두지 않겠지만, 물리적인 피해는 전혀 없을 것이다.

뭐라고 부르는 게 좋을까? 아!

나는 성녀H를 뒤따라가면서 주위를 관찰했다. 만약, 탈출해야 할 상황이 온다면 지형과 경비 등을 머릿속에 입력해둘 필요가 있기 때문이다. 내 시선을 눈치챈 걸까?

"성자님. 참 아름다운 정원이지요? 지치고 혼란스러운 심신의 안정에 도움이 됩니다. 민간에게 개방하고 싶지만, 출입이 엄격히 금지되어 있어서 아쉬울 따름이에요."

성녀H가 걸음을 늦추며 운을 뗐다. 나도 맞장구를 쳐줬다.

"네. 말씀처럼 멋진 양식장이군요."

연못에 인어들이 노니는 시점에 끝난 얘기다. 판타지아와 지구를 통틀어서 이곳보다 먹음직스러운 정원은 없으리라.

하지만 마냥 웃고 있을 수만은 없었다.

정원 곳곳에 배치된 석상의 존재 탓이다.

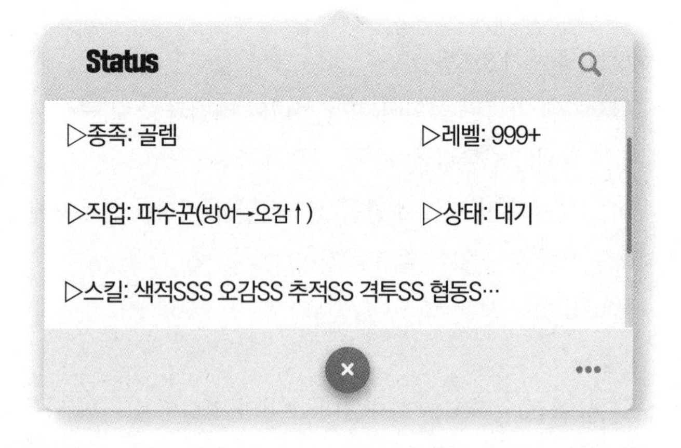

보디빌더 같은 우락부락한 근육질 나체 사내들이 정원 곳곳에 바위처럼 배치되어 있다. 놈들은 눈동자만 때굴때굴 굴리면서 내 움직임을 쫓았다.

골렘(Golem). 영혼 없는 마법의 흙덩어리.

공정 방식에 따라서 토벌하는 방식이 달라지며, 대체로 생명체의 심장에 해당하는 핵을 파괴하면 가동을 멈춘다.

그건 다시 말해, 핵만 멀쩡하면 몇 번이고 부활한다는 뜻이다.

골렘마다 지능, 성능 수준은 천차만별. 놈들은 판타지아 대륙 곳곳에 흩어져 있는 신전, 사원, 유적 등에서 파수꾼으로 어렵지 않게 만나볼 수 있다.

하지만 골렘의 용도는 전투로 한정되어 있지 않다. 건설, 청소, 노동, 실험, 호위…. 형태와 크기에 따라 다양하게 쓰인다.

▶당혹: 어떤 졸업생도 대신전에서 일단 나가면 다시 들어오지 못해요. 그런데 강한수 생도님은 어이없게 성공해버렸네요….

교생 아가씨. 잘 들어. 상식은 깨라고 있는 거야. 히쭉.

그나저나… 도적으로 행운만 믿고 침투했으면 진짜 죽을 뻔했다.

골렘의 색적SSS. 적을 찾아내는 스킬이다.

도적과 성검2로 증폭한 행운 효과가 아무리 사기적이라도 A등급일 뿐이다. 상대가 SSS등급이라면 들킬 수밖에 없다.

그렇다면, 싸워서 이길 수 있느냐?

"성자님. 골렘이 마음에 드시나요?"

눈치가 비상한 성녀H가 친근하게 옆으로 다가오며 묻는다.

"이렇게 강한 골렘은 처음 봅니다."

"후후! 그럴 거예요. 이 골렘들은 대신전을 지으신 신께서 직접 빚으신 인형들이니까요. 총 3,141기의 골렘이 대신전 실내외를 완벽하게 지키고 있어요."

"정말… 엄청나군요."

응. 무리. 절대 무리.

이대로는 대신전의 보물창고 문턱도 넘지 못할 것이다.

무력이 아닌 다른 수단의 돌파구를 찾아야 했다. 그러자면 내가 대신전으로 초대받은 이유부터 아는 게 급선무였다.

그리고 내가 할 수 있는 능력 범위도.

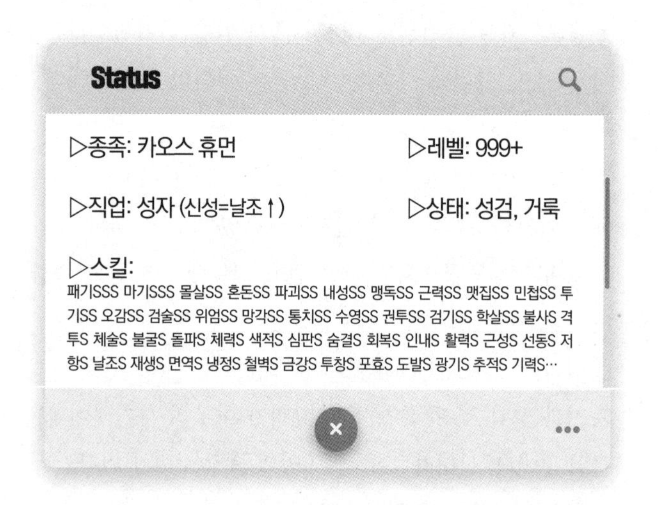

전투에 특화된 아름다운 스킬 구성!

그래서 문제였다. 지금처럼 무력으로 해결할 수 없는 상황에 봉착하면, 내가 할 수 있는 일들이 대폭 줄어들기 때문이다.

전투 외의 스킬은 등급이 낮아서 활용도가 매우 낮다. 패왕 간디의 비폭력주의 같은 방식은 내게 적합하지 않다. 그러면 어떻게 해야 할까?

"성자님께 급히 드릴 말씀이 있습니다."

드디어 이벤트 내용이 튀어나오려 한다.

사실, 이게 가장 큰 의문. 성녀H의 능력치는 매우 준수한 편이다. 혼자서 도시의 모든 환자를 치료할 수 있을 만큼 굉장하다. 그런 성녀H가, 이제 막 '치유마법'에 눈을 뜬 새내기에게 부탁할 일이 있을 것 같지 않다. 물론,

"경청하겠습니다. 성녀님."

롤플레잉게임이라면 가능하다.

사지 멀쩡하고 능력도 되는 기사단장Q가, 코흘리개 플레이어들에게 중요한 비밀을 맡기거나 도움을 요청한다.

뭐, 아주 이해 못 할 건 아니다. 임무마다 그럴싸한 이유를 다 붙였다면, 게임개발자들은 머리에 쥐가 나서 진즉 쓰러졌을 것이다.

그러나 여긴 현실. 현실이라고 부르기엔 지나치게 판타지였지만, 적어도 이들은 게임처럼 작위적으로 기획된 임무를 부탁하진 않는다. 그렇다면, 성녀H가 할 수 없는 일이 뭘까?

지금부터 들어보기로 했다.

성녀H가 탄식하듯 서론을 읊었다.

"저희는 대신전에 다수의 악마숭배자를 가둬놨습니다. 하지만 이대로 처형하기엔 너무나 아까운 영웅들이라서 어쩌지 못하는 상황이에요. 위대한 성자님. 그 영웅들이 다시 인류의 편이 될 수 있도록 설득해주세요. 부탁드립니다."

"호오…?"

아주 흥미로운 임무를 제안받았다.

악마숭배자. 내 전문이잖아? 누워서 용(龍) 먹는 수준이다.

▶오한: 강한수 생도님? 아까부터 불길한 느낌밖에 안 드는 건 단순한 기분 탓이겠죠?

당연히 기분 탓이야. 교생 아가씨.

나는 매우 자신 있거든! 나만 믿으라구!

▶정정: 대신전의 안위를 걱정한 거였어요….

나는 용사 페스티벌 시스템이 무척 마음에 들었다.

아쉬울 게 없는 졸업생들을 대상으로 하는 축제이기에, 판타지 대륙에서처럼 무료봉사란 개념이 통하지 않았다.

Give and take. 이벤트를 완수하면 무조건 보상이 주어진다.

그런고로, 정원을 지나서 대신전 내부로 내려온 우리는 본격적인 협상에 들어갔다. 여기서부터는 철저한 노사관계의 비즈니스였다.

"악마숭배자는 총 514명이에요."

성녀H가 미로처럼 나열된 독방들을 가리키며 말했다.

"5백? 생각보다 많네."

"그렇습니다. 기나긴 세월 동안 성자는 단 한 번도 나타나지 않고 악마숭배자들만 쌓이길 반복한 탓이에요. 그러니 성자님. 최대한 많은 악마숭배자를 교화해주세요."

성녀H는 간절히 부탁하면서 포인트(point)를 언급했다.

악마숭배자 1명당 1포인트. 이 포인트를 부지런히 쌓아서 원하는 보물이랑 교환하는 보상 방식이었다. 굉장히 합리적이란 생각이 들었다. 물론, 쉬운 이벤트는 아니었다.

"헤이! 용사 전용 구멍. 노래 좀 불러봐."

"여기서 풀려나면 네년 가랑이부터 찢어주마!"

"성녀야. 이리 와봐. 이 오빠가 뚫어줄게. 킥킥!"

"나를 교화? 풋! 네년의 임신이 더 빠를걸?"

독방에 갇힌 악마숭배자들이 내뱉는 온갖 음담패설과 인신모독이 성녀H에게 쏟아졌다.

치료와 부활로는 따라올 직업이 없는 부동의 1위 성녀였지만, 남을 설득하는 일은 굉장히 서툴렀다. 사방에서 토해내는 폭언과 욕설을 견디지 못한 성녀H의 얼굴이 새하얗게 질렸다.

악의(惡意)로 넘쳐나는 대신전. 여기가 진정한 마왕의 성이 아닐까?

"부, 부탁드립니다! 성자님!"

성녀H가 끝내 울음을 터트리며 내게 애원했다.

"그 전에 성녀님. 포인트로 살 수 있는 보물 목록부터 볼 수 없겠습니까? 그래야 일할 의욕이 날 것 같습니다."

"아! 물론입니다. 이쪽으로 오세요!"

우리는 대신전 내부 안쪽으로 더 들어갔다. 가는 길목마다 골렘은 기본. 여기에 비하면 마왕의 성은 애들 놀이터다.

나는 이걸 뭔 배짱으로 뚫으려고 했던 걸까? 무식하면 용감하다는 말이 절로 떠올랐다.

철컥철컥, 끼이익-

복도 끝의 거대한 미닫이문 잠금장치가 차례차례 풀리고, 골렘 2기가 좌우에서 두꺼운 문짝을 밀어서 열었다.

쿵, 쿵.

안색을 회복한 성녀H가 말했다.

"여기예요. 용사 페스티벌의 거의 모든 대형 이벤트 보상은 전부 이곳에 보관되어 있습니다."

"메인이벤트도?"

나 빼고 모든 용사를 죽이는 신나는 이벤트 말이다.

상상만으로도 짜릿하군!

▶울상: 강한수 생도님! 혼자가 아니라 3명이에요! 그렇다고 2명만 남기고 다 죽이라는 이벤트도 아니고요! 취지는 어디까지나 사랑과 우정의 협력체계랍니다! 축제를 대체 어떻게 생각하시는 거예요?!

교생 아가씨가 심오한 질문을 하네. 축제는 축제일 뿐이잖아?

"유감스럽게도 메인이벤트 보상은 다른 곳에 보관되어 있습니다. 그렇지만 이 보물창고에 쌓인 보상들도 훌륭한 편이에요. 그리고 좋은 보상일수록 포인트도 많이 필요하니 큰 의미는 없습니다. 성자님. 이 검을 봐주시겠어요?"

성녀H가 진열된 검 한 자루를 가리켰다.

"성마검 소드마스타…?"

"네. 제대로 보셨습니다. 검신이라고 불리는 사내가 애용하는 검의 모조품입니다. 성능은 진품의 절반 수준이지만, 그것만으로도 충분히 가치가 있습니다. 칼자루에 매달린 가격표를 봐주세요."

[어떤 검신의 마검: 15포인트]

"15포인트?"

"네. 성자님께서 대신전의 악마숭배자 15명을 교화시키시는데 성공하면, 이 검을 소유하실 수 있어요."

원리는 이해했다. 나는 보물창고의 상품들을 빠르게 훑었다.

처음 보는 물건이 대부분이었지만, 어딘가에서 봤던 낯익은 것들이 듬성듬성 섞여 있었다.

[어떤 인어의 빗자루: 12포인트]

[어떤 여왕의 목걸이: 3포인트]

[어떤 요정왕의 활: 15포인트]

[어떤 황녀의 가터벨트: 34포인트]

[어떤 고고학자의 망원경: 7포인트]

[어떤 현자의 지팡이: 17포인트]

……

나는 보물창고를 3바퀴 돌아본 후에 입맛을 다셨다.

"마음에 드는 게 없네."

스킬 숙련도를 올려주는 소모성 물약 외에는 끌리지 않았다. 장비는 전부 모조품이고, 성검2에 비견될 무기는 없었다.

그나마 비빌 수 있는 거라면?

[어떤 용사의 검: 100포인트]

성검1의 모조품이었다. 하지만 초보자용 오토매틱 교보재로 놀 시기는 지났기에, 저것은 내게 아무짝에도 쓸모없는 고철이나 다름없었다.

내 불만에 성녀H가 난감한 표정을 지었다.

"죄송합니다, 성자님. 끌리시는 게 없으시더라도 현재 보물창고에 있는 보물 중에서 골라주세요."

나는 그녀의 말에 솔깃했다. 현재 보물창고 안에 있는 보물 중에서? 그렇다면,

"성녀님은 얼마지?"

"네? 후후! 농담도 잘하시네요. 저는 상품이 아니에요."

"하지만 보물창고에 현재 있잖아?"

나는 팍팍 우기기로 했다.

"그, 그건…."

"악마숭배자가 교화되길 바라면서 정작 자신은 뺀다니? 인류의 평화를 위해 헌신해야 할 성녀로서 실격 아닐까?"

"음…."

"내 말이 틀렸어?"

"아니요. 성자님의 지적이 옳습니다."

성녀H가 교화됐다.

▶경악: 대체 무슨 일이 벌어지는 거죠?! 어째서 성녀가 강한 수 생도님의 비논리적인 날조에 설득당한…. 설마?!

교생 아가씨. 흥분하지 마.

나는 성자로서 정정당당하게 싸우겠다.

"그래서 성녀님은 얼마?"

"저는…."

이날부터 성녀H는 목에 가격표를 달고 다녔다.

[어떤 성녀의 전부: 500포인트]

그리고 나는?

"너는 S급이니? 나는 SSS급이야."

"헉?!"

이것이 악마숭배자들과 나의 마기(魔氣) 차이이다.

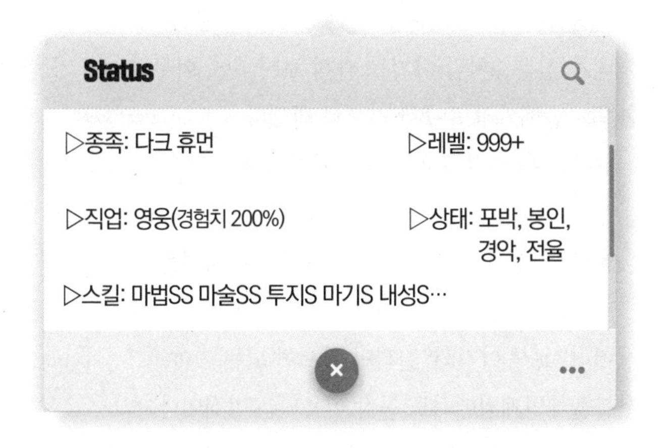

대신전에 갇힌 악마숭배자들은 강했다. 하나하나가 최상급 악마에 버금가거나 능가했으며, 종족과 직업, 스킬도 다양했다.

성녀가 이들을 처분하지 않은 이유를 알 만했다.

이대로 죽이기엔 너무나 아까운 전력. 어떻게든 재활용하고 싶은 게 당연했다. 나도 같은 생각이다.

"꿇어라."

"그러겠나이다. 마(魔)의 왕이시여!"

독방에 홀로 찾아온 내게 양아치처럼 껄렁대던 악마숭배자. 하지만 그는 내 몸에서 뿜어져 나온 마기를 보자마자 부랴부랴 땅에 머리를 박으며 부복했다.

내 마기는 SSS등급으로 마왕 페도나르랑 같다. 악마 사회에서는 마기 높은 자가 무조건 상관이고 어른. 이 상하관계는 악마숭배자들에게도 그대로 적용됐다. 구차한 설교나 설득 따위는 필요 없었다.

솨아아아—

내가 신분증처럼 마기를 슬쩍 보여주면, 아무리 태도가 불량한 악마숭배자라도 순한 양으로 변했다.

너무 쉬워서 하품마저 나올 지경이다.

▶당혹: 성자 이벤트의 취지는 이게 아니었을 텐데요….

어허! 교생 아가씨. 결과만 같으면 되는 거야!

롤플레잉게임에서도 곧장 이용되는 방식이다.

게임공략 사이트의 공략집으로 임무 내용을 먼저 숙지하고, 기사단장Q가 찾아달라는 졸병, 구해오라는 물건과 전리품 등을 한꺼번에 가져다줘서 보상만 연속으로 챙기는 것이다.

하지만 나는 서두르지 않았다. 여기는 게임이 아닌 현실이기 때문이다. 악마숭배자들을 교화하는 속도가 너무 빠르면, 성녀H에게 의심을 살 수밖에 없다. 그건 바람직한 전개가 아니다. 또한,

"3호."

"말씀하십시오. 나의 주인이시여."

"네 몸속에 든 불필요한 힘을 나에게 넘겨라."

"분부대로 하겠나이다."

나는 부수적인 수익도 창출하는 중이다.

악마숭배자 중 일부는 '신성'을 몸에 품고 있었다. 마기의 매력에 빠져서 타락하긴 했어도 실낱같은 희망을 간직한 것이다.

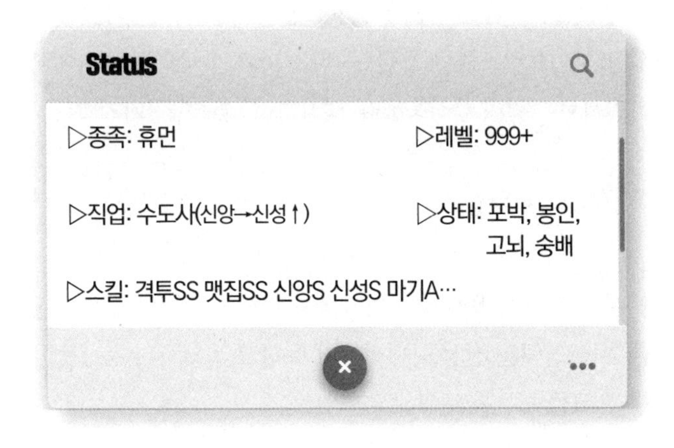

망설임과 번뇌로 고통받는 중생을 구원해주기로 했다.

나는 독방 안에서조차 자유롭게 움직일 수 없는 악마숭배자 수도사에게 다가간 후, 신성C 빨대를 꽂았다.

쪼오오옥-

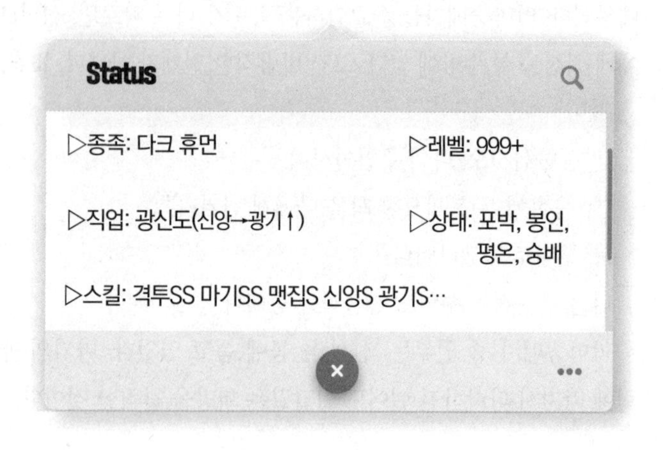

갈팡질팡하던 악마숭배자의 표정에서 갈등이 사라졌다. 어정쩡한 하이브리드였던 스킬 구성도, 마기 속성으로 특화에 성공하면서 전투력이 급상승했다. 성장하긴 나도 마찬가지였다.

신성C→신성B

현재 직업이 용사가 아니라서 숙련도 상승 효율은 꽝이었지만, 대신전에는 신성을 내려놓지 못하고 번뇌하는 중생들이 많았다. 그들 모두를 구원해주리라!

심지어 무료다. 나란 놈의 오지랖이란…!

"어머! 하루 만에 세 분이나…!"

악마숭배자 셋이 얌전해진 '결과'를 본 성녀H가 경악했다.

"흉흉한 야만인들이라서 쉽진 않았습니다."

앙탈이 심한 상등급 신성을 흡수하느라 진땀 좀 뺐다.

"정말 수고하셨어요. 성자님께서 얼마나 힘드셨을지는 보지 않아도 알 수 있습니다. 저는 이들을 교화할 엄두도 못 낸 울보인걸요. 진심으로 감사드립니다."

성녀H가 내게 공손히 인사했다. 나는 가볍게 손사래 치며 겸손하게 응했다.

"이제 시작입니다. 아! 그리고 작은 부탁이 있습니다."

"말씀하세요."

"대신전 밖에 잡것-신뢰하는 일행이 있습니다. 그들이 대신전에서 머물 수 있도록 조치해주셨으면 좋겠습니다."

"그 정도는 당연히 해드려야지요."

성녀H가 훈훈한 미소를 지으며 시원하게 답했다.

그리하여 K부녀도 대신전으로 입장.

이 둘은 천사들을 낚을 소중한 미끼다. 내가 없는 곳에서 천사들의 습격으로 죽어버리면 곤란하다. 그런데,

"당신은…!"

출입을 허가해준 성녀H를 본 보스K가 소스라치게 놀랐다.

"우리, 어딘가에서 만난 적 있던가요?"

성녀H가 고개를 갸웃한다.

"…그럴 리가요. 하하! 능히 국보(國寶)로 지정되어야 마땅한 성녀님의 성스러움에 감탄했을 뿐입니다. 하하하!"

"후후! 과찬이세요."

용무를 마친 성녀H는 씽긋 웃어 보이고는 몸을 돌렸다.

삐쩍 마른 요정이랑 비교 자체가 모욕인 성녀H의 성스러운 엉덩이 율동을 보며, 보스K가 내게 소곤소곤 말했다.

"용사님. 저 성녀를 조심하십시오."

매우 진지한 얼굴로 충고한다.

그렇다면 나도 진지하게 응할 필요가 있었다.

"위 아니면 아래?"

"둘 다 치명적인 위험을 내포하고 있습-흠흠! 성녀의 몸 이야기가 아닙니다. 그녀는 교직원이랑 매우 밀접한 관계입니다."

"그쯤은 나도 알아."

"예? 그걸 어떻게…?"

보스K는 믿기지 않는다는 표정으로 묻는다.

"간단해. 용사 페스티벌에 소환된 졸업생은 예외 없이 성녀H를 만나면서 시작하기 때문이지."

프롤로그 진행자가 평범한 원주민일 리 없다. 그렇기에 손에 넣으려는 거고.

K부녀의 안전까지 확보한 나는 성자 이벤트에 집중했다.

성자 이벤트.

그 시작은 분명히 '악마숭배자 교화'였다. 성자가 악마숭배자 1명을 설득해서 아군으로 끌어들일 때마다 1포인트가 주어지는 선택보상 이벤트.

하지만 모든 사업이 다 그러하듯, 예기치 않은 사태나 변수로 추가비용이 발생하는 건 어쩔 수 없다. 성자 이벤트도 그러했다.

"나는 성자님 외에는 신뢰할 수 없다!"

"내게 부탁하지 말고 성자님께 말해라."

"성자님만이 나의 진리고 믿음일지니…."

교화된 악마숭배자들은 대신전과 성녀H의 지시를 따르지 않았다. 그들이 얌전해진 이유는 인류애가 아닌 탓이다.

나를 향한 절대적인 충성!

진정한 악마숭배자라고 할 수 있다.

성녀H는 곤혹스럽다는 얼굴로 내가 말했다.

"큰일이에요. 영웅들의 신뢰를 얻지 못하고 있어요. 이래서는 교화한 의미가…."

나는 당연하다는 듯이 운을 뗐다.

"이건 어쩔 수 없습니다. 교화됐어도 대신전에 오랫동안 가둔 사실이 사라지는 건 아니니까요. 그간 쌓인 앙금은 쉽게 풀리지 않을 겁니다. 하지만 이 또한 제가 설득하면 해결될지도 모르는데…."

나는 검지와 엄지로 동그라미를 그렸다.

눈치 빠른 성녀H는 그 의미를 바로 이해했다.

"위대한 성자님. 제가 영웅들에게 신뢰를 얻을 수 있게 도와주신다면 1인당 추가로 1포인트를 드리겠습니다."

"성심성의껏 돕겠습니다."

그리하여 이제부터 1인당 2포인트!

악마숭배자가 514명이니, 최대 1024포인트를 획득할 수 있다. 그거면 보물창고에 보관된 괜찮은 보상은 얼추 다 구할 수 있을 것이다.

▶감탄: 강한수 생도님. 사기를 잘 치시네요.

사기가 아니라 사업이라구. 교생 아가씨.

이벤트가 시작되고부터 이틀이 지난 현재까지 내가 쌓은 이벤트 점수는 4포인트. 의심을 피하고 성녀H를 애태우고자 속도를 조절했다.

하지만 지금부터는 조금씩 속도를 올릴 계획이다. 우선은 교화한 악마숭배자 넷부터.

"들어라. 1호부터 4호."

"네. 주인님."

"명하십시오. 왕이시여."

"성녀H의 비위를 맞추면서 그녀가 원하는 대로 행동해줘라. 그것이 우리의 비원에 가까워지는 길이다."

"오오!"

"명을 받듭니다!"

내 지시를 받은 악마숭배자들은 성녀H에게 우호적으로 접근했다. 그녀의 대화에 순순히 응하고, 지시에도 잘 따랐다. 아직 경계를 완전히 낮출 순 없기에 수갑과 족쇄는 차고 있지만, 갑갑한 독방에서 나올 수 있게 됐다.

이미 만두 왕국에서 악마숭배자들을 다뤄본 경험이 있는 나로선 손쉬웠다. 악마숭배자들은 들끓는 공격성과 적대감을 감추고, 웃는 얼굴로 대신전 생활에 서서히 녹아들었다.

덕분에 포인트 작업도 순조로웠다.

4포인트→8포인트

1인당 2포인트씩 체계가 완성됐다.

이때부터 나도 속도를 올렸다.

"하! 음란하게 생긴 성녀 다음은 코흘리개 성자인가? 위선으로 똘똘 뭉친 신의 앞잡이 놈아, 잘 들어라! 인류의 희망을 우습게 여기는 네놈들에게 나는 절대로 협력하지 않을 것이다!"

모두가 악마숭배자인 건 아니다. 용사 파티에 협력하지 않는다는 이유로, 용사에게 적대적인 악마숭배자로 낙인 찍힌 자도 더러 있었다.

나는 그들의 억울한 사연을 듣지 않았다.

내 관심사는 능력치뿐.

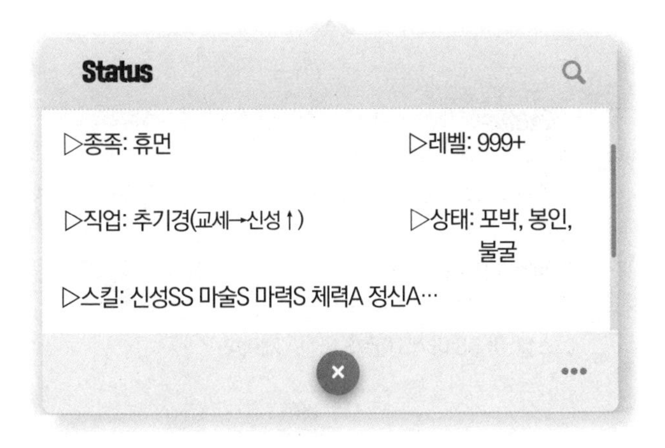

전직 추기경이었군?

올곧은 푸른 눈동자가 인상적인 그 중년인은 참으로 먹음직스러운 신성SS를 한가득 품고 있었다. 그는 제멋대로 사연을 읊기 시작했다.

추기경이던 시절, 그는 얍삽하게 평판 올리는 지크 같은 용사의 만행을 목격했다고 한다. 그 뒤, 이런 호색한 위선자를 용사랍시고 소환한 판타지 신(神)에게 실망하고 분노해서 반기를 들었지만, 결과는 보다시피 처참했다. 이래서 사람은 줄을 잘 서야 하는 법이다.

나는 꼼짝달싹 못 하는 정의로운 추기경에게 다가갔다. 그리고 신성B 빨대를 꽂았다.

"이놈! 내게 무슨 짓을 하려는 거 – 으갸갸갸?!"

"조금만 참으라구, 친구."

곧 편안해질 테니.

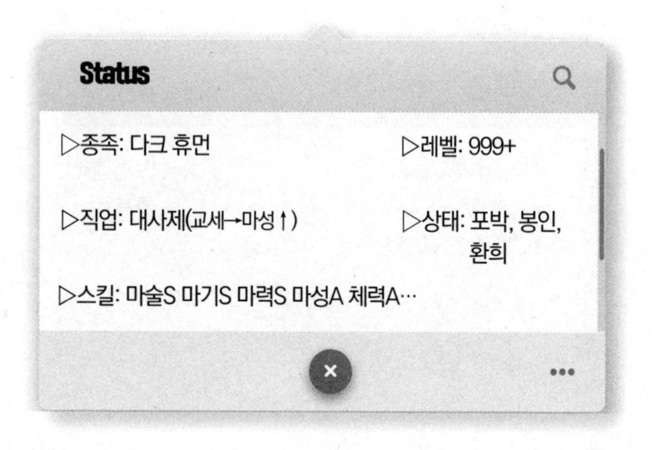

내 마기를 듬뿍 주입받은 추기경의 표정은 한없이 평온하게 바뀌었다. 마약에 뽕 간 얼굴이 저러할까. 그 어디에도 과거의 고뇌를 찾아볼 수 없었다.

1급 청정수처럼 맑았던 눈동자가 심연의 바다처럼 탁해지고 음침한 분위기를 풍기는 듯했지만, 전부 기분 탓이다.

대사제가 된 그가 눈물을 흘리며 말했다.

"오오! 당신이 나의 희망임을 이제야 깨달았습니다. 그간의 내 삶은 어찌 이리도 어리석었던 말인가! 진정한 구도자이신 당신께 제 신명을 바치겠나이다."

그러면서 내 발등에 입술을 맞췄다. 사내새끼가 불결하게….

"9호. 네 활약을 기대하마."

"맡겨주십시오!"

이렇게, 하나둘 교화된 악마숭배자가 늘어났다. 그들의 주요 업무는 이벤트 감독관이기도 한 성녀H의 주변을 서성이면서 "우리는 교화됐어요!"라고 주장하는 것이다.

"아아! 저는 인류를 사랑합니다."

"세상을 성녀님만큼 아름답게!"

"성녀님. 그간 막말해서 죄송합니다."

"무례를 용서해주십시오. 성녀님."

순진한 성녀H도 기쁜 마음으로 그들의 대화와 사과에 응했다. 그녀 또한 신뢰를 굳건히 하기 위해 적극적이었다.

"괜찮아요! 여러분!"

성실하게! 친절하게! 아름답게!

하지만 이 또한 쉬운 일이 아니다.

16포인트→314포인트

악마숭배자의 숫자가 적을 때는 괜찮았다. 하지만 100명이 넘어간 시점부터 성녀H 혼자서 감당하기 힘든 지경에 이르렀다.

1명당 10분씩만 대화해도 하루가 지나버린다.

그래도 성녀H는 쉴 수 없었다. 내가 그렇게 유도했다.

▶눈물: 성녀가 너무 불쌍해요! 어째서 그녀에게는 근로노동법이 적용되지 않는 걸까요?

교생 아가씨. 삶이 다 그런 거 아니겠어?

이것은 밑밥을 까는 전초전에 불과하다.

때가 무르익었다고 판단한 악마숭배자들은, 정신적인 피로에 찌든 성녀H에게 은근슬쩍 내 이야기를 꺼냈다.

그들의 우상숭배는 이미 시작되고 있었다. 예를 들어,

"성녀님. 저기, 보이십니까?"

"연못에서 쉬시는 성자님이 보이시네요."

"그렇습니다. 인어를 보면서 입맛을 다시는 성자님의 모습이 참 멋지지 않습니까?"

"저건 좀…. 아, 네. 정말 멋지시네요."

또 예를 들어,

"성자님처럼 대단하신 분이 여태 홀몸이라니. 이건 인류의 비극입니다. 성녀님도 그렇게 생각하시지요?"

"네. 공감해요."

"그러면 성녀님만 믿겠습니다."

"네. 맡겨만 주…. 네?!"

같은 여자의 예를 들면,

"성녀님. 혹시 보셨나요?"

"뭘요?"

"성자님의 알몸이요. 저는 몰래 보았답니다. 아아! 그분의 넓은 품에 안긴 채로 꽉 박혀봤으면 죽어도 여한이 없겠어요!"

"아, 저기. 그렇게 대단하던가요…?"

악마숭배자들이 온종일 성녀H를 부추겼다.

처음에는 별거 아니었지만, 교화된 악마숭배자가 200명을 넘어간 시점부터 그녀는 일방적으로 휘둘렸다. 그리고 마침내,

"성자님. 꼭 드릴 말씀이 있어요."

성녀H가 다리를 비비 꼬면서 내가 말을 걸었다.

"하십시오."

"그…. 정원에서 해도 될까요? 여기는 보는 눈이 많아서…. 아무도 찾지 않는 조용한 장소가 있어요."

"그러면 가시지요."

나는 성녀H를 뒤따라 정원 깊숙이 들어갔다. 아주 깊숙이.

"헛! 저거, 성녀 아니야?"

"옆의 남자는 소문의 성자?"

"둘이 어딜 가는 거지?"

몇몇 졸업생이 대신전을 돌아다니는 게 보였다.

출입이 엄격히 금지된 대신전이지만, 시작 도시의 각종 이벤

트랑 연계되면서 제한적으로 개방되어 있는 덕분이다.

여러 루트를 통해서 대신전에 방문한 졸업생이 적지 않았으나, 정원의 규모가 워낙 압도적이라서 전혀 티가 나지 않았다.

대신전의 아름다운 정원을 넋 놓고 구경하던 그들은 우리를 발견하고는 동료들이랑 수군거렸다. 그리고 호기심을 못 찾고 슬금슬금 쫓아왔다.

"어? 어디로 사라졌지?"

"이상하다. 여긴 외길인데?"

하지만 그들은 금세 우리를 놓치고 길을 잃었다. 그만큼 우리가 나아가는 길은 복잡하고 어두침침했다.

성녀H가 말했다.

"성자님. 제 손을 잡아주세요. 사, 사심은 없어요! 그렇다고 전혀 없다는 이야기는 아니니 오해는 말아주세요!"

"이건, 인식 장애 마법?"

"비슷합니다. 원시적인 풍수지리학과 용혈을 토대로 정원수와 돌을 규칙적으로 배치한 주술이에요."

…지구과학이란 건가?

내 전문이 아니므로 그러려니 넘어가자.

그렇게 얼마나 깊숙이 들어갔을까?

영원히 멈출 것 같지 않았던 성녀H의 걸음이 느려지다가 끝내 제자리에 멈췄다.

"성녀님. 도착한 겁니까?"

"네. 여기에요."

대낮임에도 무척 어두운 장소였다.

새하얀 대리석으로 된 정육각기둥의 작은 정자가 있고, 주위에는 나무와 음지식물이 벽처럼 빼곡하게 둘러싸고 있었다.

성녀H의 말대로 조용한 장소였다.

힐끔힐끔.

딱 하나 빼고.

대신전을 지키는 골렘은 여기에도 있었다.

"하실 말씀이란 것은…?"

"여기라면 아무도 알지 못하고, 아무도 보지 못하고, 아무도 듣지 못할 거예요. 정말 죄송합니다, 성자님! 저는 거짓말을 했어요! 이제 이 욕망과 감정을 더는 감출 수가 없어요!"

격하게 외친 성녀H가 내게 돌진해왔다. 나는 피할 수 있음에도 가만히 그녀를 받아줬다.

몰랑~

성녀H가 내 어깨에 얼굴을 묻고, 몰랑몰랑한 가슴을 바짝 맞댔다. 하지만 이다음 전개는 생각하지 않은 걸까? 그녀는 파르르 몸을 떨기만 할 뿐이었다. 그게 아니면,

"하아…!"

이 미지근한 접촉만으로도 충분히 만족한 걸까.

성녀H는 내 귓가에 들릴 만큼 뜨겁고 거친 숨결을 몰아쉬었다. 몸은 어린아이가 떼쓰듯 계속 접촉을 시도했다.

그러나 이것도 영원하진 않았다.

움찔.

본능적으로 무언가를 눈치챈 성녀H가 슬금슬금 몸을 빼려 했다. 하지만 이걸 순순히 용납한다면 남자가 아니다.

꽉.

"성녀님. 당신은 거짓말하지 않았습니다."

나는 오른팔로 그녀의 잘록한 등허리를 힘껏 끌어안으며 못 빠져나가게 붙잡았다. 왼팔은 천천히, 그녀의 귀부터 아래로 스치듯 더듬어갔다.

"흐읏! 하, 하지만 저는…."

"우리는 이미 대화를 시작했습니다."

몸으로.

교직원 일동이 엄선한 성녀H의 괘씸한 수녀복은 매듭 하나만 풀면 후루룩 흘러내리게 디자인되어 있다.

휘릭, 스르륵….

목 뒤의 리본을 풀자마자 바나나 껍질처럼 수녀복이 벗겨졌다.

"읏…!"

놀란 성녀H가 두 눈을 질끈 감는다.

은근히 기대했음에도 막상 현실로 닥치면 느낌이 다른 법. 그녀는 떨어지는 옷가지를 붙잡으려고 애처롭게 손을 뻗었으나, 끝끝내 잡지 않고 놔뒀다.

툭.

대신, 중력을 거부한 그녀의 가슴이 흘러내리는 옷을 붙잡았다. 실소가 절로 나왔다. 나는 그 최후의 저항을 손가락으로 가볍게 톡 날려줬다.

사르르륵….

수녀복이 정원의 수풀 위로 폭포수처럼 떨어졌다.

그리고 드러난 성녀H의 나신(裸身).

"진짜 판타지네…."

나도 모르게 감상이 튀어나왔다.

교직원 일동이 열심히 준비한 용사 페스티벌. 이 축제에 초대된 손님들을 환대하는 간판스타의 비주얼이 별로라면 큰일이잖은가?

그렇기에 성녀H는 철저하게 대중적이었다. 남녀노소 누구나 "아름답다!"고 인정할 수밖에 없는 외모. 그걸 위해서라면 현실성과 인체구조쯤은 대수롭지 않게 무시했다.

"우으…."

성녀H가 어깨를 움츠리며 더욱 적극적으로 내게 안겼다. 긴장한 몸은 애처로웠으며, 바짝 오므린 허벅지 사이는 조잡한 천 쪼가리로 간신히 지켜지는 중이었다.

나는 서두르지 않았다. 벌거벗은 미녀만 보면 눈 뒤집혀서 돌진하는 판타지 야만인들이랑 질적으로 다르다. 신사적인 지구인답게 밖에서부터 천천히 접근했다.

먼저 윗입술.

"흠…."

"우음…."

나는 성녀H라는 철옹성이 먼저 백기를 들고 도개교를 내릴 때까지 주위에서 농성하는 작전을 실행했다. 지친 그녀가 정복해달라고 애원할 때까지. 그 순간이 벌써 기대되기 시작….

▶힐끔: 괜히 저까지 설레네요….

음? 교생 아가씨가 왜 여기 있어? 신고하기 전에 얼른 빠져!

"너도!"

나는 성녀H의 축축하게 젖은 성문을 뜯어서 힘껏 던졌다.

"아앗?! 서, 성자님! 그건…!"

탁!

내가 던진 삼각형 천 쪼가리가 아까부터 계속 거슬리는 골렘의 안면을 덮었다. 젖어있는 탓에 접착력이 매우 우수했다.

이것으로 시야를 완벽하게 차단한 셈.

골렘이 무척 유감이란 듯이 돌로 된 몸을 부르르 떨었다. 그러나 파수꾼이란 임무 탓에 움직이진 않았다.

"성녀님. 신경 쓰지 마십시오."

"안 쓸 수가-하읏…!?"

여기서부터는 어른들의 시간이다.

) (

그 뒤로 며칠이 흘렀다.

살아오면서 단 한 번도 외부의 침입을 허용하지 않았던 내성(內城)까지 함락당한 성녀H는 오늘도 정복자의 방문을 환영했다. 나는 사양하지 않고 빨대를 꽂았다.

쪼오옥-

그리고 빨아들였다. 한 번, 두 번, 다섯 번, 열 번….

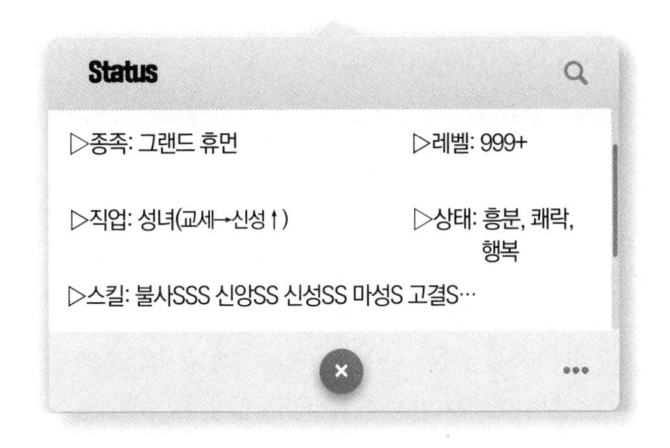

내 추측대로 성녀H는 특별했다.

그녀의 신성SS는 아무리 빨아들여도 마르질 않았다.

악마숭배자 중에도 SS등급인 자가 있었다. 하지만 빨대를 꽂고 흡수하다 보면 금방 고갈됐다. 그런데 성녀H의 신성은 무한했다. 능력치로 표시되지 않는 외부 힘이 적용된다는 방증.

치이익….

내가 성녀H에게 주입한 마기는 전부 소멸했다.

이 또한 능력치 외 간섭이라고 추측됐다.

▶해석: 맞아요. 손님을 맞이하는 성녀가 죽거나 타락하면 축제 진행이 안 되니까요. 대신전의 경비체계가 비상식적으로 높은 이유도 같은 맥락이랍니다.

교생 아가씨가 내 추측을 긍정했다. 하지만 나로선 나쁠 게 없었다.

신성A→신성SS

대신전의 514명 악마숭배자가 보유한 신성을 몽땅 흡수하고도 A등급이 고작이었던 나는 SS등급까지 찍을 수 있었다.

신성이 무한한 성녀H 덕분!

그러나 SSS등급에는 끝내 도달하지 못했다. 숙련도 99.99%에서 멈춘 탓이다. 하지만 나는 걱정하지 않았다.

이 문제를 해결할 방법을 이미 알고 있기 때문이다.

"포인트를 쓸 때가 왔군."

끝끝내 모든 악마숭배자의 교화를 마쳤다.

내가 마음만 먹으면 하루 안에 전부 복종시킬 수 있었지만, 나는 의도적으로 시간을 조절했다.

대신전에는 성녀H만 있는 게 아니다. 인어, 정원사, 청소부, 요리사…. 그들 전부를 속여야 했다.

물론, 500명이 넘는 악마숭배자에게 온종일 내 찬양을 들으며 보낸 성녀H의 정신과 사상은 시커멓게 변질했기에 신경 쓸 필요 없다. 몸과 마음도 이미 내 수중에 있었고.

이제 남은 건?

"시스템적으로 종속이 되려나 모르겠네."

이건 해보기 전까진 알 수 없었다.

현재까지 1028포인트.

내가 날조로 욱여넣은 성녀H의 몸값은 500포인트.

그녀를 구매하고도 넉넉할 만큼의 포인트를 모았다. 하지만 이게 과연 시스템적으로 허용될지는 별개의 문제였다. 우선,

[하급 신성 상승 물약: 3포인트]
[중급 신성 상승 물약: 7포인트]
[상급 신성 상승 물약: 13포인트]
[최상급 신성 상승 물약: 20포인트]
…

스킬 신성 숙련도를 올려주는 물약을 몽땅 구매한 후, 등급이 오를 때까지 계속 마셨다. 그리고 마침내,

신성SS→신성SSS

숙련도 99.99%를 돌파하여 SSS등급에 도달했다.

무림고수가 벽을 넘으면 딱 이러할까!

"…대단한데?"

효과를 확인한 나는 이 말밖에 나오지 않았다.

먹다 남은 찌꺼기 같은 나머지 물약은 선심 쓰듯 K부녀에게 골고루 나눠줬다. 이것으로 둘은 천사들의 무적 치트키를 뚫을 수단이 생겼다.

"오오! 정말 감사합니다!"

"용사님께서 이 귀한 물약을…."

고마워할 거 없다. 천사들에게 개죽음당하지 말라고 주는 거

니까.

나는 여기에 추가로 '마기' 속성이 걸린 무기들을 구매했다. 이 또한 K부녀를 위한 거였다. 이래도 죽으면 어쩔 수 없고.

"성자님. 896포인트 남았어요."

감독관으로 보물창고까지 동행한 성녀H가 말했다. 그러면서 자기 목에 걸린 가격표를 만지작거리고 있었다.

[어떤 성녀의 전부: 500포인트]

나는 턱을 쓰다듬으며 생각에 잠겼다.

신성SS까지 올린 이상, 성녀H에게 더는 볼일 없었다. 굳이 500포인트를 투자할 필요성을 느끼지 못했다. 그렇긴 한데,

"궁금하단 말이지."

프롤로그에서 안내자(성녀H)가 등장하지 않으면 어떻게 될까?

용사 페스티벌에 막 입장한 졸업생들이 허둥대는 모습을 볼 수만 있다면, 500포인트가 아깝지 않다!

또한, 축제를 준비한 교직원 일동도 뒷목 잡을 게 분명하다.

거기까지 고려하면 무조건 남는 장사다.

▶당혹: 강한수 생도님. 정말로 하시려고요?

교생 아가씨. 그걸 말이라고 해?

하지만 당장은 아니다. 나는 남은 포인트를 빠르게 소모하기

시작했다.

[하급 소환 상승 물약: 2포인트]
[중급 소환 상승 물약: 5포인트]
[상급 소환 상승 물약: 9포인트]
[최상급 소환 상승 물약: 14포인트]
…

스킬 소환. 내게 없는 스킬이다.
블랙박스 효과 덕분에 회귀해도 성검2가 남았었기에 시도해 볼 생각이다.
내가 소환한 존재도 그대로 유지될까?
그걸 확인하고자 스킬 '소환'의 숙련도를 강제로 올렸다.
수련이나 공부 없이 물약의 힘으로!

소환F→소환E→소환D

물약을 퍼마시고도 겨우 D등급.
용사의 경험치 500% 특전이 없는 게 뼈아팠다.
하지만 나는 실망하지 않았다. 이건 어디까지나 실험을 위한 스킬이기 때문이다.
그 뒤, 첫날부터 눈도장 찍어뒀던 물약으로 손을 뻗었다.

[하급 창고 확장 물약: 5포인트]

[중급 창고 확장 물약: 10포인트]
[상급 창고 확장 물약: 15포인트]
[최상급 창고 확장 물약: 20포인트]
…

스킬 창고.

판타지아 대륙에선 단 한 번도 보지 못했던 스킬이다.

교생 아가씨? 해설 부탁해!

▶난감: 강한수 생도님의 짐작이 맞아요. 창고는 판타지아 대륙에 풀리지 않은 금지된 스킬이에요. 동료들이랑 무거운 짐을 분담할 필요가 사라지면 협동심을 키울 수 없잖아요? 이 스킬을 미끼로 졸업생들의 페스티벌 참여율을 높인다는 취지도 있어요.

격하게 공감한다. 나도 2회차에선 '짐꾼'을 뒀었기 때문이다.

이건 구매를 고민할 필요가 없었다. 나는 보물창고에 있는 창고 확장 물약을 싹 구매해서 복용했다.

창고F→창고E→창고D

D등급으로 얼마나 들어가는지는 나중에 확인해보자.

이제 남은 포인트는?

"성자님. 535포인트 남으셨어요."

성녀H가 초조한 어조로 알려줬다. 그녀의 눈빛 또한 여유로

웠던 처음이랑 달리 무척 간절하게 바뀌었다.

535포인트.

나는 턱을 쓰다듬으며 고민했다. 그리고 결정했다.

[하급 정력 상승 물약: 1포인트]

[어떤 황녀의 가터벨트: 34포인트]

[어떤 성녀의 전부: 500포인트]

내게 귀속됐음을 알리는 빛이 성녀H와 가터벨트를 감쌌다. 성공할지 긴가민가했었는데 정말로 된 것이다.

간에 기별도 안 가는 정력 물약은 바로 벌컥!

이것으로 모든 포인트를 소모한 셈이다.

▶체념: 축제용 성녀가 개인에게 귀속되면 진행은 누가…? 저도 이제 모르겠어요….

하하! 교생 아가씨. 편하게 생각해. 성녀 하나 먹었다고 축제가 망하지는…. 음?

끼긱! 드르륵!

보물창고 입구를 정승처럼 서서 지키고 있던 골렘 2기가 나를 돌아봤다. 그리고 사전 경고도 없이 내게 달려들었다.

"요건 몰랐네!"

대신전의 핵심인 성녀H의 신변에 문제가 생겼기 때문일까?

그래도 골렘 2기라면 해볼 만했다. 나는 잽싸게 성검2를 소환해서 스킬을 증폭한 후, 황소처럼 덤벼오는 골렘을 향해 육탄전을 걸었다.

그리고 번쩍!

쾅―! 콰당―!

벌러덩 자빠진 두 골렘이 보물창고를 나뒹굴었다. 바닥과 벽에 균열이 생기고, 각종 보상이 파괴되거나 이리저리 날아갔다.

골렘의 단단한 몸도 무사하지 못했다.

"하핫!"

그 꼴을 본 나는 웃음을 터트렸다.

대신전을 수호하는 골렘은 분명 강하다. 하지만 신성SSS의 가호를 받는 내 상대는 아니었다. 상성이 좋지 못하다고 할까.

끼익! 끼이익!

대신전 곳곳에 흩어져 있던 골렘들이 이변을 눈치채고 일제히 가동했다.

쿵! 쿵! 쿵! 쿵!

3,139기의 거인이 보물창고로 몰려들기 시작했다.

"성자님…!"

"용사님…!"

성녀H와 요정K가 초조한 얼굴로 나를 돌아본다.

보스K는?

이 긴급한 상황에 보물창고를 돌아다니면서 각종 스킬 상승 물약을 부지런히 퍼마시는 중이었다.

나랑 눈이 마주친 그가 외쳤다.

"꿀꺽! 강해져서 도와드리겠습니다! 용사님!"

정력 상승 물약 위주로 퍼마시면서 잘도 지껄이는구나!

"됐어. 너 말고도 도와줄 녀석들이 많아."

나는 신성SSS에 이어서 마기SSS를 활성화했다.

쏴아아아-

▶애도: 선배님들….

대신전에는 골렘만 잔뜩 있는 게 아니다. 나를 따르는 514명의 악마숭배자가 곳곳에 대기 중이다. 자신들을 가둔 대신전에 복수할 날을 기다리면서. 그 순간이 마침내 도래했다.

"싹 쓸어버려."

대신전의 골렘만이 아니라 시작 도시까지 깔끔하게!

성자 이벤트는 자체 종료. 지금부터는 신나는 몰살 이벤트다.

"꾸엑?!"

"컥-?!"

골렘과 악마숭배자, 두 무리가 충돌했다. 부수고 죽이는 치열한 전투가 대신전 곳곳에서 벌어졌다.

마음 없는 골렘에게 자비와 용서를 바라는 건 무의미하고, 악마숭배자들의 사전에 평화와 후퇴는 없었다.

여기에 휘말린 졸업생들도 무사하지 못했다. 수준이 달라도 너무 달랐으니까. 축제 최심부를 지키는 파수꾼도 터무니없이 강했지만, 그 최심부에 갇혀 있던 영웅들은 그보다 더한 괴물들이었다. 졸업생 따위가 낄 자리가 아니었다. 먼지처럼 쓸려갔다.

"이, 이게 대체 무슨 일-으악?!"

"오빠야?! 꺄으읔-?!"

동정A와 그의 여자친구 목소리를 들은 것 같았지만, 기분 탓이다. 그동안 나도 놀고만 있지 않았다.

팅!

보스K처럼 물약을 마시고자 유리병으로 손을 뻗었으나 실패했다. 무형의 무언가에 막혀서 닿지 않았다.

"…방범 시스템인가."

이 세계의 원주민이 아니면 제약이 있는 듯했다. 이벤트 보상 외에는 축제 후 전부 반납한다고 했으니, 아주 이해 못 할 상황은 아니었다.

그렇다면 성녀H는 어떨까?

"찰떡. 이벤트 보상을 챙길 수 있겠어?"

"해보겠습니다. 주인님."

더는 감추거나 거리낄 게 없어졌다. 그렇기에 우리는 어두컴컴한 정원에서 서로에게 쓰던 호칭과 말투를 사용했다.

▶황당: 축제 마스코트에게 찰떡이라니요….

왜? 어울린다고 생각하는데.

교생 아가씨가 극구 반대해서 찰떡은 기각됐다. 아무튼,

"저도 안 되는 것 같습니다."

성녀H가 근처에 진열된 물건으로 손을 뻗었다. 그리고 나랑 마찬가지로 거부반응이 발생하면서 실패했다. K부녀만이 자유롭게 만질 수 있었다.

"안 되면 어쩔 수 없지."

나는 K부녀에게 보물창고 쇼핑을 지시했다. 가만히 남겨둬서 뭐하겠는가?

"꿀꺽."

"꿀꺽."

축제 진행을 위해 교직원 일동이 준비한 온갖 스킬 상승 물약이 보스K와 요정K의 뱃속으로 사라졌다.

이걸로 이벤트 수백 개가 보상 부재로 무산됐을 것이다.

▶체념: 올해 축제는 완전히 끝장이네요.

교생 아가씨. 궁금한 게 있어.

▶쫑긋: 뭐가요?

선생들은 다 어디 갔어?

내가 할 말은 아니지만, 용사 페스티벌이 파탄 나게 생겼다. 어떻게든 수습하거나 나를 제재하고자 모습을 드러내는 게 정상 아닐까.

하지만 여전히 코빼기도 안 비쳤다.

▶교육방침이에요. 강한수 생도님에게 다른 생도를 붙여줬던 것처럼 시작 단계에서 조정은 가능하지만, 교직원이 중간에 간섭하는 행동은 엄격히 금지되어 있답니다. 축제도 마찬가지

고요.

즉, 교직원 일동은 어떤 비상사태가 벌어지더라도 손가락 빨면서 구경해야 한다는 뜻이다.

나로선 아쉬우면서도 희소식이었다.

"아깝네. 도덕 선생이 보이면 죽창으로 찔러줄 생각이었는데."

하지만 이 또한 나쁘지 않았다. 절대적인 지위의 선생이 간섭하지 않는다면, 변수도 그만큼 줄어든다는 의미이기 때문이다.

교직원 일동이 준비한 최고 전력은 3,141기의 골렘이 끝이라고 해석해도 무방하리라. 그렇다면 두려울 게 없다.

나를 따르는 악마숭배자들이 해일처럼 밀고 나갔다.

쾅, 콰직!

단단한 골렘이 줄줄이 파괴됐다.

골렘의 성능이 우수하다는 건 틀림없지만, 스킬 구성과 전투방식이 양산형처럼 일정했다. 반면에 악마숭배자들은 개개인의 특징이 뚜렷하고, 과거에 영웅이었던 만큼 전투경험도 풍부했다. 공략 요령이 생기면 골렘은 아무것도 아니다.

"컥?!"

"꺄읏?!"

그렇다고 해도 악마숭배자들의 손실 또한 적지 않았다.

이대로 흘러가면 양패구상으로 끝날 조짐이 컸는데, 내게는 아직 최고의 카드가 남아있었다.

"싹 부활시켜."

"네. 주인님. 아아~♪"

성녀H가 양손을 합장하고는 가사 없는 노래를 불렀다.

판타지 신(神)을 위한 찬가는 아니다. 그녀는 카나리아처럼 하늘을 향해 아름다운 음율을 지저귀었다. 그 직후,

번쩍—!

성녀H를 중심으로 성스러운 빛무리가 퍼져나간다.

고운 선율을 멈춘 그녀가 외쳤다.

"일어나라! 나의 용사여!"

기적이 벌어졌다.

"쿠오오!"

"부활인가…!"

"와아아!"

차가운 대지에 쓰러진 악마숭배자들이 일제히 벌떡 일어섰다. 감소한 레벨은 시신의 상태에 따라 천차만별이었지만, 다시 싸울 수 있다는 것에 의미가 있었다.

쿵! 콰직!

마지막 골렘이 파괴됐다.

성녀H의 특전으로 끊임없이 재활용되는 악마숭배자들의 물량공세를 당해낼 도리가 없었다.

대신전 측의 패배는 처음부터 정해져 있던 셈.

용사 페스티벌 핵심시설인 대신전이 내 손아귀에 떨어지는 순간이었다.

"나의 종자들아! 대신전의 보물들로 무장을 갖춰라!"

본 게임은 이제부터 시작이다.

"네. 왕이시여."

"오오! 감사합니다!"

악마숭배자들은 판타지 원주민에 속한다. 그렇기에 K부녀처럼 대신전의 보물들을 자유롭게 가져갈 수 있었다.

물약은 K부녀가 이미 싹쓸이했다. 하지만 무기와 갑옷, 장신구 등은 여전히 많이 남았다.

철컥, 찰칵.

대형 이벤트 우승자에게 주어졌어야 할 보상들이 악마숭배자들에게 무상으로 제공됐다. 성능과 품질은 의심할 여지가 없었다.

안 그래도 강력한 악마숭배자들에게 날개를 달아준 셈. 과거의 영웅이었던 그들은 더욱 막강한 신위를 발휘하게 됐다.

이게 끝이 아니다.

"아아~♪"

그들 뒤편에서 성녀H가 찬송가를 불렀다.

나를 따르는 모든 악마숭배자에게 성녀의 축복이 내려졌다. 용사 파티만 받는 축복인 만큼 효과는 확실했다.

더욱 강하게! 더욱 단단하게! 더욱 민첩하게!

악마숭배자들의 강함이 배가 됐다.

▶창백: 정말 끔찍한 조합이 탄생했네요….

교생 아가씨. 강하기만 하면 장땡이야.

완전무장을 갖추고 성녀H의 축복을 받은 악마숭배자들의 기세는 굉장히 흉흉했다.

그들은 대신전 밖으로 진격했다. 눈에 보이는 모든 용사를 척살하기 위해.

"으악?!"

"도, 도망쳐?!"

악마숭배자들은 살인광이 아니다. 전직 영웅들이다.

모두가 그런 건 아니지만, 이들이 악마숭배자로 변절하거나 전향하게 된 근본적인 원인은 '실망스러운 용사'에게 있었다. 그리고 용사들이 눈앞에 널려있었다.

졸업생들의 직업은 이제 용사가 아니었지만, 원주민이랑 차별된 알록달록한 복장과 개성적인 패션은 어딜 가더라도 눈에 띄었다.

"위선자에게 응징을!"

"죽어라! 호색한 쓰레기들!"

"내 철퇴로 회개하라!"

악마숭배자들이 눈에 불을 켜고 졸업생들을 죽였다. 선량하거나 예쁘게 생겼다고 봐주지 않았다.

예외 없이 몰살!

굳이 내가 나설 필요도 없이 싹 쓸려갔다.

"사악한 악마숭배자들아! 내 칼을 받-꾸엑?!"

"사랑과 정의의 힘으로 용서치-꺅?!"

무슨 이벤트인 줄 알고 용감하게 맞서 싸우려는 졸업생도 더러 있었지만, 부질없는 발버둥이었다.

물론, 성검1이라도 있었다면 전투 양상이 크게 달랐을 것이다. 우정의 힘을 모으는 필살기는 그만큼 막강하기 때문이다.

하지만 그 성검1이 그들에게는 없었다. 지금은 순수한 능력치 싸움이었다.

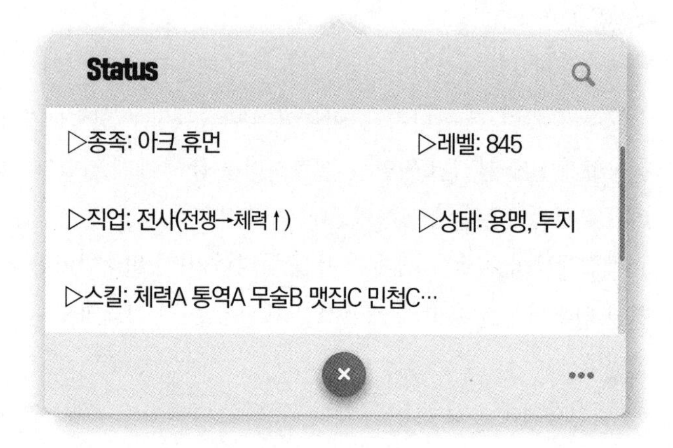

어느 길드의 마스터란 친구의 능력치였다.

지구에서는 저런 콩고물 수준도 강자로 취급해주는 걸까? 따르는 똘마니와 예쁜이들이 많았다.

"악마숭배자가 온다!"

"물러나지 말고 싸우세요!"

"방어대형을 유지해!"

마스터를 포함한 길드원 전체가 똘똘 뭉친 진영을 향해, 악마숭배자 하나가 겁도 없이 뛰어들었다.

성난 늑대처럼 광폭하게!

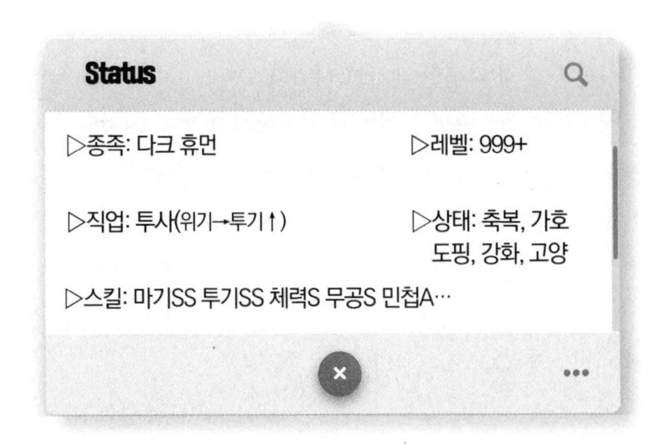

길드는 바람 앞의 먼지처럼 시원하게 쓸려나갔다. 수십 명으로 이루어진 길드 하나가 몰살당하는 건 순식간이었다.

싸움 자체가 성립되지 않았다.

"능력치가 사기다! 도망쳐!"

"최상급 악마 수준이 널렸잖아?!"

"우리가 힘을 합치면 이길 수-꾸엑?!"

"포, 포기!"

이런 상황이 시작 도시 곳곳에서 벌어졌다.

행인56의 설명에 따르면, 페스티벌 대륙에서 가장 큰 번화가인 이 도시에 길드사무소를 세운 유명한 길드가 많았다.

하지만 이 길드들이 힘을 합쳐도 부질없었다. 먼지가 모인다고 바위가 될 순 없는 법. 전력 차이가 너무나 압도적이었다.

"포기!"

"포기할래! 포기!"

"나도 포기!"

사랑과 우정 타령할 때가 아니었다.

악마숭배자들에게 끔찍하게 살해당하고 싶지 않았던 졸업생들이 줄줄이 포기를 외치며 페스티벌에서 이탈했다.

"하! 저것도 용사라고."

그 광경을 본 내 입에서 헛웃음과 실소가 절로 나왔다.

나는 저딴 연놈들에게 밀려서 졸업이 보류됐단 말이지? 생각하면 할수록 뒷목이 땅겼다.

▶우울: 어디서부터 잘못된 걸까요?

후후! 교생 아가씨. 느긋하게 즐기라구.

축제는 축제일 뿐이잖아?

▷초조: 축제를 축제답게 즐겨주세요! 소유로 자기 욕망을 충족시키고자 하는 것은 지푸라기로 불을 끄려는 것과 같다고 했습니다! 강한수 학생. 지금이라도 이 끔찍한 학살극을 멈추세요!

오! 오랜만입니다. 도덕 선생님.

▷생략: 인사는 나중에요! 모든 것을 탐하는 자는 모든 것을 잃는다고 합니다. 이 방식은 옳지 않아요. 파멸에 앞서 교만이 있고, 멸망에 앞서 오만한 정신이 있습니다. 모두의 축제를 망쳐서 당신에게 득이 될 게 없어요.

잔소리가 성녀H의 엉덩이처럼 아주 찰지네요!

듣기만 해도 스트레스가 쌓인다. 하지만 내가 축제를 망치고 있다는 건 동의할 수 없었다. 나도 다른 졸업생들처럼 축제를 즐길 뿐이다. 잘못은 약한 그들에게 있다.

"수준 떨어져서 같이 못 놀겠네~♪"

내가 콧노래를 흥얼거리며 느긋하게 산책하는 사이, 시작 도시에 상주하는 모든 졸업생을 처리한 악마숭배자들이 사방팔방으로 뿔뿔이 흩어졌다. 더 많은 용사를 죽이기 위해!

물론, 그들이라고 무적인 건 아니다. 졸업생들의 비겁한 우정의 힘에 토벌된 자가 적지 않았다. 일부는 강력한 이벤트 영웅이랑 시비가 붙어서 당했다.

그래도 나는 신경 쓰지 않았다. 대신전의 악마숭배자들. 1호부터 514호까지 번호로 부르는 수준의 미미한 관계였다. 그들이 싹 전멸해도 나는 상관없다. 졸업생을 한 명이라도 더 많이 처리해서 내 수고를 덜어주면 고마울 따름이다.

▷절망: 심혈을 기울인 페스티벌이….

도덕 선생의 잔소리가 점점 잦아들었다.

제풀에 지친 모양이다. 갔나?

▶빼꼼: 네. 가셨어요. 휴우! 선배님은 언제 봐도 엄격하시네요. 강한수 생도님. 아직 확정된 사항은 아니지만, 담당이 저로

쭉 연장될 것 같아요. 그렇게 되면 6회차에서도 잘 부탁합니다!

6회차라…. 교생 아가씨의 말을 들으니 한숨부터 나왔다.

▶응원: 힘내세요! 저랑 하나씩 짚어가시면 무난하게 이수하실 수 있을 거예요. 교육과정이 개편된다는 소문이 돌아서 불안하긴 하지만, 기분 탓일 거예요!

정말로 기분 탓이면 좋겠네!

"용사님! 용사님! 하늘을 좀 봐보세요!"

내 소매를 당기며 외치는 요정K의 호들갑에, 무심코 하늘을 올려다본 나는 진풍경을 목격할 수 있었다.

"저건, 설마…?"

칠흑빛 비늘의 거대한 날도마뱀이었다. 긴 목에는 은색의 목줄과 고삐 같은 게 채워져 있었는데, 고삐의 반대편 끝에는 천사 수십 명이 꽉 붙잡고 있었다. 천사 따위는 아무래도 상관없었다. 문제는, 녀석들이 끌고 온 용(龍)이었다.

"Chaoooo~!"

세상을 쩌렁쩌렁 울리는 그리운 멜로디. 용의 패기와 위용에 대지가 떨고 하늘이 침묵했다.

나는 이 포효의 주인을 잘 알고 있다.

"망룡왕 뇌비우스…!"

5대 재앙도 축제에 동원된 듯했다.

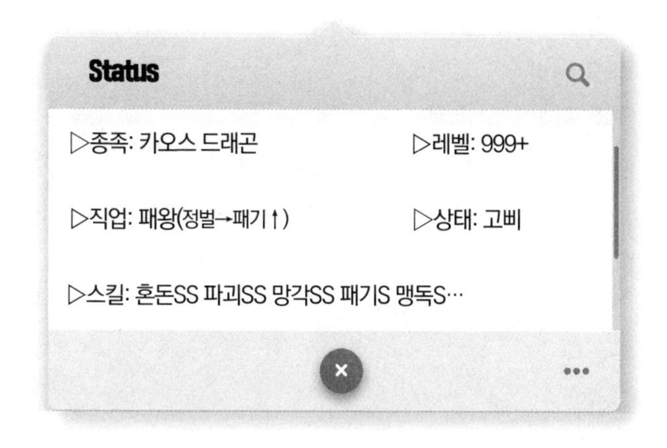

하지만 내가 알던 '버스 기사'가 아니었다.

눈앞의 녀석은 황혼기의 망룡왕보다 덩치가 훨씬 작았고, 스킬 등급도 전체적으로 낮은 편이었다. 젊은 망룡왕이라고 할까?

그래도 위험성이란 측면에선 둘이 별 차이 없었다. 젊은 망룡왕은 노안(老眼)이 없어서 명중률이 매우 높았기 때문이다.

"뇌비우스. 추악한 지상에 철퇴를!"

총대장처럼 도도하게 생긴 천사의 지시를 받은 망룡왕이 아가리를 쫙 벌렸다. 그리고 시커먼 기운을 토해냈다.

"Chaoooo…!"

젊은 망룡왕의 맹독 숨결이 대지를 강타했다.

콸콸!

그것은 악마숭배자와 졸업생, 원주민을 가리지 않았다.

하늘에서 지상으로 폭포처럼 맹렬하게 쏟아진 후, 새까만 대홍수가 되어 주변의 모든 걸 쓸어버렸다.

"커, 커어억…!"

"맹독…!"

"수, 숨을 못 쉬-!"

순식간에 이 일대가 죽음의 땅으로 변했다. 망룡왕의 숨결에 중독되어 시커멓게 변하거나 녹아내린 참혹한 주검이 사방에 널렸다.

"두 분은 괜찮으신가요?"

"네."

"감사하오."

불사SSS의 성녀H는 멀쩡했다. 그녀의 성스러운 축복으로 보호받은 K부녀 또한 무사할 수 있었다.

하지만 나머지는 전멸했다.

"끄윽…."

"원통하다…."

기껏 교화한 악마숭배자들도 몰살당했다. 중독된 시체의 상태가 너무 안 좋아서 성녀H의 부활로도 더는 재활용할 수 없었다. 나를 위해 몰살 이벤트를 도와줄 잡것들의 조기퇴장은 굉장히 뼈아픈 손실이었다.

"이거 참…."

타이밍이 지나치게 절묘했다. 젊은 망룡왕을 끌고 온 천사들의 배후에 교직원 일당이 있는 걸까?

▶단호: 아뇨.

저기, 교생 아가씨? 평소에 눈치 없다는 소리를 자주 듣지 않아? 배후에 사악한 도덕 선생이 있는 게 틀림없다!

스르륵-

나는 성검2를 소환했다. 그때,

"Chaooo…?"

시커먼 맹독 숨결을 머금은 아가리를 쫙 벌린 망룡왕의 움직임이 거짓말처럼 뚝 멈췄다. 용의 시선은 성검2에 꽂혀 있었다.

"뇌비우스, 무슨 일인가요? 어서 응징을!"

"Chaoo."

고삐를 당기며 앵앵거리는 천사의 명령에도 칠흑의 용은 꿈쩍하지 않았다. 탁한 눈동자가 성검2만을 바라본다.

"호오…?"

나는 마왕 페도나르가 뿌린 떡밥이 문득 기억났다. 망룡왕에게 성검2를 보여주라고 했던가?

돌발이벤트가 발생했다.

성자→□□□(혼돈=■■↑)

스킬에 이어 직업마저 모자이크 처리됐다. 대체 얼마나 잔인하거나 음란한 19금 직업이길래?

다행히, 직업 특전은 바로 알 수 있었다.

혼돈=■■↑

…그래서?

직업이 모자이크로 바뀌었음에도 뚜렷한 변화는 체감되지 않았다. 하지만 바로 알 수 있는 것도 있었다.

"Chaooo."

쿠웅-!

성검2를 바라보던 망룡왕이 지상에 착지했다.

"우앗?!"

"읏?!"

천사들이 고삐를 당기면서 어떻게든 통제하려고 애썼지만, 거대한 용은 아랑곳하지 않고 나아갔다. 그리고 내 앞에 멈춰 섰다.

당황하며 끙끙거리는 천사들을 주렁주렁 매단 망룡왕이 머리를 땅까지 숙인 채, 성검2를 최대한 가까이서 빤히 쳐다봤다.

나도 이때만큼은 살짝 긴장했다. 상대는 최강의 생명체인 용이기 때문이다. 스킬에서는 내가 압도적으로 우세하지만, 종족 '드래곤' 보정은 이런 불리함쯤 간단히 씹어 먹을 만큼 사기적이었다.

▶당혹: 무슨 일이 벌어지려는 걸까요?

나도 모르겠네. 교생 아가씨.

하지만 망룡왕 뇌비우스의 탁한 눈동자를 본 순간, 무엇을 해야 하는지를 어렴풋이 이해했다. 내가 망룡왕의 심장을 먹었었기 때문일까? 그 명확한 이유나 원인은 모른다. 또한,

“Chaooo.”

“그래.”

여전히 용의 언어는 알아들을 수 없었다. 그러나 나는 망룡왕의 말귀를 명확하게 인지했다. 그리고 행동으로 옮겼다.

“봉인된 성검이 어째서?!”

“마, 막으세요!”

“당장 저자를 죽여…!”

천사들이 내게 덤벼들려고 했다. 그러나 망룡왕의 고삐를 쥐고 있는 것만으로도 벅찬 그들이 할 수 있는 건 없었다.

유일한 방해꾼은 단 한 명뿐.

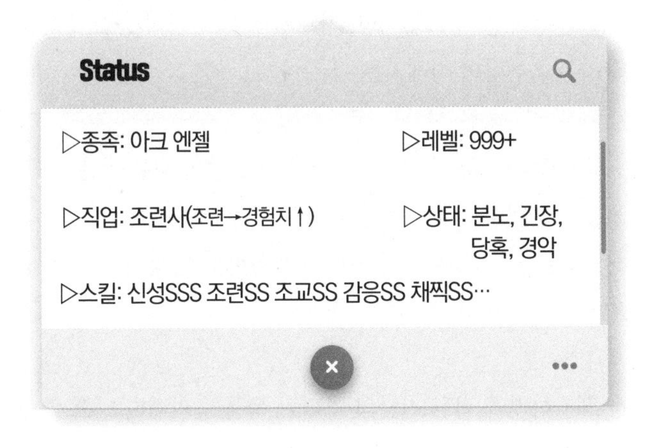

망룡왕에게 명령을 내리던 도도한 천사가 내 앞을 가로막았다. 육감적인 아름다운 여체(女體)를 새끼손가락 굵기의 새하얀 끈으로 붕대처럼 칭칭 감은 여자였다.

…저러고 일상생활이 가능할까?

이런 의문부터 드는 파격적인 패션이었다.

"어떻게 그 열쇠를 손에 넣었는지 모르겠지만, 더는 멋대로 하게 놔두지 않겠-꺄읏?!"

도약해서 단숨에 거리를 좁힌 내 주먹이, 붕대 천사의 무방비한 복부에 박혔다. 주먹이 저릿저릿했다. 천사의 몸을 감싼 밧줄이 평범하지 않다는 건 알겠다. 하지만 그뿐이었다.

"말이 많아."

천사는 팔에 칭칭 감은 밧줄을 풀어서 채찍처럼 휘두를 의도였던 모양이지만, 압박붕대처럼 꽉 조인 줄을 푸는 것도 일이다.

준비시간이 너무 길다. 전투경험이 미흡하다는 방증.

모든 천사가 다 그렇지만, 치트키 같은 신성의 등급이 높을수록 이 부족현상이 심해지는 것 같다.

"하악…!"

고통으로 일그러진 천사의 얼굴. 속눈썹이 짙은 두 눈이 크게 뜨였고, 연분홍빛의 도톰한 입술도 쫙 벌어져 있었다. 우아하지 못하게 입술 밖으로 튀어나온 혀의 끝에선 타액이 줄줄 흘러내렸다. 쯧쯧. 칠칠치 못하긴.

꽉.

나는 허리가 접힌 천사의 가녀린 목을 움켜쥐며 일으켜 세운 후, 벌어진 그녀의 입술 사이로 비집고 나온 혀를 빨대처럼 쪽쪽 빨았다.

"쓰읍!"

"읍…?!"

투닥투닥!

놀란 천사가 양팔로 내 등을 두드리며 앙탈을 부렸지만, 강인한 내 육체를 밀어내거나 흠집을 내기엔 역부족이었다.

쪼오오옥-!

나는 그녀의 신성SSS를 몽땅 빨아들였다. 처음에는 거셌던 천사의 저항이 빠른 속도로 줄어들더니, 끝끝내 자포자기한 것처럼 잠잠해졌다.

"처, 천사장님?!"

"이놈! 그분의 입술을…!"

"오! 맙소사! 끔찍한!"

망룡왕의 고삐를 잡고 있던 천사들이 분개하며 일제히 내게 달려들었다. 말린 오징어처럼 변해가는 자신들의 홍일점을 구하기 위해서. 하지만 그게 실수였다.

번뜩.

조련사의 정신감응이 끊기면서, 망룡왕 뇌비우스의 탁했던 눈동자에 살짝 총기가 돌아왔다. 천사들의 이탈로 고삐마저 느슨해진 상황.

"Chaooo-!"

이 기회를 놓치지 않은 망룡왕이 천사들의 통제를 뿌리치며 멋대로 행동하기 시작했다. 가장 먼저,

휘릭-!

거대한 칠흑빛 팔을 휘둘렀다.

번쩍, 번쩍, 번쩍…!

여전히 고삐를 쥔 천사들이 신성으로 방어했지만, 망룡왕은

신성이나 마기를 품지 않은 상태임에도 힘으로 이 방어벽을 뚫어버렸다.

"으아악?!"

"꺅?!"

"커억…?!"

날카로움을 논하기엔 너무나 우람한 용의 손톱이 천사 무리를 긁고 지나갔다.

한 번, 두 번, 세 번.

망룡왕이 장난스럽게 할퀴는 것만으로도, 수십의 천사가 피투성이가 되어 추락했다.

"도, 도망쳐!"

"후퇴해야 해!"

"히익?! 난 죽기 싫어!"

아직 고삐를 잡고 있거나 운 좋게 사정권을 벗어난 천사들은 전의를 상실하고 하나둘 등을 돌렸다. 그러나 망룡왕은 이를 허용하지 않았다.

퍽!

막 날개를 펄럭이며 도망치려는 천사의 몸을 긴 꼬리로 후려쳐서 떨어트렸다. 그 천사는 파리채에 맞은 파리처럼 납작해졌다. 당연히 즉사였다.

"사, 살려-!"

"Chaooo…!"

울면서 하늘로 도망치던 예쁜 천사의 몸뚱이가 통째로, 망룡왕의 쫙 벌린 아가리 속으로 사라졌다.

콰직, 아그작! 용의 이빨 사이로 삐져나온 천사의 양팔은 곧장 절단되어 땅에 떨어졌다.

툭, 툭.

"히익?!"

"아, 안 돼!"

더욱 공포에 빠져든 천사들이 우왕좌왕했다. 그러나 이들을 통솔해야 할 여자는 본분을 잊고, 멋진 남자랑 한창 데이트 중이었다.

"더 없나?"

"아으…."

우리의 뜨거운 키스도 마침내 끝났다. 나는 신성을 쫙 빨리고 초췌해진 천사의 모습을 감상했다. 퀭한 눈, 흐느적거리는 팔다리, 땀에 젖은 몸…. 그 애처로운 모습이 묘하게 남자의 호승심과 본능을 자극했지만, 오늘은 1절만 하기로 했다.

우득. 잡고 있던 천사의 목을 부러트렸다. 경험치까지 깔끔하게 먹어줬다.

"아낌없이 퍼줘서 고마워, 천사 아가씨. 앞으로 우리는 영원히 함께야."

30초 연애하고 영원히 책임진다니!

나란 남자는 매번 손해만 보는 것 같다.

▶사절: 강한수 생도님! 우리는 친구만 해요!

교생 아가씨. 그건 내가 하고 싶은 말이야.

"Chaoooo!"

하나도 남김없이 모든 천사를 몰살시킨 망룡왕이 하늘을 올려다보며 힘찬 포효를 터트렸다. 나는 그런 칠흑의 용에게 조련사를 던졌다.

덥석!

망룡왕은 사료를 받아먹듯 한입에 천사를 물어 삼켰다. 그리고는 내 앞에 사뿐히 착지했다.

쿵.

"그러면, 마저 진행해볼까?"

"Chaooo."

나는 망룡왕의 목 아래로 천천히 걸어갔다. 은색의 목줄과 긴 고삐. 판타지아 대륙의 늙은 망룡왕에게는 없었던 구속장치였다. 우선, 성검2로 후려쳐봤다.

팅-!

지금까지 베지 못하는 게 없었던 성검2가 목줄과 고삐를 잘라내지 못하고 튕겨 나갔다. 나로서도 무척 놀라운 결과.

하지만 어렴풋이 예상했던 결과이기도 했다.

"역시, 이 용도가 맞겠지."

나는 목줄과 고삐를 이어주는 자물쇠 구멍에 성검2의 칼끝을 열쇠처럼 꽂았다. 그리고 돌렸다.

찰칵. 간단히 따지는 자물쇠.

성검2가 처음부터 이 목줄의 열쇠였다는 뜻이다.

스르륵-

망룡왕 뇌비우스의 두꺼운 목에서 떨어진 목줄과 고삐의 크기가 빠르게 축소됐다. 평균적인 개목걸이 사이즈로.

뽕!

나는 그것을 포인트로 구매한 '창고'에 수납했다. SS등급 스킬로 도배한 내 성검2로도 베이지 않았던 구속장치다. 들판에 함부로 버려둘 순 없었다.

"이렇게 좋-위험한 물건은 관리가 중요하지!"

언젠가 좋은 일에 써주겠다.

▶난감: 쥐는 절대로 구멍 하나에 자신의 운명을 걸지 않는다고 했어요. 그런데, 강한수 생도님이 모든 구멍을 막아버린 것 같다는 기분이 드는 건 왜일까요? 죽여서는 안 되는 중요한 인물이 용의 간식으로 사라진 기분도 들어요….

교생 아가씨. 전부 기분 탓이야!

잘못돼도 교직원 일동이 알아서 수습할 것이다.

"뇌비우스. 내가 엄청 고맙지?"

"Chaooo."

자유를 되찾은 망룡왕 뇌비우스는 위풍당당했으며, 두 눈은 복수의 의지로 활활 타오르고 있었다.

이 용의 직업은 패왕(霸王). 수명이 다하는 그 순간까지 패도를 걸었던 왕이다. 하찮은 조련사에게 지배될 그릇이 아니다.

"그러면 끝까지 가보자고!"

나는 폴짝 뛰어서 망룡왕의 머리 위에 탔다.

자! 힘차게 날아볼까!

"Chaooo!"

그때, 망룡왕의 분노에 짓이겨진 수많은 천사를 구경하던 K 부녀와 성녀H가 허겁지겁 달려와선 외쳤다.

"헉! 어디 가십니까?"

"용사님! 저희도 따라갈게요!"

"주인님! 부디 저도…!"

아차! 흥에 취한 나머지 잡것들을 깜빡했다. 말하는 꼴을 보아하니, 끝까지 따라올 기세였다. 은혜를 갚겠다는 잡것들의 의지가 가상하긴 했다. 그러나 동행을 허락할 마음은 없었다.

나는 보스K에게 말했다.

"다음 축제가 시작되는 40년 뒤에 다시 오마. 그때까지 거대한 세력을 키워놓고 귀환한 나를 맞이하도록. 그리고 너! 자식 교육 똑바로 해라. 후손들이 인간혐오에 찌든 병신뿐이잖아."

얘가 3대 요정왕이다. 실비아의 머나먼 조상님인 셈.

내 충격적인 예언을 들은 보스K가 경악했다.

"인간혐오?! 메마른 요정 따위가 풍요로운 인간을 혐오한다는 말씀입니까? 믿기지 않습니다. 그런 끔찍한 후손이 제 혈통이라니!"

나는 이어서, 요정K에게도 덕담을 해줬다.

"우유 부지런히 마셔라. 유전자가 아무리 야박해도 1만 년쯤 퇴적층처럼 성장하면 내 취향을 저격하는 아가씨가 되어있겠지."

"너, 너무해…."

칭얼대도 안 된다.나는 칼 같은 남자니까!

그리고 끝으로, 성녀H를 돌아봤다.

"흠. 불사 스킬이 SSS등급이니 따라와도 죽진 않겠지. 찰떡처럼 끈질기게 살아남으면서 나랑 망룡왕을 보조해."

"네, 주인님!"

"그리고."

찰칵.

이 물건이 이렇게 빨리 쓰이게 될 줄은 몰랐다.

"저기, 주인님? 이건…?"

나는 창고에서 꺼낸 목줄을 성녀H의 목에 채운 후, 고삐는 망룡왕의 머리에 돋아난 뿔에 꽁꽁 묶었다.

"떨어지지 말라고."

앞으로 격한 전투가 예상된다. 육체 능력이 빈약한 성녀H는 망룡왕의 머리에서 추락할 확률이 매우 높았다.

물론, 떨어져도 불사SSS 덕분에 죽진 않겠지만, 하늘에서 떨어진 그녀를 찾는다고 허비할 시간이 없었다.

"그런…. 주인님 품에 안겨서…."

"걸리적거리지 말고 뿔이나 껴안고 있어."

그렇게 해서, 2인(人) 1룡(龍) 파티가 결성됐다.

"Chaoooo~!"

칠흑빛 3쌍의 날개를 활짝 펼친 망룡왕 뇌비우스가 하늘로 날아올랐다. 용을 본 지상의 모든 생명체가 벌벌 떨었다. 축제를 즐기던 졸업생들은 넋을 놓은 채, 전설로만 존재하는 줄 알았던 '마지막 5대 재앙'의 위용을 감상했다.

"마, 맙소사…."

"망룡왕 뇌비우스…?"
"뭔 능력치가…."
대다수 졸업생은 '망룡왕 뇌비우스'의 실체를 보지 못했다.
황혼기에 접어든 이 칠흑의 용(龍)은 용사가 본격적인 모험을 시작하기도 전에 수명이 다하기 때문이다. 나도 1회차에선 지식으로만 알고 있었다.
"후후! 좋은 정보는 공유해야지. 안 그래?"
"Chaoo?"
"뇌비우스. 네 무서움을 저 용사들의 머릿속에 새겨줘. 맹독으로 샤워 좀 하면 금방 깨닫겠지."
"Chaooooo~!"
친애하는 동료는 내 말뜻을 정확히 이해한 듯했다. 인간들 위로 맹독의 숨결을 토해냈다.
촤아아아-!
노안이 없는 망룡왕의 숨결은 명중률 99.9%를 자랑했다. 999레벨도 못 찍은 먼지와 콩고물이 살 가망은 없었다.
"이게 바로 우정이지!"
전멸한 514명의 악마숭배자가 아깝지 않았다.
몰살 이벤트는 멋진 동료와 함께!

▶체념: 이것도 우정은 우정인데 말이죠….

페스티벌 대륙을 하염없이 돌아다닐 생각은 없다. 친애하는 동료가 함께라면 보름 안에 모든 졸업생을 독살시킬 수도 있겠지만, 번거롭고 귀찮다. 그래서 이번에도 편법을 쓰기로 했다.
성녀H가 설명했다.

"용사 페스티벌 메인이벤트 보상은 천사들이 지키고 있어요. 하지만 천사들이 사는 궁전이 어딨는지조차 불분명하기에 보상을 강탈하기란 대단히 요원합니다."

그렇다고 한다.

하지만 나는 히쭉 웃었다.

"뇌비우스. 들었지? 지금부터 천사들에게 복수하러 가자."

"Chaooo!"

망룡왕 뇌비우스는 천사들에게 붙잡혀 있었다. 당연히 천사들이 사는 장소의 위치도 알고 있을 터.

내 예상대로였다. 미궁처럼 하늘을 뒤덮은 뭉게구름 너머-

"용이다! 용이 쳐들어왔다!"

"헉! 저건 망룡왕?!"

"고삐와 천사장님은 어디로…!"

판타지아 대륙에선, 영화배우보다도 찾기 힘들던 천사가 바글바글한 세상이 눈앞에 펼쳐져 있었다.

마치, 할리우드(Hollywood)에 온 기분이다.

나는 성검2에 마기SSS를 두른 후, 신성SSS로 코팅했다. 그러나 상극인 두 기운은 혼동하지 않고 조화를 이뤘다.

휘이잉-!

칼날을 중심으로 흑백의 회오리가 몰아쳤다.

"뇌비우스. 준비됐지?"

"Chaooooo~!"

허연 닭대가리들에게 진정한 우정의 힘을 보여주자!

콸콸콸—!

시커먼 맹독이 천사들의 궁전 위로 떨어졌다. 새처럼 등의 날개로 비행하며 이동하는 천사들만을 위한 건축물답게 계단이 없는 독특한 양식의 백색 궁전.

사르르….

그 궁전의 소프트아이스크림처럼 생긴 지붕부터 검게 물들며 녹아내렸다.

“용의 숨결이다!”

“피, 피해!”

“히익?! 저게 뭐야?!”

식겁한 수많은 천사가 살던 궁전에서 뛰쳐나왔다.

치이이이….

치익….

하지만 탈출한 천사는 정말 극소수였다.

예고도 없이 찾아와서 다짜고짜 치사성 100%의 숨결부터 토해내는 망룡왕은 자연재해 그 자체.

아예 눈치채지 못했거나, 했어도 빠져나올 시간이 모자랐던 절대다수의 천사가 궁전이랑 명운을 같이했다.

피해 규모나 사망자는 계산되지 않았다. 몰살 이벤트 상품을 보관하는 역할 외에는 축제랑 동떨어져 있던 천사들로선 날벼락이나 다름없었다.

“Chaooo~!”

젊은 망룡왕은 자신의 작품을 감상하고는 기쁨의 포효를 질렸다. 용에게 다른 종족의 성별과 나이는 중요하지 않았다. 여자, 어린애, 노인, 갓난아기…. 예외를 두지 않았다.

남녀노소(男女老少)를 조금이라도 따질 생각이었다면, 애초에 광범위한 살상력을 내포한 맹독의 숨결을 내뱉지도 않았을 것이다.

“멈춰라! 이 악마야!”

하늘에서 천사들이 우르르 몰려왔다.

그 모두가 999레벨 초월. 스킬들도 하나같이 SS등급과 S등급으로 도배되어 있었다. A등급 하나에도 벌벌 떠는 지상에선 상상도 못 할 능력치들.

▶해설: 고등교육과정이니까요!

교생 아가씨가 시원시원하게 답했다. 수학 과목으로 치자면, 미적분과 통계는 당연히 할 줄 알아야 한다는 것이다.

“그래? 고등교육과정이 참 쉽네.”

나는 흑백의 회오리를 두른 성검2를 횡으로 휘둘렀다.

펑! 콰광! 서걱! 쾅!

스키장 면적의 공간이 붕괴했다. 그 사정권 안에 있던 천사들도 한 줌의 먼지로 사라졌다. 사기적인 신성 보호막을 꿰뚫는 마기와 신성의 하모니. 이 앞에선 천사나 인간이나 다 똑같았다.

고등교육과정이 천사를 몰살시키는 거라면, 나는 이미 졸업에 근접했을 것이다.

▶난감: 고등교육과정은 다 죽이라는 교육프로그램이 아니에요. 선과 악의 개념을 뚜렷하게 이해하고 판단하라는 개념의 심오한 학문이죠….

나로선 이해하기 힘든 이야기였다. 천사들이 먼저 나를 공격했다. 여기에 선(善)이 파고들 여지가 있을까?

99명이 착하다고 주장해도, 나를 공격했다면 그 누가 되었든 똑같이 보복 조치를 할 뿐이다.

"커어억!"

"아악?!"

천사들은 내가 생성한 회오리에 취약했다. 여기에 살짝 닿기만 해도 팔다리가 하나씩 뚝 떨어지면서 고통의 비명을 지르다가 추락했다.

무적 치트키에 의존해온 오합지졸 천사 따위는, 1회차 동료들의 횡포를 꿋꿋하게 견디며 성장한 내 상대가 못 됐다.

대신전 때보다 훨씬 수월했다. 이것이 바로 우정의 힘!

성녀H의 축복을 받으면서 폭발적으로 강화된 나와 망룡왕의 콤비를 아무도 막을 수 없었다.

"멈춰라! 이놈들!"

"Unirrrrrr~!"

말 울음소리와 함께 등장한 천사의 외침.

유니콘(Unicorn)이라고 불리는 '날개 달린 백마' 위에 탄 청년이 우리의 비행속도를 따라잡았다. 그리고 뾰족한 창으로 용의 비늘을 찔렀다.

푹!

"Chaooo-?!"

단 한 번도 피해다운 피해를 받아본 적 없었던 망룡왕의 비늘 사이로 붉은색 피가 흘러내렸다.

주르륵.

나도 이때만큼은 놀라고 말았다.

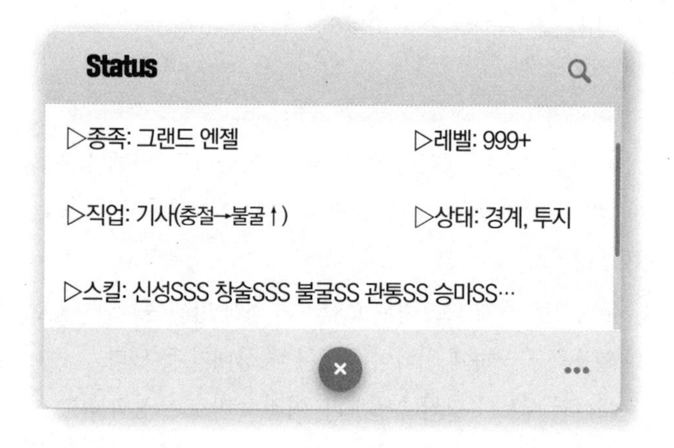

이렇게 탐스러운 SSS급 천사가 여태까지 뭐하다가 이제야 어슬렁어슬렁 나온 걸까?

"Unirrrr~!"

놈이 타고 있는 유니콘도 그랬다. 이마에는 뿔, 등에는 한 쌍의 날개가 달린 이 말은 신성한 생물로 매우 유명한데, 그 뿔에는 제법 강력한 힘이 깃들어 있다. 영웅과 미녀만을 태우는 놈의 비행 능력도 일품이다.

휙휙!

모기처럼 주변을 맴도는 유니콘을 잡기 위해서 망룡왕이 꼬리를 이리저리 휘둘러보지만, 유니콘은 한 방만 맞아도 위협적인 그 공격들을 전부 여유롭게 회피했다. 심지어,

파지지직-!

머리의 뿔에서 쏜 뇌전(雷電) 비슷한 빛줄기가 망룡왕의 피부를 긁고 지나갔다. 단단한 칠흑빛 비늘이 줄줄이 파괴되고 안쪽의 살점이 가차 없이 뜯겨나갔다.

망룡왕의 덩치에 비하면 생채기나 다름없다. 하지만 이것도 야금야금 쌓이면 무시하지 못하리라.

"약한 벌레답게 싸우는군."

망룡왕의 머리 위에 탄 나는 코웃음을 터트렸다.

정정당당하지 못하게 찔끔찔끔 치고 빠지는 식으로 야비하게 싸우는 천사와 유니콘에게 본때를 보여주자. 망룡왕 뇌비우스는 혼자가 아니다. 저 벌레들에게 상호보완, 적재적소가 무엇인지 똑똑히 가르쳐주겠다.

나는 성녀H에게 턱짓으로 지시했다.

"네, 주인님. 아아~♪"

추락하지 않도록 망룡왕의 뿔을 잡고 있던 성녀H가 아름다운 선율의 노래를 불렀다.

스르륵….

망룡왕의 상처들이 순식간에 회복됐다. SSS급 천사가 창으로 찌른 관통상, 유니콘의 뇌전으로 생긴 생채기, 여러 천사가 입힌 자잘한 부상 등이 말끔히 사라졌다.

손해가 전혀 없던 건 아니다. 단지,

망룡왕: 9000레벨→8999레벨
성녀H: 2000레벨→2001레벨

요런 식으로 피해가 미미할 뿐!
이마저도 피해란 느낌이 별로 없었다. 치유 받는 망룡왕 뇌비우스의 레벨이 깎일 때마다, 치유해주는 성녀H의 레벨이 오르기 때문이다. 절대로 약해지지 않는 용사 파티처럼.
"Chaoooo!"
성녀H의 보조를 받는 망룡왕은 물러서거나 지치지 않았다. 미미하게 하락한 레벨마저도 천사들을 학살하면서 보충 중.
그 사실을 벌레들도 눈치챘다. 이대로는 답이 없음을.
"이놈들-!"
"Unirrrrrr~!"
찔끔찔끔 공격하길 포기한 천사와 유니콘이 우리의 비행속도를 앞지르고 나아간 후, 망룡왕의 머리를 노렸다.
놈들의 첫 표적은 용의 눈. 망룡왕의 시력을 빼앗고, 더 나아가서 눈구멍을 관통하며 뇌까지 직접적인 타격을 주겠다는 의도가 뻔히 보였다. 여기서부터는 내가 나설 차례였다.
"우정의 힘으로."
나는 게릴라 작전으로 비겁하게 싸우는 천사와 유니콘의 뒤를 추적하지 않았다. 언젠가 알아서 이곳으로 올 줄 알았기에.
또한, 기다리고 있었던 만큼 준비된 공격 또한 알찼다.

파아앙—!

날벌레처럼 알짱대는 천사들을 원거리에서 몰살시키며 때를 기다리던 나는 일직선으로 도약했다.

"뭣이…?!"

"Unirr~?!"

SSS급 천사와 유니콘이 동시에 식겁한다. 내가 계속 망룡왕의 머리 위에 장승처럼 서서 싸울 거라고 굳게 믿었던 듯했다.

하지만 내 특기는 미지근한 원거리 공격이 아니다. 가까이서 피 튀기는 직접 전투! 취미는 목디스크와 허리디스크 선물해주기다. 우선은 유니콘부터.

빠각.

"Unirrrr~?!"

나는 유니콘의 날갯죽지를 힘껏 걷어찼다.

인간이 아닌 말이라서 신체구조를 모른다는 게 아쉽다. 알았다면 영원히 허리 못 펴는 마생(馬生)을 살게 해줬을 텐데.

"이놈! 신성한 생물을 공격하다니…!"

SSS급 천사가 분개하면서 내게 창을 찔러왔다.

허공에서 유니콘을 걷어차느라 잠시 멈칫한 나는 그 잽싼 공격을 피하지 못했다.

푹!

의도한 계획대로.

덥석.

나는 창끝이 내 옆구리를 찌르는 즉시, SSS급 천사의 멋들어진 창 자루를 왼손으로 꽉 붙잡았다.

"조금 아팠다?"

나는 SSS급 천사를 향해 히쭉 웃어 보였다.

"이, 이놈이…?"

갈비뼈를 주고 두개골을 깎는다! 너도 한 방! 나도 한 방!

호리호리한 몸으로 얍삽하게 싸우는 연놈들을 상대로, 내가 가장 선호하는 전술이다.

푹! SSS급 천사의 어깨에 성검2를 박아줬다.

"크-!"

"어쭈?"

하지만 나는 회심의 미소를 지을 수 없었다. 내가 원래 노린 부위는 어깨가 아니었기 때문이다. 놈의 얌전하게 생긴 머리.

그러나 SSS급 천사의 판단력이 빨랐다.

이미 허리가 맛이 가서 더는 비행이 힘든 유니콘의 안장을 박차며 도약 후, 내게 붙들린 창까지 과감히 포기하고 하늘로 날아올랐다.

"Chaooo-!"

"Unirr~?!"

넙죽!

주인에게 버림받은 유니콘은 빌빌거리며 도망치다가 망룡왕 뇌비우스의 입속으로 사라졌다.

"어째서 이런 끔찍한 짓을…!"

"먼저 시비 걸고 그렇게 말하면 섭섭하지."

시시비비를 가리는 잠깐의 대화는 그걸로 끝.

날개를 펄럭이며 후퇴한 SSS급 천사의 빈손에 빛의 알갱이가 모여들었다. 왼손에는 활대, 오른손에는 화살.

끼이익-

SSS급 천사는 곧장 활시위를 당겼다.

노리는 표적은 당연히 나.

"어이쿠!"

하지만 내 공격이 더 빨랐다. 손이 미끄러지면서 쏘아진 성검2가 마기와 신성을 두른 회오리의 추진력까지 받으면서 일직선으로 쭉 날아갔다.

푹! 그리고 SSS급 천사의 아랫배에 예쁘게 박혔다.

"커어어억?!"

우아하게 활시위를 당기던 SSS급 천사의 눈이 크게 뜨였다. 뒤늦게 고개를 아래로 숙여서 성검2를 보았다.

치지직-!

우리의 신성SSS는 충돌 직후에 중화됐으나, 내 마기SSS가 안쪽으로 침투하면서 천사의 몸을 빠른 속도로 붕괴시켰다.

나는 천사의 죽음을 굳이 확인하지 않았다. 경험치만 들어왔으면 됐다.

"수고하셨어요, 주인님."

망룡왕 뇌비우스의 머리 위로 떨어지듯 귀환한 나를, 성녀H가 환한 미소로 환대해줬다.

"전황은?"

굳이 확인해볼 필요도 없을 듯했다. 천사들이 살던 백색의 궁전은 이미 망룡왕의 분노로 시커멓게 변했고, 궁전 주변 상황도 별반 다르지 않았다. 그런데도 나는 성녀H에게 물었다.

"986명이 살아있어요."

성녀H가 망설임 없이 정확한 숫자를 보고했다. 용사가 상대의 능력치를 볼 수 있듯이, 부활이란 특전을 가진 성녀는 주변의 사망자와 생존자 수를 파악할 수 있다. 생명감지기라고 할까.

"허! 이 독극물로 가득한 폐허 속에 천사가 아직 986마리나 살아있다고?"

"그렇습니다."

"계속 확인해줘. 0명이 될 때까지."

"네, 주인님."

성녀의 특수능력. 그것은 후환을 안 남기는 탐지기로 최적화되어 있다.

▶당혹: 강한수 생도님? 성녀의 특수능력은 희망을 잃지 않고 생존자를 찾거나, 부활 가능한 사망자 수를 파악하는 용도랍니다. 확실하게 몰살시키라고 주어진 능력이 아니에요!

쯧쯧. 교생 아가씨가 뭘 모르네. 능력의 다양한 가능성을 개발하지 않고 편견에 사로잡혀서는 발전할 수 없어.

▶쫑긋: 이것도 자기계발이란 말씀이신가요? 으음….

고민에 빠져든 교생 아가씨를 놔두고, 천사들의 서식지 주변을 빙글 둘러봤다.

"메인이벤트 보상도 녹아버린 건 아니겠지…?"

내게 천사를 몰살시킨다는 계획은 처음부터 없었다.

"Chaoooo!"

그것은 친애하는 동료의 바람일 뿐. 내 목적은 어디까지나 '용사 페스티벌 최고상품'을 셋이서 나누지 않고 독점하는 것이다.

"보상이라면 저기에 있어요, 주인님."

성녀H가 손끝으로 한 방향을 가리켰다. 나는 눈을 게슴츠레 뜬 채 그곳을 세심하게 주시했다.

"과연…."

망룡왕의 맹독에 녹아내린 백색의 궁전 정중앙쯤 될까. 방공호처럼 파괴되지 않은 무언가가 폐허에 파묻혀 있었다.

"Chaooo."

펄럭.

자신이 만든 끔찍한 작품을 흐뭇하게 감상하던 망룡왕도, 나와 성녀H의 대화를 들은 직후에 그것을 발견했다.

맹독과 독가스로 가득한 도시. 그 한복판에 새싹처럼 튀어나온 무엇인가를.

쿵—!

망룡왕 뇌비우스가 그 앞에 착지했다.

외형은 직사각형으로 생긴 금고. 수천 명의 사람이 들어가도 될 크기였기에, 보물창고인지 방공호인지 그 용도가 헷갈렸다.

어쩌면 둘 다가 아닐까?

끼기긱—끼익—

망룡왕이 그것을 양손으로 붙잡은 후, 부서트리기 시작했다. 그 광경은 마치, 왕도마뱀이 호두를 까는 듯했다.

처음에는 쉽게 뭉개질 것 같았지만, 어느 기점부터 내부에서 밀어내는 물리력이 적용됐다.

끼긱, 끼이익—

압축과 팽창의 반복. 이 안에 특별한 무엇인가가 들어있는 건 확실한 듯했다.

"Chaooo~"

망룡왕은 이 상황을 즐기는 듯했다. 온몸으로 짓누르거나 턱으로 깨물면 그냥 파괴될 텐데도, 양손만을 이용해서 천천히 압박하는 중이었다.

쿠구구구.

이젠 아예 끄집어내서 좌우로 굴리기까지.

나는 팔짱을 낀 채 그 광경을 가만히 구경했다. 성녀H가 옆에서 소곤소곤 말했다.

"주인님. 생존자 986명의 생체반응이 저 안에 집중되어 있어요."

"그래? 뇌비우스."

뚝.

망룡왕이 내 부름에 흉흉한 장난을 멈췄다. 바보가 아니라면, 저 안의 책임자도 우리가 공격을 멈춘 의미를 바로 이해했을 터.

덜컹.

잠시 후, 용의 손톱에 수없이 긁히고 일그러진 상자 안에서 일련의 천사 무리가 쭈뼛쭈뼛 걸어 나왔다.

나는 그 선두에 선 남자에게 먼저 질문했다.

"당신이 천사의 대표?"

희멀겋게 생긴 남자가 우두머리처럼 등장한 시점부터 흥미는 벌써 절반 이하로 떨어졌지만, 그렇다고 대화의 여지를 안 남길 수준은 아니었다. 그 천사가 차분히 답했다.

"그렇습니다. 혼돈의 용사여. 제 이름은…."

"대표A. 본론만."

자비를 구걸하는 구질구질한 내용은 사양이다.

나는 피해자, 저쪽은 가해자. 그것부터 똑바로 짚고 넘어가자.

"내가 피해자야. 알겠어?"

"그 무슨 억지…. 아, 알겠습니다!"

나는 난폭한 천사들에게 공격받아서 무척 놀랐다. 지금도 그 때만 생각하면 심장이 벌렁벌렁 뛴다.

정신적인 피해보상을 정당하게 요구하는 바이다!

▶의문: 강한수 생도님이 아프다고요…?

왜? 나는 아프면 안 돼?

"혼돈이랑 충돌한 이상, 이 또한 어쩔 수 없는 운명이겠지요. 승자께 저희가 가진 전부를 드리겠습니다. 그러니 부디, 뒤편의 여자와 아이들만 살려주십시오. 이들은 정말 아무것도 모릅니다."

무릎 꿇고 애원하는 대표A.

나는 어깨를 으쓱하며 대답했다.

"나야 뭐, 오지랖이 더럽게 넓은 호구 용사님이라서 보상만 충분하다면 용서해줄 의향이 있지! 다만, 내 동료는 종족이 전혀 달라서 여자와 아이라고 봐주지 않을 것 같은데….”

“Chaooooo….”

망룡왕 뇌비우스가 흉흉한 시선으로 천사들을 내려다봤다.

대표A가 덜덜 떨면서 서둘러 말했다.

“자, 잠시만 기다려주십시오! 설득할 시간을…!”

“오냐. 지껄여봐.”

“천사들의 주거지역은 역할별로 나누어져 있습니다. 그중에 저희는 보물의 보관을 맡았습니다. 그렇기에 축제의 마지막 보상 외에도 다양한 보물을 보유하고 있습니다.”

천사들이 방공호 안에서 이것저것 들고 나왔다. 무기, 방패, 물약, 의류, 도구, 서적, 장신구…. 그 종류와 쓰임새가 무척 다양했다. 품질 또한 손색이 없었다.

내 1회차 때, 재료를 모아서 전설의 대장장이나 재봉사란 친구들에게 부탁해서 제작한 최종장비도 이렇게까지 호화롭진 않았다. 하지만 지금의 내게는 시큰둥할 따름이었다. 좋은 스킬로 떡칠한 내 몸뚱이가 훨씬 튼튼한 탓이다.

이 위에 갑옷을 걸친다면 방어력이 조금은 올라가겠지만, 서로 한 방씩 주고받는 전투 스타일을 추구하는 내게 이것들은 일회용품이나 다름없었다. 즉, 질이 떨어진다.

내게 어울리는 갑옷이나 방패가 되려면 이것들보다 훨씬 품질이 좋아야 한다. 못해도 성검2 수준은 돼야 품격에 맞는다.

그런고로, 내 관심사는 몰살 이벤트로 빠르게 넘어갔다.

“메인이벤트 보상은?”

“이겁니다.”

대표A가 야구공 크기의 고풍스러운 상자 3개를 내게 내밀었다. 상자에는 친절하게 이름표가 붙어있었다.

[최상급 소환 반지 A형: 엉큼한 천사]
[최상급 소환 반지 B형: 깜찍한 천사]
[최상급 소환 반지 C형: 발랄한 천사]

이것들을 보자마자 내 눈이 착 가라앉는 걸 느꼈다.
나는 대체 무엇을 기대한 걸까…?
"페스티벌 최후의 3인에게 주어지는 보상입니다. 반지 안에는 처벌 대기 중인 사고뭉치 아이들이 하나씩 봉인되어 있습니다. 지상의 삶을 동경하던 아이들이니 불만은 없겠지요. 능력은 확실합니다."
대표A가 자랑스럽게 설명했다. 주위의 천사들도 동의하듯 고개를 끄덕였다.

▶긍정: 강한수 생도님! 정말 엄청나지 않나요? 전투부터 가사노동까지 도와주는 만능 천사! 그리고 이건 영업비밀인데요. 평소에도 친했던 세 천사가 모이면 강력한 합체기도 구사할 수 있답니다!

교생 아가씨가 지원하듯 홍보를 곁들였다.
"만능이라…."
나는 조용히 반지 A형을 끼고 천사를 소환해봤다.

반지가 빛에 휩싸이고-

번쩍!

"주인님의 엉큼한 수호천사 섹시리엘 등장~☆"

알록달록 무지갯빛 신성을 뽐내는 요란한 퍼포먼스와 함께, 20대 초반 외견의 예쁜 천사가 출현했다.

척, 척, 척, 살랑살랑~

팔다리와 허리, 골반을 어여쁘게 흔들기까지. 심혈을 기울여서 오랫동안 준비한 안무(按舞)임은 한 눈에 알 수 있었다.

그녀는 조잡한 철판으로 중요 부위만 간신히 가린 아슬아슬한 복장을 하고 있었다. 목, 어깨, 허리, 엉덩이, 허벅지, 가슴…. 베거나 찌르기 좋게 맨살이 훤히 드러나 있다.

오른손에 쥔 창이 장식품이 아니라면 전사계열이란 뜻인데, 주인님을 수호해 주긴커녕 역으로 받아야 할 것 같았다.

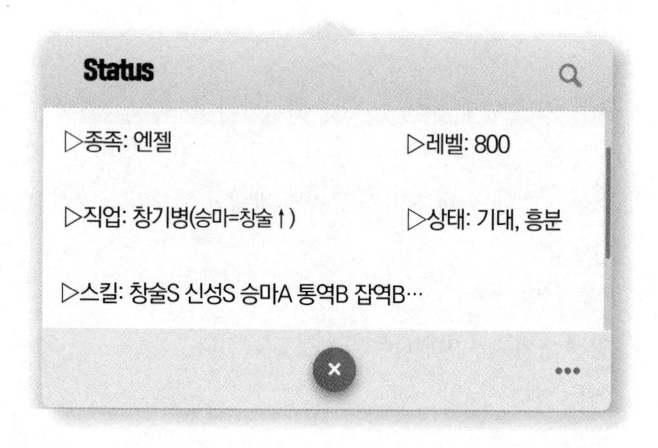

복장이나 정신상태야 어떻든 천사의 능력치 자체는 준수한 편이었다. 물론, 그 평가 기준은 내가 아닌 졸업생들. 참혹한 능력치를 가진 그들에게는 이 천사의 합류가 엄청나게 든든할 게 틀림없다. 나는 총평을 내렸다.

"이런 쓰레기를 보았나…!"

3개의 반지가 전부 이렇다고 보면 될까?

막 거기까지 생각하던 나는 성검2가 부르르 떠는 걸 느꼈다. 실망스러운 메인이벤트 보상에 반응한 것이다.

그 진동은 3개의 반지까지 닿았다.

빠득, 빠득, 빠득.

고리에 균열이 생기는가 싶더니 그대로 파괴됐다.

"이, 이게 뭐얏?!"

A형 반지에서 소환된 엉큼한 천사가 깜찍한 비명을 질렀다.

그녀는 뭔가 해볼 틈도 없이 파괴된 반지처럼 빛의 알갱이로 변하면서 허공으로 녹아들었다.

파스스스….

파츠츠….

아예 등장조차 못 했지만, B형과 C형 반지에 들어있던 두 천사의 운명도 다르지 않았을 것이다.

메인이벤트 보상이 어처구니없이 사라졌다. 하지만 그냥 파괴되고 끝나진 않았다.

휘이이잉~

성검2를 감싼 흑백의 회오리가 파괴된 3개 반지의 잔해와 A형 천사였던 빛의 알갱이를 게걸스럽게 흡수했다.

소환D→소환B→소환A→소환S

반지에 내장되어 있던 소환 능력이 고스란히 내게 넘어왔다. 덕분에 스킬 '소환'이 단번에 S등급까지 급상승!

변화는 거기서 그치지 않았다.

"어, 어어-?! 주인님?!"

여전히 목줄을 차고 있던 성녀H가 비명을 지르듯 나를 불렀다.

촤르르르-!

은색의 고삐가 성검2의 칼자루에 착 달라붙었다. 그리고는 낚싯바늘에 걸린 참다랑어처럼 성녀H를 끌어당기는 게 아닌가.

뿅! 뿅!

성녀H는 진공청소기에 흡입되듯 사라졌다.

목줄과 고삐도 함께.

"…이게 대체 뭔 일이래?"

정말 순식간에 벌어진 일이었다. 내 판타지 경력 11년을 통틀어 보아도, 이렇게 황당한 전개는 처음 있는 일이었다.

하지만 이건 시작에 불과했다.

스르륵….

성검2의 형태가 변화했다. 붉은색 하트 모양의 칼자루에 새하얀 날개 1쌍이 추가됐다. 그걸 본 나는 전율을 금치 못했다.

"촌스러움에 여성스러움까지…?"

사나이의 클레이모어에 대체 무슨 짓을!

큐피드 화살처럼 푹 찌르면, 싸늘한 시체 대신 뜨거운 사랑의 노예가 될 것만 같은 파격적인 디자인이었다.

▶깜짝: 강한수 생도님! 위를 보세요! 위! 위!

교생 아가씨가 갑자기 호들갑 떨었다.
성검2의 달라진 디자인보다 더 놀라운 일이 있을까?
슬쩍 머리 위를 봤더니….

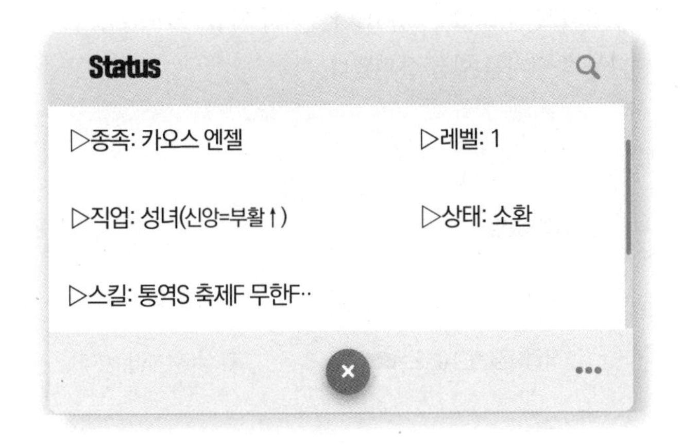

성녀H랑 똑같이 생긴 천사가 허공에 두둥실 떠 있었다.
등에는 새하얀 날개 3쌍이 돋아나 있었으며, 어째선지 포인트로 구매한 가터벨트를 착용하고 있었다. 그리고 목줄.
성검2랑 반투명한 쇠사슬로 이어져 있었다. 이런 배덕한 스타일이랑 별개로, 그녀는 여신(女神)이 강림했다고 해도 믿어질 자태를 뽐냈다.

"찰떡?"

축제 마스코트를 그렇게 부르지 말라는 교생 아가씨의 잔소리는 무시하고, 나는 성녀H의 반응을 살폈다.

"네, 주인님."

야무지게 대답하는 호칭이나 억양을 보니, 종족이 바뀌었어도 정신과 기억은 그대로인 듯했다. 그렇다면,

"들어가."

"네…?"

우아하게 날고 있던 성녀H가 신기루처럼 사라졌다.

나는 능력치를 힐끔 살펴봤다.

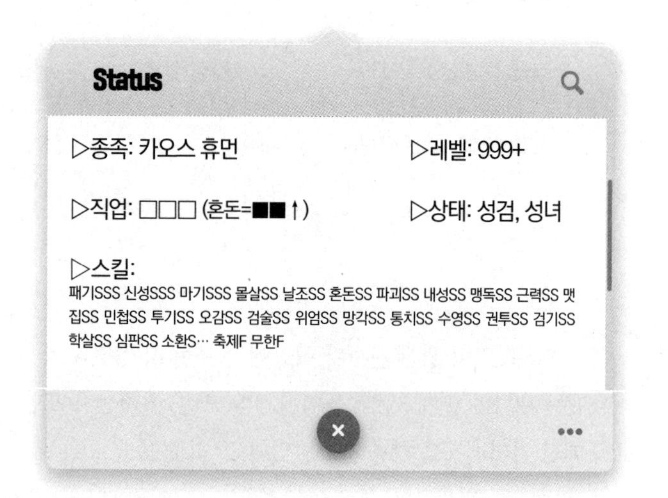

스킬에 변화가 있었다.
방금까지 없던 스킬 2가지가 추가됐다.

축제F
무한F

성녀H의 천사 버전이 가지고 있던 스킬들.
소환했을 때는 별개로 취급되지만, 경험치처럼 하나가 되면 그녀의 스킬을 고스란히 계승하는 듯했다.
일단, 하나씩 살펴보기로 했다.

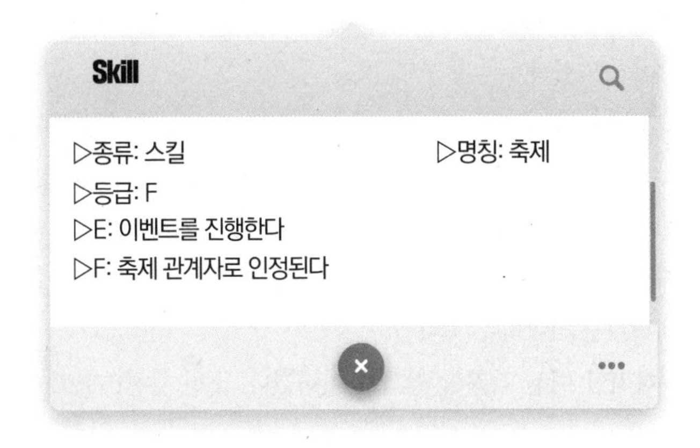

이 스킬은 딱 봐도 용사 페스티벌 전용이었다. 대신전에서 성녀H를 처음 만났을 때부터 지금까지 쭉 감추어져 있었다가 이번에 드러난 듯했다. 숨겨져 있을 때는 등급이 더 높지 않았을

까? 현재로선 그 쓰임새가 불분명했다. 하지만,

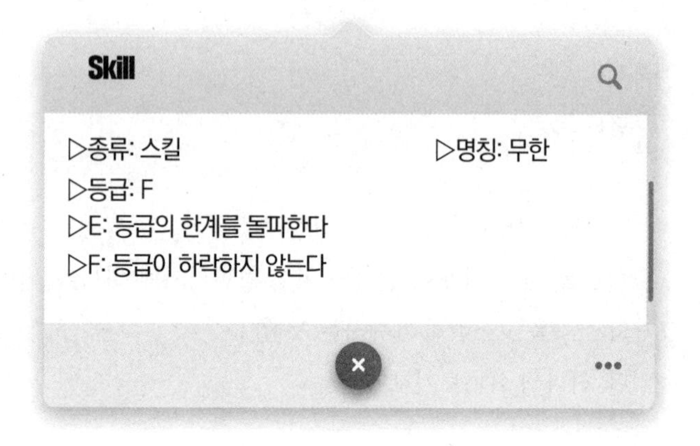

이건 달랐다.

"대박…!"

직업 '용사'를 잃으면서 나도 총체적 난국이었다. 용사 페스티벌에 참가한 지 얼마 안 돼서 아직은 눈에 띄게 티가 나진 않았지만, 평소에 잘 사용하지 않았던 B등급 이하의 스킬들은 등급이 하나둘 하락하는 중이었다.

하지만 이젠 걱정할 필요가 없어졌다. 스킬 무한F가 지켜줄 테니!

▶전율: 관리자 스킬이 일반인에게 2개씩이나…?

조용히 지켜보고 있던 교생 아가씨가 말을 잇지 못한다.

관리자 전용이란다. 그만큼 좋다는 뜻이겠지?

"어째서 아무런 일도…."

"축제가 대체 어떻게…."

대표A를 포함한 천사들은 망연자실 중이었다. 왜?

▶해설: 대신전에서 경험해보셔서 아시겠지만, 이벤트 보상에는 방범 시스템이 걸려 있어요. 하지만 이번에는 작동하지 않았답니다. 선배님들이 깜빡하신 걸까요? 저도 명확한 이유는 모르겠네요.

천사들이 순순히 메인이벤트 보상을 넘긴 속셈은 따로 있었다. 대신전을 지키던 3,141기 골렘처럼, 하늘 곳곳에 배치된 강력한 파수꾼들을 깨울 목적이었다.

하지만 파수꾼들은 움직이지 않았다.

"어쩐지 너무 쉽다더니."

교직원 일동이 설치한 방범 시스템이 먹통이었던 덕분이었다. 명확한 원인은 불분명.

"이걸로 메인이벤트는 끝난 건가?"

지금부터는 언제 용사 페스티벌이 종료돼도 이상하지 않았다. 그렇기에 나도 조금은 서두를 필요가 있었다.

뿅, 뿅, 뿅, 뿅.

천사들의 보물 중 일부를 '창고'에 담았다. 마음 같아서는 전부 담아가고 싶었지만, D등급으로는 한참 역부족이었다.

"Chaooo."

나는 이걸로 용무가 끝났지만, 젊은 망룡왕은 천사들을 내려다보면서 입맛을 다셨다.

"히익?!"

"여자와 아이들만이라도!"

"헉! 제발 목숨만은…!"

여태까지 사육당한 망룡왕 뇌비우스가 느낀 굴욕과 수치를 천사들이 잘 달랠 수 있기를 기원하는 바이다. 지금부터 나는 제삼자다. 그때,

▷용사님. 축제는 즐거우셨나요?

교생 아가씨나 도덕 선생이 아니었다.

징글징글한 복사&붙여넣기였다.

▷진정한 용사의 길은 실로 험난합니다. 하지만 꿈과 희망을 잃지 않은 당신을 응원해준 수많은 인연이 있었습니다. 그들에게 우정과 사랑을 배우며 함께 성장한 당신은 마침내 최후의 승자가 됐습니다. 진심으로 축하합니다!

최후의 승자는 개뿔!

지상에는 여전히 졸업생이 바글바글하다.

하지만 내가 메인이벤트 보상을 독점하면서 강제적으로 폐막식이 진행되는 듯했다.

▷지금부터 성적을 알아볼까요?

어머나! 축제라더니? 이것들이 또 사기 치네!

▶변호: 강한수 생도님. 제가 처음에 말씀드렸잖아요. 용사 페스티벌은 졸업생들이 수업내용을 잊어버리지 않도록 복습한다는 취지도 있다고요. 하지만 성적이 잘 나온다고 뭔가 특별한 혜택은 없으니, 그냥 마음 편히 보시면 될 것 같아요.

오! 그렇단 말이지?
교생 아가씨의 말처럼 편하게 감상하기로 했다.

성적표

- 성적표를 꼼꼼히 확인해주세요!
- 이름: 강한수
- 전투력: SSS
- 업적: SS
- 평판: FF
- 인성: FFF
- 비고: 힘들게 준비한 축제가 이렇게….

참으로 아름다운 성적표였다.

평판보다 인성 학점이 더 낮은 이유가 영 수긍 안 됐지만, 전투력과 업적 과목은 제법 객관적으로 채점된 듯했다.

▷축제가 끝났습니다.

성적표를 받으면 늘 이어지는 현상이 발생했다.

빛이 내 몸을 감싸기 시작했다.

번쩍!

〕〔

그리고 나는 살며시 눈을 떴다. 음?

"여긴 어디래?"

라누벨이랑 왕궁기사들이 안 보였다. 심지어 왕궁도 아니었다. 여긴, 콜로세움인가?

▷진정한 용사의 길은 실로 험난합니다. 지금부터 당신은 갈림길에 서게 됩니다. 페스티벌 최후의 3인이 한자리에 모여있습니다. 다른 생존자를 죽이고 보상을 빼앗을 수 있습니다. 하지만 화합과 공존을 선택한다면 대량의 경험치가 주어집니다. 제한시간은 10분입니다.

설명을 듣고도 이해하기 힘들었다. 대량의 경험치라고?

"여긴 대체 어디야?"

"축제가 벌써 끝났다고?"

"꺅! 보지 마요!"

콜로세움 안에는 나처럼 소환된 졸업생들로 바글바글했다.

몬스터랑 전투 중에 소환된 놈, 샤워하다가 소환된 년, 침대에서 뒹굴다가 소환된 커플…. 별의별 군상이 다 모여있었다.

최후의 3인이 너무 많은 것 같은데?

▶난감: 뜻하지 않은 사태로 축제가 강제종료되면서 내부시스템이 꼬인 것 같아요….

교생 아가씨. 그건 너무 걱정하지 마.

이 용사님이 무료로 도와줄게!

"10분 안에 2명만 남기고 싹 죽이면 되는 거잖아?"

나는 성검2를 휘둘렀다.

6회차

비좁은 콜로세움에 수백 명의 졸업생이 소환됐다.

얼떨결에 "당신은 최후의 3인입니다."란 이야기를 들은 그들은 여전히 혼란에 빠져 있었다.

이게 어딜 봐서 3명인데? 보상을 받은 기억이 없는데?

그들은 이 의문을 풀려고 애써 고민할 필요 없었다.

내가 지금부터 빠르게 퇴장시켜줄 테니까!

"커억?!"

"꺄?!"

흑백의 회오리가 몰아치는 성검2의 검기(劍氣)를 내포한 몰살SS 효과가 졸업생 무리를 주르륵 긁고 지나갔다.

타이밍 좋게 직업도 바뀌었다.

□□□→학살자(학살=몰살↑)

내 학살은 SS등급. 덕분에 몰살SS 효과가 대폭 상승했다.

상대적으로 압도적인 내 공격의 약 15%가 전체광역으로 졸업생들을 덮쳤다. 이걸 순수한 방어력으로 견딜 수 있는 졸업생은 정말 극소수뿐이었고, 나머지는 '광역피해 감소' 같은 특수효과로 살아남았다. 뭐든 간에 생존자는 별로 없었다.

뿅! 뿅! 뿅! 뿅!

그 많던 졸업생이 순식간에 줄어들었다. 시장바닥처럼 비좁게만 느껴졌던 콜로세움이 한산해졌다.

"포, 포기!"

"포기!"

뿅! 뿅! 뿅!

몰살SS로 처리되지 않은 생존자들도 줄줄이 "포기!"를 외치면서 페스티벌 폐막식 콜로세움을 이탈했다. 먼지다운 올바른 선택이다.

"어디 보자…."

나는 주위를 쓱 둘러봤다. 하나, 둘, 셋, 넷….

텅텅 빈 콜로세움에는 나를 포함해서 7명만 남았다.

"하압!"

정정한다. 이제 6명 남았다.

촥-!

내 뒤통수를 노리고 덤벼든 친구를 수직으로 예쁘게 베어줬다. 직업이 암살자인 거로 봐서는 꽤 자신했던 모양인데, 능력치가 이만큼 차이 나면 직업 특전도 무의미하다.

"거참! 기습할 거면 주둥이라도 닫던가."

기합과 근성이면 다 되는 줄 아는 걸까?

"타핫!"

"얍!"

다음으로 내게 덤벼든 상대는 아름다운 커플이었다. 복장도 예쁘게 통일했다. 음양의 조화로 일궈낸 합체기는 없는 모양이지만, 서로를 바라보는 뜨거운 눈빛이 심상치 않았다.

언어로 다 형용할 수 없는 사랑의 힘!

"그건 침대에서 써라."

괘씸죄는 적용하지 않고, 무난하게 밟아주겠다. 커플이란 건 상승효과보다 약점이 훨씬 많은 조합이다.

가령, 이 커플은 실력까지 엇비슷하지 않았다. 남자 쪽이 훨씬 강한 편. 그렇기에 나는 여자를 노렸다.

팅-!

일직선으로 돌파하듯 찌르고 들어간 성검2를 남자가 막아섰다.

휘청~

하지만 사랑하는 여자를 지키고자 무리하게 나서서 막은 탓에 몸의 균형이 깨졌다.

"사랑의 힘. 좋지."

자기 목을 조이는 용도로.

나는 애초부터 이렇게 흘러갈 줄 알았다. 그렇기에 물 흐르듯 자연스럽게 연계기를 꽂았다.

퍽! 남자의 턱주가리에 주먹을 박아줬다.

"어억…!"

그러나 고개가 뒤로 젖혀지다가 멈춘다.

"어쭈?"

완전히 나가떨어질 줄 알았던 남자가 악착같이 버틴다.

휙!

심지어 정신이 혼미한 와중에도 반격을 시도했다. 손아귀에서 놓칠 뻔한 검을 휘두른다. 자기가 패배하면 뒤에 여자가 당하리란 걸 알기에 억지로라도 싸우려는 것이다. 사고구조가 참으로 알기 쉬웠다.

그렇기에, 나는 성검2로 다시 한번 여자를 노렸다.

"비겁한…!"

피 토하는 심정으로 외친 남자가 이를 악물며 막아섰고, 나는 성검2의 궤도를 틀어서 그대로 어깨부터 목까지 반듯하게 그를 베어줬다.

콰악—!

절단면에서 붉은색 피가 낭자했다. 그러나 금세 사라졌다.

뿅.

"허허. 완전히 게임이로구먼."

결국은 페스티벌, 즐거운 축제란 뜻이다. 죽으면 레벨이 조금 하락한 상태로 지구에서 부활한다. 롤플레잉게임의 재시작이랑 하등 다를 게 없다.

그렇기에 나도 별 감흥 없었다. 진지함이라고는 눈곱만큼도 없는 졸업생들이랑 놀아준 것에 지나지 않기 때문이다.

"포, 포기!"

남자가 죽자마자 사색이 된 여자는 바로 도망쳤다.

뿅.

"이제…. 넷 남은 건가?"

한 명만 더 처리하면 된다. 남은 시간은 약 8분. 넉넉하다.

하지만 누굴 처리해야 공명정대하다고 소문이 날지….

선택한다고 고민할 필요가 없었다.

“허! 참으로 몹쓸 종자로구나! 연약한 여자를 먼저 노리다니? 그러고도 네가 사내대장부라고 할 수 있느냐! 정정당당하지 못한 네놈에게 이 몸이 진정한 사나이가 무엇인지 뼈에 새겨주마!”

그렇게 도발하면서 내게 다가오는 사나이가 있었다. 성큼성큼 당당한 걸음걸이와 열혈로 타오르는 두 눈에는 자기가 이길 거란 자신감으로 충만했다. 솔직히 나로선 영 이해되지 않았다.

뭘 믿고 저리 기고만장한 걸까?

▶해답: 능력치를 비교해보고 그런 거 아닐까요?

방해 안 되게 잠자코 있던 교생 아가씨가 불쑥 참견했다.

우리의 능력치를 비교해봤다고? 우선, 사나이를 살폈다.

Status

▷종족: 아크 휴먼 ▷레벨: 999+

▷직업: 권사 ▷상태: 고양

▷스킬: 신성SS 격투S 맷집S 민첩S 금강S··

대신전의 악마숭배자 한둘쯤 간신히 상대할 수 있는 콩고물 수준이었다. 이걸 믿고 내게 덤빈 듯했다.

교생 아가씨. 내 능력치가 어떻게 보이는데?

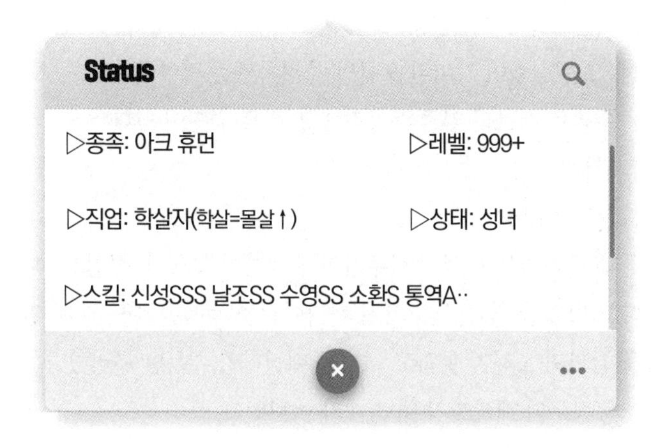

교생 아가씨가 일하다니!

처음으로 비밀 친구가 일하는 모습을 보았다!

▶뿌잉: 축제 내내 도와드렸잖아요!

아무튼, 남들에게 보이는 내 능력치는 엄청 애매했다.

직업 '학살자'만 보면 싸움 좀 잘하게 생겼는데, 스킬 구성은 바닷가와 섬마을을 돌아다니면서 순진한 어부와 해녀들을 등쳐먹는 사기꾼의 표상이었다.

용사 페스티벌 기간에 얻은 스킬들만 표시된 듯했다.

저 자칭 사나이가 기고만장할 만했다. 하지만,

퍽! 빠각!

안 보인다고 내 능력이 떨어지는 건 아니다.

너도 한 방! 나도 한 방!

나는 오른손에 쥔 성검2를 횡으로 휘두르는 척하면서 몸을 회전, 그 원심력이 가미된 오른발 돌려차기를 먹여줬다.

우리는 서로의 얼굴을 공격했고, 바로 결판이 났다.

“컥?!”

“사나이라며?”

내 발차기는 녀석의 턱주가리에 정확히 꽂혔다. 성검2를 피했다고 방심한 결과였다. 자칭 사나이의 어정쩡한 주먹은 내 얼굴을 끝까지 노리지 못하고 어깨를 때렸다가 손목만 부러졌다.

능력부터 배짱까지 내 상대가 아니었다.

“포오오…”

퍼억－!

나는 녀석에게 “포기”라고 말할 틈을 주지 않았다. 지구로 귀환하면 어차피 완치될 터. 돌아가서도 잊지 못하도록 영혼 깊숙이 새겨줄 한 방이 포인트다.

사나이 타령하던 녀석의 입안 깊숙이 주먹을 박아준 후, 마기 SSS를 활성화했다.

휘이잉~

그의 머릿속을 신나게 휘저어줬다.

날이면 날마다 악몽에 시달리길 기원해주자.

뽕!

"이걸로 셋."

실질적인 전투보다 잡다한 개소리를 들어주는 시간이 더 오래 걸렸지만, 그래도 여전히 6분쯤 남은 듯했다.

지금부터는 기다리기만 하면 된다.

나를 제외한 생존자 둘은 모두 여성. 수컷의 전투본능을 마음껏 표출한 남성들이 먼저 덤벼주면서, 자연스럽게 여성만 남은 듯했다.

이대로 가만히 있긴 심심했던 나는 두 생존자의 능력치를 살펴보기로 했다.

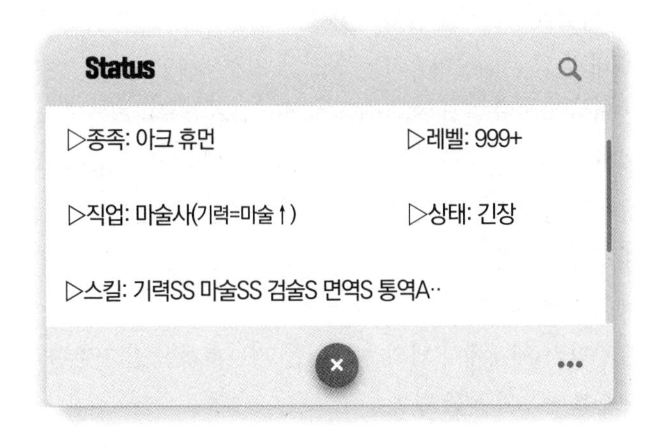

매우 희귀한 직업이었다.

마술사(魔術師). 마법이 99%의 재능으로 씹어먹는 천재들만의 영역이라면, 마술은 49%의 노력과 49%의 자금, 1%의 영감으로 성장하는 학문이다.

마술사의 특기는 마법 각인. 보통은 마법사가 교양처럼 마술도 겸한다. 하지만 이 여자처럼 순수한 마술사도 간혹 있다. 그럴 때는 스킬과 복장이 판이해진다.

단검, 핫팬츠, 망토, 롱부츠, 멜빵…. 활동이 편한 여행자 복장. 하지만 그녀의 골반에 요염하게 걸쳐진 허리띠에는 각종 두루마리가 연장처럼 주르륵 매달려 있다. 멜빵과 롱부츠에도 약병들이 주렁주렁. 전부 마술로 자체 제작한 것이리라.

"그렇게 긴장하지 마. 안 잡아먹어."

나는 그 마술사 여인에게 안심하란 미소를 지었다.

어째선지 더욱 긴장하는 듯했지만.

"마술로 능력치를 감춘 건가요?"

내게 질문하는 마술사는 완전한 전투태세였다. 오른손에는 마법이 각인된 단검, 왼손에는 마법이 담긴 두루마리를 쥐고, 손가락 마디 사이마다 작은 약병이 끼워져 있다. 수류탄처럼 미리 준비한 소모성 무기들. 대신, 그 전투력은 동일 레벨과 스킬의 마법사를 가볍게 압도한다.

"아가씨. 너무 멍청한 질문인걸."

판타지 세계에서 남의 능력치를 지나치게 맹신하지 말라는 교훈을 배우지 못한 걸까.

능력치는 999레벨 이후부터 보이지 않는다. 이 하나만 신경 써도, 상대의 역량을 어림짐작하는 능력을 키울 수 있다.

"이번 축제. 당신이 뭔가를 했군요?"

교활한 뱀처럼 두 눈을 게슴츠레 뜬 마술사 여자가 내게 유도

신문(誘導訊問)을 시도했다.

하지만 그녀에게 이미 흥미를 잃은 나는 답하지 않았다.

여자는 아랑곳하지 않고 계속 말했다.

“3명이 화합과 공존하면 대량의 경험치 보상을 준다는 메시지. 당신 혼자서 수백 명을 학살하긴 했지만, 시스템은 문제 삼지 않겠죠. 이 보상을 노리고 저희 둘만 살려둔 건가요?”

마술사 옆의 여자는 별 볼 일 없었다.

Status

▷종족: 아크 휴먼 ▷레벨: 999+

▷직업: 검객(체력=검술↑) ▷상태: 긴장

▷스킬: 검술S 체력S 활력A 근성A 맷집A…

능력치만 보면, 검왕 알렉스의 하위 버전. 그래도 지구에서는 이 정도가 상위 1%쯤 하는 듯하니, 참으로 기가 막힐 노릇이다.

이제 1분도 안 남았다. 무시 중인 마술사 여자는 여전히 말하고 있었다.

“제 본명은 모르셔도 요마(妖魔)는 들어보셨…. 어휴! 끝까지 무시인가요. 좋아요! 저는 기억력이 매우 좋은 편이에요. 당신

얼굴을 똑똑히 기억해두겠어요. 제 모든 수단을 동원해서 반드시 찾아낼 테니, 지구에서 다시 만나서 이야기해요."

…스토커인가? 그래도 스타일이 굉장히 좋았다.

이 정도면 페스티벌이 끝나고 하룻밤쯤 할애해줄 의향이 있는데, 유감스럽게도 내가 지구에 없다.

망할 교직원 일동! 저주나 받아라!

▷10분이 지났습니다. 한자리에 모인 페스티벌 최후의 3인은 화합과 공존을 선택했습니다. 어려운 결단을 내린 당신들에게 대량의 경험치가 주어집니다. 진심으로 축하합니다!

경험치라고 해서 레벨만을 뜻하는 게 아니다.

모든 스킬 숙련도가 골고루 상승했다.

"허! 이건 또 몰랐네."

능력치를 확인한 나는 헛웃음을 터트렸다. 숙련도를 올릴 방도가 전혀 없는 스킬까지 올랐기 때문이다.

무한F→무한E

축제F→축제E

여기서 끝이 아니다.

이번 축제에서 얻은 가장 큰 성과라고 할 수 있는 신성. 천사들의 협조를 받았음에도 SSS등급을 넘지 못해서 못내 아쉬웠었는데, 폐막식이 마침표를 찍어줬다.

신성SSS→신성MAX

MAX등급. 내 판타지 경력 11년을 통틀어 봐도 최초였다.
스킬을 자세히 살펴볼….

▷시상식이 종료됐습니다.

어머! 성급하기도 하셔라.
신성MAX의 효과는 판타지아 대륙에서 확인해보기로 했다.
"수고하셨습니다."
"당신, 꼭 찾아내겠어요!"
뿅! 뿅!
두 여자가 먼저 사라졌다. 지구로 귀환하기 직전, 내게 윙크하던 마술사 아가씨에게 중지(中指)로 회신해줬다.
그때의 표정이 참…. 히쭉.

▷재시험을 시작합니다.

지긋지긋한 빛이 내 몸을 빠르게 감쌌다. 저항은….
유감스럽게도 무리였다.

▷교직원 일동이 당신을 어찌할지 회의합니다.
▷전문교사가 파견됩니다.
▷전문교사가 파견됩니다.

▷전문교사가 파견됩니다.

▷파견할 전문교사가 없습니다.

] [

살짝 몽롱한 정신을 일깨웠다.

6번째면 슬슬 익숙해질 때도 됐건만, 나도 스킬이 많아지면서 마왕 페도나르처럼 레벨이 감소할 때 반동이 크게 오는 듯했다.

이건 좀 진지하게 고민해볼 문제인걸.

"오빠! 밥 먹어!"

어김없이 귀여운 척하는 라누벨의 목소리가 들려왔다.

그놈의 용사님 타령은…. 음?

"오빠라고?"

"응. 백수 오빠. 얼른 일어나~ 얼른~"

깃털과 솜을 넣어서 만든 왕궁의 최고급 침대가 아니었다. 나무판자 위에 양가죽을 대충 씌운 서민용 침대에 누워있는 나를 라누벨이 흔들어 깨운다.

"라누벨?"

"응! 오빠랑 전혀 닮지 않은 깜찍한 여동생 라누벨이야!"

"…그런 설정인가."

그리고 "부활한 마왕으로부터 이 세계를 구해주세요!"라는 튜토리얼 설명은 아예 생략해버린 듯했다.

"설정?"

고개를 갸웃하며 귀여운 척하는 라누벨의 목을 부러트리지 않은 내 인내심과 절제력에 감탄하길 10초.

나는 삐꺽거리는 침대에서 일어섰다. 그리고 주위를 둘러봤다. 누추한 실내장식. 누추한 냄새. 누추한 여동생.

만두 왕국의 왕궁 마구간도 여기보단 화려할 터였다.

나는 하나뿐인 창문을 활짝 열었다. 역시….

"허허허! 그래. 용사를 꼭 수입하란 법은 없지."

토착민 취급당했다.

달라진 풍경을 보고도 믿기지 않았던 나는, 창문 밖으로 고개를 쏙 내밀었다. 그리고 주위를 빠르게 훑었다.

숲, 밭, 목조건물, 비포장도로, 사람, 가축….

이곳은 전형적인 판타지 마을이었다. 수세식 변기가 없는 판타지 세계에서도, 가장 위생시설이 떨어지는 최악의 주거지역.

판타지 원주민들의 청결함이란, 나 같은 지구인에게 "어떻게 이런 생지옥에서 태연하게 살지?"라는 감상밖에 안 든다. 말 그대로 죽지 못해서 산다는 느낌.

"오빠. 얼른 옷 갈아입고 밥 먹어."

현지민 취급하면서 복장은 지구의 교복 그대로다.

이걸 대수롭지 않게 넘어가는 라누벨이 무척 수상했다. 그래서 시험해보기로 했다.

"라누벨."

"응?"

"내 이름이 뭐지?"

아까부터 계속 오빠라고 부르는 그녀가 매우 거슬렸다. 귀여운 척이 한층 업그레이드된 느낌이다.

하지만 일 처리가 역시 엉성하다. 생판 남의 집에 던져놓고 가족으로 묶어버리다니? 지나치게 무리수다. 교직원 일동이 대충 짜깁기한 설정 따위—.

"갑자기 웬 뚱딴지같은 소리야? 오빠는 오빠잖아. 오빠가 가르쳐주지 않은 이름을 어떻게 알아?"

"……"

라누벨에게 말도 안 되는 논리로 핀잔을 들었다. 내 주먹이 울었지만, 초월적인 인내심으로 꾹 참았다. 시작부터 '여동생 폭행'으로 인성논란에 휩싸일 순 없기 때문이다. 그 뒤,

"옷들이 참…. 진정한 흙수저로군."

나는 누추한 옷장에서 옷들을 쭉 훑어봤다. 누구나 무난하게 입을 수 있도록 펑퍼짐하게 재봉한 상의와 하의가 가장 먼저 눈에 들어왔다.

지구처럼 자기 몸에 딱 맞춘 옷은 판타지 서민들에게 사치. 여기선 생일날 받은 옷으로 3년씩 버틴다는 개념이다. 그렇기에 서민들은 옷에 맞는 옷걸이가 되어있다.

남자는 생수병, 여자는 콜라병. 성장해서 옷이 안 맞으면 이웃이나 친척에게 대물림하기 좋도록 이 규격에 맞는 몸매를 적극적으로 권장한다. 그래서 몸 좋은 아가씨가 많은 걸까?

"오빠! 여동생이 보는 앞에서 무슨 짓이야!"

지금부터 내가 옷 갈아입을 걸 모르지 않았을 라누벨, 이 계집애가 멀뚱멀뚱 구경하다가 얼굴을 사르르 붉히면서 내게 항의했다.

팍! 나는 그런 라누벨의 얼굴에 교복을 던졌다. 판타지 신(神)

의 편협한 주장처럼 내 인성이 정말 밑바닥이었다면 교복 대신 0.3mm 샤프펜슬을 투척했을 것이다.

"라누벨. 홀딱 벗기기 전에 닥쳐."

"우우…."

나는 누추한 평상복으로 갈아입은 후, 쫄래쫄래 따라오는 라누벨을 달고 침실에서 거실로 장소를 옮겼다. 그곳에는 아무도 없었다.

"오빠. 왜?"

"…아니."

다행히도 "I am your father." 같은 설정은 없는 듯했다.

이것마저 교직원 일동이 인위적으로 짜깁기하고 강요했다면 진심으로 분노했을 것이다.

라누벨이 식탁 위에 미리 차려놓은 요리들은 제법 준수했다. 따끈한 버섯 수프, 부드러운 호밀빵, 훈제 양고기, 신선한 샐러드, 시원한 말젖, 후식용 과일…. 솔직히, 서민가정의 한 끼 식사로는 지나치게 진수성찬이었다.

'이걸 다 라누벨이 요리했다고?'

1회차 내내 겪어본 바에 따르면, 라누벨의 요리실력은 나쁘긴커녕 썩 우수한 편에 속했다. 열악한 환경과 식자재, 요리도구에 구애받지 않고 사람이 먹을 수 있는 음식을 뚝딱 만들어내는 능력이 정말 대단했다. 물론, 판타지 요소는 기본이다.

달그락. 촤악.

식사 후, 라누벨은 생활마법으로 설거지했다.

따뜻한 수프와 차가운 말젖 등도 그녀의 보조마법으로 온도를 조절해서 나온 결과물이다. 내가 요구하면 후식으로 과일 빙수도 가능할 것이다.

하지만 뭐든 간에 한 끼 식사로는 좀 과했다.

"최후의 만찬 같은 느낌인걸…?"

마왕 페도나르가 갑자기 튀어나와도 놀라지 않을 자신 있다. 내가 아닌 마왕의 제삿날이 되겠지만.

"잘 먹어놓고 너무해!"

먹고 남은 음식은 바로 급속냉동시켜서 4차원 공간에 싹 욱여넣은 라누벨이 칭얼댔다.

나는 그녀의 4차원 공간 마법을 보고 살짝 놀랐다. 저건 1회차 라누벨이 한참 뒤에나 익힐 수 있었던 최상급 보조마법이기 때문이다. 설마, 설정뿐만 아니라 능력치도 달라졌나?

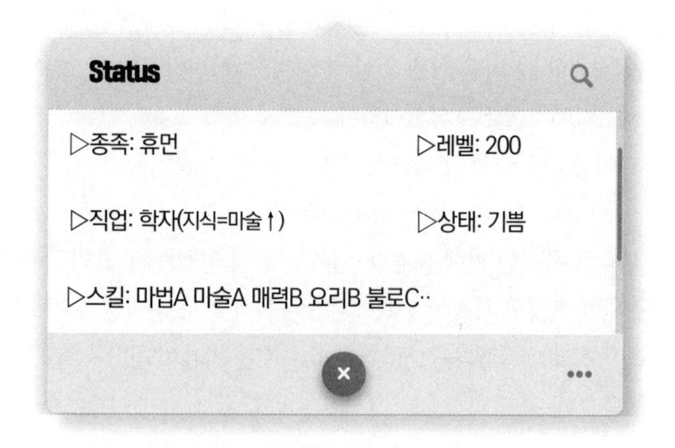

그렇진 않았다. 내 기억 속의 "환영합니다, 용사님!"이라고 외

치는 고고학자 라누벨 초창기 능력치 그대로였다.

하지만 나는 그녀의 '학자'란 직업에 주목했다.

학자(學者). 지식이 쌓일수록 마술이 올라가는 직업.

몸과 마음을 골고루 단련하는 '기력'이 높아질수록 마술이 향상되는 직업 '마술사'랑 차별됐다.

그렇다면 이야기는 간단해진다.

'판타지 신에게 지식을 잔뜩 주입받았다는 건가…?'

내 여동생이란 설정도 그 일환일 것이다. 교육과정이 바뀌면서 라누벨에게 무슨 지식을 추가했는지 모르지만, 나를 통제하려는 사악한 음모가 틀림없을 터.

자칭 여동생을 경계할 필요가 있었다.

그런고로, 나는 혼자서 '시작 마을'을 산책했다. 은근슬쩍 따라오려는 라누벨을 따돌려서 떼어놓은 후, 상황을 정리할 시간을 가졌다. 우선은 내 능력치.

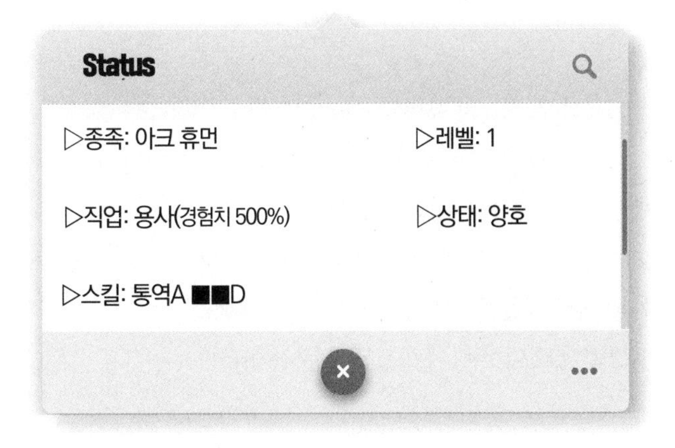

너무나 귀엽고 소박해서 눈물이 날 지경이다.

바로 블랙박스를 활성화했다.

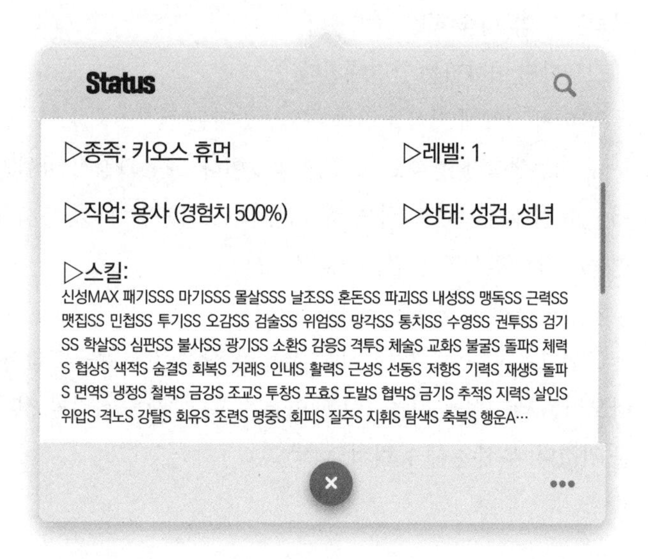

아름다운 스킬의 향연!

하지만 레벨은 복구되지 않고 초기화됐다. 회귀하는 과정에서 블랙박스가 비활성화된 탓이다.

종속시킨 성녀H를 통해서 습득한 '관리자 스킬' 무한E도 회귀 앞에선 맥을 못 쓴다는 의미.

그렇다고 이 스킬이 쓸모없다는 건 아니다.

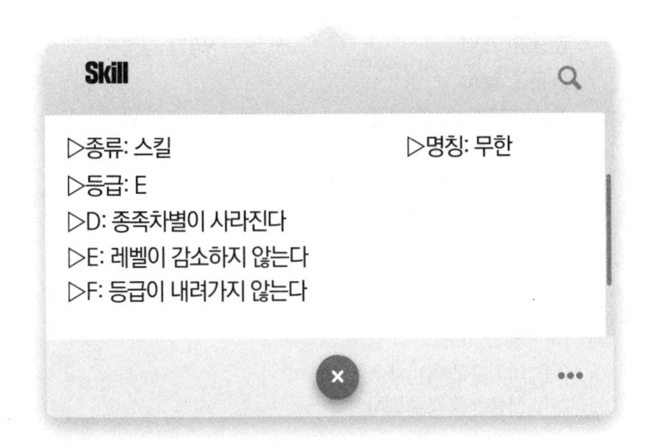

성직자에게 치유나 축복을 무한정 받아도 레벨과 경험치 손실이 없다는 뜻이기 때문이다.

그리고 눈에 띄는 D등급 효과.

조금은 생뚱맞다는 생각이 들었다.

"종족차별이 사라진다고?"

링컨 대통령의 노예해방이랑 비슷한 걸까. 당장은 고민해도 답이 안 나오기에 현실적인 문제로 넘어갔다.

나는 확인할 틈도 없이 6회차로 넘어오는 바람에 보류됐던 신성MAX의 '자세히 알아보기' 기능을 활성화했다.

Skill

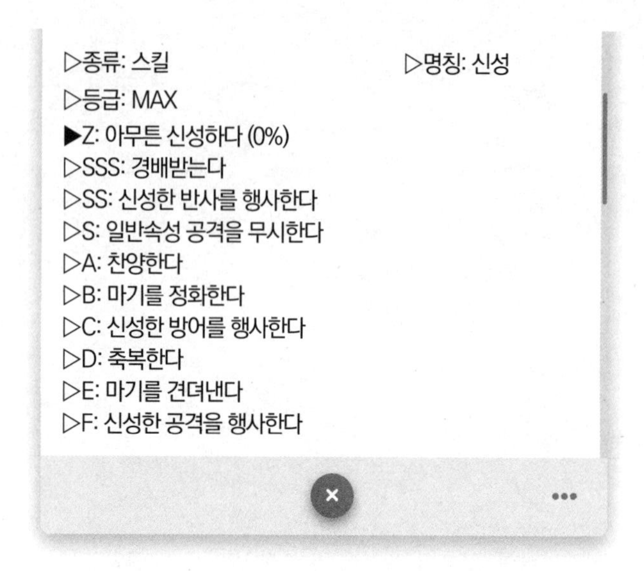

여태까지 나는 'SSS등급 숙련도 100%'를 뜻하는 MAX등급이 끝인 줄 알았다. 그런데 이건 새로운 시작을 알리는 매표소에 지나지 않았다. 이것도 '자세히 알아보기'로 알게 된 정보다.

▷MAX: 일반영역의 성장 한계치에 도달했습니다. 한계를 돌파하려면 다른 스킬을 제물로 바쳐야 합니다. 제물의 등급이 높을수록 달성도가 많이 오릅니다. 초월영역 Z등급부터는 일반영역의 숙련도가 필요하지 않습니다.

"제물이라…."

산 넘어 산이었다. 하지만 나는 준비된 남자였다. 회차를 거듭

하면서 쌓인 스킬들이 아주 많았다.

나는 잘 사용하지 않거나 불필요한 B등급 이하의 모든 스킬을 신성 Z등급 도달을 위한 제물로 바쳤다.

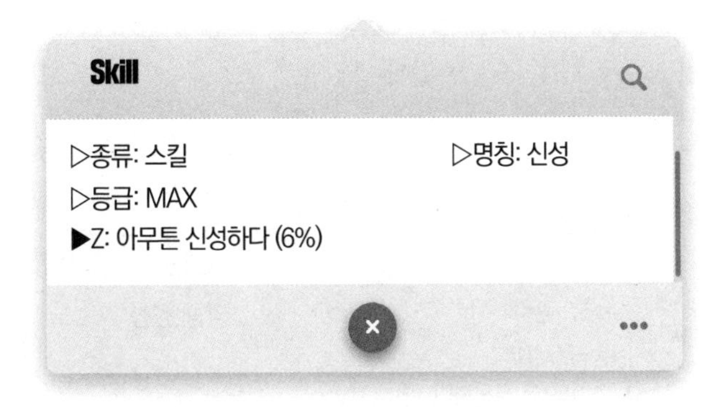

하지만 그걸로는 턱없이 부족했다.

고작 6%라고…?

▶빼꼼: 강한수 생도님. 또 안녕하세요? 선배님들의 강력한 추천으로 이번에도 맡게 됐답니다. 새로운 교육과정에는 잘 적응하는 중이신가요? 심각한 표정으로 보아선 아닌 것 같지만요.

아! 교생 아가씨. 들어봐.

이 한계돌파라는 거, 완전히 미친 거 아니야?

▶공감: 아! 저도 미쳤다고 생각해요. 고등교육과정 수험생들

도 포기할 만큼 난이도가 극악이랍니다. 그러니 신중하게 선택해주세요! 한계돌파가 끝날 때까지 밑 빠진 독에 물 붓기나 다름없으니까요.

그렇다고 한다. 하지만 나는 스킬이 아깝다고 생각하지 않았다. A등급과 S등급을 싹 갈아 넣었다.

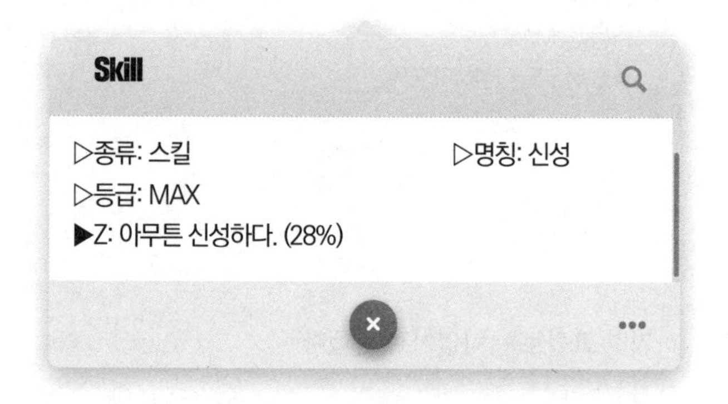

그러나 여전히 부족했다. 하지만 제물의 스킬 등급이 높을수록 달성도가 많이 오른다는 설명은 틀림없는 듯했다.

▶걱정: 지금이라도 멈추시는 게 어떠세요?

나는 교생 아가씨의 만류를 한 귀로 흘려넘겼다.

그녀가 보기엔 대단히 아깝겠지만, 내 관점에선 고작 1년 동안 쌓은 돼지저금통의 배를 가르는 정도의 감상이었다.

진짜 아까운 건 따로 있다.

"빌어먹을 회귀."

내 판타지 모험 1회차는 무려 10년짜리였다. 그 과정과 결과가 좋았든 나빴든 내가 걸어온 인생이었다.

그런데 회귀 한 방에 내 10년이 부정당했다. 이때 느낀 상실감에 비하면 1년은 정말 아무것도 아니다. 그렇기에 나는 SS등급 스킬들도 아낌없이 갈았다. 중요하거나 당장 필요하다고 판단되는 스킬 몇 개만 남기고 깡그리 제물로 넣었다.

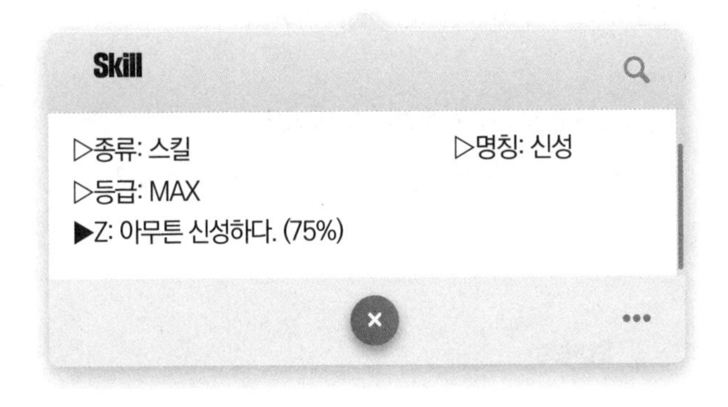

하지만 여전히 부족했다. 결국에는 SSS등급까지 출혈을 강요받았다. 교생 아가씨가 자기 일처럼 괴로워하기 시작했지만, 나는 1년 동안 쌓인 짐을 정리하는 홀가분한 기분마저 들었다.

나중에라도 쉽게 올릴 수 있다고 판단되는 SSS등급 둘을 제물로 바쳤다. 그래도 부족해서 SS등급과 S등급 중 아껴둔 스킬을 추가로 포기해야만 했다. 이때는 나도 속이 조금 쓰렸다.

그리하여 완성됐다.

신성MAX→신성Z

내가 1년 동안 쌓은 스킬들을 한계돌파의 제물로 바치기까지 걸린 시간을 계산하면 10초도 안 됐을 것이다.

성인용 캐시 게임에 돈을 꼴아박은 기분.

▶전율: 한계돌파는 금수저만의 전유물일 텐데요…. 강한수 생도님이 여기에 해당할 줄은 몰랐어요.

오! 교생 아가씨의 통찰력이 제법이네.

내가 스킬 물고 태어나긴 했다. 이건 그 결과물이고.

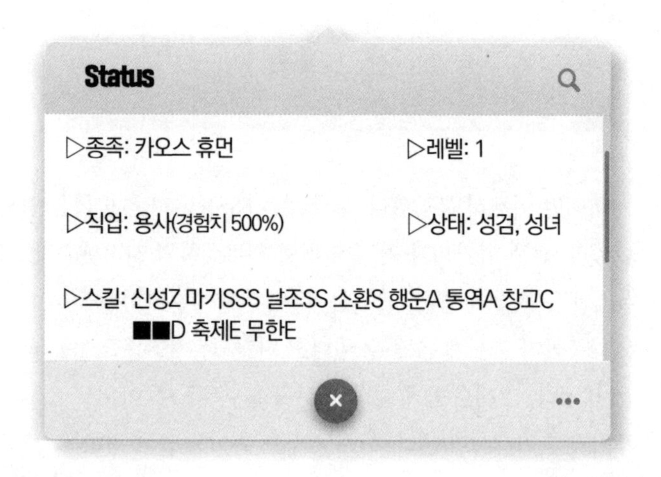

능력치가 갑자기 허전해져서 헛웃음이 나왔다.

벌거벗은 임금님이 된 것 같다. 그러나,

우우웅-

내가 약해졌냐고 묻는다면 그렇진 않았다. Z등급부터 초월영역이라고 부르는 이유를 알겠다. 신성Z 효과가 자연스럽게 발현됐다.

"오오! 이 신성함은…!"

"저, 저분은 대체…!"

"맙소사! 신이시여…!"

방금까지 나를 백수A 취급하던 마을주민들이 무릎 꿇고 감격의 눈물을 뚝뚝 흘리기 시작했다.

뚜렷한 이유 따위는 없다. 아무튼, 나는 신성하기 때문이다.

"누추한 마을 주민들은 들어라! 내 눈을 바라보면 행복해질 것이다!"

"아아!"

"오오!"

나의 발언, 행동, 형편, 취미, 상태….

이 모든 게 신성해졌다. 그때,

"오빠! 여동생을 버려두면 천벌 받아! 지금부터 내가 이웃들을 소개해줄게! 모두가 좋으신 분들…. 어?!"

뒤편에서 라누벨의 귀여운 척하는 목소리가 들려왔다.

나는 그녀의 말에 전적으로 동의했다.

"맞아. 꽤 좋네."

악마숭배자들보다 다루기 쉽다.

▶혼란: 좋은 이웃을 둔 자는 좋은 아침을 맞는다고 해요. 하지만 이 상황을 좋다고 말할 수 있을지는 자신이 없네요…. 선배님들에게 조언을 구하는 편이 좋을까요?

교생 아가씨! 자신감을 가져!

나는 마을주민들이랑 빠르게 친해졌다.

친절한 그들은 내게 푸짐한 먹거리와 괜찮은 잠자리를 무상으로 제공해줬고, 마주치는 마을 처녀마다 쌀쌀한 밤에 끼고 잘 부드러운 핫팩이 필요 없냐고 넌지시 물어왔다. 그들의 친절을 다 받아주지 못해서 미안할 지경이다.

그렇게 보름이 흘렀다.

"백수 오빠가…"

라누벨이 심통 난 얼굴로 뺨을 부풀리며 귀여운 척했다.

원래는 떼놓고 다녔는데, 시도 때도 없이 추파를 던지는 아가씨들을 몰아내는 용도로 쓸만했다.

물론, 이 누추한 여동생도 꽤 성가셨다.

"너는 뭐가 불만인데?"

"우음…. 그냥?"

자칭 여동생에게 교직원의 입김이 적용했음이 이젠 명확해졌다. 내 신성Z가 라누벨에게는 별 효과가 없었기 때문이다.

아니면, 용사의 동료들이 전부 이런 걸까?

기회가 되면 확인해봐야겠다.

"오늘 수확한 포도입니다. 받아주십시오."

"밤마다 잠이 안 와요. 성자님. 아아! 성자님!"

"슬픈 일이 있었는데, 성자님 덕분에 나았습니다!"

"성자님. 저희 집에서 만든 사과잼이에요."

시작 마을에서 '성자님'으로 통하는 내 인기는 최고였다. 때때로는 자기 자식과 노부모보다 나를 더 챙겨주려고 해서 난감했다. 특히, 유부녀들. 나를 바라보는 눈빛이 심상치 않다.

그런 아내를 "저분은 성스러우니 어쩔 수 없지."라고 이해해버리는 남편들도 제정신으로 보이지 않았다. 신성하기에 다 용서되는 모양이다.

주기적으로 마을을 방문하는 상인들도 내게 아낌없이 퍼줬다. 누추한 마을에서 구할 수 없는 특산품이나 귀중품을 선물처럼 무상으로 그냥 줬다. 돈 벌러 와서 돈 놓고 가는 상인들이었다. 이것도 내가 신성하기 때문이다.

▶평가: 주민들이 자발적으로 강한수 생도님에게 선의를 베풀고 있으니, 평판이나 인성 점수에는 문제가 없을 거예요. 아마도? 선배님들에게 맞는지 확인해보려고 했는데, 다들 바쁘시다면서 상대를 안 해주시네요….

교생 아가씨. 괜찮아. 이번에는 느낌이 아주 좋거든?

무난하게 졸업할 수 있을 것 같다.

나는 서두르지 않았다. 마왕 페도나르를 하루 만에 쓰러트려도 졸업할 수 없음을 4회차 때 확인했기 때문이다.

이번에는 정말 차근차근 진행했다.

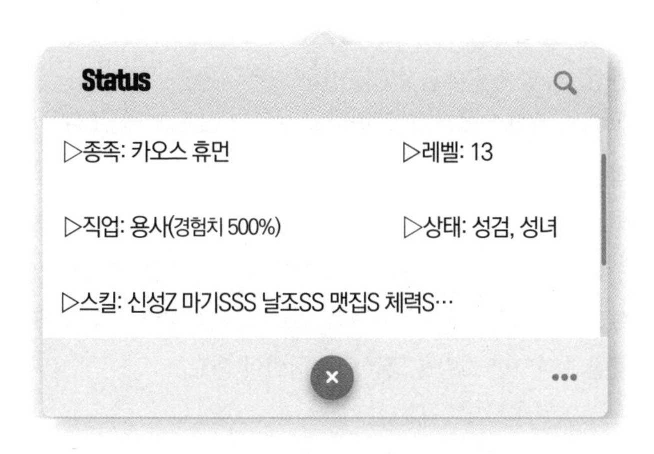

나는 지난 보름 동안 기초능력을 빠르게 복구했다.

근력, 민첩, 체력, 맷집, 내성, 기력, 오감…. 마스터 몰랑의 가르침은 '복사&붙여넣기'의 진수를 보여줬다. 한 번 완성했던 육체를 고스란히 재현해냈다.

단, SS등급 달성은 쉽지 않았다. 모험이 필요한 시점이었다.

▶경의: 강한수 생도님이 위대한 슬라임에게 배우셨다는 기술. 보고도 믿기지 않네요. 일부 스킬을 S등급까지 간단히 올릴 수 있다니! 다른 생도들이 알면 십중팔구 뒷목 잡을 거예요.

그래서 나도 편법을 생각했었다. 쉽게 올릴 수 있는 스킬들을 병렬방식으로 S등급까지 올린 후, Z등급의 제물로 끊임없이 갈아 넣자는 야심 찬 계획이었다.

하지만 이 꼼수는 3초 만에 폐기됐다.

체력SS를 제물로 바친 직후에 생성된 체력F를 바쳐봤지만, 신성Z의 한계돌파 달성도는 전혀 오르질 않았던 탓이다.

같은 스킬은 중복되지 않았다. 등급이 더 높은 쪽의 달성도만 적용됐다.

▶설명: 초월영역이니까요. 생명체가 편중된 영양소만으로 성장할 수 없는 거랑 같은 이치랍니다. 일반영역을 초월하려면 양질의 다양한 스킬을 양분으로 삼아야 해요.

교생 아가씨의 설명이었다. 그런고로 나는 6회차에서는 마기SSS를 언제든 한계돌파 할 수 있도록 미리 다양한 스킬을 골고루 성장시키는 걸 목표로 할 생각이다.

페스티벌을 바로 또 열어주면 안 되나?

마지막에 받은 모든 경험치 대폭 상승이 진짜 꿀이었다.

"오빠! 오빠! 여동생 말 좀 들어봐!"

"됐어."

"그러지 말고 들어봐! 우리 마을에는 옛날부터 전설이 하나 내려오고 있어. 마을 북쪽 숲의 커다란 연못에 아름다운 인어가 사는데, 선택받은 용사님이 방문하면 연못 아래에 가라앉아 있는 최강의 성검을 건져준대."

혼자 신나서 조잘대는 라누벨.

변변찮고 촌스러운 청년이 우연히 성검을 뽑아서 용사가 된다는 이야기인 듯했다.

이미 내 직업이 용사이거늘. 스토리 전개 진행 순서가 뒤집힌 듯했지만, 허술한 교직원 일동이 짜낸 설정이 허술한 건 어쩔 수 없었다. 관대한 내가 넘어가자.

"최강이라…?"

나는 북쪽 하늘을 올려다봤다. 정상이 M 모양으로 움푹 들어간 으리으리한 휴화산이 보였다. 산의 중턱부터 꼭대기까지 만년설로 뒤덮여있다. 그래서 내가 붙인 이름도 설산M.

설산M은 판타지아 북대륙 중앙에 떡하니 자리한 관광명소로, 여기가 북대륙이란 확실한 증거이기도 했다.

내 지식이 잘못된 게 아니라면, 판타지아 대륙에서 구할 수 있는 성검은 오토매틱으로 떡칠한 성검1 하나뿐이다.

그것은 설산M의 '전대 용사의 무덤'에 감추어져 있다.

라누벨이 노골적으로 떡밥을 뿌리는 중인 '숲속의 연못'하고는 아무런 연관이 없다.

내 성검2처럼 숨겨진 불량품일까? 일전에 성검이 여러 자루란 이야기를 천사들에게 듣긴 했는데….

▶두근: 강한수 생도님. 막 설레지 않으세요?

전혀.

▶당황: 왜, 왜요? 최강이라잖아요.

이미 나는 성검2를 소지한 상태다. 한 검집에 한 자루 검밖에 들어가지 않는 것처럼, 용사와 성검은 1대1 파트너의 관계다.

즉, 나는 다른 성검을 쓸 수 없다. 성검 없이도 마왕을 때려잡을 자신도 있고.

▶교훈: 성검에 손을 대고 뒤를 돌아보는 생도는 졸업하지 못한다는 징크스가 있어요. 정말로 최강의 성검인지 궁금하지 않으세요? 속는 셈 치고 구경이라도 한번 해보세요~

…교생 아가씨. 솔직하게 말해봐. 본인이 궁금한 거지?

▶먼산: 와아! 오늘 날씨가 정말 좋네요!

하지만 교생 아가씨의 말도 일리가 있다. 내 목적은 판타지 모험이 아니다. 마왕 페도나르만 벌써 몇 번 쓰러트렸던가?

이 지긋지긋한 판타지 세상을 탈출해서 지구로 돌아갈 것이다. 그러자면 교육과정을 충실히 이행할 필요가 있다. 무료봉사는 기본이고.

"성자님. 제 딸아이가 아파서 걱정입니다."

우연히 마주친 마을주민K가 정말 뜬금없이 내게 말했다.

어린아이들은 성장통부터 시작해서 자주 아프다. 그런데 그걸 왜 나에게 말하는 걸까?

그때, 라누벨이 불쑥 끼어들었다.

"마구간 아저씨. 딸의 어디가 아픈데요?"

"열이 심해. 해열제를 만들려면, 숲의 북서쪽에 푸른 바위 아래에서만 자생하는 시원한 바람꽃이랑 전설의 연못에 사는 인어가 축복해준 깨끗한 연못물이 필요해. 내가 직접 숲에 들어가서 구하고 싶지만, 요즘 몬스터 출몰이 잦아져서 엄두도 못 내고 있단다."

미리 준비한 각본처럼 쓸데없이 구체적이다.

그리고 몬스터 때문에 위험하면 남들 앞에서 언급 자체를 하지 말아야 정상 아닐까? 딸을 걱정하는 마을주민K가 말하는 모양새는 "위험하지만 네가 채집해줘."였다.

자기랑 딸만 사람인가? 인성이 썩었다.

이 마을주민K만이 아니라 원주민들이 대체로 그렇다.

하지만 나는 입가에 미소를 그렸다.

"뭘 줄 건데?"

대가만 확실하다면 못 도와줄 것도 없다.

"아침에 짠 신선한 말젖을 드리겠습니다. 젊고 건강한 암말이 짜서 맛과 영양분이 듬뿍 들어…."

"터무니없이 부족하잖아. 딸의 목숨이 고작 말젖이라고? 이 순간에도 고열로 시달리는 딸을 떠올리면서 더 얹어봐."

"그, 그건…."

공짜로 나를 부려먹으려던 마을주민K가 당황했다. 예전 같으면 내가 비난당했을 것이다. 사람의 목숨이 걸린 문제를 돈으로 환산한다고.

하지만 그건 주민과 동료들에게 내가 해주고 싶은 말이었다. 남에게 위험한 일을 떠넘기면서 맨입으로 넘어가는 건 괜찮나?

아무튼, 나는 신성하다.

"신성한 분의 말씀이니…."

"마구간 형씨. 진짜 실망이야!"

"자네, 정말로 딸을 사랑하는 건가?"

"오늘도 너무나 신성하시네요."

엿듣고 있던 마을주민들이 내 편을 들어줬다. 후루룩 마시면 끝인 말젖이랑 딸의 목숨을 저울질한 마을주민K를 함께 비난해 줬다.

자신의 잘못을 깨달은 마을주민K가 무릎 꿇고 참회했다.

"흑흑! 제가 어리석었습니다!"

우리는 다시 협상에 들어갔다. 그 결과, 말젖이 나오는 젊고 건강한 암말이 최근에 낳은 망아지를 받기로 했다.

원래 주기로 한 말젖은 기본이고,

공갈F→공갈E

선동F→선동E

거래E→거래D

스킬 숙련도는 보너스다.

이후, 나와 라누벨은 마을주민K의 아픈 딸을 치료하기 위해 누추한 마구간으로 이동했다.

말가죽으로 만든 허름한 침대에 누워있는 마을주민K의 딸은 당장에라도 죽을 듯이 위태위태한 상태였다.

능력치에도 잘 나와 있었다.

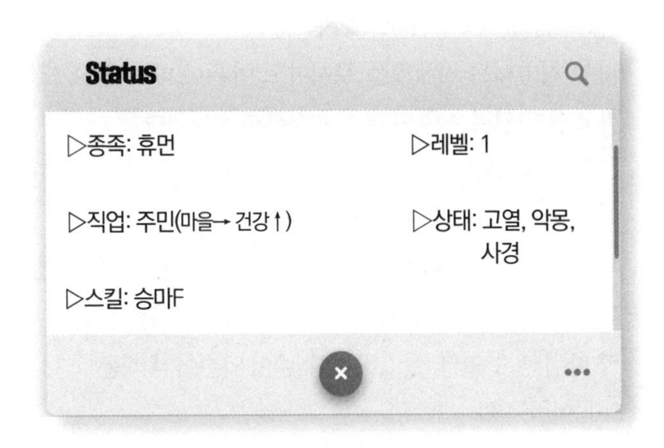

정말 특수한 경우를 제외하고는, 상태에 '사경(死境)'이 표시되면 숨넘어가기 직전이란 뜻이다. 길어봐야 하루.

이때까지 마을주민K는 뭘 한 걸까?

나는 따지고 싶은 마음과 의문을 몽땅 젖혀놨다. 깊게 생각할수록 피곤해진다는 걸 경험으로 잘 알기 때문이다.

쫄래쫄래 따라온 라누벨이 말했다.

"욕심 많은 오빠! 푸른 바위 아래에서만 자생하는 시원한 바람꽃이랑 전설의 연못에 사는 인어가 축복해준 깨끗한 연못물. 지금부터 서두르면 반나절 안에 전부 구할 수 있어!"

자칭 여동생은 나보다 의욕이 넘쳤다.

제멋대로 행동하던 1회차 동료들이 떠올랐다.

"라누벨."

"응!"

"정신 사나우니 좀 닥쳐봐."

"닮지 않은 여동생이라고 너무해!"

나는 칭얼대는 라누벨을 무시하고 아픈 소녀에게 다가갔다. 그리고 붉게 달아오른 이마에 내 오른손을 얹었다.

그걸로 끝이었다.

"아으으…. 새근새근."

당장에라도 숨넘어갈 기세였던 소녀의 얼굴이 평온해졌다. 끔찍한 악몽도 사라졌는지 입가에는 미소마저 머물렀다.

약 따위 필요 없다. 성스러운 내 손이 약손이기 때문이다.

"이, 이럴 수가…."

"어머나!"

마을주민K와 그의 아내가 경악했다. 하지만 이내 무릎을 꿇고 눈물을 주르륵 흘리며 나를 찬양했다.

그들은 아껴둔 말고기를 꺼내서 내게 대접했다. 특히, 말젖으로 만든 치즈가 일품이었다. 이것만은 어느 왕국의 왕궁요리사보다 나았다. 갈 때 좀 챙겨달라고 할까?

"킁킁! 엄마, 나도 배고파…!"

지독한 투병으로 그동안 공복이 심했던 소녀가 고소한 요리 냄새를 맡고 침대에서 벌떡 깨어났다.

내 치료가 과했던 걸까? 소녀는 무척 생기발랄했다. 늘 귀여운 척하는 라누벨이 한순간 압도당했을 정도로.

나는 서두르지 않고 마구간에서 시간을 보냈다. 일찍 나가봐야 마을주민들이 또 뭔가를 부탁할 게 뻔하니까.

"성스러운 분이시여! 감사합니다."

"제 보물을 구해주셔서 고맙습니다."

"치료해줘서 고마워요. 오빠."

우리는 어두컴컴해지기 직전에 집을 나왔다.

직접 키우기 귀찮은 망아지는 당분간 마구간에 맡기기로 했다. 그러다가 깜빡해서 놓고 가면 어쩔 수 없고.

이걸로 문제는 일단락됐다.

"오빠, 진짜 너무해."

라누벨이 입술을 삐죽 내밀면서 투덜댔다.

"너는 좋게 해결돼도 불만이니? 우리가 해열제 재료를 구하러 간 사이에 소녀가 죽었으면 어쩔 건데?"

"그, 그건! 우우…."

여동생으로 설정이 바뀌었어도 라누벨의 천성은 바뀌지 않았다. 쉽게 해결하거나 무시하고 넘길 수 있는 사건과 문제를 복잡하게 진행하고 싶어 한다. 귀여운 척도 그렇고.

올바른 정신교육이 필요하다.

▶당혹: 해열제 재료를 구하면서 성검도 자연스럽게 획득하는 전개가 아니었을까요…?

교생 아가씨. 걱정하지 마. 성검은 나중에 꼭 구경 갈 테니.

6회차는 교직원 일동이 원하는 방향으로 움직여주기로 했다.

주먹을 부르는 라누벨을 여동생으로 취급해주고, 귀찮게 뭔가를 부탁하는 마을주민들을 좋게 타일러서 돌려보냈다.

현재까진 이상 없다.

"꺅?!"

…라고 안심할 틈을 안 줬다.

길을 건던 마을처녀B가 갑자기 비명을 질렀다.

무슨 일인지 슬쩍 돌아보니, 날붙이와 가죽옷으로 무장한 사내들에게 손목이 붙잡혀 있었다. 그들은 마을 양아치 따위가 아니었다.

"오! 촌년치고는 제법 예쁜데?"

"이년. 앙탈 부리지 말고 오빠 품에 안겨봐."

여기저기서 비슷한 일들이 동시다발적으로 벌어지고 있었다.

내가 마구간에서 한 끼 대접받는 사이, 외지에서 용병들이 이 마을로 흘러든 듯했다. 그 숫자가 백여 명으로 적지 않았다.

용병들은 마을의 여자들에게만 찝쩍대는 게 아니었다.

"여기의 과일들은 우리가 가져가지. 돈? 이 늙은이가 미쳤나! 잘 들어. 원래 같으면 이 마을을 하루 동안 지켜주는 우리 용병대가 역으로 돈을 받아야 해. 그러니 고마운 줄 알라고. 하하!"

그들은 곧 나와 라누벨을 발견했다. 건강한 수컷이기 때문일까? 내 누추한 여동생의 몸을 보며 침을 꼴깍 삼켰다.

하지만 그녀 옆의 나를 보는 순간, 다들 가운데 꼬리를 내리고는 슬금슬금 물러났다.

"…이 먼지들이 사람 열 받게 하네."

나랑 라누벨은 커플 같은 게 아니다. 그런데 눈앞의 비루한 떠돌이들이 멋대로 오해하는 것 아닌가? 이놈들을 살려두면 "얼레리 꼴레리! 둘이 사귄대요!" 같은 끔찍한 소문이 날 터.

나는 손가락을 튕겼다.

탁-! 파아아앗!

나를 기점으로 성스러운 파동이 누추한 마을을 뒤덮었다.

그걸로 상황이 종료됐다.

몰살F→몰살E

▶체념: 전설의 연못에서 성검을 획득하고 돌아온 용사님의 데뷔전이었던 것 같은데요….

…그래?

나는 성검2를 소환했다. 그리고 외쳤다.

"내가 바로 용사다!"

용병들이 싹 죽는 바람에 소문은 안 나겠지만, 전개상으론 아무런 문제없다.

용병. 돈 받고 일하는 무법자들.

판타지 세계의 모든 인간을 총집합한 것 같은 직업군이다.

전설의 용사를 동경한 소년, 신분 상승을 꿈꾸는 사내, 연약한 여인이길 거부한 규수, 정략결혼이 싫어서 가출한 공주, 노예 낙인이 찍힌 요정, 정체를 감춘 영웅…. 여기엔 온갖 군상이 다 모여있다.

자본주의와 약육강식을 따르는 용병들이 벌이는 야만적인 행동에 고통받는 건 언제나 힘없는 마을주민이다.

돈 없는 용병은 대범한 날강도고, 힘 있는 용병은 움직이는 시한폭탄이다. 용병은 인성 더러운 귀족보다 악질이고 숫자도 많다. 이런 해충들을 대체 왜 놔두는 걸까?

▶난감: 그건 편견이에요. 좋은 용병도 있어요.

좋은 용병? 풋! 교생 아가씨. 발견하면 꼭 소개해줘.

나의 성스러움을 견디지 못하고 사망한 백여 명의 용병은 마을주민들이 처분했다.

제법 값나가는 옷과 장비 등을 홀딱 벗긴 용병의 알몸뚱이들을 마을 변두리에 쌓아놓고 대충 화장(火葬)했다.

아무도 이들의 죽음을 애도하지 않았다. 그 뒤처리만 할 뿐.

"용사님. 주민들이 자발적으로 모은 사례금입니다. 부디 받아주십시오."

찰랑. 마을 촌장이 두둑한 돈주머니를 내밀었다.

온종일 들어도 지겹지 않은 금화의 맑은 소리만큼은 아니지만, 동전과 은화가 뒤섞인 소리도 싫진 않다. 일단, 무게감이 마음에 든다.

"촌장. 누군가 물으면 용사가 그랬다고 해. 그리고 다음 상행이 마을을 방문하면 내가 주도적으로 용병들의 물건을 처분할 테니, 잃어버리지 말고 한곳에 모아놓도록."

그럴 가능성은 희박하지만, 내가 처리한 용병대랑 협업하는 단체나 배후가 없다는 보장이 없다. 그들이 보복한다면 이 마을은 쓸려나갈 것이다.

용병들의 유품을 내가 판매하려는 이유도 같은 맥락이다. 마을주민이 끼어들면 공범으로 몰릴 수 있다.

이건 단순한 기우가 아니다. 내 1회차 경험이 말해준다.

동료들이 멋대로 행동한 후에 뒷수습을 제대로 하지 않아서 불행해진 사람, 마을, 도시, 나라가 적지 않았다. 그때마다 나는 책임의 중요성을 뼈저리게 느꼈다. 아무튼,

"감사합니다!"

늙은 촌장이 한시름 놓았다는 표정을 짓는다. 내 의도를 이해한 얼굴이다.

1회차 때, 내 동료들은 죽인 용병들의 물건을 "여러분! 피해복구비용으로 쓰세요!"라면서 천진난만하게 떠넘겼다. 순진하고 무식한 주민들은 그걸 또 고마워했다.

약 1년 뒤, 그 마을은 잿더미가 되어있었다. 피해복구는커녕 세상에서 아예 지워진 것이다.

▶침울: 슬픈 일이네요.

교생 아가씨. 너무 슬퍼하지 마.

이후에 내가 싹 복수해줬거든.

꼬리의 꼬리를 물은 모험은 나라의 주인마저 바꿨다.

나는 마을을 주기적으로 방문하는 상단을 통해서 용병들의 유품을 정리한 후, 그 수익의 절반을 촌장에게 몰래 넘겨줬다. 내가 선심 쓰듯 주민들에게 골고루 나눠주는 짓은 하지 않았다. 그러면 돈을 세탁한 의미가 사라지기 때문이다.

촌장이 그 돈을 독식해도 나로선 알 수 없다. 하지만 촌장이 어리석지 않다면 그런 무모한 과욕을 부리지 않을 것이다. 누추한 마을에서 개인이 소화하기엔 너무나 큰 액수이기 때문이다.

내가 할 도리는 다했다.

"오빠를 다시 봤어!"

당연하다는 듯이 마을 밖까지 쫄래쫄래 따라온 라누벨이 싱글벙글한 얼굴로 나를 칭찬했다. 나로선 콧방귀가 절로 나왔다.

"건방진 소리는 됐고, 연못이나 얼른 안내해."

"응!"

순서가 살짝 뒤바뀌긴 했지만, 전설의 연못에서 '최강의 성검'을 구경하면 교육과정을 준수한 셈이다. 이러면 채점관도 나중에 딴소리 못 하겠지.

라누벨은 거침없이 숲길을 나아갔다. 도중에 길을 잘못 들었다고 말하면 엉덩이를 힘껏 걷어차 줄 생각이었는데, 그런 일은 벌어지지 않았다.

무난하게 전설의 연못에 도착했다.

"흠. 뭔가 있을 법하게 잘 꾸며놨네."

연못 주변에는 다양한 꽃들이 만개했고, 따스한 햇볕을 받은 수면(水面)은 보석처럼 반짝거렸다.

스르릉—

나는 성검2를 오른손에 쥔 채 천천히 전진했다. 연못에 산다는 인어가 공격해오면 바로 회 뜰 수 있도록 만반의 태세를 갖췄다.

"오빠. 너무 경계하는 거 아니야?"

연못가에 먼저 도착한 라누벨이 내게 핀잔줬다.

"그렇게 말하는 너는 인어가 뒤에서 목을 꺾거나 깨물기 좋은 각도로 서 있네."

"히익?!"

내 말에 놀란 라누벨이 연못에서 한 발자국 물러났다.

바로 그 직후였다.

보글보글－촤아아!

연못 중앙에서 물거품이 일더니 정말로 인어가 튀어나왔다. 간발의 차이였다.

"봐봐, 라누벨. 죽을 뻔했지?"

"안 죽여요! 당신은 인어를 뭐라고 생각하는 거죠?!"

인어가 빽 소리 질렀다.

"인어 말이야? 어머니 손 외에는 잡아본 적 없는 순진한 남자를 꼬셔서 단물 쪽쪽 빨아먹는 악랄한 종족. 강한 수컷만 보면 꼬리지느러미를 주체 못 하는 음탕한 인어도 많이 봤지."

"표현이 지나치게 부정적인데요?!"

"틀린 말은 없잖아?"

인어의 사랑법은 인간에게 재앙이다. 방금까지 사랑을 속삭이던 인어가 '레벨 더 높은 수컷'을 보자마자 지느러미 뒤집듯 태도를 싹 바꾼다고 상상해보라. 물고기 대가리의 한계다.

"으으…. 인어를 박대하는 인간이 있다는 소문을 몇 번 접하긴 했지만, 실제로 보니 충격적이네요."

"잡소리는 됐고, 성검이나 꺼내와."

후딱 보고 여행을 떠나야 한다. 멍청한 물고기에게 발목 잡혀 있을 만큼 나는 한가하지 않다.

"성검은 용사만 소유할 수 있어요. 당신이 용사에 합당한 인물인지 시험해보겠습니다. 여기서 동쪽으로 가면 돌연변이 도롱

뇽 한 마리가 살고 있어요. 놈을 쓰러트리고 머리의 뿔을 잘라오시면….”

“봐라. 성검이다.”

나는 인어에게 성검2를 보여줬다.

애초에 직업부터 ‘용사’라고 떡하니 쓰여있는 나를 물고기 따위가 시험해보겠다니? 참으로 건방지다. 게다가 시험 내용도 용사랑 아무런 연관이 없었다.

악마나 천사도 아니고 돌연변이 도롱뇽?

지나가던 사냥꾼A에게 시켜도 될 만큼 하찮은 임무다.

“…어떻게 용사가 되신 거죠?”

기적을 목도한 어린 금붕어처럼 두 눈을 휘둥그레 뜬 인어가 진지한 어조로 내게 물었다.

물고기 주제에 심오한 질문을 하는군.

“아무튼, 용사다.”

“그, 그렇군요. 잠시만 기다려주세요.”

퐁당!

그래도 못 주겠다고 지껄이면 죽인 후에 내가 직접 챙겨갈 생각이었는데, 인어는 곧장 연못 속으로 잠수했다.

조용히 지켜보고 있던 라누벨이 내 소매를 손끝으로 당기면서 귀여운 척했다.

“너는 또 왜?”

“용사가 간절히 바라면 다른 성검으로 바꿀 수 있다고 말해주려 했어. 그리고 오빠. 귀여운 여동생이 부르면 헤벌쭉 웃어줘야지! 끔찍한 혐오식품처럼 쳐다보면 안 돼! 천벌 받…. 저기, 오빠? 듣고 있어?"

좌악.

인어가 다시 물가로 올라왔다. 이번에는 빈손의 알몸뚱이가 아니었다. 해룡(海龍)의 푸른 가죽으로 만든 고풍스러운 검집이랑 한 세트의 검 한 자루를 소중히 껴안고 있었다. 검의 디자인 또한 신경 쓴 티가 역력했다. 이것이 바로,

"최강의 성검이에요!"

인어는 멍청한 물고기 대가리답게 앞뒤 설명 다 자른 채 성검을 소개했다.

무작정 최강이라고 하면 어쩌라고?

"최강이라는 근거는?"

"아주 좋은 질문이에요! 이 성검에는 아름답고 고결했던 고대 용사님의 영혼이 깃들어 있어요! 후대 용사를 위해서 죽어가는 자신을 성검에 봉인하셨죠. 그분의 지식과 조언을 언제든지 들을 수 있어요. 목소리 또한 신사분의 마음을 사르르 녹일 만큼 감미롭죠. 정말 굉장하지 않나요?"

에고소드(Ego sword). 영혼 깃든 검.

설산M에서 오토매틱 성검1을 옮겨놓은 줄 알았는데, 아예 새로운 버전의 성검인 듯했다. 교직원 일동이 머리 좀 굴렸군.

"영혼이 들어있고 또 뭐가 있어?"

"더 뭐가 필요한가요?"

인어가 고운 이마를 찌푸리며 되물었다.

"다른 기능 말이야."

"아름답고 고결했던 선배 용사님에게 온종일 1대1 교습을 받

을 수 있어요. 최강이 되는 지름길이죠. 여기서 더 무언가를 요구한다면 도둑놈 심보 아닐까요?"

꾀꼬리 같은 여자 목소리 기능.

사교성 없는 왕따를 위한 성검인 듯했다.

자신만만하게 퐁퐁한 가슴을 펴며 우쭐대는 인어에게, 진정한 용사의 성검이 무엇인지 똑똑히 보여주기로 했다.

"우매한 물고기. 잘 봐라."

나는 성검2에 깃들어 있는 영혼을 소환했다.

뿅!

"우웅…. 주인님. 여긴 어딘가요?"

용사 페스티벌 이후부터 쭉 동면(冬眠)해있던 성녀H가 손등으로 눈가를 비비며 내게 질문했다.

나는 말없이 그녀의 잘록한 허리를 끌어안았다. 성녀H도 조건반사처럼 내게 몸을 기댔다.

"내 성검은 전투능력 외에도 부드러운 핫팩과 특수능력 부활이 탑재되어 있지. 마왕도 못 쓰러트리고 뒤져버린 한심한 용사의 목소리 기능 따위랑 비교하지 마라."

"아…."

방금까지 우쭐대던 인어는 반박하지 못하고 입만 뻐끔거렸다.

"이해했으면 그 고철은 도로 연못에 넣어놔."

나는 성녀H의 소환을 해제하며 말했다.

멍청한 인어 앞에서 잔뜩 허세 부리긴 했지만, 이 훌륭한 핫팩 기능은 없는 셈 쳐야 한다. 성녀H를 소환하면 무한E의 효과가 해제되는 탓이다.

하지만 인어의 자신감을 찍어누르기엔 충분했다.

"정말 죄송해요. 최강은 무슨…."

시무룩해진 인어는 방금까지 소중히 껴안고 있던 성검을 물가의 돌멩이처럼 연못 속에 휙 던졌다.

퐁당!

버림받은 성검이 물속으로 가라앉았다.

▶고뇌: 강한수 생도님. 이래도 괜찮은 걸까요…?

교생 아가씨. 아무런 문제 없어.

내 성검의 성능이 압도적으로 좋다. 스포츠든 공부든 좋은 환경에서 더 좋은 성적이 나오는 건 당연한 이치다. 그나저나,

"메인스토리 진행이 끊겨버렸네."

역시, 순서가 뒤집힌 게 문제였던 걸까?

바뀐 교육과정에는 익숙해졌다. 거슬리는 라누벨이 여동생이란 충격적인 상황설정마저도 슬슬 자포자기하고 받아들이는 경지에 이르렀다.

지금이라도 마왕을 잡고 새로 시작하는 편이 좋지 않을까. 마왕의 성이 있는 중앙대륙까지 가는 것도 일이지만.

▶제안: 성검의 영혼이 단서를 갖고 있지 않을까요?

오! 교생 아가씨. 천잰데?

"인어야. 연못에 빠트린 성검 좀 다시 건져봐."

"그 골동품은 왜요?"

새초롬한 얼굴로 묻는 인어의 태도전환은 소름 돋을 정도로 빨랐다.

하지만 이게 인어란 종족의 원래 습성이다. 더 마음에 드는 남자가 보이면 전 남자는 헌신짝처럼 버린다.

열정적인 사랑과 함께한 추억?

3초면 까먹는 금붕어 팔촌에게 뭘 기대하는가.

"물어볼 게 있어서 그래."

"어머머! 자기가 좀 예쁘다고 비싸게 굴다가 어영부영 죽어버린 노처녀의 유언을 들어주시려는 거군요? 성스러운 용사님답게 자비로우시네요. 잠시만 기다려주세요~♪"

퐁당!

멋대로 착각한 인어가 금방 성검을 가져왔다.

"오빠! 얼른 뽑아봐! 얼른~"

"재촉하지 마. 연못에 그 시끄러운 주둥이를 처박기 전에."

"너무해!"

칭얼대는 라누벨을 무시한 나는, 새로운 교육과정에서 처음으로 등장한 에고소드, 성검3의 손잡이를 쥐었다. 곧바로 여성의 목소리가 들려왔다.

[만나서 반갑습니다, 현시대의 용사님. 제 이름은….]

자기소개는 됐어. 지금부터 너는 성검3이야. 알겠어?

나는 만질 수 없는 여자의 신상정보 따위 관심 없다.

목소리만으로는 여자란 보장도 없고.

지구에서도 어머니 주민등록번호와 도용한 사진으로 암컷인 척하는 수컷들이 적지 않았다. 인터넷상에선 모두가 무성(無性)이다. 이 성검도 예외는 아니다.

[저기, 용사님이 맞으시죠…?]

성검3. 잠꼬대 그만하고 묻는 말에나 대답해.

이 용사님이 앞으로 해야 할 임무나 업적들을 쭉 읊어봐.

[아, 네. 그러면 지금부터 수련을 시작할게요. 이 성검을 효과적으로 다루려면 고등검술과 기초체력이 매우 중요합니다. 매일 종베기와 횡베기를 500회씩 하세요. 숫자는 제가 세겠습니다. 처음에는 낯설고 힘들겠지만, 용사는 성장이 빠르니 조급해하지 마세요. 우선은, 일격에 나무기둥을 베는 걸 목표로….]

촤좌자작!

나의 성스러운 일격이 숲을 갈랐다.

[어? 어라…?]

다음 수련은 뭐야? 그냥 전부 읊어봐.

성검3의 가르침은 10분 만에 종료됐다.

애초부터 말이 안 되긴 했었다. 직업 페널티로 엄청나게 약해진 마왕 페도나르조차 쓰러트리지 못하고 죽은 한심한 용사가 누굴 가르친단 말인가?

물론, 가르칠 순 있다. 자격증 개념이 없는 무식한 판타지 세계에서는 변변찮은 B급 용병과 기사가 "내가 결혼해서 일찍 은퇴하지만 않았어도…."라고 둘러대면서 부족한 경력을 덮는 이가 적지 않았기 때문이다.

하지만 성검3은 노처녀였다며? 둘러댈 변명도 없다.

[용사님! 저는 변변찮은 노처녀가 아니라, 모두를 구하기 위해 희생한 것뿐입니다! 제가 남아서 몰려오는 악마 대군을 저지하지 않았다면 동료들이 죽었을 거예요.]

성검3은 모두를 구할 만큼 강하지 못했다고 시인했다.

[그, 그런…?!]

나는 성검3을 라누벨에게 맡겼다.

페스티벌 당시, 부녀K를 공격해온 천사들이 다양한 성검이 존재한다고 말했을 때만 해도 은근히 기대했었다.

하지만 실제로 보니 별거 없었다. 아니면 내 성검2의 성능이 지나치게 뛰어난 걸까? 이유가 뭐든 간에 성검3은 벌써 내 관심 밖이었다.

"오빠. 성검이 무거워…!"

"이 기회에 알통 좀 키워봐."

"너무해!"

스르륵….

그때, 성검3가 칭얼대는 라누벨의 체형에 맞춰서 그 크기가 줄어들었다. 어째선지 멈추지 않고 계속 줄어들었다.

라누벨의 표정이 점점 환해졌다. 반대로 내 표정은 썩은 고구마처럼 변했다. 성검3은 스틸레토 계열의 얇고 뾰족한 단검이 됐다. 라누벨도 한 손으로 들 수 있을 정도로 가벼워졌다.

"칫. 이건 몰랐네."

라누벨이 낑낑거리는 걸 보고 싶었는데. 성검3에는 전직 용사의 음성기능 말고도 검의 크기를 조절하는 부가기능이 있었던 모양이다.

라누벨은 커서 불필요해진 검집을 4차원 가방에 넣은 후, 단검에 적합한 크기의 검집을 소환해서 허리춤에 찼다.

착! 그리고 성검3을 꽂았다.

여기까지 물 흐르듯 자연스럽게 이루어졌다.

"아줌마가 말하길, 여기서 북쪽에 숨겨진 유적이 있대."

그녀는 성검3랑 대화도 가능했다. 처음에는 "노처녀 용사님!"이라고 불렀던 것 같은데, 어느 순간부터 아줌마로 바뀌었다.

"북쪽이라면 설산M이 있는 방향이잖아?"

설산M에 유적이 있다!

…같은 말은 누구나 할 수 있다.

판타지아 북대륙의 대다수 유적, 미궁, 신전, 무덤 등은 설산M에 몰려있기 때문이다.

그래서 산 아래쪽에는 도굴과 수련을 목적으로 찾아온 용병과 모험가들의 피로를 풀어줄 노천탕과 유흥가, 여관 등이 발달했다. 이렇게 형성된 마을들이 또 관광명소로 자리매김했다.

"아니. 설산보다 한참 앞쪽이야."

"앞이라…."

그렇다면 고려해볼 여지가 있다.

나는 라누벨이 가리킨 북쪽을 물끄러미 바라보며, 머릿속에 북대륙 지도를 그려봤다. 판타지아 북대륙의 대다수 던전이 설산M에 몰려있는 만큼, 산에서 조금만 멀어지면 아무것도 없는 맨땅이기 때문이다.

내 기억은 굉장히 정확한 편이다. 목숨 걸지 않고 도굴한 던전이 드물었기에 11년이 흘렀어도 하나하나 뚜렷하게 기억하고 있다. 동료들의 실수와 헛짓으로 도배된 모험들. 아름다웠던 추억은 결코 아니었다.

아무튼, 성검3가 언급한 유적은 내가 안 가봤을 확률이 매우 높았다.

“아줌마가 풋풋한 소녀이던 시절에 수련했던 장소래. 정식명칭은 수련의 동굴. 왕족들의 휴양지로 쓰이는 국왕 직할령이라서 출입이 엄격히 금지된 장소라는 모양이야.”

“그 동굴은 용사만 찾을 수 있고?”

“응! 그런데 어떻게 알았어?”

“척하면 척이지.”

내가 용사 경력 11년이다!

판타지아 대륙에서 산전수전 다 겪은 이 용사님이 모르거나 못 가본 던전이라면 조건이 까다로울 수밖에 없다. 바닷속, 사막, 사유지, 무인도, 시공의 폭풍…. 굉장히 제한적이다.

“유적까지 바로 가도 괜찮아. 식량도 친절한 마을주민들이 많이 챙겨줘서 빵빵해.”

의욕도 빵빵한 라누벨이 모험을 희망했다.

그거 안 됐구먼.

“아니. 일단은 도시부터 간다.”

옛 동료를 만나러.

반드시 시험해보고 싶은 게 있다. 히쭉.

) (

우리가 있는 곳은 북대륙의 마법왕국이다. 그 이름처럼 마법에 특화된 왕국.

설산M의 남부를 지배하는 마법왕국의 백성들은, 모태(母胎)에서부터 영험한 산의 기운을 받고 자라서 마법적인 재능이 우수했다. 마법사 꿈나무의 출생비율이 주변 왕국보다 약 2배쯤 높으며, 다른 대륙의 나라들이랑 비교하면 10배쯤 차이 난다.

이런 마법왕국에는 대도시가 2곳 있다.

첫째는, 왕국의 수도. 정치와 경제가 집중된 수도가 번창하는 건 당연하다. 그런데 이런 수도의 발전을 가볍게 뛰어넘은 도시가 있다.

"오빠. 이 앞의 번쩍번쩍한 도시에…."

"현자의 탑이 있지."

"우우…! 모르는 게 대체 뭐야?!"

6회차는 토착민 취급이라서 이거 하나는 편했다. 내가 다 안다는 식으로 말해도 라누벨과 성검3은 의심하지 않고 그러려니 넘어갔다.

물론, 라누벨은 입술을 삐죽 내밀면서 불만스러워했지만.

현자의 탑. 판타지아 최강의 마법사가 사는 도시.

근사한 도시 이름이 따로 있지만, 나는 싸잡아서 '현자의 탑'이라고 대충 부른다.

마법이 극도로 발전한 이 도시는 그 자체만으로도 굉장한 관광명소였으며, 도시 단위의 군사력으로는 북대륙 최강이었다. 이 모두가 한 사람의 영향이다.

"현자 놈. 지금쯤 탑에 있으려나?"

현자(賢者). 직업도 용사처럼 유일무이한 현자다.

부활이란 사기적인 특수능력을 보유한 '성녀'도 셋이나 있는데, 어째선지 '현자'는 세계를 다 뒤져도 한 명밖에 없었다.

"웅? 현자님을 만나려고?"

"그렇다고 볼 수 있지."

만나서 놈의 지팡이를 빼앗을 생각이다. 용사 페스티벌 때, 시작 도시에서 우연히 만난 동정A가 "현자의 지팡이로 얼음마녀를 포섭할 수 있어."라고 가르쳐줬기 때문이다.

그때, 묘한 패배감을 느꼈다. 판타지 경력 11년인 내가 3년짜리 동창에게 얕보인 것이다. 그래서 정말인지 시험해보려는 것이다.

하지만 도시로 들어가는 일부터 난관이었다. 출입을 기다리는 행렬이 매우 길었다.

"오빠! 어디 가? 줄의 끝은 여기야."

"라누벨. 잠자코 따라오기나 해."

현자의 탑은 북대륙에서 유명한 대도시 겸 관광명소인 만큼 방문객도 매우 많았다. 그렇기에 도시의 검문도 철저했다.

인구가 밀집된 시장이나 건물에서 흉악한 테러리스트가 날뛰면 대형참사로 이어질 수 있는 까닭이다.

이쯤은 처음부터 예상했다.

"이봐. 줄을 서라고…. 오오!"

"야! 새치기하지…. 헉!"

"비켜! 신성한 분이 행차하셨다!"

"어쩜 이리도 신성하실 수가…!"

나는 규칙과 예의를 준수하지 않는 양아치가 아니다. 사람들이 알아서 반나절 넘게 기다린 줄을 양보해줬을 뿐이다.

교생 아가씨. 문제없지?

▶혼란: 분명히 도덕적으로는 문제가 없긴 한데요. 뭐라고 형용할 수 없는 심정이네요!

이걸 문제 삼으면 진짜 양심 없는 거다.

신성하게 태어난 것도 잘못인가?

나와 라누벨은 곧바로 검문소 앞까지 도달했다.

"잠시 검문이 있겠습니다."

이 앞까지 거침없이 쭉쭉 지나온 나는 처음으로 막혔다.

대문 좌우에 창 들고 선 경비원들은 "신성한 분께 얼른 길을 열어드리자!"라는 존경의 눈빛으로 나를 바라보는 중이었다.

하지만 경비 책임자에게는 통하지 않았다.

나는 그자의 능력치를 살펴봤다.

Status

▷종족: 휴먼 ▷레벨: 254

▷직업: 파수꾼(방어→오감↑) ▷상태: 강화

▷스킬: 내성D 색적D 창술E 오감E 체력E…

정신을 보호해주는 보조계열 스킬 '내성'을 갖고 있었다. 상태에도 스킬 성능을 올려주는 '강화'가 표시되어있다.

저것들이 나의 신성함을 거부한 원흉인 듯했다.

하지만 나는 신경 쓰지 않았다. 무시하고 계속 걸었다.

내 앞을 가로막아선 책임자를 밀어붙였다.

"토, 통과…!"

한 차례 움찔한 책임자는 허겁지겁 옆으로 비켜섰다. 그는 내가 완전히 지나갈 때까지 연신 굽실거렸다.

고작 D등급 내성. 그 미미한 저항은 바람 앞의 등불처럼 쓸려갔다.

"오빠, 뭔가 이상해."

내게 편승해서 쫄래쫄래 따라온 라누벨이 투덜댔다.

얘는 반나절 동안 땡볕에서 안 기다리게 해줘도 불만이다.

"이상하면 밖에서 줄 서던가."

"우우…."

현자의 탑은 관광지답게 길거리에 사람들로 북적거렸다.

하지만 질서와 규칙이 있었다. 중간중간 배치된 경비원들이 교통신호등을 대신했으며, 인구가 밀집된 대도시답게 사람이 다니는 길과 마차가 다니는 길을 철저하게 구분해놨다. 그리고 판타지답게 하늘에도 길이 있었다.

"오빠! 봐봐! 마법의 양탄자야!"

라누벨이 언제 불만이었냐는 듯이 환호성을 질렀다.

하늘을 날아다니는 택시 같은 '마법의 양탄자'는 이 도시에서만 이용할 수 있는 명물이다. 운전기사는 연구비에 쪼들리는 마법사. 주요이용객은 돈이 넘쳐나는 상인과 귀족이다. 고급 대중교통 외에도 마법으로 이것저것 잘해놨다.

예를 들어, 지구의 수세식 변기와 비대 기능을 합쳐놓은 '슬라임식 변기'는 내게도 문화충격이었다.

좌변기 속에 들어있는 슬라임이… 여기까지.

마법이 극도로 발달한 현자의 탑은 판타지아 대륙의 500년 뒤 도시 모습을 보여준다. 어째서 500년이냐면, 마법물품은 지구의 산업혁명처럼 공장에서 대량생산이 불가능하기 때문이다.

"살짝 그리운걸."

암흑상회의 음모로 도시가 몰락한 게 엊그제 같은데.

나는 북적북적한 도시 중앙에 우뚝 솟은 백색의 상아탑을 향해 산책하듯 천천히 나아갔다. 저것이 판타지아 세계에서 가장 높은 마탑(魔塔)이다.

현자도 결국은 마법사. 남에게 방해받지 않고 조용히 자신만의 연구를 하길 원한다. 그렇기에 탑을 높고 튼튼하게 건설했다.

콘크리트처럼 이음새 하나 없는 벽은 순도 높은 마력으로 보호받기에 웬만한 충격에는 끄떡없다. 용사의 동료들이 웬만하지 않아서 문제지만.

"바로 탑에 들어가려고?"

"당연하지."

우리는 현자의 탑 입구에 설치된 접수처로 향했다. 줄을 서서 기다리는 선객들이 많았지만, 친절한 그들은 나를 보자마자 아낌없이 순서를 양보해줬다.

그렇게 도착한 접수처. 매력적인 마녀 코스프레를 한 아가씨가 환한 미소를 지으며 내게 말했다.

"성스러운 손님. 현자의 탑에 오신 걸 환영합니다! 무슨 용무로 오셨나요?"

"현자를 만나고 싶은데."

"미리 약속을 잡고 오셨나요?"

"만나고 싶은데."

"…그러시군요. 현자님께 바로 기별을 넣어둘게요! 성스러운 손님. 3번 출입문으로 곧장 올라가세요~"

"고마워."

어여쁜 접수처 아가씨가 사근사근하게 일을 참 잘한다. 나중에 남편에게 사랑받을 게 분명하다.

▶난색: 약속도 안 잡고 막 찾아가도 되는 걸까요…?

교생 아가씨. 걱정하지 마.

지금까지 나는 평화적으로 해결했다구?

공갈E→공갈D

사기F→사기E

스킬 성장은 사소한 문제니 넘어가자.

"이것 봐. 마법계단이야. 굉장해…!"

나와 라누벨은 접수처 아가씨가 알려준 3번 출입문으로 들어가서 도르래 비슷한 걸 탔다.

위이이잉-

지구인 감성으로 표현하자면 엘리베이터. 가난한 수습마법사들의 노동력을 쥐어짜는 마법의 양탄자까진 아니지만, 이것도 희귀한 편의시설에 속했다.

"라누벨. 촌년처럼 호들갑 떨지 마."

"우우…."

딩동♪

빵을 부풀리며 귀여운 척하는 라누벨을 훈계하는 사이, 마법계단에 설치된 초인종이 울면서 목적지에 도착했음을 알려왔다.

현자의 탑 최상층. 이 도시가 속해있는 마법왕국의 국왕조차 열흘 전에 예약하지 않으면 올라올 수 없다고 전해지는 진귀한 장소다.

그 소문은 과장이나 농담이 아니다. 이 방의 주인은 혼자서 왕국도 쓸어버릴 수 있는 대량살상마법의 귀재이기 때문이다. 그렇기에 북대륙의 누구도 그의 심기를 건드리는 짓을 하지 않는다. 자살행위나 다름없기에.

"성스러운 손님이란 건 당신들입니까? 약속도 없이 접수처에서 통보하고 올라오다니. 배짱이 참 두둑하시군요."

끄트머리에 야구공 크기의 황금색 구슬이 박힌 지팡이를 쥔 금발의 소년이 우리를 환대해줬다.

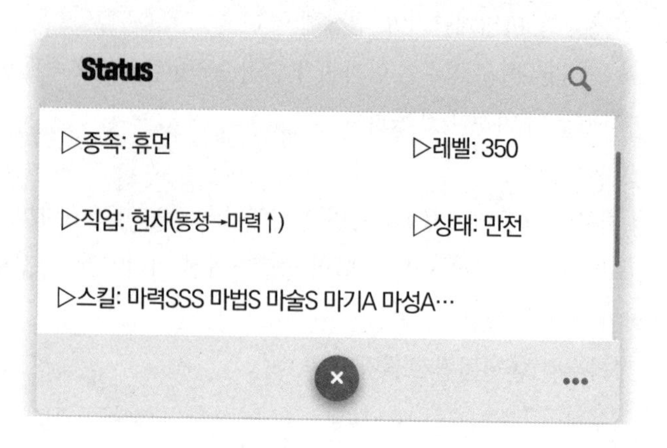

신사적인 말투와 어린 외모에 속으면 안 된다. 상대는 인어공주 아쿠아마저 학을 뗀 진정한 대마법사.

그의 SSS급 마력도 진짜다.

"저기, 오빠? 지금이라도 현자님께 사과하자."

현자의 방대한 마력을 느끼고 겁먹은 라누벨이 내 소매를 잡아당기면서 귀여운 척했다.

쓱쓱. 나는 그런 여동생의 머리를 쓰다듬어줬다.

건방진 말을 한 대가로 오라비에게 머리채를 쥐어뜯길 줄 알았던 라누벨이 어리둥절한 표정을 짓는다. 그래도 기분 좋은지 엉덩이를 살랑살랑 흔든다.

"잠깐! 당신들! 무단침입으로 모자라서, 제 앞에서 염장 지르는 애정행각은 그만두십시오! 안 그러면 후회하게 해주겠습니다!"

지팡이 끝에 번개를 휘감은 불덩이를 생성한 현자가 경고

했다.

"오, 그래?"

나는 함정카드 성녀H를 소환했다.

"주인님. 부르셨나요."

소환되자마자 스스럼없이 안기는 성녀H의 흐트러진 수녀복 아래로 발칙한 검은색 속옷과 가터벨트가 살짝 드러났다.

"크어억―?!"

푸확!

방금까지 기세등등했던 현자가 코피를 쏟으며 고꾸라졌다.

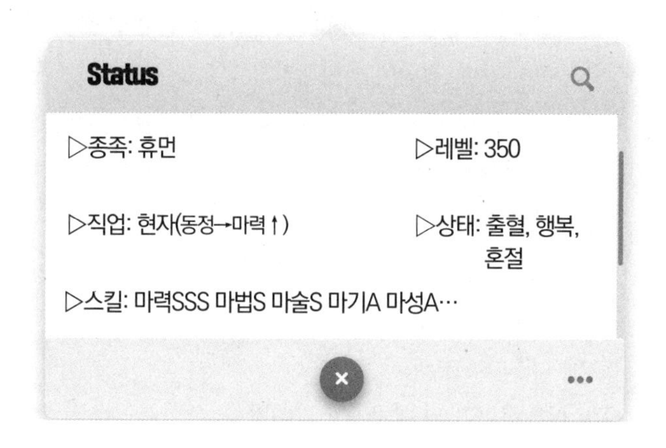

그렇기에 이 녀석은 판타지아 최강의 대마법사일 수밖에 없었다. 약점이 너무 뚜렷한 게 흠이지만.

▶혼란: 이건 어떻게 판단해야 할까요…?

교생 아가씨도 이런 현자는 처음 보는 모양이다.

미녀의 속옷 좀 봤다고 코피를 쏟으며 죽어간다니? 나도 이렇게 눈앞에서 보지 못했다면 믿지 않았을 것이다.

"으으…."

피를 흥건하게 쏟은 현자는 꼼짝달싹 못 했다.

아무리 대단한 마법사라도 인간인 이상, 피가 부족해지면 빈혈 증상이 올 수밖에 없다. 일반적인 빈혈은 철분 결핍으로 혈액 내 적혈구가 부족해져서 발생하지만, 이처럼 예기치 않은 출혈 사고로 혈액 자체가 모자라도 결과적으로는 같다. 빈혈로 산소 공급에 차질이 생기면 각종 신체문제로 이어진다. 특히, 중추신경계의 뇌 조직이 영향을 크게 받는다. 정상적인 판단을 못 해서 이상행동을 하거나, 정신이 혼미해지고 의식을 잃는다.

여기서 더 심해지면 죽음까지. 이 외에도 저혈압, 간과 신장의 기능장애 등이 온다. 그러니 헌혈은 적당히 하고 피를 소중히….

"오빠. 무슨 말을 하는지 하나도 모르겠어."

"그냥 조용히 있으면 본전은 할 텐데."

"라누벨 말이야?"

"그래, 너."

나는 피투성이가 된 현자에게 다가갔다.

그래도 대마법사나 되는 녀석이니 가만히 놔두면 알아서 살아나겠지만, 이 친절한 용사님이 특별히 치료해주기로 했다.

탁.

현자의 머리에 오른손을 얹었다.

"내 손을 느껴봐. 그러면 행복해질 거야."

우우웅-!

신성Z의 성스러운 빛이 현자의 몸으로 스며들었다.

"윽-?!"

현자의 마기는 A등급이다. 두 눈이 튀어나올 만큼 굉장한 미녀만 보면, 코피가 터지면서 목숨이 위태로워지는 특수체질 때문에 습득한 것이다.

그는 살기 위해서 마기를 흡수했다. 마기가 강해질수록 악마의 강인한 육체에 가까워지기 때문이다.

하지만 현자는 악마숭배자랑 질적으로 다르다. 악마랑 계약해서 마기를 얻은 게 아니라, 자연에서 여러 방식을 통해 차근차근 쌓아 올린 것이다. 그렇기에 마기가 굉장히 안정되어 있다. 악마숭배자 특유의 공격성과 폭력성이 그에게는 없다. 순수한 학문으로서 마기를 체내에 저장해뒀다. 지금까진 말이다.

휘이이잉~!

내 신성Z랑 충돌한 현자의 마기A가 뒤흔들렸다.

분탕이란 표현은 대단히 실례다. 마기를 정화하다가 살짝 삐끗했을 뿐이다.

"어이쿠! 신성이 미끄러졌네."

안정되어 있던 마기A가 날뛰기 시작했다. 신성Z를 보고 공포에 빠져서 사방팔방으로 도망쳤다. 하지만 소유주의 육체를 벗어나진 못하고 이리저리 방황했다.

이걸 통제해야 할 현자는 현재 혼수상태.

마기A는 빠르게 불완전해졌다.

"으으으-!"

“저런! 괴롭구나? 이 용사님이 도와줄게!”

스르륵-

이번에는 마기SSS를 현자의 몸에 밀어 넣었다. 갈 곳 잃고 방황하던 어린 마기는, SSS급 큰형님을 보자마자 넙죽 엎드리며 충성을 맹세했다. 그리고 소유주의 정신을 잠식해갔다.

“으읍!”

현자는 심심풀이로 최강의 대마법사란 칭호를 단 게 아니다. 정신을 잃은 와중에도 무의식으로 정신방어를 시도했다.

무척이나 가소로운 저항.

“현자야. 나를 믿어봐.”

“아…. 음….”

내 성스러운 목소리가 현자의 정신방어를 무력화했다.

훌륭한 의사 선생님의 진단을 듣고 안심해버린 환자(현자)는 완전한 숙면에 빠져들었다. 그리고 혼탁해진 마기A에 잠식됐다.

Status

▷종족: 다크 휴먼 ▷레벨: 350

▷직업: 현자(동정→마력↑) ▷상태: 타락

▷스킬: 마력SSS 마법S 마술S 마기A 마성A…

괴로워하던 현자의 표정이 급속도로 안정됐다.

응급조치가 끝났다.

“와! 오빠. 현자님을 치료해준 거야?”

“그래.”

“그렇구나. 이런 변태는 콱 죽어버려도 괜찮을 텐데.”

라누벨이 현자를 바라보며 심한 말을 했다.

나는 세상에서 가장 불행한 신사를 옹호해줬다.

“귀여운 척하는 여동생이 사는 세계 따위는 멸망해버려도 괜찮을 텐데.”

“너무해! 라누벨은 자연산이야!”

“그건 네 생각이고.”

현자의 연구실에는 값비싼 연구재료가 많았다. 바리바리 싸들고 경쟁 관계의 마법사나 암흑상회에 보여주면 눈에 불을 켜고 달려들 터.

하지만 나는 깔끔히 포기했다. 편협하고 불합리한 채점관에게 괜한 트집 잡히기 싫었기 때문이다.

그래서 원래 목적이었던 ‘현자의 지팡이’만 챙겼다.

▶당황: 그건 괜찮은 건가요?

괜찮고말고. 이건 정당한 절차로 얻은 합법이다.

성녀H가 너무나 마음에 들었던 현자는, 애인처럼 소중히 아끼던 자신의 지팡이를 던졌다. 이것은 좋은 구경을 시켜줘서 고맙다는 감사의 표시다. 신사들만 아는 대화법이다.

▶수궁: 그, 그렇군요.

우리는 빈혈로 여전히 정신 못 차리는 현자는 놔둔 채, 집주인의 감사선물만 챙겨서 곧장 탑을 내려왔다. 나오는 길에 지팡이가 주목받는 일은 없었다. 내 '창고'에 고이 넣어뒀기 때문이다.

하지만 이대로 도시를 떠나기에는 여러모로 아쉬웠다. 현자의 탑은 판타지아 대륙에서 마법이 가장 발달한 관광명소이기 때문이다.

마법을 중심으로 이것저것 잘 개발되어 있다. 교통, 문화, 오락, 요리, 교육, 여자, 도박…. 이 중에서 내가 관심 있는 분야는 도박이다. 시작 마을에서 벌어들인 돈이 꽤 되고, 행운을 시험하기에는 도박보다 더 좋은 게 없었다.

"라누벨. 따라와."

현재 내 행운은 A등급. 무한E의 효과 덕분에 등급이 하락하진 않았지만, A등급에서 만족할 생각은 없다. 이처럼 기회가 있을 때 틈틈이 숙련도를 올려둬야 한다. 겸사겸사 노리는 것도 있고.

"오빠. 이번에는 어디 가?"

사준 기억이 없는 마법구슬을 양팔로 끌어안고 있는 라누벨이 질문해왔다. 저거랑 똑같은 걸 현자의 연구실에서 봤던 것 같은데 말이지….

아무튼, 나는 짤막하게 대답해줬다.

"경마장."

도박에도 여러 종류가 있다. 가벼운 카드 도구를 이용한 화투, 트럼프, 마작, 포커 같은 부류가 있고, 빙고 게임이나 슬롯머신 같은 성인 오락도 있다. 그 외에도 복권, 로또, 투견, 토토 등이 있다.

이들은 공통점은? 사람이 모여든다는 것이다.

현자의 탑 동부의 시장에는 거대한 공공도박장이 있다.

그러나 여기선 일반적인 도박이 인기가 없다. 마법의 본고장이라고 불리는 도시답게 마법을 이용한 단 하나의 도박만이 흥행하고 있기 때문이다.

현자의 탑의 명물. 그 도박장을 고상하게 일컬어, 경마장(競魔場). 어떤 마법사가 더 강한지 맞추는 게임이다.

규칙은 투기장이랑 매우 흡사하다. 높으신 왕족과 귀족부터 어린아이와 노인까지 누구나 가볍게 돈을 걸고 승자를 맞추는 가족오락이다. 진지하게 전 재산을 쏟아붓는 승부사도 간혹 있지만.

돈을 딸 확률은 50%. 하지만 경기에 나가는 마법사의 실력을 어림짐작할 줄 안다면 이 확률은 기하급수적으로 올라간다. 스포츠토토랑 비슷하다.

"태워버려!"

"지면 가만 안 둬!"

"던져서 부숴!"

원형경기장을 빙 둘러싼 관중석에서 수만 명의 시민과 관광객이 고함을 질러댔다. 응원인지 협박인지 구분이 안 될 지경이다.
나와 라누벨은 경마장 밖의 접수처로 이동했다.
"어서 오세요! 성스러운 손님!"
어딜 가던 이놈의 인기는 식을 줄 몰랐다.
찰랑.
나는 접수처 아가씨에게 돈주머니를 내밀며 말했다.
"이 돈을 다섯 등분해서 5번, 9번, 11번, 16번, 23번 친구들에게 골고루 걸어줘."
"5번, 9번, 11번, 16번, 23번. 접수했습니다."
경마장선수의 능력치를 보고 고른 게 아니다. 행운을 올리려면 우주의 기운에 맡겨야 하지 않겠는가?
이 번호들은 순수하게 찍은 것이다.
"예쁜 언니. 라누벨은 5번, 8번, 11번, 22번."
"5번, 8번, 11번, 22번. 접수됐습니다, 귀여운 아가씨."
"룰루루~♪"
라누벨도 나를 따라서 슬그머니 돈을 걸었다.
싱글벙글 웃음꽃으로 가득한 그녀는, 접수하는 내내 엉덩이를 살랑살랑 흔들면서 지나가는 남정네들의 시선을 빼앗았다.
"어쩜 저리도 탐스-악?!"
"아씨! 앞 좀 똑바로 보고 다녀!"
"와! 흔들흔들 미쳤다. 헉!"
"어이쿠!?"
쾅당! 우당탕!
경마장 접수처 일대가 순식간에 난장판이 됐다.

이래서 귀여운 척하지 말라는 거다.

나는 공공장소에서 민폐를 끼치는 라누벨을 데리고 곧장 경마장 구석으로 이동했다. 그리고 접수용지를 확인했다.

"나랑 번호가 살짝 다르네."

"맞아. 승부야!"

라누벨이 건방진 소리를 하며 도발해왔다. 나로선 가소로울 따름이다.

진정한 용사라면 도박도 잘해야 하는 법. 아이템 강화에 실패해서 10강 무기가 깨져버린 용사 따위는 있을 수 없다.

"오냐. 라누벨. 너에게 사회의 매정함을 가르쳐주지."

행운 숙련도를 올리는 게 목적이지만, 돈을 잃을 생각도 없다.

우리는 경마장 안으로 이동했다.

쾅! 콰당!

원형경기장 중앙에서는 두 골렘이 한창 대결하고 있었다.

때리고, 밟고, 꺾고, 던지고…. 레슬링이 따로 없었다.

"연구비, 연구비, 연구비, 연구비…!"

"하늘에 계신 어머니, 아버지! 저에게 힘을…!"

고렘을 조종하는 마법사들은 안전한 뒤편에서 마력을 쏟아부으며 땀을 뻘뻘 흘리고 있었다. 승리 조건은 상대의 골렘을 무력화하거나 항복을 받아내는 것.

대결하는 두 마법사는 정말 필사적이었다. 골렘은 경마장에서 무상으로 제공해주지 않는 까닭이다. 제작비가 어마어마하게 들어간다. 업그레이드 비용도 별개다. 이 탓에 한 번 대결할 때마다 수리비도 엄청나게 깨진다.

그나마 이기면 다행이다. 배당금이 아무리 낮아도 수리비는 회수할 수 있기 때문이다. 하지만 패배하면 본전도 못 건진다.

마법의 양탄자 운전기사들이 대부분 여기 출신인 것도 다 그런 연유가 있다. 잠시 후,

“3번 마법사. 승리!”

경마장사회자가 시원한 목소리로 선언했다.

“와아아!”

“3번 최고다!”

“저주한다! 4번 자식!”

“오예!”

두 마법사와 관객들의 희비가 엇갈렸다. 그 틈에 경마장 관계자들이 파괴된 골렘의 잔해들을 경기장 밖으로 치웠다.

곧바로 다음 경기가 시작됐다. 5번, 6번 마법사의 골렘이 맞붙었다.

쾅!

쿠웅!

평균 신장이 5m에 달하는 골렘의 결투는 그 자체만으로도 박진감이 넘친다. 그러면서도 검투장처럼 누군가 죽지 않는다.

경마가 가족게임인 이유다.

“잔인하지만 않으면 어린애도 괜찮다니….”

내 입가에 절로 쓴웃음이 지어졌다.

판타지 원주민들의 사고방식은 이해하기 힘들다. 하지만 자극적인 오락거리가 극단적으로 부족한 이 세계에서 경마장의 인기가 좋을 수밖에 없음을 안다.

또한, 그만큼 지저분한 뒷돈이 오간다는 것도 안다.

"오빠. 누구 찾아?"

"너는 5번이 이기게 해달라고 빌기나 해."

라누벨에게 핀잔준 후, 나는 경마장 관중석을 쭉 훑었다. 바글바글한 시민들의 얼굴과 성별을 일일이 확인했다. 하지만 이내 고개를 저으며 포기했다.

시기상으로 너무 일렀다. 교육과정이 바뀌기 전이랑 비교했을 때, 용사는 지금쯤 중앙대륙에서 알렉스에게 신나게 얻어맞고 있을 시기였던 탓이다. 이처럼 북대륙에서 활동할 수 없다.

"사부님. 누굴 찾으십니까?"

바로 옆에서 익숙한 목소리가 들려왔다.

"…어째서 네가 여기에?"

"여기는 제가 다스리는 도시입니다만…."

양쪽 콧구멍을 휴지로 틀어막은 소년이 난감하다는 듯이 황금색 더벅머리를 긁적이며 대답했다.

주위의 누구도 이 소년의 정체를 눈치채지 못했다. 그가 입은 후줄근한 평상복 때문만은 아니리라.

코피 흘리는 현자라니? 지나가던 슬라임이 몰랑거릴 것이다.

"너, 어떻게 벌써 회복했냐?"

1회차 때도 현자는 종종 코피를 쏟았었다. 하지만 이처럼 빠르게 회복했던 적은 단 한 번도 없었다.

충성스러운 악마숭배자로 다시 태어난 현자.

그는 회복의 비밀을 아낌없이 공개했다.

"이럴 때를 대비해서 모아둔 피로 수혈했습니다."

"허…."

가장 길었던 1회차를 곰곰이 돌이켜보면, 현자 놈은 빈혈로 자주 쓰러지면서도 마지막까지 살아남은 동료 중 하나였다.

결국에는 내 경험치가 됐지만.

"사부님!"

내가 잘못 들은 게 아니었다. 현자가 또 이상한 호칭으로 나를 불렀다.

"뭐래?"

"저에게 연애를 가르쳐주십시오! 고결한 수녀복 사이로 수줍게 고개 내민 검은색 끈과 망사를 본 순간—푸확?!"

자기 머릿속에 녹화해둔 검은색 비디오를 재생한 현자가 또 코피를 쏟으며 쓰러졌다.

털썩.

"피, 피다?!"

"엄마얏?!"

"애가 쓰러졌다!"

피투성이가 된 소년을 발견한 구경꾼들이 소스라치게 놀라며 야단법석을 떨었다. 라누벨이 발끝으로 현자를 톡톡 건드리며 말했다.

"오빠. 성검 아줌마가 이 변태를 동행시켰으면 좋겠대."

성검3의 메인스토리가 새로운 동료 영입을 제안했다.

만약, 모험 도중에 현자가 죽는다면…?

"오, 맙소사…."

난이도가 급상승했다.

Easy(쉬움)→Inferno(지옥불)

또 코피를 쏟고 사경(死境)을 헤매기 시작한 현자는 경마장 곳곳에 배치된 안전요원이 들것에 실어갔다.

아무리 수혈로 보충했다고 해도 연달아서 피를 저렇게 많이 흘려버리면 몸이 견디지 못한다. 그가 순수한 인간이었다면 진즉 죽었을 것이다.

"찰떡을 대뇌 재생했다고 코피라니…."

얼마나 망상이 심했기에?

저 증상은 눈을 가린다고 해결될 문제가 아니었다.

그렇다면 강제로라도 현자의 동정을 탈출시켜줘야 할까.

하지만 그리되면 직업 '현자'가 사라지거나 쓸모없게 된다.

이 문제는 진지하게 접근할 필요가 있었다.

나와 라누벨은 경마장 시합을 계속 지켜봤다.

"5번 마법사 승리!"

"와아아!"

"젠장!"

"오예!"

우리의 경마접수번호는 이러했다.

[강한수: 5번, 9번, 11번, 16번, 23번]

[라누벨: 5번, 8번, 11번, 22번]

행운만 믿고 대충 찍은 5번이 수월하게 승리했다. 그 뒤에 7번과 8번의 대결은 8번이 이겼고, 9번과 10번은 9번이 승리를 거뒀다. 이어진 시합에서도 11번이 무난하게 승리.

현재까진 나와 라누벨 둘 다 틀리지 않았다.

"마음에 안 드네!"

"룰루~♪"

하지만 이제 시작일 뿐이다. 경마는 한 번 승리하고 끝이 아니기 때문이다. 경마장에서 돈 좀 만지려면 배당률이랑 상관없이 자기 선수가 최소 2연승은 해야 한다.

우리는 시합을 계속 지켜봤다.

"15번 마법사 승리!"

"사랑해!"

"너무 예쁘다!"

"결혼해줘!"

유감스럽게도 내가 뽑은 16번 멍청이는 패배했다. 정말 열심히 분투했지만, 상대가 지나치게 좋지 않았다.

나는 16번 마법사를 이긴 15번 마법사를 보았다. 굉장한 미인이다.

"찾았다."

"오빠. 뭘?"

"그런 게 있어."

아리따운 미모가 눈부신 15번 마법사는, 대륙 곳곳에 뿌리내린 암흑상회에서 이 현자의 탑 경마장에 투입한 특수요원이다.

우승해서 돈 좀 만져보겠다는 게 아니다.

15번 마법사가 조종하는 붉은색 골렘. 저것은 오락이 아닌 전쟁을 위한 양산형 병기다. 저렴한 가격 대비 성능이 매우 우수하다.

암흑상회는 15번 마법사로 경마장의 최종우승을 노리고 있다. 북대륙의 각국 핵심인사들에게 붉은색 골렘을 홍보하려는 목적으로.

하지만 한 번으로는 검증이 안 된다. 그렇기에 저 여자는 수시로 경마장에 참가해서 수십 번 우승한다.

"재미있게 흘러가네."

하지만 암흑상회는 그 야망을 일찍 이루지 못한다. 저기서 패배하고 부들부들 떠는 16번 마법사 탓이다.

▶빼꼼: 아는 신사분이세요?

아주 좋은 질문이야. 교생 아가씨!

전 재산을 쏟아부은 경기에서 패배했다고 질질 짜는 저 한심한 청년 마법사가 나중에 '군신'으로 불리게 되거든.

▶깜짝: 정말요?

내 1회차 기억 속에 있는 그의 이력을 살펴보자.

군신(軍神)은 군신. 현재 이름은 16번 마법사!

북대륙에서 절대적인 전쟁억제력을 가진 무쌍의 현자에게 도전장을 내밀어서 끝끝내 현자의 탑마저 무너트린 천재마법사다.

당시에 군신이 만든 황금색 골렘은 무적이었다. 그의 골렘도 결국에는 비겁한 우정의 힘에 파괴되고 말았지만, 판타지아 대륙의 전쟁 패러다임이 바꾸는 시발점이 된다. 인간에서 골렘으로.

이때부터 암흑상회의 붉은색 골렘이 불티나게 팔리기 시작하고, 기존의 사회질서가 붕괴한다. 그야말로 혼돈! 파괴!

"라누벨. 나는 급한 볼일이 생겼으니 내일 여기서 다시 만나자. 귀여운 여동생을 버려두면 안 된다고 칭얼대면 영원히 버릴 줄 알아. 이해했지? 이 기회에 자립심 좀 키워.

"우우…."

라누벨이 입술을 삐죽 내밀며 불만을 표시했다. 하지만 영원히 버린다는 내 협박에 굴복해서 따라오겠다는 말은 하지 않았다.

나는 곧장 움직였다. 경마장에서 승리한 마법사들은 내일 2차전을 위해 지금부터 골렘 수리에 들어가야 해서 바쁘다.

하지만 패배자들은 아니다. 처참하게 망가진 자기 골렘을 고철처리장에 보낼지, 재활용할지 결정한 후에 바로 경마장 옆의 임시창고로 이동한다.

"저기 있군."

16번 마법사는 털레털레 길을 걷고 있었다. 저 멍청하게 생긴 녀석이 훗날 현자마저 질색하며 도망치게 한 황금색 골렘의 제작자다. 그러므로 포섭하든 처리하든 해야 한다. 단, 걸리는 점이 있다.

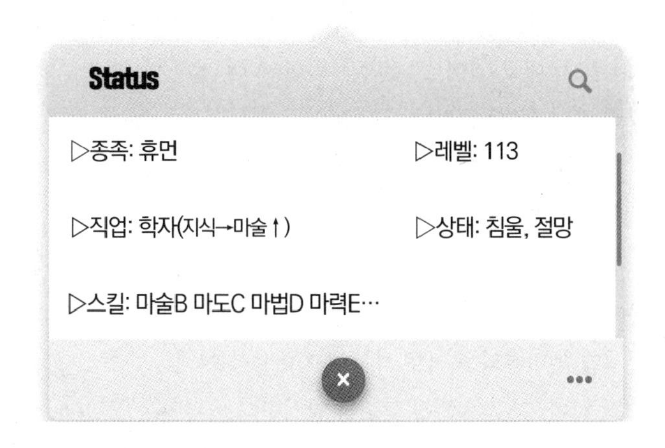

이렇게 쓰레기 같은 능력치로 어떻게 그 강력한 황금색 골렘을 제작할 수 있었느냐는 점이다.

물론, 범인을 뛰어넘는 수재임은 틀림없다. 명문 있는 아카데미에서 전체 3위나 4위를 다투다가 우수한 성적으로 졸업했을 것이다.

하지만 이 정도 수준의 마법사가 경마장에는 널려있다. 현자에게 비빌 수 있는 천재는 아니다. 바로 여기서 문제.

무엇이 16번 마법사를 군신으로 만들어준 걸까?

일단은 조용히 16번 마법사의 뒤를 밟아보기로 했다. 이대로 허탕이 될지도 모르지만, 내가 경마장에서 무의식적으로 16번을 뽑은 이유가 분명히 있을 터. 나는 우주의 기운을 믿었다.

"거기, 젊은 마법사! 콜록콜록!"

등과 어깨에 칼침 맞은 남자가 16번 마법사를 다급히 불렀다.

"무, 무슨 일이십니까?"

"나는 암흑상회 끄나풀들에게 쫓기고 있네! 그놈들은 내 골렘 지식을 탐내고 있어. 그것만은 막아야 해. 온 세상이 골렘에 짓밟히고 말 거야! 그러니 부디 도와주게!"

"하지만 무슨 수로…."

"지금부터 내가 하는 말을 잘 듣게."

남자가 16번 마법사의 귀에 작게 속닥거렸다. 청력을 곤두세운 나는 엿들을 수 있었지만, 일부 심성이 고약한 마법사들의 동문서답식 비유와 속어로 가득해서 내용은 이해하지 못했다.

딱 하나, 저것이 특정 장소를 암시한다는 것만은 알겠다.

나는 그 남자의 능력치를 살펴봤다.

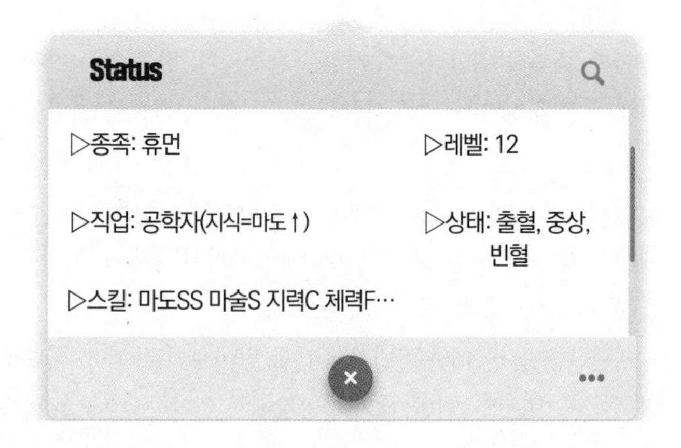

이쪽은 그야말로 진정한 순수학구파였다. 레벨이 낮고 마력도 없는 반쪽짜리 마술사였지만, 그의 스킬은 마도공학(魔道工學)의 정수라고 불리는 골렘 개발에 특화되어 있었다.

숨넘어가기 직전이란 게 흠이지만.

“이 장소는 대체…?”

“인류의 평화를 부탁하-크흑!”

털썩. 생명의 불씨가 다한 남자가 죽었다.

“헉!”

놀란 16번 마법사는 그 자리에서 줄행랑쳤다. 무시무시한 암흑상회랑 엮이거나 살인자로 몰리기 싫다는 얼굴이었다.

저런 겁쟁이가 훗날 군신으로 불린다니….

“두목! 숨을 안 쉽니다.”

“하! 이 미친놈아! 적당히 찔렀어야지! 아이고.”

“죄, 죄송합니다.”

“빌어먹을. 집에 있는 설계도만이라도 챙겨.”

“알겠습니다, 두목. 애들아, 가자.”

양아치라고 하기에는 레벨이 지나치게 높은 사내들이 남자의 시신을 살펴본 후에 조용히 떠났다.

여기는 경마장 뒤편의 임시창고. 출입금지구역은 아니지만, 사람이 잘 찾지 않는 곳이었다. 그렇기에 모두가 떠날 때까지도 남자의 주검은 차가운 대지에 그대로 놓여있었다. 그렇다면,

“부르셨나요, 주인님.”

나는 성녀H를 소환했다. 그녀는 고급 핫팩 기능을 활성화하고 싶은 모양이지만, 지금은 그걸 위해 부른 게 아니다.

“이 남자를 부활시켜.”

“네. 아아~♬”

성녀H가 감미로운 노래를 불렀다. 그리고 말했다.

"일어나라, 나의 노예여."

벌떡.

피가 채 식기도 전에 죽은 남자가 멀쩡히 일어났다.

찔린 상처는 이미 깔끔히 회복되어 있었고, 멈췄던 숨도 제대로 쉬었다.

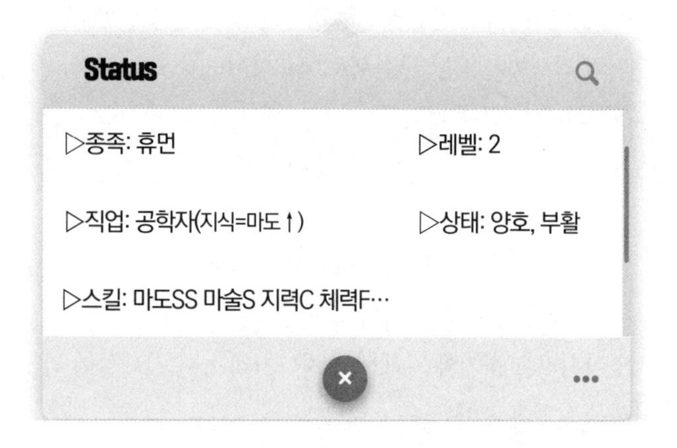

레벨은 위험한 수준까지 감소했지만, 죽자마자 부활시킨 덕분에 스킬은 고스란히 유지하고 있었다. 그러면 된 거 아닌가?

"이, 이게 대체…. 나는 분명히 죽었는데…?"

"잡것."

레벨이 턱없이 낮긴 해도 SS급 스킬이 있으면 영웅 수준인데, 이름을 붙여주기엔 모호했다. 그러니 대충 부르자.

"당신은 누구—헉! 아무튼, 성스러운 분이시여! 바로 몰라 봬서 송구합니다. 비천한 소인을 구해주셔서 감사합니다!"

머리가 좋은 만큼 눈치도 빠른 잡것.

그는 주절주절 설명해주지 않았음에도 "성스러운 분이 어련히 구해주셨겠지!"라고 스스로 상황을 이해해버렸다.

덕분에 구차한 전개를 몽땅 생략할 수 있었다.

▶당혹: 무언가 엉킨 느낌인데요…?

교생 아가씨는 걱정이 너무 많아. 야만적인 판타지 인류의 미래를 걱정하는 친구를 공짜로 부활시켜줬는데 뭐가 문제라는….

아! 그렇군. 형평성에 어긋났다.

공명정대해야 하는 용사님이 사람1은 공짜로 부활시켜주고, 어딘가의 사람2는 외면한다면 심각한 차별대우라고 할 수 있다.

그러니 부활시켜준 대가를 받아야 한다.

"잡것. 오늘부터 나를 위해 뼈 빠지게 일해라. 되살아난 걸 후회할 만큼."

이러면 사람2도 불만 없겠지.

"아, 알겠습니다! 성스러운 분이시여!"

내 공명정대한 판결에 탄복한 잡것이 우렁차게 대답했다.

나는 잡것이 비밀장소에 숨겨둔 중요한 연구자료를 몽땅 창고에 담아서 현자의 탑으로 옮겼다.

여유 부릴 순 없었다. 자기 죽음을 예감한 잡것이 16번 마법사에게 그 비밀장소의 위치를 알려줬기 때문이다.

다행히 우리가 한 걸음 더 빨랐다. 잡것이 말하길,

"그가 마도A 이상이 아니라면, 제가 가르쳐준 암호문을 풀기까지 시간이 좀 걸릴 겁니다."

16번 마법사는 A급은커녕 C급 아마추어다. 힘들게 잡것의 암호문을 풀고 기대하며 찾아갔더니, 텅텅 빈 비밀장소가 반겨줘서 황당하겠지. 푸히히히.

"사부님. 이 기름 냄새나는 자를 대체 왜…."

빈혈로 핼쑥해진 현자가 질문했다. 그는 경마장에서 쓰러지고 반나절도 안 지나서 퇴원했다. 바뀐 종족과 마기S가 생존력과 회복력을 올려준 듯했다.

잡것을 바라보는 현자의 시선은 좋지 못했다. 마법사는 혈혈단신(孑孑單身) 지팡이 하나로 모든 문제를 해결할 수 있어야 한다고 믿는 보수파다운 반응이었다.

"현자님은 여전하시군요."

만나자마자 비하당한 잡것의 표정이 썩어갔다.

둘의 관계를 쉽게 표현하면 개와 고양이. 아! 고양이가 아니라 호랑이로군.

나는 상황을 정리했다.

"슬라임식 변기통에 머리 처박혀서 몰랑몰랑 당하기 싫으면 신경전은 그만둬라. 잘 듣도록. 지금부터 우리는 암흑상회의 붉은색 골렘에 대항할 푸른색 골렘 개발에 착수한다!"

남자의 로망은 자고로 슈퍼로봇이다.

공감 못 하면 남자 아니다.

1회차 동료들이 비겁한 우정의 힘으로 협공해서 군신의 황금색 골렘을 파괴했을 때, 내 가슴이 파괴되는 것처럼 얼마나 괴로웠던가. 그때 맺힌 한을 풀 기회가 왔다.

▶당혹: 저기, 강한수 생도님? 장르를 혼동하시면 곤란한데요. 저희는 마왕을 무찌를 용사의 모험 중이에요.

오! 교생 아가씨가 예리하네.

하지만 교생 아가씨의 지적은 잘못됐다.

누추한 여동생이랑 모험 따위 하지 않아도 마왕 페도나르는 언제든지 무찌를 수 있으니까.

▶난감: 보통은 그게 안 돼야 정상인데 말이죠….

교생 아가씨. 걱정하지 마.

메인스토리는 제대로 진행할 거라구?

"앞으로 몇 년 이내에 북대륙에선 암흑상회의 붉은색 골렘이 대유행하면서 전쟁이 벌어질 거다. 우리는 그전에 선수 쳐서 푸른색 골렘으로 암흑상회와 북대륙을 정벌한다."

"헉!"

"오오!"

우리는 그 기세를 살려서 시제품을 제작했다.

골렘 재료는 현자의 탑에 넘쳐났고, 슬라임식 변기통에 머리가 처박히기 싫은 두 천재가 합력하면서 정말 터무니없는 골렘이 탄생했다.

여기서 끝이 아니다. 마감처리로 내 성스러움이 곁들어졌다.

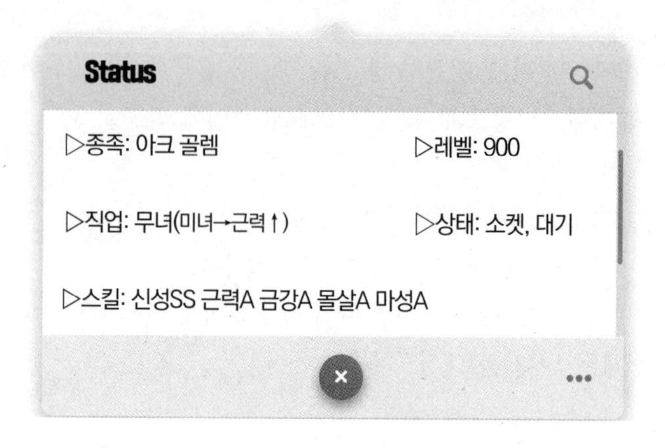

신성이 깃들면서 능력치가 폭등했지만, 시험 삼아서 만든 수제품답게 크기는 사람이랑 별 차이 없었다.

문제는 그게 아니었다.

뽀얀 백색으로 코팅한 골렘의 계란형 얼굴은 위압감이 없었고, 팔다리 또한 무척 가늘었다. 튀어나온 두 가슴은 몰랑몰랑해서 전투력에 전혀 도움이 안 됐으며, 불필요한 푸른색 생머리는 쓸데없이 튼실한 엉덩이까지 쭉 내려왔다.

…이건 내가 꿈꿔온 슈퍼로봇이 아니다.

"네놈들! 내 꿈에 대체 무슨 짓을…!"

"흐흐…."

"흐흐흐…."

뒤를 돌아보니, 현자와 잡것이 똑같은 미소를 짓고 있었다.

판타지아 최강의 대마법사인 현자는 툭하면 코피를 쏟는 유감스러운 특수체질 때문에 동정이다.

그런데 공학자 출신의 잡것도 오랫동안 골방에서 골렘만 연구해온 탓에 여자를 만날 기회가 전혀 없었다. 그래서 마찬가지로 동정. 두 천재 동정이 만나니, 이런 끔찍한 골렘이 탄생했다.

개와 호랑이의 단합력이 엄청났다.

“가장 중요한 인공지능 부분이 빠졌습니다.”

“이 몸에 수컷 같은 감성은 쓸 수 없잖습니까?”

온갖 재료를 쌓아둔 현자의 탑에도 없는 게 있었다.

여자의 마음.

이런 게 있었다면 현자는 동정이 아니었을 것이다.

그래서 이 약해 보이는 골렘의 상태에는 ‘소켓’이란 게 있었다. 소프트웨어를 탑재할 공간을 비워둔 것이다.

“시제품이니까…. 참자, 참아.”

두 동정의 열정을 생각해서 봐주기로 했다.

저것에는 골렘D라고 이름을 붙였다.

하지만 이후에 생산될 양산형 푸른색 골렘은 변신능력과 드릴이 탑재된 7m의 슈퍼로봇이 될 것이다.

이건 내가 설계도를 꼼꼼히 확인했으니 틀림없다.

나는 슈퍼로봇군단의 초석이 될 푸른색 골렘의 개발을 두 동정에게 맡긴 후, 현자의 탑을 나왔다.

)(

내게도 남들처럼 꿈이 있었다.

변신, 합체, 드릴, 로켓, 판넬, 폭주…! 손에 땀을 쥐는 박진감

넘치는 슈퍼로봇. 그걸 위해 아낌없이 투자한 내 하루가 두 동정의 만행으로 허무하게 낭비됐다. 그리고 남은 건,

"오빠! 왜 이렇게 늦었어!"

누추한 여동생이었다.

늦게 도착한 경마장에서 확인해본 시합결과 또한 썩 좋지 못했다.

[강한수: 5번, 9번, 11번, 16번, 23번]

[라누벨: 5번, 8번, 11번, 22번]

라누벨이랑 공동으로 투자한 5번과 11번은 2연승에 성공했지만, 접전이 되었던 두 경기는 8번과 22번의 승리로 막을 내렸다.

16번은 첫날에 떨어졌고.

"라누벨에게 완패했다고…?"

우주의 기운이 다 떨어진 모양이다.

"에헴! 전혀 닮지 않았지만, 라누벨은 매우 유능한 여동생이야. 이런 뽑기에는 자신 있어."

"큭."

나에게 굴욕을 주다니!

직업 '도둑'이 아쉬운 순간이었다.

모든 골렘 경기가 끝난 후, 나와 라누벨은 도시 밖으로 나왔다. 경마의 최종결과가 어떻게 나오든 2연승을 달리는 시점에 이미 수익분기점은 넘겼다. 라누벨처럼 뽑은 선수가 전부 2연승해버리면 이때부터는 몇 배의 수익이 나는지가 관건.

그러나 뭐든 간에 배당금을 받으려면 결승전이 끝날 때까지 기다려야 한다.

"버려. 그까짓 푼돈."

그 결승전은 앞으로 6일 뒤.

시합을 빠르게 진행하고 싶어도, 골렘은 매번 수리와 정비가 필요해서 어쩔 수 없다.

이 유지관리비 때문에 골렘이 전쟁에서 쓰이지 않았던 건데, 훗날 그 상식과 편견을 암흑상회와 군신이 깨버린다.

돈? 이미 현자가 내 열렬한 추종자가 됐다.

북대륙에서 열 손가락 안에 드는 부자가 내 스폰서인 셈.

밤새 제작한 골렘D에 들어간 재료비만 따져도, 이미 작은 도시를 살 수 있는 무시무시한 액수였다.

고작 경마장 배당금을 타려고 도시로 돌아올 이유가 없었다.

…슈퍼로봇을 갖지 못해서 이러는 게 아니다.

"푼돈이라도 라누벨이 노력해서 번 돈이야!"

"누가 봐도 불로소득이다만…?"

"정신노동을 무시하면 안 돼!"

세상의 모든 정신노동이 죽은 모양이다.

경마장선수의 이력은커녕 이름과 얼굴조차 모르고 찍은 주제에 잘도 뻔뻔하게 노동이라고 주장한다. 아무튼,

"OwOoow~!"

"Trooog~!"

나는 누추한 여동생을 이끌고 원래 목표로 했던 숨겨진 유적으로 모험을 떠났다.

가는 길에 마주친 몬스터들은 내 성스러움에 놀라서 도망치기 바빴다. 추적해서 못 죽일 건 아니었지만, 마왕이랑 전투는 내 레벨이 낮을수록 유리하기에 굳이 찾아가서 죽이는 수고를 하지 않았다.

'용사가 성장할수록 불리해진다니?'

뭐 이런 개뼈다귀 같은 설정이 다 있어?

▶으쓱: 동료들이랑 협력해서 적당한 난이도의 마왕을 쓰러트리도록 기획된 거니까요. 마왕이 사랑과 우정을 압살해버릴 만큼 강하거나, 역으로 너무 약하면 승리의 감동이 없어서 곤란해요.

교생 아가씨. 그걸 우리 동네에선 조작이라고 해.

사랑과 우정이 우수하다는 식으로 꾸민 사기행각!

여기에 속아서 한심한 동료들에게 "우리 함께 힘내자!" 같은 헛소리를 지껄이는 멍청이들이 지구에 엄청나게 늘어났다.

멍청이 육성계획으로 피해받는 나 같은 선량한 일반인을 얼른 지구로 돌려보내 줬으면 좋겠다.

▶난감: 사랑과 우정은 굉장히 중요해요. 이유는 고등교육과정을 이수하면 알 수 있어요.

교생 아가씨는 이 뒤로 말을 아꼈다.

비밀 친구에게 너무하네!

"오빠. 이 앞이야."

성검3를 소지한 라누벨이 길을 안내했다. 길목마다 세워진 경계초소의 보초들이랑 몇 번 마주치긴 했지만, 내 성스러움은 그 어떤 통행증보다 신분보장이 확실했기에 설렁설렁 넘어갈 수 있었다.

그렇게 도착한 마법왕국의 국왕 직할령. 만두 국왕처럼 은밀한 야외플레이를 위해 출입금지구역으로 설정해두는 왕족도 있지만, 대다수는 왕족 전용 사냥터로 이용한다.

이 사냥터 독점은 대단히 중요한 의미가 있다.

지구인 감성으로 표현하면 동물농장, 양식장이라고 할까.

몬스터를 사냥하면 경험치가 들어온다. 하지만 지나치게 강력한 사냥감이랑 마주치면 역으로 사냥당하는 수가 있다.

왕족과 귀족의 사냥터는 이걸 조절한다. 가령,

Status

▷종족: 오크 ▷레벨: 31

▷직업: 용병(재산→생존↑) ▷상태: 평온

▷스킬: 정찰E 생존F 체력F

이렇게 약한 오크만 끊임없이 생성되는 지역을 독점하면, 빠르고 안전하게 레벨을 올릴 수 있다.

이렇게 좋은 사냥터는 모두랑 공유하면 좋지만, 씨가 마를 정도로 사냥하면 생태계가 바뀌면서 생성되는 몬스터가 바뀌어버린다. 그렇기에 사냥터 제한은 필수. 독점에도 나름의 고충이 있다. 물론, 내가 거기까지 신경 써줄 이유는 없다.

"KuKu~!?"

"BuBu…!"

나의 성스러움에 놀란 31레벨 오크가 망설임 없이 뒤돌아서더니, 옆의 비슷한 친구들이랑 애처롭게 도망치기 시작했다.

고놈들, 잘도 뛰는구먼.

"이얍!"

그때, 내 옆에 있던 라누벨이 두 눈을 초롱초롱 빛내며 움직였다. 계속 창고에 처박아두긴 아까워서 빌려준 '현자의 지팡이'를 쥔 그녀는 이 기회를 놓치지 않았다.

라누벨이 지팡이를 빨리 써보고 싶어서 엉덩이를 근질근질할 때부터 예상했다.

파지지직-!

지팡이 끝의 황금색 구슬에서 번개가 쏘아졌다.

"VuVuuu~?!"

"NuNuu…?!"

오크들이 연쇄적으로 돼지 멱 따는 비명을 지르면서 고꾸라졌다.

치이이….

검게 탄 놈들의 몸에서 삼겹살 굽는 냄새가 났다.

해코지는커녕 음욕조차 품지 않은 선량한 오크들은, 피도 눈물도 없는 악랄한 여동생 마법사에게 몽땅 살해당했다.

▶당혹: 틀린 말은 아닌데 좀 그렇네요….

오크들의 비명이 꽤 크긴 했지만, 울창한 사냥터에서 몬스터의 단말마는 일반동물의 울음소리보다 흔한 편이다. 그렇기에 출입금지 구역인 사냥터 주변을 지키는 마법왕국 병사들도 대수롭지 않게 여기며 넘어갔다.

나는 라누벨의 안내를 받으면서 사냥터 깊숙이 들어갔다.

도중에 무슨 특수한 결계의 방해가 있었던 듯했지만, 성검3을 소지한 라누벨과 용사인 나는 문제없이 파고들었다.

그리고 어느 동굴을 발견했다.

"성검 아줌마가 여기래."

"딱 봐도 알겠다."

동굴 주변의 석벽(石壁)에는 용사와 마왕이 싸우는 모습이 고풍스럽게 양각되어 있었다.

하지만 저 벽화에 동의할 순 없었다. 마왕 페도나르의 모습을 흉측한 괴물처럼 표현해놨는데, 실제로 만나본 그는 머리 좌우에 뿔이 달린 신사였다. 역으로, 마왕에게 납치된 요정왕 마누라가 훨씬 악마 같았다. 나는 동굴 위쪽을 올려다봤다.

[수련의 동굴]

황금색 판자에 동굴의 용도가 뚜렷하게 적혀 있었다.

성검3의 경험담에 따르면, 여기서 용사로서 진정한 강함을 손에 넣을 수 있다고 했다.

"오빠. 이 동굴은 용사만 들어갈 수 있대."

라누벨이 따라오지 못해서 무척 아쉽다는 얼굴로 말했다. 내게는 단비처럼 반가운 소식이었다.

"오냐. 성검3. 그 진정한 강함이, 우정이나 사랑의 힘을 홍보하는 수련이면 불쏘시개로 쓰일 각오해."

나는 성검3에게 윽박지른 후, 천천히 동굴 안으로 들어갔다.

동굴 내부는 습하지 않고 건조했으며, 갑갑하리란 내 예상이랑 달리 환풍도 잘 되어있었다.

우우웅-

연료가 없어도 자연스럽게 은은한 빛을 내는 주홍색 야광석(夜光石)이 어두운 내부를 곳곳에서 밝혔다. 동굴의 모든 벽은 제법 반듯하게 깎여있었다. 그리고 이것저것 그려져 있다.

"악마C, 악마K, 악마M…. 흠. 저건 악마D인가? 저 휘어진 뿔은 왕자1 같은데?"

벽화에는 다양한 악마가 그려져 있었다. 마왕 페도나르처럼 무척 사악하게 표현되어 있지만, 용케도 실물을 알아볼 수 있게 그린 화가의 실력이 그저 놀라웠다.

악마들은 공통으로 용사에게 쓰러졌다. 소년 용사, 청년 용사, 소녀 용사, 하렘 용사…. 나 혼자서 몽땅 쓰러트린 악마를 이들은 대체 몇 명이나 대동한 건지 실로 황당할 따름이다.

나는 벽화를 구경하면서 계속 안쪽으로 들어갔다.

마침내, 수련장에 도착했다.

[초심자의 방]

방의 이름부터 사람을 완전히 어린애 취급이었다. 내 앞에는 성인 여성 크기의 목각인형이 서 있었는데, 손에는 나무막대기가 쥐어져 있었다. 그것은 살아있는 사람처럼 움직였다.

"허! 애들 장난도 아니고…. 음?"

목각인형을 간단히 박살 내주려던 나는 발걸음을 멈추면서 흠칫했다. 갑자기 몸이 무거워진 탓이다. 능력치를 살펴보니,

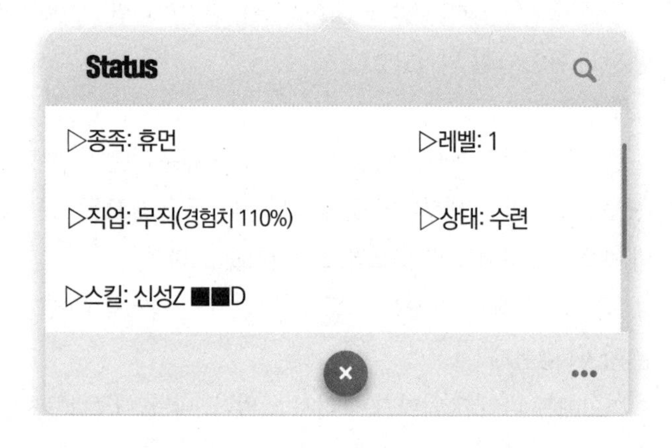

종족, 레벨, 직업, 스킬, 상태. 몽땅 사라지고 맨몸뚱이가 되어버렸다. 초월영역 초입에 들어선 신성Z는 끄떡없었지만, 나머지는 회귀한 직후보다 더 최악이었다.

종족과 직업마저 원주민 수준으로 격하됐다.

블랙박스는….

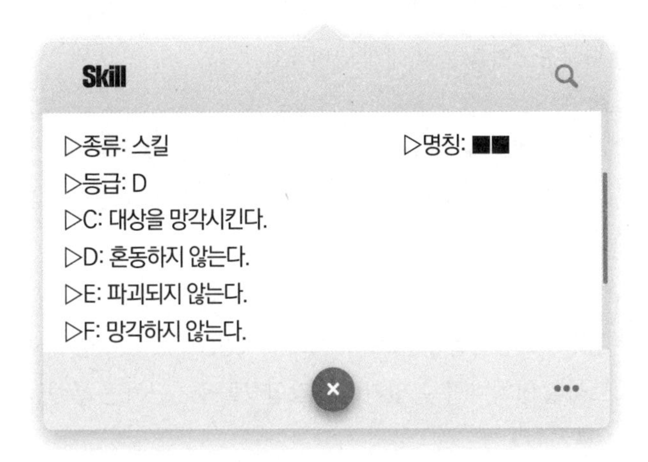

여전히 이름은 보이지 않았지만, 모자이크로 가려져 있던 다음 효과를 알 수 있게 변했다.

이 수련장이랑 무슨 연관이 있는 걸까?

지금은 일단, 눈앞의 목각인형부터 해결하기로 했다.

퍽—

내가 1레벨로 변했어도 몸은 여전히 무쌍이었다. 마스터 몰랑의 가르침과 생명과학의 결합으로 탄생한 이 육체는 판타지 능력치랑 별개의 산물. 나무가 아닌 돌로 된 골렘이 튀어나와도 끄떡없다.

콰광—!

주먹으로 목각인형 하나를 흔적도 없이 박살 내줬다. 그 직후,

척, 달그락달그락.

척, 덜그럭덜그럭.

어두컴컴한 방 천장에서 목각인형 둘이 뚝 떨어졌다. 놈들 또한 나무몽둥이를 들고 내게 덤벼들었다.

퍽, 퍽－

하지만 먼지가 늘어났다고 결과가 달라지진 않았다.

그런데 둘을 파괴하니 셋으로, 다시 셋을 부수니 넷으로 목각인형의 숫자가 점차 늘어났다.

"거참…."

신성Z로 동굴을 통째로 부수고 싶지만, 기껏 진행 중인 메인 스토리를 망쳐버릴 순 없기에 목각인형들을 차근차근 부숴갔다.

▶난감: 강한수 생도님. 수련이 좀 되는 기분이세요…?

전혀. 이게 뭐하는 삽질인가 싶네.

▶무안: 제가 봐도 그런 것 같네요.

목각인형이 천장에서 내려올 때까지 기다리는 시간이 더 길었다. 천장에 대롱대롱 매달린 채 자기 차례를 기다리는 저것들을 미리 부숴버리는 게 나을까?

드르륵－

내가 계획을 막 실현하려는 순간, 내가 들어온 입구의 건너편에 출구 하나가 생겼다. 너무 약해서 부수기도 귀찮은 목각인형 또한 더는 추가되지 않았다.

초심자용 수련장을 통과했다는 의미로 해석됐다.

"설마, 계속 이런 식인 건 아니겠지…?"

불길한 예감은 늘 적중한다.

[숙련자의 방]

[전문가의 방]

[지배자의 방]

[승리자의 방]

[도전자의 방]

…

상대만 바뀌는 지긋지긋한 수련이 계속됐다.

난이도가 점차 오르면서 후려치는 손맛이 생기긴 했지만, 내 성스러운 주먹 앞에선 모든 인형이 평등했다.

퍽－콰쾅!

퍽－우득!

숙련자의 방부터 보스 같은 게 나왔고, 지배자의 방부터는 수련장 지형이 괴팍하게 바뀌었다. 그리고 도전자의 방 이후부터는 '동굴 나가기' 선택지가 추가됐다.

하지만 내 선택과 결과는 바뀌지 않았다. 진격! 진격! 진격!

이 수련은 대체 언제까지 계속되는 걸까?

[초월자의 방]

이전 방들처럼 대수롭지 않게 들어서던 나는 발걸음을 뚝 멈췄다. 방에 이미 선객이 있었던 탓이다.

Status

▷종족: 올드 휴먼 ▷레벨: 1

▷직업: 왕자(국력=기력↑) ▷상태: 수련

▷스킬: 기력Z 침투Z

×

이 새끼는 누구야?

"용사?"

"너도 용사냐?"

누가 먼저라고 할 것 없이 우리는 서로의 직업부터 확인했다.

나는 용사였다가 이곳에 들어온 직후부터 '직업 없음'으로 바뀌었다. 그렇다면 상대는 어떨까?

직업은 왕자(王子). 소속된 나라가 강하면 강할수록 예뻐지는 '공주'랑 달리, 실용적인 전투력이 강해지는 '왕자'는 변수가 많다. 막말로, 초강대국의 왕자면 터무니없이 강하다.

"신성이 Z등급이라고…?"

"그러는 너는 Z등급이 둘이네."

일단, 나는 왕자의 외모를 관찰했다. 그는 동화 속의 파릇파릇한 왕자들이랑 달리, 깎지 않은 지저분한 턱수염이 살짝 자란 30대 중반 외모의 사내였다.

복장 또한 일반적인 왕자하고는 거리가 멀었다. 청동조각상 같은 근육질 몸 위에 반짝반짝 은색 삼각팬티 한 장. 소화하기 쉽지 않은 색감인데, 그마저도 묘하게 어울렸다.

내 관심사는 다른 곳에 있었다. 저만한 능력이면 흉터 하나 안 남는 자연치유가 될 터인데, 그의 몸에는 무수한 상처의 흔적으로 가득했다.

"천사가 아닌 인간인데 그만한 신성이라…."

"너는 고등교육과정 졸업생인가?"

우리는 탐색을 계속했다. 서로의 질문에 대답해주지 않는 평행선이 쭉 이어졌지만, 하나라도 더 많은 정보를 수집하기 위해 신경을 곤두세웠다. 스킬은 절대적인 전투력의 지표가 될 수 없다. 하지만 그것도 약간 차이 났을 때의 얘기다.

상대는 Z등급 스킬이 둘. 이것이 시사하는 바는 매우 크다.

초월영역에 들어서기 위해 한계돌파를 하려면 다른 스킬들을 제물로 바쳐야 하는 까닭이다. 그 말은 즉, 상대는 최소 내 2배에 달하는 스킬을 갈아버린 전적이 있다는 뜻이다. 그만큼 경력과 경험도 풍부할 터. 이대로 맞붙는다면 위험할 수 있다.

교생 아가씨. 이 녀석은 뭐야?

▶경악: 구세대 용사예요! 자세한 설명은 교직원 규칙에 저촉돼서 알려드릴 수 없지만, 판타지아 차원에 있어선 안 되는 존재예요. 여길 어떻게 알고 들어왔는지….

구세대 용사? 전대 용사를 뜻하는 건 절대 아니리라.

왜냐하면, 내가 아는 용사들은 이 왕자처럼 강하지 않기 때문이다. 마왕의 페널티와 Z등급 기력 하나면 마왕 페도나르를 간

단히 압살할 수 있기 때문이다. 그때,

"이상하군. 내가 받은 보고서 내용이랑 너무 달라."

왕자가 나를 동물원 원숭이처럼 쳐다본다.

"뭐, 이 새끼야?"

"…현시대 용사들은 오합지졸이라고 들었거늘. 피나는 노력으로 능력을 키우는 대신, 놀고 마시며 쌓은 인맥과 친목으로 비열하게 협공하는 요령만 배웠다고…."

말끝을 흐린 왕자가 움직였다. 대화에 집중하는 내 방심을 노린 기습이었다. 당장 문제는,

'빨라-!'

빨라도 너무 빨랐다.

그의 움직임에 감탄하는 내 머리보다 몸이 먼저 반응했다.

펑! 번쩍!

내가 X자로 교차시킨 팔등이랑 왕자의 오른손 주먹이 충돌했다. 회피나 반격은 아예 생각할 겨를이 없었다. 그만큼 왕자의 공격은 빠르고 강했다.

"미친…!"

내 입에서 절로 욕이 튀어나왔다. 하지만 그건 왕자도 별반 다르지 않은 듯했다. 그는 부러진 자기 오른손 손목을 보며 눈살을 찌푸렸다.

두둑.

왕자가 부러진 자기 손목을 대수롭지 않게 교정하며 말했다.

"신성의 일반속성 반사 효과. 하필이면 스킬이 전부 봉인된 수련의 방에서 마주치다니…."

객관적으로, 순수한 기량에선 왕자가 나보다 우위였다.

하지만 주변 환경이 나를 위기에서 모면하게 해줬다. 아니, 여기서 한발 더 나아가서 승리의 열쇠가 되어줬다. 왜냐하면,

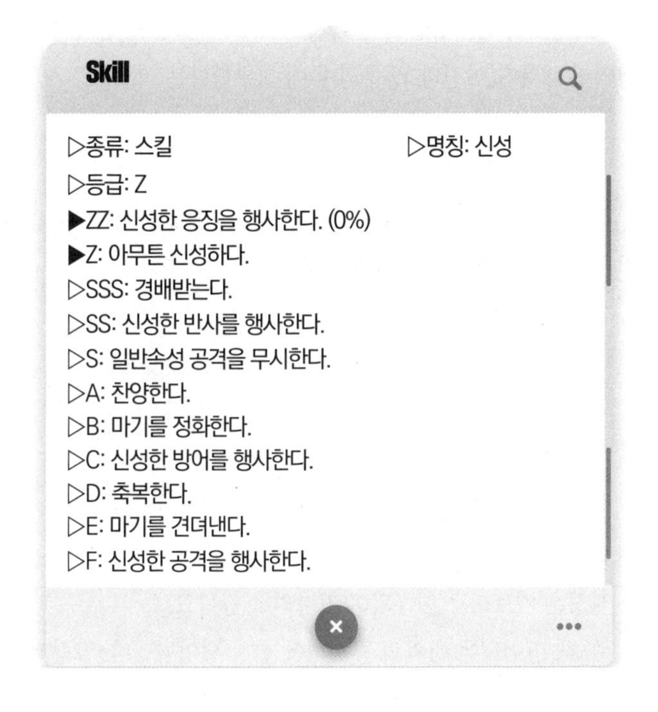

뜻하지 않은 죽음의 위기.

나는 심장이 떨리는 와중에도 빠르게 상황을 분석했다. 상대의 능력치에는 '마기'와 '신성'이 없었다. 마검과 성검 같은 특수 속성 무기도 없었다. 그가 나에게 피해를 줄 수단은 전무(全無).

'아니, 꼭 그렇지도 않군.'

스킬 기력의 Z등급 효과는 몰라도 SSS등급까진 알고 있다. 그렇기에 현재로썬 무시해도 괜찮다.

문제는 Z등급의 침투(浸透). 원래 이 스킬은 방어기지나 보안시설 같은 출입금지구역을 은밀하게 침투하는 용도의 보조계열에 속한다. 하지만 등급이 높아지면, 장소와 물건을 넘어서며 그 영역이 대폭 넓어진다. 생물의 몸에 침투한다는 식으로.

스킬 '관통'의 영역에 살짝 걸치는 셈이다.

"난적임은 틀림없지만, 이 또한 수련의 일환이겠지."

나를 바라보면서 피식 웃는 왕자. 그가 아직 여유를 잃지 않은 것도 침투Z의 효과 때문일 것이다.

"수련이 아니라 네 제삿날일걸?"

나는 왕자를 도발하면서 이번에는 먼저 움직였다.

왕자에게 Z등급 스킬이 2가지 있지만, 침투는 순수전투가 아닌 보조계열 스킬이다. 한계가 있을 수밖에 없다.

반면에, 나에게는 마스터 몰랑의 가르침이 있었다. 그 육체의 견고함은 인간의 범주를 아득히 넘어섰다.

신성은 치트키로 취급되는 최강의 스킬이고.

즉, 내 방어력은 왕자의 공격력을 한참 뛰어넘었다. 그렇지 않았다면 첫 공방에서 내가 패배했을 것이다.

하지만 왕자는 아직 이걸 눈치채지 못 챘다.

부우웅-

나는 허리춤에 꽂아둔 나무몽둥이를 뽑아서 휘둘렀다. 초심자의 방에 배치된 목각인형의 것을 빼앗았을 때까지만 해도 잠깐 쓰고 버릴 계획이었는데, 이게 생각보다 손맛이 일품이었다.

그리고 점차 내 성스러움으로 강화됐다. 여태 안 부러진 것만 봐도 알 수 있다.

"느리군."

왕자의 핀잔이 들렸다.

"나도 알아!"

바로 받아친 나는 나무몽둥이를 그대로 휘둘렀다.

이에, 입가를 슬쩍 올리며 비웃음을 머금은 왕자의 주먹이 내 왼쪽 가슴을 노리며 날아들었다.

"허술해."

"나도 알아!"

빠각! 번쩍!

내가 왕자의 머리를 노리고 작두처럼 수직으로 내리그은 나무몽둥이는 왼쪽 어깨에 적중했다.

반면, 왕자의 주먹은 정확히 내 왼쪽 가슴을 때렸다.

정황만 보면 내가 압도적인 손해. 하지만 그 결과는 달랐다.

왕자의 왼쪽 어깨는 부러지면서 왼팔이 덜렁거렸지만, 내 왼쪽 가슴은 옷이 찢어지고 살짝 멍이 드는 선에서 멈췄다.

"큭! 어, 어떻게-컥?!"

눈을 크게 부릅뜨며 당황하는 왕자의 머리통을 이번에야말로 나무몽둥이로 후려쳐줬다. 기습이라서 그 위력은 약했지만, 뇌진탕을 일으키기엔 충분했다.

"나도 알아!"

내 몸이 튼튼하다는 것쯤은 아주 잘 안다.

너도 한 방! 나도 한 방!

내가 좋아하는 싸움법이며, 숙련된 기교랍시고 깔짝깔짝 회피하면서 공격하는 얍체족들을 상대로 굉장히 효과적이다. 이 왕자처럼 방심하는 녀석에게도.

퍽, 퍽, 퍼벅, 퍽, 퍽…!

승기를 잡았다고 판단한 나는, 비틀거리며 어떻게든 거리를 벌리려는 왕자를 끊임없이 따라잡으며 몰아붙였다. 정신 못 차리도록 머리통만 노골적으로 노렸다.

이건 규칙과 예의를 지키는 스포츠가 아니다. 상대가 영원히 재기불능에 빠져도 뭐라고 비난할 사람 하나 없다.

"커엌~?!"

왕자의 잘생긴 얼굴이 케첩으로 가득해졌다. 드높았던 콧대는 겸손해지고, 굵직한 입술은 립스틱을 바른 것처럼 새빨갛게 변했다. 간신히 뜬 그의 두 눈은 초점이 잡혀있질 않았다.

이제, 완벽하게 마무리할 차례다.

▶당황: 저기, 강한수 생도님? 지금은 이것저것 심문해야 할 타이밍 아닌가요…?

불쑥 튀어나온 교생 아가씨가 재미없는 제안을 하네.

그러다가 도망치면 책임질래?

▶부정: 아뇨! 참견해서 죄송합니다!

나도 말로는 다 이겼다는 듯이 우쭐대긴 했지만, 여전히 긴장의 끈을 놓치지 않았다. 원인불명의 현상 때문이다.

'대체, 왜 안 죽는 거야? 왜! 왜!'

이미 한참 전에 죽었어도 이상하지 않은 몸인데, 왕자는 악착같이 버티고 있었다. 나는 그의 경추(頸椎) 6번과 7번 사이를 여러 번 부러트렸다. 그래도 왕자는 죽질 않았다.

기력Z에 그런 효과가 있는 건…. 음?

척, 철컹철컹.

착, 철컥철컥.

바로 그때, 어두컴컴한 수련장 천장에서 떨어진 강철인형 5기가 눈치 없이 내게 돌격해왔다. 이대로 혼전이 되면 왕자를 놓칠지도 모른다.

"그럴 순 없지!"

덥석. 우드득.

나는 왕자의 목을 강하게 움켜쥐었다. 이미 몇 번째 부러트리는지 세는 게 무의미할 지경. 하지만 이번에는 조금 달랐다. 부러진 척추와 근육이 재생하지 못하도록 손아귀의 힘을 유지하면서 계속 압박했다.

"끄윽…?!"

탁탁. 호흡곤란으로 얼굴이 새파래진 왕자가 팔다리를 허우적거리면서 발악했지만, 나는 계속 그의 목을 조여갔다. 그러면서 둔기처럼 휘둘렀다.

철컹?!

철컥?!

얻어맞은 강철인형들이 비틀거렸다. 하지만 그뿐이었다.

내 능력이 완전했다면 아주 박살을 내줬겠지만, 레벨과 스킬이 봉인된 현재로썬 저것들도 충분히 위협적이었다.

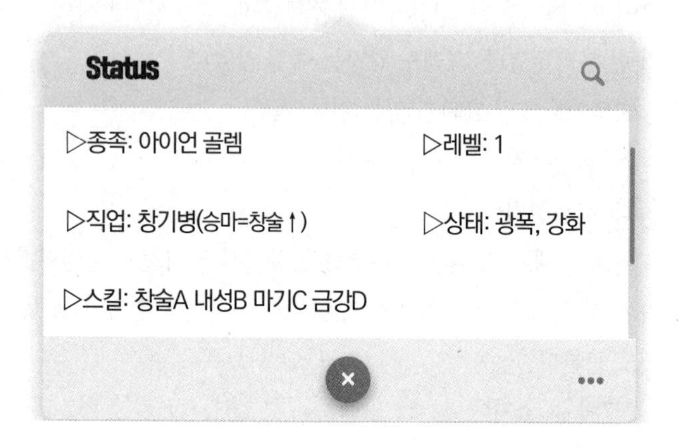

스킬 하나 없는 순수한 1레벨로 이딴 인형들을 5기나 쓰러트리란 건 억지다. 하지만 그렇기에 '초월자의 방'이라고 이름을 붙였을 것이다. 여기서부터는 초월영역 스킬이 필수란 의미.

우드득—푸직!

마침내, 왕자의 목이 완전히 절단됐다. 머리통과 몸통이 완전히 분리되면서 각기 다른 방향으로 훨훨 날아갔다.

그 뒤, 나는 강철인형 5기에 집중했다.

"싹 다 뒤져버려!"

뭉개져도 깡통처럼 버티는 강철인형들은 끈질겼다. 비겁하게 협공까지 해오니 열불마저 났다.

하지만 내 성스러움도 그들 못지않았다.

번쩍! 번쩍!

악마처럼 마기를 품은 강철인형의 내부에서 내 신성이 연쇄적으로 폭발하면서 강철의 몸이 은박지처럼 갈기갈기 찢겼다.

물론, 나도 녀석들의 C급 마기를 완전히 무시할 순 없었다. 저들이 내지른 창 공격은 신성으로 무시하거나 반사할 수 없기 때문이다. 그러나 전투에 지장을 줄 정도는 아니었다.

철컹. 마지막 강철인형이 쓰러졌다.

"자…. 그러면, 음?"

왕자의 시체를 찾던 나는 당혹스러웠다. 저 구석에 처박아둔 왕자의 대갈통이 어디로 사라진 걸까?

해답은 출입구 쪽에 있었다.

"현시대 용사는 들어라!"

확실하게 죽여놨던 왕자가 부활한 모습으로 내게 호기롭게 외쳤다. 하지만 초췌해진 얼굴은 그의 상태가 멀쩡하지 않음을 알 수 있었다.

"어떻게 살아났지?"

"여기는 원래 그런 장소다."

"…그렇군."

안 죽어봐서 몰랐다.

"내게 준 수모. 절대로 잊지 않겠다. 수련의 방 밖에서 다시 만나면 그때는 절대 가만두지 않-크어억!?"

으드득.

내게 삿대질하던 왕자가 허리를 부여잡으며 절규했다.

요추 4번과 5번 사이. 저기도 습관적으로 참 많이 부러트린 부위다. 이 수련장의 부활도 고질적인 허리디스크는 어쩌지 못한 모양이다. 아니면 내 시술이 그만큼 완벽했던가!

허리를 지탱하듯 손을 얹은 왕자는 쩔뚝거리며 방의 출입구로 도망쳤다. 나는 그를 뒤쫓지 않았다. 할 수 없다는 표현이 옳을 것이다.

"밖에서 만나면 내가 확실히 불리해."

내가 이길 수 있었던 건, 왕자가 일반속성 공격밖에 할 수 없었던 게 가장 컸다. 수련의 동굴 밖으로 나간 그가 스킬을 전부 회복한다면 마기나 신성을 분명히 품고 있을 터.

그러면 내 이점이 사라진다. 진짜로 죽을 수 있다.

그렇기에 나는 미련 없이 몸을 돌렸다. 강철인형은 5기를 파괴한 이후부터 더는 출현하지 않았다. 그 대신,

짤랑짤랑!

어김없이 방을 지키는 보스가 등장했다. 보스는 내가 좋아하는 금화 소리를 내면서 위협적으로 돌격해왔다. 능력치가 아주 무시무시했다.

Status

▷종족: 골드 골렘　　▷레벨: 1

▷직업: 수호자(수호→피해↓)　　▷상태: 흥분

▷스킬: 수호SSS 검술A 면역A 체력A

일명, 황금인형.

이 보스는 아무도 여길 통과하지 못하게 막으려고 배치해둔 것 같았다. 스킬의 등급이 지나치고, 직업이 수호자인 것도 수상했다. 하지만 나는 피식 웃었다. 왜냐하면,

캉—! 번쩍!

나를 황금의 칼로 찌른 보스가 뒤로 벌러덩 넘어졌다.

스킬에 마기나 신성이 없고, 왕자처럼 편법으로 뚫을 수단조차 가지고 있지 않은 보스는 허수아비나 다름없었다.

짤랑짤랑?!

하지만 이 보스는 포기하지 않고 계속 내게 덤볐다. 놈이 가만히 있었다면 SSS등급 수호를 뚫을 수단을 가지지 않은 나로선 난감했을 것이다.

그러나 보스는 알아서 자멸해줬다. 반사에는 '수호'의 피해감소도 발동하지 않았다.

짤랑! 드르륵!

황금의 검으로 부지런히 칼질하던 보스가 끝내 쓰러지고, 다음 방으로 향하는 입구가 열렸다.

[졸업자의 방]

이름부터 의미심장했다.

방 안에는 인형 대신 요정 1마리가 있었다.

"환영합니다, 용사님!"

머리부터 발끝까지 고귀하게 꾸민 미모의 여사제가 빵긋 인사해왔다. 그런데 그녀의 첫 대사가 무척 거슬렸다.

"귀여운 척하지 마라. 죽인다."

환영한다면서 입구에 흉흉한 인형들을 잔뜩 배치했다.

누구처럼 참 뻔뻔하지 않은가?

"귀여운 척은 제가 아니라-어흠. 아무튼, 안쪽으로 들어오세요. 용사님께 보여드릴 게 있습니다."

졸업자의 방은 4차원이었다. 동굴 안이 틀림없음에도 푸른 하늘이 보이고, 대지에는 푸른 잔디와 꽃들이 만연하게 피어나 있었다. 앞장서서 걷는 여사제가 나아가는 방향 저 멀리, 분수대와 시냇물이 흐르는 아름다운 정원이 보였다. 그리고 그 정원 한복판에는 웅장한 신전이 있었다. 어딘가 낯익은 광경.

이 신전은 내가 졸업생 페스티벌에서 보았던, K부녀를 가둬둔 지하감옥이랑 건축양식이 똑같은 탓이었다.

하지만 나는 궁전(宮殿)이 아닌 신전(神殿)이라고 느꼈다.

그건, 정원 출입구에 세워진 거대한 동상 탓이다.

"최초의 용사…."

마왕 페도나르를 쓰러트리고 신(神)이 되었다는 전설의 용사.

남자고 이름은 '선배1'이다.

세계 곳곳에 그의 초상화가 그려져 있다. 그 초상화들을 참고한 화가들이 또 그려서 후대에, 후대에 남겼다. 그만큼 선배1은 판타지아 대륙에서 위대한 인물로 칭송받는다.

여사제가 고개를 끄덕이며 긍정했다.

"맞습니다. 이 앞의 신전은 그분의 업적을 찬양할 목적으로 아주 오래 전에 지어졌습니다. 하지만 보시다시피, 이렇게 세상으로부터 격리되어 감추어져 있습니다. 지금부터 그 이유를 설명해드릴 테니, 저를 따라와 주세요."

우리는 선배1의 거대한 동상 가랑이 사이를 지나서 정원을 쭉 가로질렀다.

정원사가 24시간 관리하는 걸까. 모든 초목(草木)이 빤듯하게 정렬되어 있었다. 삐져나온 잡초, 나뭇가지 하나 없었다.

하지만 그 때문에 역으로 삭막해 보였다. 한밤중의 서늘한 사막을 보는 기분이었다.

"혼자 살아?"

"그렇습니다. 이곳에서 후대의 용사님들을 올바르게 인도하기 위해 쭉 기다리고 있었습니다."

"거참, 대단히 피곤하게 사네."

나는 고결하신 여사제의 능력치를 살펴봤다.

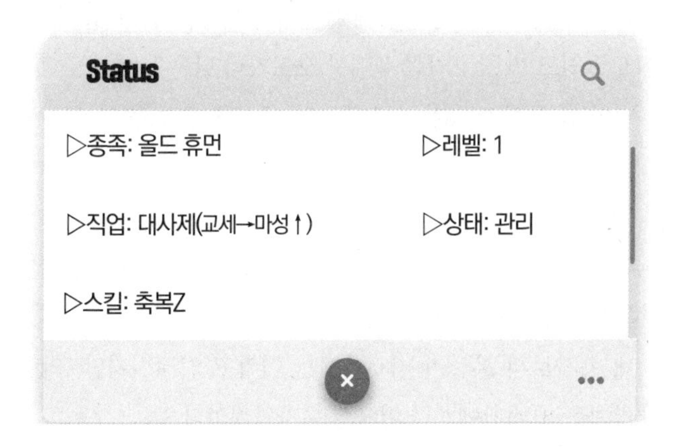

조금 전의 왕자처럼 이 여자도 '늙은 인간'이라고 표시됐다. 직업은 그다지 볼 게 없었지만, 스킬에서 헛웃음이 절로 나왔다.

Z등급 축복.

초월영역이란 게 흔한 모양이다.

"이곳이 갑갑하긴 해도 제가 좋아서 하는 일입니다. 강한 힘에는 책임이 따르는 법이니까요. 초월영역에 든 후대의 용사님이 최초의 용사처럼 삐뚤어지지 않고 올바르게 힘을 행사할 수 있도록."

"음…?"

말하는 뉘앙스가 이상한데…?

"거의 다 왔습니다. 용사님."

신전 내부는 넓기만 하고 황량했다. 천장에 매달린 샹들리에가 환상적인 예술성을 뽐내고 있었지만, 거기서 쏘아진 빛을 받아줄 예술품이 없었다.

과거에는 이 허전한 공간에 무언가 잔뜩 있었던 것 같지만, 전부 도굴되고 빈 창고처럼 신전만 오도카니 남은 듯했다.

얼마 안 가서, 우리는 신전 최심부에 도착했다. 거기에도 선배1의 동상이 있었다.

"성검?"

황금색으로 된 동상의 손에는 에메랄드를 녹여서 코팅한 것 같은 연녹색 검이 쥐어져 있었다.

내 용사로서 본능이 저것은 성검이라고 알려줬지만, 외형이나 색채는 요정왕에게나 어울릴 디자인이었다.

여사제가 고개를 주억이며 답했다.

"최초의 용사랑 평생을 함께한 검입니다. 당시에는 성검이란 개념이 없었기에 최강의 마법검으로 불렸었죠. 저는 그분의 아내로서 오랫동안 이 검을 지켜왔습니다."

"과부였군."

"그런 식으로 해석해달라고 한 말은 아니었는데요…."

여사제가 앙증맞게 쥔 주먹을 부들부들 떨었다.

나는 한차례 웃은 후에 말했다.

"성검 말고는 또 없어?"

이미 내게는 성검2가 있다. 여기서는 소환할 수 없지만, 그렇다고 내 파트너가 영영 사라진 건 아니다.

용사가 소지할 수 있는 성검은 한 자루뿐.

굳이 더 욕심낼 이유가 없었다.

"과거 이야기를 조금 하겠습니다. 최초의 악마를 무찌른 최초의 용사는 500년도 안 돼서 폭주했습니다. 긴 세월 동안 내조해온 아내들에게 일방적인 이해를 강요한 후, 세상으로 뛰쳐나갔습니다. 네. 그래요. 바람피우기 시작한 거죠!"

아, 또 시작됐다. 유치찬란한 세상의 진실.

내 고향별 지구에도 비슷한 사례가 아주 많다. 그중에 유명한 예를 하나 들자면, 트로이 전쟁.

결혼식에 초대받지 못한 여신이 황금 사과를 남기고, 그걸 차지하기 위해 세 여신이 다투고, 해결사로 나선 트로이 왕자가 미의 여신에게 원흉의 황금 사과를 준다.

이 세상은 Give and take!

황금의 사과를 차지한 미의 여신은 감사의 표시로, 세상에서 가장 아름다운 여인을 트로이 왕자에게 보쌈해준다.

졸지에 마누라를 빼앗긴 그리스 왕은 형이랑 트로이 왕국으로 원정을 떠난다. 숱한 영웅과 젊은이가 이 전쟁으로 죽고, 승리에 취한 트로이군은 성문 앞에 버려진 목마를 안으로 들이는 바람에 패배한다.

결론. 결혼식에 초대받지 못한 여자의 행패가 전쟁으로까지 확대된 것이다.

"진실은 역시 부질없도다…."

나는 벌써 흥미를 잃었다. 이 수련의 동굴을 깬 보상만 챙겨서 얼른 나가고 싶다.

"용사님. 쉽게 생각하실 문제가 아니에요."

여사제는 그간 남편에게 쌓인 분노를 터트리며 내게 하소연했다. 여태까지 어떻게 참아왔는지 신기할 지경이었다.

그녀는 콩가루 같은 가정사를 폭포수처럼 떠벌렸다.

"남의 가정사에는 관심 없어."

슬슬 내 인내심이 바닥을 드러내고 있었다.

"어흠. 죄송합니다. 살짝 흥분해버렸네요."

눈치 빠른 여사제가 찔끔하더니 바로 사과해왔다.

"알아들었으면 빠르게 본론만."

"네. 동고동락해온 동료들의 사랑과 우정을 무시한 채 날뛰던 최초의 용사는 심판을 받았습니다. 동료들의 협공에 패배한 최초의 용사는 세상 저편으로 도망쳤고요. 그분은 여전히 죽지 않았습니다. 그러니 제게 과부란 호칭은 잘못된 겁니다. 아셨죠?"

진짜로 알 바 아니다.

"후대의 용사님께 제 슬픈 과거사를 이야기해드리는 이유는 간단합니다. 최초의 용사처럼 타락하지 않도록 유념해주세요. 마왕 페도나르를 쓰러트리더라도 힘에 취하지 않고 정의로운 용사로 계속 남아주세요. 부탁합니다."

"오냐."

나는 여자 문제에 있어선 대단히 깔끔한 남자다. 선배1 같은 실수를 하지 않는다.

"이 앞에 남은 시련은 총 3가지입니다."

여사제가 손가락 3개를 펴며 말했다.

"읊어봐."

"최초의 용사를 닮은 저 동상이랑 싸워서 이길 것. 승리 후에 성검의 인정을 받을 것. 마지막으로, 동상 안에 깃든 그분의 힘을 당신의 것으로 소화하는 겁니다."

나는 이해했다는 뜻으로 살짝 고개를 끄덕여줬다.

여사제는 3가지 시련이라고 했지만, 동상을 쓰러트리는 첫 번째 시련 외에는 무난해 보였다. 자연스럽게 딸려오는 보상 같은 느낌. 여기서 문제는, 저 동상이 얼마나 강하냐는 것이다.

"난 준비가 끝났으니 얼른 시작해."

가볍게 몸을 푼 후에 여사제에게 말했다. 그녀가 답했다.

"가까이 가시면 저절로 시작됩니다."

"그래?"

"약간 수세에 몰리더라도 걱정하지 마세요. 저도 한때는 용사의 동료였습니다. 후대의 용사님께 사랑과 우정의 힘이 얼마나 중요한지 증명해드리기 위해서라도 가세하겠습니다."

"마음대로 해."

동상의 전투력을 알 수 없는 이상, 공짜로 도와주겠다는 축복Z의 여사제를 말릴 생각은 없었다.

물론, 내 1회차 동료들처럼 도움은커녕 민폐만 끼친다면 바로 허리디스크로 응징해주겠지만.

나는 천천히 동상에 접근했다.

드드드드…!

성검을 노리는 도둑놈을 감지한 동상이 흔들렸다.

번뜩!

놈의 황금으로 덮여있던 두 눈이 뜨여졌다. 눈구멍에 박힌 흑요석이 요요한 빛을 내뿜었다. 저것이 골렘의 핵임을 어렵지 않게 짐작할 수 있었다. 능력치도 보이기 시작했다.

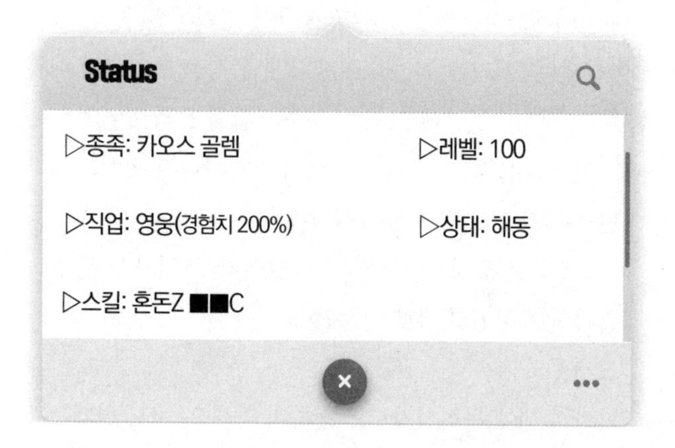

동상의 스킬을 확인한 나는 살짝 놀라고 말았다. 눈에 흙이 들어가서 잘못 본 게 아니다.

■■C

C등급 블랙박스였다. 선배1의 힘이 깃들었다는 황금색 골렘도 나처럼 블랙박스를 소유하고 있었다. 심지어 스킬 등급이 나보다 높았다. 그것이 무엇을 뜻하는가?

휘이익-

유감스럽게 고민할 틈이 없었다. 황금으로 된 무거운 몸뚱이란 게 믿기지 않는 속도로 골렘이 내 쪽으로 도약해온 탓이다.

첫수는 찌르기. 혼돈의 회오리가 성검의 연녹색 칼날을 감싸고 있었다. 살짝 닿기만 해도 믹서기처럼 갈아버릴 기세다.

"미친!"

내 입에서 절로 욕지거리가 튀어나왔다.

지금까지는 그래도 해볼 만했다. 하지만 그건 인형들도 나랑 똑같이 1레벨이었던 덕분이다.

그런데 눈앞의 놈은 100레벨.

나 같은 1레벨이랑 비교할 수 없을 만큼 스킬 효율이 급격히 상승해버렸다. 심지어 등급도 초월영역에 접어들었기에 내 이점은 하나도 없는 셈이었다. 역으로 불리했다.

"도와드리겠습니다, 용사님!"

아니, 열세이기만 한 건 아니었다.

여사제가 가세하듯 멀리서 내 등 쪽으로 양 손바닥을 뻗었다.

솨아아!

그녀의 손을 떠난 새하얀 빛이 내게 스며들었다.

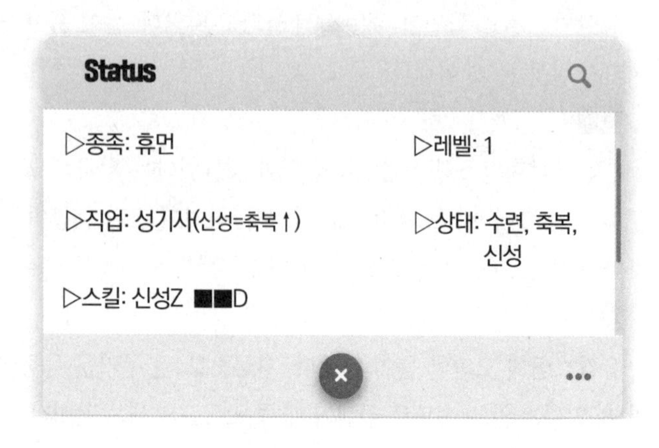

고위급 여사제에게 축복을 받은 탓일까? 내 직업이 바뀌었다. 그리고 믿기지 않는 현상이 벌어졌다.

"허허…."

웃음이 절로 나왔다.

내 몸이 축복으로 충만해졌다. 안전한 뒤편에서 여사제가 나를 축복했기 때문만이 아니다. 새로운 스킬이 추가됐다.

Skill

▷종류: 스킬
▷명칭: 축복
▷등급: Z
▶ZZ: 영원한 축복을 발현한다
▶Z: 축복을 축복한다
▷SSS: 부정한 축복을 발현한다
▷SS: 신성한 축복을 발현한다
▷S: 행운의 축복을 발현한다

▷A: 자신을 축복한다
▷B: 전투의 축복을 발현한다
▷C: 수호의 축복을 발현한다
▷D: 죽음의 축복을 발현한다
▷E: 생명의 축복을 발현한다
▷F: 대상을 축복한다

말도 안 되는 일이 벌어졌다. 직업이 생겼다는 이유만으로 초월영역 스킬이 하나 더 늘어났다. 그것도 무척 알찬 효과로 가득한 보조계통이었다. 나는 곧장 셀프(Self)로 축복을 걸었다.

쏴아아-!

여사제 2번, 나 2번. Z등급 효과로 축복이 4번 중첩됐다. 그 성능은 실로 놀라웠다.

"하핫!"

웃음인지 기합인지 모를 소리를 내뱉으며, 나는 골렘의 연녹색 성검을 맨손으로 잡아챘다.

혼돈의 회오리가 내 오른팔을 갈기갈기 찢을 기세로 휘저었지만, 신성함과 축복으로 떡칠한 내 피부에 상처를 주진 못했다. 골렘의 흑요석 눈동자에 짙은 당혹감이 깃든다.

빠각!

나는 그 틈에 무릎을 쳐올려서 골렘의 사타구니를 뭉개줬다. 물건은 없지만, 무게중심을 흔들기엔 충분했다. 그 뒤에는 일방적이라고 해도 좋았다.

나를 어떻게든 이겨보겠다고 안간힘 쓰는 골렘의 손에서 성검을 강탈한 후, 한 방에 목을 쳐줬다.

댕강—푹!

그 뒤에 골렘의 핵인 흑요석 눈알을 찔러줬다.

뚝.

머리가 날아갔어도 계속 날뛰려던 골렘의 몸뚱이가 멈췄다. 그리고 관성에 의해 볼썽사납게 바닥을 굴렀다.

그걸로 전투는 종료됐다.

"이 녀석, 손맛은 제법 괜찮네."

하지만 내 파트너는 앞으로도 성검2다. 이 연녹색 성검은 비실비실한 요정처럼 너무 가볍고 얇아서 휘두르는 맛이 없었다. 특별한 기능이 탑재된 것 같지도 않고…. 어?

스멀스멀~

접착제라도 바른 것처럼 손바닥에서 성검이 떨어지지 않았다. 그걸로 모자라서 녹색 기운이 내 몸을 잠식하듯 넘어왔다.

이건 대체 무슨 기능이지?

내 의문을 풀어주듯 여사제가 끼어들었다.

"축하합니다, 용사님! 성검의 인정을 받으셨군요? 그것은 현존하는 성검의 원형입니다. 용사님의 정신에 스며들어서 앞으로의 전투를 도와줄 겁니다. 원래라면 그렇습니다."

스르르르….

파괴된 골렘의 눈에 박혀 있던 흑요석 잔해에서도 검은색 기운이 흘러나오기 시작했다. 이것도 내 몸으로 스며들었다.

"…처음부터 함정이었다는 건가?"

내 질문에 여사제가 생글생글 웃으며 대답했다.

"함정이라니요? 당치도 않습니다. 축하합니다, 용사님! 최초의 용사에게서 빼앗은 금단의 힘이 당신 소유가 됐습니다. 그 대가로 모든 기억이 사라지고 성검의 지배를 받게 되겠지만, 너무 심려치 마세요. 용사님은 앞으로도 훌륭한 용사로서 활약하실 겁니다. 저만을 아끼고 사랑하는 동료로서 영원히…."

뜬금없이 사랑을 속삭이며 내 넓은 가슴을 쓰다듬는 여사제.

나도 환한 미소를 지으며 답례해줬다.

"축하해줘서 고마워. 힘은 잘 받아갈게."

"네-? 꺄읏?!"

■■D→■■C

우득. 너무 고마워서 그녀의 목을 비틀어줬다.

하지만 이 수련의 동굴에선 몇 번을 죽여도 죽지 않는다. 그래서 이번에 새롭게 얻은 블랙박스 효과를 그녀에게 시험해보기로 했다.

Skill

▷종류: 스킬 ▷명칭: ■■
▷등급: C
▷B: □□□ □□□□□
▷C: 대상을 망각시킨다
▷D: 혼동하지 않는다
▷E: 파괴되지 않는다
▷F: 망각하지 않는다

그리고 진한 키스.

사랑한다고 고백해준 여사제에게 보내는 작별선물이다.

"음."

"우읍?!"

스멀스멀~

블랙박스로 형성된 강력한 정신방어 탓에 갈 곳 잃은 성검의 연녹색 기운이, 내 혀를 타고 여사제의 목구멍으로 넘어갔다.

이러면 어떻게 된다고? 히쭉.

진한 입맞춤을 나누던 여사제의 눈동자에서 총기가 사라졌다. 블랙박스 효과로 기억이 싹 사라졌다는 증거.

하지만 그 상태는 오래가지 않았다. 그녀의 눈동자에 녹색 빛이 깃들면서 원상태로 돌아왔다. 하지만 태도는 이전이랑 180도 달라졌다.

"주인님. 명령을."

귀여운 척이 빠진 기계적인 음성.

이 얼마나 듣기 좋은가? 태도와 성격만 변한 게 아니다.

Status

▷종족: 올드 휴먼 ▷레벨: 1

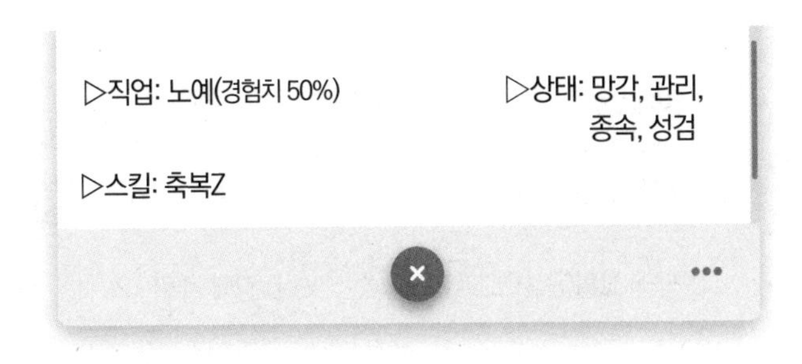

고결한 여사제에서 비천한 노예로 추락했다.

기억이 깡그리 사라진 백치 상태가 된 그녀는 무력하게 성검의 조종을 받으면서 직업도 더는 유지할 수 없게 됐다.

사람에서 충실한 도구로.

노예란 표현은 결코 틀리거나 과하지 않았다.

내가 그녀의 쓰임새를 고민할 때였다.

파스스….

가만히 대기 중이던 여사제의 몸이 모래처럼 바스러졌다. 경험치가 된 몬스터의 사체처럼 세상에 녹아들듯 사라졌다.

내가 한 게 아니다.

"이게 뭔 일이래…?"

그렇다면 여사제랑 하나가 된 성검은 어떻게 됐을까?

이쪽도 운명은 크게 다르지 않았다.

빠직-!

검신에 균열이 생기더니 유리처럼 부서졌다. 하지만 성검에게 종속된 여사제의 힘마저 사라진 건 아니었다.

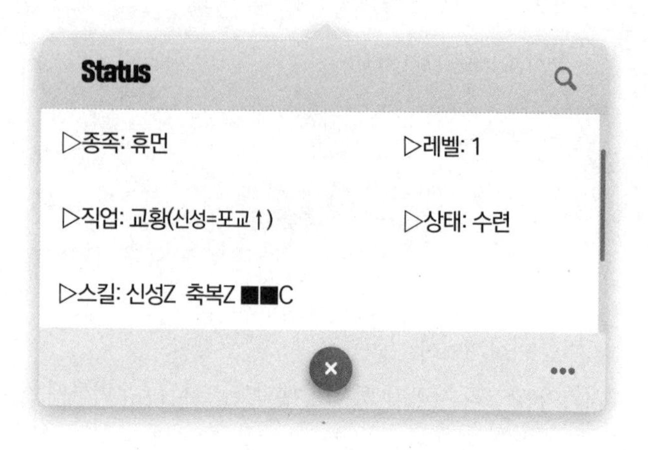

고스란히 내게 흡수됐다.

얼떨결에 두 번째 초월영역을 열어버린 셈.

“다음은 마기가 될 줄 알았는데.”

직업은 성기사에서 한술 더 떠서 종교지도자가 되어있었다. 성자보다는 직업 특전이 한 단계 낮아서 흥미가 동하진 않았다.

포교라니? 이건 아무리 봐도 날조의 하위호환이다.

날조하면 포교는 자연스럽게 딸려오는 거 아닌가?

▶빼꼼: 끝나셨나요?

교생 아가씨. 어디 갔다가 이제 왔어? 하마터면, 순진한 용사님이 굶주린 유부녀에게 먹힐 뻔했다구?

▶당황: 죄송합니다. 교생 신분으로 관여할 수 없는 수업내용도 있거든요. 무사히 이수하신 것 같아서 기쁘네요!

…그래?

교생에게 다 떠넘긴 교직원 일동이 처음으로 간섭했다.

수련 도중에 튀어나온 건 아니었지만, 내게 야금야금 정보를 제공하던 교생의 입을 막았다. 그것은 쉽게 볼 수 없었다.

최초의 용사(선배1). 블랙박스.

이 둘을 자세히 조사해볼 필요가 있었다.

축복Z만 남기고 사라진 여사제의 이야기를 종합해보면, 선배1도 판타지아 세계에서 탈주했다는 듯하다.

그 방법을 알아내야 한다. 선배1에게서 빼앗았다는 금단의 힘, 블랙박스에 그 힌트가 있을 확률이 매우 높았다.

"판타지 세계에서 처음으로 꿈과 희망이 보이는군!"

드르륵-

선배1의 동상이 안치되어있던 자리에 출구가 열렸다. 음흉한 안내자는 죽었고, 통로에도 나가는 길이라고 쓰여있진 않았지만, 여기서 또 이상한 수련으로 이어질 것 같진 않았다.

나는 미련 없이 수련의 동굴을 빠져나왔다.

〕〔

"환영합니다, 용사님!"

선량한 용사를 품절남으로 만들려는 유부녀를 무찌르고 세상

밖으로 나오자마자, 라누벨이 귀여운 척하며 나를 반겼다.

자동반사로 주먹이 나갈 뻔했다.

"갑자기 웬 존댓말?"

피 한 방울 안 섞였는데도, 건방지게 오빠라고 부르면서 반말 툭툭 던지던 계집애가 갑자기 원래대로 돌아갔다.

그렇다. 이게 원래 내가 알던 라누벨이다. 하지만 이번 6회차는 여동생이란 설정 아니었나?

라누벨이 허리춤에 찬 성검을 가리키며 말했다.

"오라버니는 선택받은 용사님이니까요. 성검 아줌마가 말하길, 세계의 평화를 위해서라면 용사는 가족도 벨 수 있어야 한대요. 그래서 지금처럼 사랑스러운 여동생으로 남아있으면 안 된다고 판단했어요. 사랑스러운 여동생은 벨 수 없으니까요!"

"흠…. 그래?"

어째서 못 벤다고 생각하는 거지?

내 졸업을 위해서라면 언제든지 라누벨을 베어버릴 수 있다. 여동생이든 동료든 아무래도 상관없다.

얘는 수련의 동굴 밖에서 얌전히 기다리라고 했더니, 정말 쓸데없는 짓이나 하고 있었다.

'그게 아니면….'

듣기론, 교직원 일동은 수업 중에 간섭할 수 없다. 하지만 도덕 선생이 내게 끊임없이 잔소리했던 것처럼 간접적으로 참견할 순 있지 않을까?

라누벨의 갑작스러운 태도전환. 내게 '귀여운 여동생'이 먹히지 않는다고 판단한 교직원이 그녀를 설득해서 틀어버렸을 가능성은 얼마든지 있다.

이때 가장 의심스러운 건?

"성검3이 그런 말을 했다고?"

"네, 용사님."

"…그렇군. 앞으로도 기대가 커."

지난 여정을 돌이켜봤다. 내게 성검2가 없었다면 어쩔 수 없이 성검3를 쥐었을 것이다. 그리고 성검3의 조언을 온종일 들었을 터. 그 포지션은 도덕 선생이랑 완벽하게 일치했다.

단순한 우연으로 치부할 수 없다. 나는 이 야만적인 세계에서 우연을 가장한 조작을 너무나 많이 겪어봤기 때문이다. 지금도 그랬다.

"YuYuuu-!"

"헉! 오크다! 숫자가 많아!"

"누가 좀 도와주세요~!"

"BuBu…!"

"이놈들! 여자는 안 된다!"

울창한 수풀 너머로 환청이 들려왔다. 정말일 리 없다.

"용사님! 도움을 요청하는 목소리들이 들려요!"

라누벨이 발을 동동 구르면서 정의감을 불태웠다. 하지만 그녀의 살랑살랑 좌우로 흔들리는 엉덩이는 솔직했다. 현자의 지팡이를 또 써보고 싶다는 욕망으로 넘실거렸다.

"라누벨. 잘못 들었겠지."

사람과 오크의 비명과 절규가 동쪽에서 더욱 크게 들려왔다.

흠. 갑자기 서쪽으로 가고 싶어지는군.

"라누벨의 귀가 잘못된 거라고요?!"

"그래. 냉정하게 생각해보자. 여기는 국왕 직할령으로, 민간인 출입금지구역이야. 곳곳에 경계병들이 배치되어있고, 왕족 전용 사냥터라서 출몰하는 몬스터들의 수준도 매우 낮아. 제삼자의 도움을 요청할 만큼 한심한 인간들이 들어올 리 없어."

"그, 그건 그런데요…."

부스럭부스럭.

그때, 뒤편에서 풀 밟는 소리가 들려왔다. 그리고 소녀의 애절한 외침이 이어졌다.

"도와주세요!"

사냥터에 나풀거리는 치마와 높은 굽의 구두 차림으로 들어온 멍청한 여자였다. 그녀는 신사답게 생긴 오크의 추격을 받고 있었다.

"NuNu…!"

오크가 개뼈다귀처럼 가느다란 소녀의 가녀린 손목을 붙잡았다. 그리고 남자다운 기세로 확 끌어당겼다.

"꺅?!"

용기 있는 자만이 미녀를 얻는 법. 소녀가 앙탈을 부리다가 마지못해 오크의 품에 안긴다.

앞으로 예쁜 사랑 하길….

"얍!"

"KuKu~?!"

라누벨의 귀여운 척이랑 오크의 구슬픈 절규가 거의 동시에 터졌다. 현자의 지팡이 끝에 달린 황금색 구슬에서 쏘아진 마법의 화살이 오크의 머리통에 적중했다.

털썩.

머리에 구멍이 뚫린 오크가 자빠졌다. 사랑이 뭔 죄라고….

"용사님! 제가 오크를 처치했어요!"

200레벨 마법사가 20레벨 오크를 죽이고 기뻐한다. 약자를 괴롭혔으면 부끄러운 줄 알아야지.

"쯧쯧. 불쌍한 오크 녀석. 귀여운 척하는 여자애보다 약하게 태어난 네 운명을 저주하거라."

"어째서요?!"

여전히 자기 잘못을 깨닫지 못하는 라누벨을 무시하고, 나는 여전히 수풀에 주저앉은 채 오들오들 떠는 소녀에게 다가갔다.

신분파악에 용이한 능력치 확인은 기본이다.

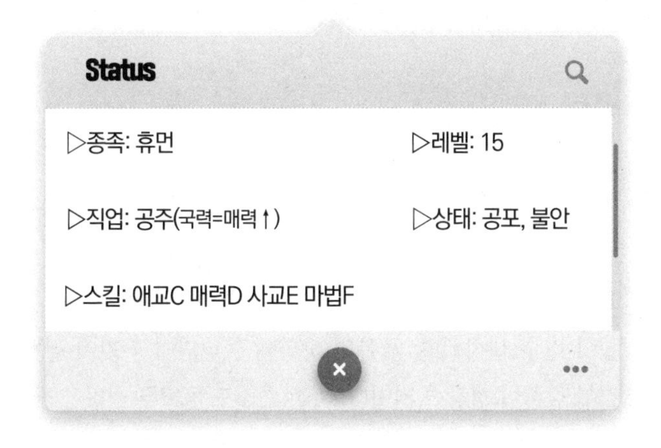

왕족과 관계자만 출입할 수 있는 금지구역에 들어온 화려한 복장의 소녀가 공주인 건 너무나 당연한 걸까.

일단은 내 기억에 없었다. 1회차에서 내가 북대륙으로 넘어오기 전에 죽었다고 해석하면 될 듯했다.

"귀찮게 하는구먼."

여전히 정신 못 차리는 공주를 라누벨에게 맡긴 후, 나는 수련이 끝나면서 복구된 스킬들을 일제히 활성화했다.

화아아아—

나를 중심으로 폭풍이 몰아쳤다.

수련의 동굴은 단순히 용사를 엿 먹일 용도로 제작된 게 아니었다. 지금까지 손발처럼 당연하게 의존해온 스킬과 직업 특전 없이 불리한 조건에서 자신을 쥐어짜는 훈련.

나는 신성Z로 거의 모든 방을 손쉽게 격파했지만, 졸업자의 방에 가까워질수록 조금 힘들었던 건 사실이다. 아주 조금.

반골F→반골D

극복F→극복E

열혈F→열혈E

요령이 없어서 정말 힘겨웠던 1회차 때 이후로는 보지 못했던 스킬이 다수 생성됐다. 극한의 상황에 몰리면서 거기에 걸맞은 스킬이 줄줄이 성장한 것이다. 기존 스킬도 골고루 성장했다.

"그 왕자랑 다시 붙어도 해볼 만하겠는데?"

나도 이젠 초월영역 스킬이 둘이다. 그리고 똑같은 초월영역이라도 순수한 전투력이란 측면에선 스킬 구성이 내가 훨씬 유리했다. 여기에 성검2의 증폭이 곁들어졌다.

"우선은 가볍게 정리해볼까."

내 몸에 신성한 축복을 걸었다. 두 번 걸었다.

성검2의 증폭기로 효과가 증폭된 신성Z 위로, 마찬가지로 강화된 축복Z의 신성한 축복을 추가로 2번 더 중첩했다. 단순 계산으로만 5중첩.

극한까지 물오른 신성함이 내 몸을 휘감았다.

탁! 가볍게 손가락을 튕겼다.

나를 중심으로 사냥터 전역에 퍼져나간 신성한 기운이 모든 몬스터를 박멸했다.

종족, 레벨, 스킬, 상태…. 싹 무시하고 평등한 안식을 선사해줬다.

몰살C→몰살B

오크들의 습격을 받은 현장으로 간 나는 눈살을 찌푸렸다.

팔다리와 머리가 절단된 채 죽은 사내들이 여기저기 보였다. 그중 일부는 오크에게 먹힌 자국도 있었다.

"흑흑, 흑흑…."

"우으으으…."

공주의 시녀로 짐작되는 두 여인과 여기사는 찢어진 옷차림으로 길바닥에 웅크리고 있었다.

내가 손가락을 튕기기 직전까지 여기에 오크들이 바글바글했을 것이다. 그리고 세 여자를 둘러싸고 있었을 터.

충격과 공포로 정신이 붕괴한 표정들이다.

▶우울: 불쌍해요….

나도 공감이야, 교생 아가씨.

앞으로 이 여자들은 몸의 상처만이 아니라 마음의 병까지 끌어안은 채 평생을 살아가게 될 것이다. 보통은 말이다.

이 여자들은 운이 좋았다. 전문해결사를 만났기 때문이다.

내 경력으로 말할 것 같으면, 무작정 나서기 좋아하는 동료들의 뒤치다꺼리만 10년 넘게 해왔다. 그 과정에서, 차라리 죽는 편이 나을 뻔했던 원주민들의 정신상담도 적지 않게 맡았었다. 성과는 노하우가 쌓이면서 점차 좋아졌다.

▶깜짝: 심리치료도 하셨다고요? 강한수 생도님은 도대체 안 해본 게 뭔가요…?

교생 아가씨. 너무 어려운 질문은 하지 마.

하지만 그건 구닥다리 방식이다. 오늘부터는 쉽고 빠르게 가려고 한다.

“기름진 삼겹살 파티에 겁먹은 얼굴을 한 아가씨들. 내 눈을 바라봐. 그러면 끔찍했던 기억이 사라질 거야. 상처받은 몸은 내 축복이 상쇄해주고.”

그녀들의 안 좋은 기억을 블랙박스로 말끔히 지웠다. 더럽혀진 몸은 축복으로 말끔히 정리하고.

"…아!"

"…어머!"

가슴과 국부를 가린 채 웅크리고 있던 여인들이 어리둥절한 표정을 짓는다. 어째서 자기들이 흙바닥에 누워있는지 모르겠다는 얼굴들.

하지만 얼마 안 지나서 자기들이 벌거벗고 있으며, 주위에 남정네들의 시체로 가득하다는 사실을 깨닫고 "꺅꺅!" 호들갑 떨었다. 그러나 이전처럼 절망에 찌든 얼굴은 아니었다.

심리상담 없이 말끔히 해결!

나는 여자들이 새 옷으로 갈아입기를 기다렸다. 그리고 얼마 안 지나서, 라누벨의 부축을 받으면서 어슬렁어슬렁 나온 공주랑 그녀들이 재회했다.

"공주님! 어디 가셨어요!"

"미, 미안."

여기사에게 혼난 공주가 억울한 표정을 지었다.

기억이 지워지면서 약간의 혼선이 있었지만, 그건 아주 사소한 문제에 지나지 않았다.

"큰일이에요. 왕자님께서 돌아가셨어요."

"첫 사냥에서 어떻게 이런 일이…."

내게 구출된 여자들은 샌님처럼 생긴 청년의 시체를 보며 망연자실한 표정을 지었다. 다음 왕위계승권을 가진 왕자가 죽었다는 모양이다. 하지만 나하고는 아무런 상관없었다. 바로 그때,

달그락달그락.

일련의 무리가 말을 타고 달려왔다. 이 주위에 널브러진 자들이랑 질적으로 다른 분위기를 풍기는 정예들로 구성되어 있었다. 내가 아는 얼굴이 무리의 선두였다.

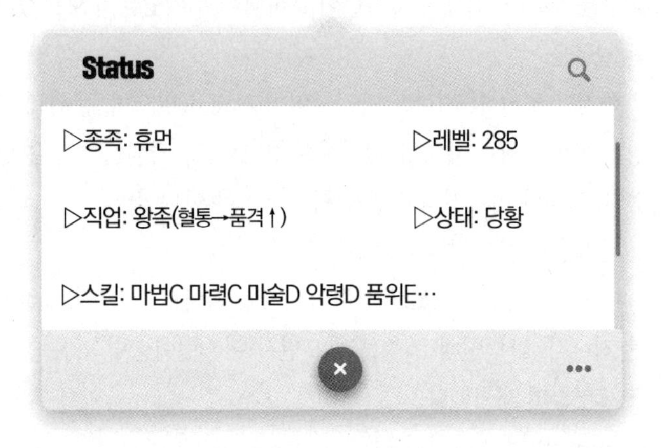

밤고구마처럼 생긴 까무잡잡한 얼굴과 준수한 능력치가 내 기억이랑 정확히 일치했다.

그는 마법왕국의 다음 국왕이다. 친형인 현직 국왕이 투병 끝에 죽는 3년 뒤, 백성과 귀족들의 절대적인 지지를 받으며 화려하게 왕위에 오른다.

일도 제법 잘했던 거로 기억한다. 마법사답게 계산이 빠르고, 등가교환의 법칙을 준수했다. 오랜만에 보니 반갑네.

그도 나를 보며 반갑게 인사했다.

"전부 죽여라."

뭐, 이 새끼야?

"공작님. 목격자는 성스러운 분이십니다!"

"그렇습니다, 공작님. 성스러운 분을 공격하는 건…."

"다시 생각해보십시오, 공작님!"

모국의 왕자와 공주를 죽이는 건 괜찮지만, 성스러운 분을 공격하는 범죄는 꺼리는 새가슴들이었다.

하지만 다음 국왕이 될 남자는 부하들의 설득에도 흔들리지 않았다.

"시끄럽다! 성스럽다고 살려두면 필시 화근이 될 것이다! 최대한 정중히, 고통 없이 보내드려라!"

그의 대사로 알게 된 사실 하나.

모든 원주민이 신성함에 취약한 건 아니다.

신성하다는 걸 알면서도 본인의 욕망이나 이기심 등의 사유로 "성스러워서 어쩌라고?"라는 식으로 무시할 수 있다.

하지만 나는 실망하지 않았다. 신성Z 효과가 판타지 원주민에게만 통한다고 생각했었는데, 그 범위가 지구인까지 확대될 가능성이 열린 까닭이다.

누구든 나를 보면 성스럽다고 느낀다는 뜻이니까.

신(神)의 존재가 확실한 판타지아 대륙보다는 덜하겠지만, 신성Z는 지구에서도 꽤 쓸모가 있을 것이다.

"알겠습니다. 공작님."

"사랑하는 조국을 위해!"

"성스러운 분이시여! 용서를!"

흉흉한 무기를 쥔 사내들이 내게 덤벼들었다. 말들의 속도는 시속 60km로, 그걸 탄 인간들이 돌격해오기까지 걸린 시간은 매우 짧았다.

하지만 이 또한 상대적인 법.

나는 그들이 도달할 때까지 수많은 생각을 했다. 이들을 죽임으로써, 편파적이고 불공정한 채점관이 내게 불이익을 줄 것인가? 아니면 무난하게 넘어갈 것인가?

결론은 금방 나왔다. 이만한 능력을 보유한 내가 굳이 위험부담을 끌어안을 필요는 없다는 것이다.

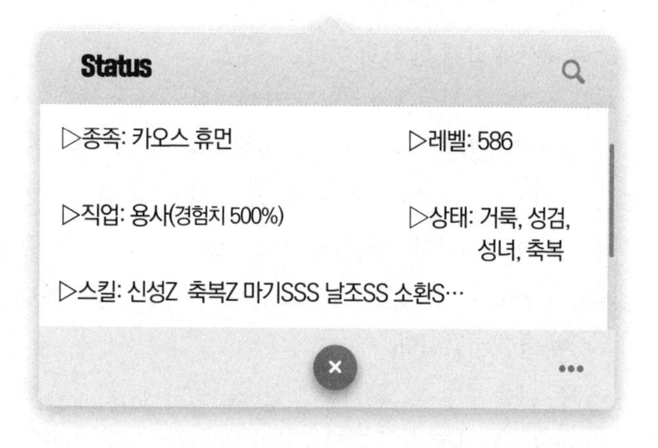

죽이는 것만이 능사는 아니다.

상대방을 설득해서 올바른 길로 인도한다면, 내 손을 더럽히지 않고 평화롭게 정리할 수 있다.

그리고 나는 이미 그 준비가 끝났다.

1) 자격증은 없지만, 10년 경력의 심리치료

2) 내 깨끗한 신분을 증명해줄 신성Z

3) 환자의 심신을 안정시켜줄 축복Z

4) 악마숭배자에게 효과적인 마기SSS

5) 변수를 줄이고 올바르게 이끌어줄 행운A

6) 이 모든 걸 아우르는 날조SS의 조화

신성Z 하나만으로는 살짝 힘들거나 번거롭지만, 수많은 스킬이 곁들어지면 얼마든지 극복하고 제어할 수 있다.

"싸움을 멈추시오!"

달그락—

내 우렁찬 한마디에 모두가 말을 세웠다.

나는 교황의 법의(法衣)처럼 신성과 축복을 몸에 두르고, 전의(戰意)로 흥분한 적들에게도 축복을 걸어서 마음을 안정시켰다.

마무리로 10년 노하우의 표정을.

"헉!"

"히익?!"

모두가 감격으로 몸을 떨었다.

"일국의 왕자와 공주를 살해하는 행위는 반역죄입니다. 집에서 여러분과 월급날을 기다리는 처자식을 떠올리십시오. 없다면 늙은 부모와 귀여운 동생, 여자친구를 생각하세요."

"그런…."

"음…."

"듣지 마라! 다 죽이면 아무도 모른다!"

다음 국왕이 될 뻔했던 밤고구마 공작은 당황한 얼굴로 부하들을 열심히 득달했다.

하지만 왕족이란 지위와 D급 품위 빼면 아무것도 없는 그의 설득은 씨알도 먹히지 않았다.

나는 여기에 마침표를 찍었다.

"올바른 판단을 내리십시오. 제 뒤에는 현자가 있습니다. 또한, 왕자와 공주가 아무리 무능한 철부지라도 왕족이며, 여러분이 따르는 공작은 조카를 죽이려는 냉혈한입니다. 왕이 무능하면 섭정을 새우면 됩니다. 굳이 왕에 집착할 필요는 없습니다. 자! 어떻게 하시겠습니까?"

오랜만에 신사의 언어를 썼더니 목이 말랐다.

하지만 내가 이렇게 노력했음에도 저들은 여전히 선택을 못하고 갈팡질팡했다.

신의와 충성. 그 둘로 꽤 끈끈하게 묶여있음을 알 수 있었다.

하지만 내게도 히든카드가 있다. 판타지아 대륙 어디에도 있고, 어디에도 없는 존재들.

"위대하신 분께 영광을-!"

"커억?! 어, 어째서…!"

부하의 검에 뒤통수를 찔린 밤고구마 공작이 경악한다.

그가 마법왕국의 국왕이 되었을 때, 이인자까지 팍팍 밀어주는 측근에게 배신당했으니 그럴 만했다.

믿기지 않고 억울해도 어쩔 수 없다.

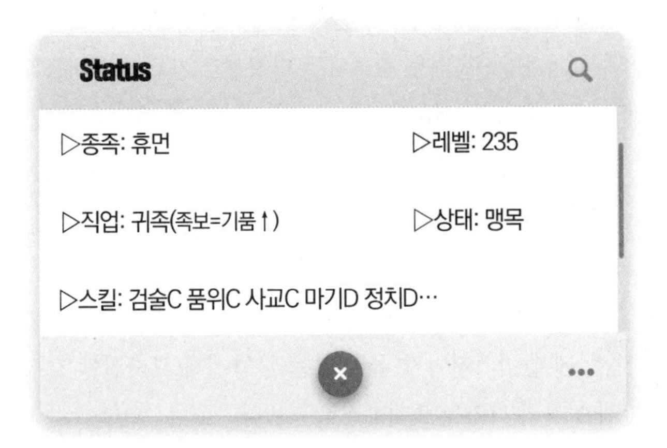

D급 마기.

우리는 충성보다 끈끈한 마기로 묶여있기 때문이다. 옥좌에 앉은 채 빈둥거리며, 부하와 자식들을 용사의 경험치로 보내는 마왕 페도나르만 봐도 알 수 있다.

그래도 쿠데타 한 번 없다. 악마들이야말로 철저한 계급사회. 자기보다 마기 많은 자에게 절대복종한다.

철퍼덕.

뒤통수를 당한 밤고구마 공작이 말에서 추락했다. 왕족 이상의 자부심을 가진 마법 한 방 써보지 못한 채로.

순수하게 마법만 탐구했다면 현자가 됐을 거란 기대를 한 몸에 받았던 남자의 허무한 최후였다.

"숙부님이 우리를 죽이려 했다니…."

"폐하께 이 사실을 알려야 해요!"

"공주님. 얼른 왕궁으로 돌아가요."

공주와 여기사, 시녀들이 눈치 없이 조잘거렸다. 역모죄에 연루돼서 패가망신할지도 모른다는 걱정으로 가득한 사내들 앞에서 저딴 말을 하면 어쩌라고?

그래서 살짝 어루만져주기로 했다.

"숙부님이 왜 여기에…?"

"어라? 어머나!"

"무, 무슨 일이 있었나요?"

왕궁에 돌아가자마자 골골 앓는 국왕에게 고자질할 것 같았던 네 여자의 기억을 블랙박스로 지웠다.

너무 편리해서 눈물이 나올 지경이다.

▶혼란: 강한수 생도님. 이래도 괜찮은 걸까요?

교생 아가씨. 전혀 걱정할 필요 없어.

나는 누군가를 죽이거나 불행해지게 하지 않았다. 일단 엮인 이상, 뒤처리는 완벽하게 한다.

내 두 번째 히든카드. 성녀H를 소환했다.

"부활시켜."

"네. 주인님. 아아아~♪"

오크들에게 살해된 인간들이 몽땅 되살아났다. 레벨이 다소 하락하긴 했지만, 그건 차근차근 다시 올리면 될 문제.

왕자, 기사, 마법사, 병사…. 밤고구마 공작 빼고 전부 부활시켰다. 나를 죽이려 한 죄는 무겁다. 살려두면 어차피 또 조카들을 죽이려 하거나 반란을 일으켜서 나라가 둘로 쪼개질 터.

여기서 분란의 씨앗을 제거해두는 편이 낫다.

"나는 분명히 죽었는데…."

"이게 대체 무슨…."

"헉! 성녀님이 어째서 여기에…!"

"기적이다! 이건 기적이야!"

이후에 자잘한 소란이 있었지만, 날조와 망각의 환상적인 콤비로 깔끔히 해결했다.

밤고구마 공작은 조카들을 구하려고 사냥터까지 달려왔다가 정체불명의 자객에게 살해된 것으로 처리. 진실을 아는 자는 극소수였다.

부활하지 못한 사망자는 시체의 훼손이 심한 병사들이랑 밤고구마 공작을 합쳐서 4명밖에 안 됐다.

가장 이상적인 결말이었다. 다만,

"천한 너희가 나를 구해줬다고 들었다. 이, 이놈?! 감히 왕자인 나를 그런 눈으로 쳐다보다니! 썩 비켜라. 신성한 자라서 이번만 특별히 용서해주마. 그리고…. 흠흠! 옆의 귀여운 마법사 여자. 나를 구한 공로를 높이 사서 내일 파티에 초대해주겠다. 영광으로 알도록."

부활한 왕자가 마음에 안 들었다.

귀여운 척하는 라누벨의 몸을 음탕한 시선으로 훑어보는 건 얼마든지 괜찮다. 하지만 나를 무시하는 태도는 용서할 수 없다.

이번에도 재확인된 셈이다. 왕자, 왕족, 현자, 귀족, 여사제….

직업이 대단하거나 고귀한 신분들에게는 내 신성함이 통하지 않는 경향이 강해 보였다.

그렇다면, 이 왕자를 어떻게 처리할까?

보는 눈이 일단 많다. 다시 죽이면 기껏 정리된 일이 또 복잡해진다. 안 그래도 "공작님은 왜 부활이 안 될까?"라는 의문을 품은 자들이 있는 상황이다.

최대한 조용히 처리하자. 그러니,

"왕자님. 제 얼굴을 한 번 봐주십시오."

"흥! 천박한 네놈 얼굴…."

"뭐가 보이십니까?"

"그러니까…. 나는 누구? 여기는 어디?"

언어랑 기초생활능력만 놔둔 채, 왕자의 기억을 싹 지웠다.

이대로면 어차피 등신 같은 왕이 돼서 나라를 말아먹을 게 틀림없으니, 아예 소프트웨어를 초기화해버렸다.

이것으로 마법왕국의 미래는 밝아졌다. 내 업적을 공표하지 못하는 게 아쉽군. 이놈의 오지랖과 무료봉사는 직업병이 틀림없다.

▶혼란: 깔끔한 뒷수습이 맞겠죠…?

교생 아가씨는 걱정이 너무 많다. 차근차근 따져보자.

밤고구마 공작을 따라온 자들에게도 가족과 친구가 있다. 그들이 죽으면 슬퍼할 자들이 적지 않다. 생계가 위험하거나 힘든 자들도 분명히 있을 것이다.

또한, 이들은 뛰어난 전투력을 보유하고 있다. 유능한 고급인력이 늘 부족한 판타지 세계에서 이들의 죽음은 왕국의 치안 악화와 백성의 인명피해로 이어진다.

왕위찬탈을 노리는 밤고구마 공작은 죽었다.

무능한 왕자는 기억상실로 다시 시작한다.

이것으로 왕위서열은 멍청한 공주에게 넘어갈 터.

하지만 마법왕국의 왕위계승권은 대대로 '남성'이 맡아왔다. 그 전통과 역사를 고려해보면, 마법의 재능이 특출난 데릴사위를 섭정(攝政) 자리에 앉힐 확률이 대단히 높다.

논리적으로 완벽하다. 이보다 행복한 뒷수습은 있을 수 없다.

"용사님. 뭔가 이상해요."

옆에서 걷던 라누벨이 투덜댔다.

"뭐가?"

"아무튼, 이상해요!"

"투덜대는 네가 더 이상하거든? 전혀 닮지 않은 오라비에게 엉덩이 까이기 싫으면 얌전히 따라와."

"우우…."

기억상실에 빠진 왕자 대신 우리를 초대한 공주에게는 정중히 사양의 뜻을 전했다. 마법왕국에는 볼일이 더 없으니까.

성검3도 '일단'은 자율모험을 권장했다.

우리는 다시 모험을 떠났다. 그래서 다음 목적지는?

현자의 지팡이를 시험해볼 때가 왔다.

】【

설산M. 북대륙 중앙에 자리하는 거대한 설산이다.

설산M 곳곳에서 펑펑 솟아나는 천연온천은 수많은 여행자를 이곳으로 끌어들였고, 사람이 몰리면서 자연스럽게 형성된 마을들은 관광지로 점차 발달했다. 하지만 이뿐이라면 일반인만 몰렸을 터.

유황온천수랑 함께 흘러나오는 거대한 마력에 이끌린 몬스터들 때문에 설산M 주변의 평균 레벨이 급격히 올라갔다.

몬스터 레벨이 올라가면?

이것들을 천연방파제로 삼은 악당들이 설산M 깊숙한 곳에 은신처를 마련하기 시작했다. 흉악범, 산적, 마법사, 추방자, 살인마, 탈옥수…. 그 구성도 참으로 다양하다.

그리고 바늘 가는 곳에 실이 따라가는 법.

악당이 있는 곳에 영웅도 있다.

온천을 중심으로 형성된 관광지를 습격하는 악당들을 처단하기 위해 영웅들이 설산M으로 달려왔다. 그들은 설산M이 보이는 아름다운 관광지의 치안을 지켜주면서 낭만을 즐겼다.

그리고 이 영웅들을 보려는 관광객들이 또 몰려들었다.

우리가 방문한 마을Q도 그런 곳 중 하나였다.

"헉! 저 귀여운 고고학자는 설마…?"

"진짜다! 고고학자 라누벨이야!"

"오! 북대륙에 있다더니 정말이었네!"

골프장에 야구선수가 가면 알아보는 사람이 적을 것이다. 야구선수는 야구장에 가야만 "혹시? 당신은 어느 팀의 선수가 아니신가요?"라며 인정받을 수 있다. 이건 판타지 세계에서도 통용되는 이야기다.

물론, 엄청난 유명인이라면 어딜 가더라도 알아보는 자들이 많겠지만, 라누벨의 지명도는 그리 높지 않다. 전쟁터에서 혁혁한 공을 세웠거나, 혈혈단신으로 강력한 몬스터나 악마를 쓰러트린 게 아닌 탓이다.

그녀의 직업은 얍삽한 도굴꾼. 고상하게 표현하면, 세계의 비밀을 파헤치는 고고학자다. 그래도 설산M의 어느 마을에선 꽤 먹혔다.

“그런데 옆의 남자는 누구지?”

“오오! 어쨌든 신성한 분인 건 확실해.”

“혹시, 라누벨의 남자친구는…. 히익?!”

지나가던 마을주민5가 불쾌한 착각을 해서 노려봐줬다.

“용사님! 제가 좀 유명해요!”

라누벨이 기분 나쁘게 어깨와 엉덩이에 힘을 주며 우쭐거렸다.

“라누벨, 잘 들어. 이 동네에서는 피 묻은 칼을 음유시인과 술주정뱅이들에게 보여주면서 공짜 술을 뿌리면, 하루 만에 오크 학살자 아무개로 둔갑할 수 있어.”

“엑!? 정말요…?”

라누벨은 현지민인 주제에 지구인보다도 세상 물정을 몰랐다.

“내가 시범을 보여줄게.”

안 그래도 ‘최초의 용사’에 대한 정보가 필요하던 참이다.

설산M에 터를 잡은 수많은 마을 중에서 굳이 마을Q를 고른 이유도 그 때문이다.

암흑상회. 이들은 돈만 되면 뭐든지 판다. 고객과 수요만 확실하다면, 성녀C가 자주 입는 속옷 색깔과 디자인까지 알아올 독종들이다. 참고로, 불사조가 그려진 분홍색이다.

탕!

나는 마을Q에서 가장 큰 술집 문을 박차며 안으로 들어갔다. 시끌벅적 떠들던 잡것들의 시선이 내게 쏠렸다.

우선은 평판 작업부터다.

"내 얼굴과 이름을 잘 기억하도록! 설산에 사는 흉악한 얼음 공주를 복종시킬 신성한 용사님이다! 이봐, 바텐더! 술 창고를 활짝 열어! 내일 해가 뜰 때까지 이 술집은 내가 접수한다!"

"오오! 또 용사님인가!"

"신성한 용사 오빠! 힘내세요!"

"술? 도리를 아는 친구군!"

환호하는 술주정뱅이들. 금세 마을Q에 소문이 쫙 퍼졌다.

교직원 일동이 무슨 수작을 부리더라도 상관없다.

Z등급 왕자가 또 공격해오면 쳐죽일 뿐.

지구의 고등학생들이 합격한 대학교에 입학하듯이, 나도 졸업하든 탈출하든 지구만 가면 된다.

막연했던 길이 보이기 시작했다.

"모험가 여러분! 꿈과 희망은 살아있습니다! 하핫!"

옛말에, 뿌린 대로 거둔다고 했다. 격하게 공감하는 바이다.

내가 술집에서 돈을 뿌린 만큼 마을Q에 "한쑤 용사님이 얼음 공주를 정복한대!"라고 널리 알려졌기 때문이다. 나를 아직 모르는 사람은, 술을 못 마시는 어린애들밖에 없었다. 아니, 어른들에게 주워들은 어린애들이 더욱 극성이었다.

마을Q의 주민이나 관광객, 모험가들은 "헛소리 작작해라!" 같은 식으로 내게 시비를 걸지 않았다. 이미 선례가 많이 있었던 까닭이다.

"얼음공주를 복종시킨다고? 그게 가능할 리가…."

"허허! 유쾌한 용사가 정말 끊이지 않는군."

"우리야 술만 얻어 마시면 그만 아닌가? 하하!"

"그렇지! 한쑤 용사님을 위해 건배!"

설산M 주변에는 용사들로 넘쳐났다. 능력치가 주민등록증 같은 상식으로 받아들여지는 판타지아 대륙에서 '용사'는 '언젠가 마왕을 쓰러트릴 자'로 해석된다.

그렇다. 언젠가 쓰러트릴….

즉, 씩씩한 모험가는 전부 용사로 불린다.

나도 이 그룹에 편입됐다. 한 떨기 눈송이처럼 아름답다는 얼음공주를 제압하고, 그녀를 신부로 맞이하겠다는 사내 중 한 명으로.

북대륙에는 그런 허풍쟁이들이 셀 수 없이 많았다. 나를 그 총각들이랑 똑같이 취급해서 매우 불쾌했지만, 얼음공주의 모가지를 잡아서 마을Q까지 질질 끌고 올 때까지는 참기로 했다.

지금은 나도 말뿐인 허풍쟁이들이랑 다를 게 없으니까.

증거는 중요한 법이다. 다음으로 할 일은,

"바텐더."

정석(졸업)에만 치중할 생각은 없다. 대학입시 방법으로 수시와 정시로 나뉘듯이, 선배1처럼 판타지아 대륙을 탈출하는 길도 틈틈이 준비할 것이다. 그러자면 정보수집은 필수.

“부르셨습니까, 무시무시한 얼음공주를 곧 차지하실 용사님. 찾으시는 안주가 있으십니까?”

“아주 화끈한 놈으로. 이따가 점심때.”

판타지아 전 대륙에 퍼진 암흑상회에서만 이용되는 ‘약속의 언어’로 고객 인증은 밤새 끝내놓았다.

1회차 때, 내가 북대륙에서 활동하던 시기보다 너무 일찍 오는 바람에 암호가 살짝 틀리긴 했지만, 매상이 잔뜩 올라서 기분 좋아진 바텐더는 유들유들하게 넘어갔다. 내 신성한 신분도 크게 한몫했다.

유리잔을 닦던 바텐더가 씩 웃으며 답했다.

“최고로 대령해놓겠습니다.”

불법과 합법을 넘나드는 암흑상회는 무엇이든 판다. 그리고 수익의 극대화를 위해서라면 융통성을 발휘할 줄도 안다.

이게 무슨 말이냐면, 암시장처럼 불법적인 상품을 거래하는 게 아닐 때는, 손님이 번거롭지 않도록 찾아오는 서비스도 얼마든지 해준다는 것이다. 물론, 약속의 언어로 검증된 손님 한정이다.

“오빠 용사님. 라누벨은 배불러요….”

“오냐. 불룩 나온 배에서 술고래가 태어날 기세네.”

“너무해…. 딸꾹!”

“닥치고 잠이나 자.”

이번에야말로 보내버릴 의도로, 밤새도록 라누벨에게 도수 높은 싸구려 술을 퍼먹여 봤다.

그러나 3회차에 이어 이번에도 실패.

해롱해롱한 그녀를 술집의 2층 숙소 방구석에 처박아둔 후, 나는 1층에서 약속된 점심을 먹었다.

검은색 원피스를 곱게 차려입은 어여쁜 아가씨랑 함께.

"용사님. 무엇이 궁금하신가요?"

식사 내내 화기애애한 분위기 속에서 "이 식당의 닭고기는 정말 신선하네요." 같은 일상적인 대화를 하던 아가씨가 툭 질문을 던진다.

여기서 눈치 없이 헛소리하는 손님은 없다. 만약에 있다면?

암흑상회는 이때부터 상대를 '대등한 손님'이 아닌 '멍청한 호구'로 보고, 아부와 아양으로 돈을 뜯어낸다.

아무튼, 나하고는 전혀 상관없는 이야기.

물고기답게 멍청한 인어공주 아쿠아, 암흑상회 관계자만 보면 긴 귀를 틀어막는 요정공주 실비아 정도만 늘 호구로 취급된다. 아! 옛날 생각 하니 또 열 받네.

"최초의 용사에 대해 알고 싶은데."

"마왕 페도나르를 최초로 쓰러트린 용사님 말씀이시죠?"

"그래."

재확인한 아가씨가 달콤한 과일주로 목을 축인 후에 말했다.

"그분의 위인전이나 동화에 나오는 일반적인 이야기가 궁금하신 건 아니시겠고…. 최초의 용사가 처음 모습을 드러낸 이후부터 마왕을 쓰러트리기까지의 기간은 7년. 짧긴 하지만, 이뤄놓은 업적과 흔적들은 정말 방대합니다. 범위를 정해주셔야…."

"전부."

"상상하시는 것 이상으로 많아요."

이마를 가볍게 찌푸린 아가씨가 어처구니없다는 표정을 짓는다. 그래서 나도 웃는 얼굴로 넌지시 찔렀다.

"그러면 이렇게 할까? 중복되지 않는 정보로만 모아서 얇은 법전 두께를 만들어주면 이걸 주지."

탁.

나는 그렇게 말하면서 '창고'에서 꺼낸 설계도면 하나를 보여줬다. 시큰둥했던 아가씨의 눈이 휘둥그레졌다.

"이, 이건…!"

"보다시피 골렘의 설계도다. 흔치 않은 물건이지. 원한다면 첫 장을 선수금 대신 미리 줄 수도 있어. 대신, 내가 제시한 양만큼의 정보를 수집하지 못하면 설계도는 여기서 끝, 정보는 무료 제공. 어때?"

"…잠시만요. 저는 이쪽 전문가가 아니라서요."

아가씨가 바텐더에게 몇 가지 지시를 내렸다. 약속의 언어가 쓰이긴 했지만, 골렘 방면의 전문가를 호출했다는 것쯤은 어렴풋이 예상할 수 있었다.

암흑상회의 또 다른 장점. 여기는 시간을 허투루 낭비하는 법이 없다.

서비스라면서 술집에서 제공해준 디저트를 천천히 음미하며 다 먹을 때쯤, 아가씨가 부른 사람이 도착했다.

내가 1회차 때 보았던 암흑상회의 인물이었다.

하지만 '인간'은 아니다.

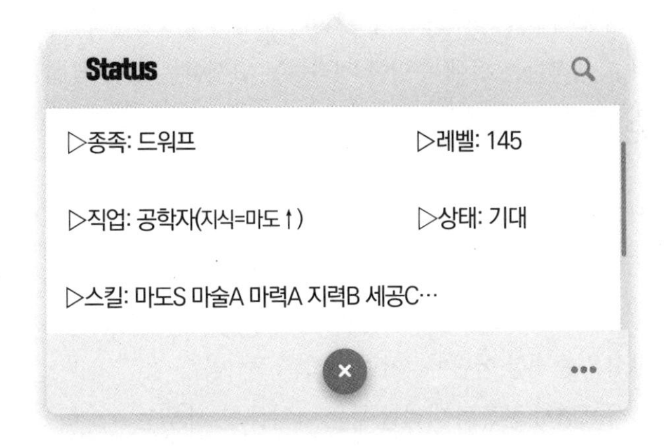

난쟁이가 술집 안으로 성큼성큼 들어왔다.

영어로는 드워프(Dwarf). 판타지 세계관에서 가장 손재주가 좋은 종족이다. 하지만 인간 장인보다 압도적으로 뛰어나느냐고 묻는다면…. 글쎄?

한 자리에 오랫동안 앉아서 작업할 수 있는 우직한 성격, 평균 500년을 살며 쌓은 연륜과 경험의 힘이 더 크다고 본다. 종족성향과 재능이 반반이랄까.

내게 다가온 난쟁이는 자기네 종족의 평균 신장인 1m쯤 했으며, 덥수룩하게 자란 붉은색 턱수염은 허리까지 앞치마처럼 쭉 내려와서 덮었다.

난쟁이답게 커다란 눈동자가 인상적인 동안(童顔)의 얼굴에는 주름 하나 없이 천진난만했다. 턱수염만 자르면 인간의 아이로 충분히 오해받았을 것이다.

실제로, 수염을 정리하고 인간 행세를 하면서 여행하거나 사회에 녹아든 난쟁이도 있다. 그러나 수염이 풍성할수록 '미남'이라고 생각하는 탓에 수염을 정리하는 난쟁이는 드물다. 하지만 뭐가 됐든 간에,

"안녕하시오. 문제의 설계도를 보러 왔소."

어린 외모에 속으면 안 된다.

난쟁이는 절대 착한 종족이 아니기 때문이다.

거의 죽을 때까지 어린아이의 모습을 하는 난쟁이들의 사고방식은 순진한 어린아이처럼 무서운 구석이 있다.

웃으면서 곤충의 다리를 뜯는 아이를 본 적 있는가?

난쟁이들은 즐거운 마음으로 대량살상무기를 만든 후에 걸작이나 예술 같은 헛소리로 포장한다.

이 검은 너무 위험하니 봉인…. 자기만족을 위해 만든 후에 이딴 소리를 지껄이는 놈들이다.

수염이 붉은 난쟁이를 본 내 입에선 한숨부터 나왔다.

"하필 너냐…."

이건 예상하지 못한 변수였다. 아니, 암흑상회 소속이니 당연히 짐작하고 있어야 했던 걸까.

눈앞의 난쟁이는 평범한 공학자가 아니다. 북대륙의 전쟁을 주도한 원흉이다. 별명은, 핏빛 난쟁이.

이 난쟁이는 판타지아 대륙의 전쟁 패러다임을 바꾼 붉은색 골렘의 제작자다. 나는 편하게 난쟁이L이라고 부른다.

군신(軍神)이 황금색 골렘으로 세상을 놀라게 했지만, 그에게 대적하는 조연과 악역이 없었다면 절대 유명해지지 못했을 것이다. 핏빛 난쟁이라고 불렸던 난쟁이L이 바로 그 역할을 했었다.

"음? 하필 나라니? 신성한 인간분께선 나를 아시오?"

"일단은 한 번 봐봐."

내가 암흑상회에 제시한 설계도면은 '골렘D'였다. 그래서 문제다.

내가 기억하는 붉은색 골렘은, 올려다보는 인간들의 시선을 압도하는 공격성과 강인함이 넘쳐났었기 때문이다. 오른손에는 성문을 파괴할 거대한 망치를 쥐고, 왼손은 상대 골렘과 성벽을 뚫을 드릴로 무장했다.

골렘D처럼 온몸이 흐느적거리게 생기지 않는다. 여자애들 소꿉장난도 아니고.

"흐음…."

내게 골렘D 설계도면 한 장을 넘겨받은 난쟁이L이 신중하게 살펴보기 시작했다.

그렇게 얼만큼 시간이 흘렀을까?

난쟁이L이 차분한 어조로 결과를 말했다.

"진품이 틀림없소. 설계도 전부를 살펴본 건 아니지만, 이 한 장에는 핵심기술 외에도 골렘 설계자의 철학과 열정이 담겨 있소. 무척 분하지만, 그자는 나보다 뛰어난 실력의 골렘 공학자요."

난쟁이L이 힘없는 얼굴로 항복선언을 했다. 친구가 만든 찰흙 인형이 자기 것보다 더 근사해서 시무룩해 하는 어린애 같았다.

"…그래?"

개똥도 약으로 쓰일 때가 있다더니!

슈퍼로봇도 아닌 이딴 쓰레기 인형 설계도가 호평을 받게 될 줄은 몰랐다.

설계도를 내려놓은 난쟁이L이 이어서 말했다.

"이런 말을 하면 안 되는 줄 알지만, 나는 이 골렘의 설계도가 무척 탐나오. 내가 제작 중인 신형 골렘에 꼭 참고하고 싶소. 내 의지와 소망이 협조자에게 잘 전달됐으리라 믿겠소."

그는 암흑상회 소속 아가씨에게 힘주어 말한 후에 몸을 돌렸다.

"…손님께서 대단한 물건을 제시해주셨네요."

난쟁이L을 술집 밖까지 배웅하고 돌아온 어여쁜 아가씨의 표정이 진지해졌다.

"어떻게 할래?"

"진품이 확인된 이상, 저희도 신뢰로 보답하겠습니다. 판타지아 대륙에 흩어져 있는 모든 정보를 수집해드리겠습니다. 최초의 용사부터 그의 동료, 애인, 친구, 원수들까지 전부. 사소한 소문 하나 놓치지 않고 전부 기록해서 드리겠습니다."

"훌륭해."

내가 원하는 대답이었다.

그런데 아가씨가 바로 단서를 달았다.

"얼음공주를 처치하실 용사님? 실례인 줄 알지만, 주문하신 정보가 다 모일 때까지 이 마을에 머물러주실 수 있을까요? 전송마법까지 동원해서 최대한 빨리 수집한다면 보름쯤 걸릴 겁니다. 그동안 숙식은 저희가 제공해드리겠습니다."

보통은 이렇게 손님을 붙잡아두지 않지만, 내가 얼음공주를 사냥하러 떠난다는 이야기를 접한 모양이다.

암흑상회로선 꽤 정중히 돌려 말한 셈이다.

얼음공주에게 살해되기 전에 그 설계도를 넘기라고.

"보름이라…. 좋아."

이번 6회차는 서두르지 않기로 했다. 마왕 페도나르가 여태 살아있는 게 그 증거! 느긋하게 준비하자.

"우웅…. 용사님. 이 시간에 어딜 가세요?"

잠옷 차림의 라누벨이 눈곱 낀 눈을 비비면서 물어왔다.

몽롱한 상태에서도 귀여운 척하다니? 정말 징글징글하다.

우리는 여태까지 각방을 써왔다. 하지만 설마, 라누벨이 '현자의 지팡이'를 인형처럼 꼭 끌어안고 잘 줄은 전혀 예상하지 못했다. 어쩔 수 없이 그녀를 흔들어 깨워야만 했다.

"쉿! 아침까지 닥치고 더 자."

암흑상회에는 보름 동안 마을에서 얌전히 관광할 것처럼 이야기해뒀지만, 내가 그 말을 따라야 할 의무는 없었다.

보름. 지나치게 길다.

마왕 페도나르를 15번 죽일 수 있는 시간이다.

▶황당: 예시가 지나치게 잘못된 것 같은데요…?

교생 아가씨. 전혀 잘못되지 않았어.

판타지 세계에서 보름이면, 판타지아 차원보다 시간이 10배 느리게 흐르는 지구에선 36시간쯤 흐른다는 계산이 나온다.

내가 대한민국 문화시민으로 활동할 수 있는 36시간이 그냥 낭비되는 셈. 이딴 게 용납될 리 없잖아?

"저도 같이 갈래요."
나는 라누벨이 이렇게 말할 줄 알았다. 그래서 답변을 미리 준비해놨다.
"음주모험(飮酒冒險)은 안 돼."
"에엣?!"
"자, 라누벨. 내 손바닥에 입김을 불어봐."
"후우…?"
어리둥절한 표정을 지은 라누벨이 시키는 대로 입김을 불면서 또 귀여운 척했다.
그 탓에 손바닥으로 그녀의 뺨을 후려칠 뻔했다.
라누벨. 내 인내심에 감사하렴.
"혈중알코올농도가 0.5로 심각한 수준이네. 이 상태로 모험을 떠나면 민폐 끼칠 확률이 99%야."
"용사님! 라누벨의 정신은 멀쩡해요!"
"술주정뱅이는 자기가 취했다고 순순히 인정하지 않지."
"그러면 시험해 보시던가요."
오늘따라 라누벨이 쉽사리 물러나지 않고 끈질기게 나왔다.
나는 손가락 둘을 펴며 물었다.
"라누벨. 내 손가락이 몇 개로 보여?"
"헷! 쉽네요. 둘이요."
"하나야."
"에엣?! 오빠―아니, 용사님! 이건 아무리 봐도 둘인데요?!"
"그만 인정하렴. 네가 취했다는 증거야."
"아우우…."

라누벨이 뺨을 부풀리며 분한 표정을 짓더니, 얌전히 침대 속으로 도로 기어들어갔다.

그 뒤, 나는 마을Q를 조용히 빠져나왔다.

목적지는 설산M의 꼭대기. 그 정상의 움푹 들어간 곳에는, 제어가 안 되는 힘 때문에 홀로 떨어져서 사는 공주님의 성채(城砦)가 있다.

“어디, 자기가 세상에서 가장 불행하다고 착각하는 여자를 만나러 가볼까.”

진짜 불행을 체험시켜주자. 그러면 자기가 여태까지 행복했음을 알게 될 것이다. 물론, 수업료는 공짜다.

“1회차 동료들만 욕할 게 아니군. 나도 이놈의 오지랖이 참…….”

설산M에는 다양한 경험치들이 숨어 산다. 몬스터만을 지칭하는 게 아니다. 영원한 생명을 얻기 위해 열심히 연구하는 꿈많은 마법사, 돈 많은 이웃집에 시집간 친언니를 납치하려는 백합 기사, 여자친구에게 차이자마자 왕궁에 불을 지른 로맨티시스트…. 사람도 경험치를 준다.

하지만 오늘 목적은 설산M의 정상에 최대한 빨리 올라가서 얼음공주를 복종시키는 것이다.

웬만하면 내일 해가 뜨기 전까지. 노닥거릴 틈이 없다.

▶빼꼼: 달려서 올라가실 건가요?

교생 아가씨. 나는 그런 무식한 방법을 쓰지 않아.

내 1회차 경험은 방대하다. 설산M이나 그 주변 마을에서 정체를 감춘 채 은거한 연놈 중에서 비행수단으로 쓸 수 있는 녀석을 알고 있다.

마을Q에서 조금 떨어진 곳에 지어진 한적한 통나무집.

앞마당에는 꽃밭과 작은 연못이 있고, 뒤뜰에는 과일나무가 몇 그루가 있다. 이 누추한 집에는 비실비실한 요정을 마누라로 삼은 사냥꾼 청년이 살고 있다. 하지만 사냥은 하지 않는다. 왜냐하면,

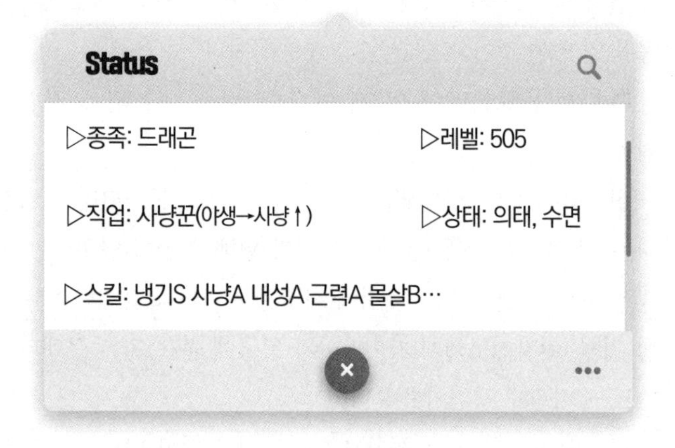

태생이 게으른 용(龍)인 탓이다. 하지만 이게 꼭 나쁘다는 건 아니다. 만약, 모든 용이 망룡왕 뇌비우스처럼 부지런하게 패도를 걸었다면 판타지아 대륙은 진즉 멸망했을 것이다.

인간으로 변신한 용이랑 동침 중인 요정도 마찬가지다.

만약, 요정의 평균 가슴이 사하라사막이 아닌 로키산맥이었다면, 판타지아 대륙의 주축은 인간이 아닌 요정이 됐을 것이다.

이건 단순한 가정이 아니다. 기본수명 5000년과 안티에이징이 패시브인 요정들은 거의 죽을 때까지 몽정과 월경을 달고 산다. 그런데 애까지 쑥쑥 낳는다고 상상해보라. 번식력에서 인간이 상대가 안 된다.

"흠…. 이건 가슴만의 문제는 아닌가?"

지난 11년 동안, 나는 이 요정 여성처럼 다른 종족이랑 살림 차린 경우를 굉장히 많이 보았다. 긴 젊음 외에는 내세울 게 없는 신체적 불리함에도 굴하지 않고, 결혼과 출산 등에 상당히 적극적인 편이다.

즉, 이건 비실비실한 요정 남성 쪽에 문제가 있다는 뜻이다. 조루이거나, 고자이거나. 뭐든 간에 정상적인 종족은 아니다.

"헉! 누구냐—꾸엑?!"

활짝 열린 문을 통해 들어온 찬바람을 느낀 용이 깨어났다. 그리고 내 손도 움직였다. 원래 모습으로 돌아갈 틈도 주지 않고 목을 붙잡았다.

"주인님?!"

한 박자 늦게 깨어난 요정이 깜찍한 비명을 질렀다.

호칭에서 알 수 있듯이, 이 둘은 정상적인 부부관계가 아니다. 마누라를 노예처럼 부리는 변태 용. 공격해도 전혀 문제없다.

"도마뱀. 얼른 원모습으로 변신해라."

"이, 인간이여! 내가 무슨 짓을 했다고—켁켁?!"

"내가 나쁜 말로 할 때 듣는 편이 마누라의 신상에도 좋을 거야. 나는 분명히 경고했다?"

"…좋다."

내게 모가지가 붙들린 채 통나무집 밖으로 질질 끌려 나온 용이 원래 모습으로 돌아갔다.

파아앗—!

작은 인간에서 거대한 날도마뱀 형태로. 추운 고산지대에서 살 수 있도록 가죽이 두툼한 편이고, 비늘은 주변 환경에 녹아들기 좋은 백색 계통이었다. 날개 또한 폭설과 눈보라에 저항하기 좋도록 짧은 대신 3쌍이나 달렸다.

하지만 놈의 덩치는 크지 않았다. 친애하는 동료인 망룡왕 뇌비우스랑 비교하면, 티라노사우루스 앞에 엎드린 이구아나 수준으로 매우 작았다.

"용이다!"

"헉! 용이 나타났다!"

"저 백룡(白龍)은 설마…!"

"얼른 용사들을 깨워!"

그래도 용은 용이란 걸까?

마을Q 인근에 갑작스럽게 출현한 조그마한 용을 본 마을주민들이 야단법석을 떨었다.

하지만 그들 심정이 조금은 이해됐다. 용은 판타지아 세계관에서 최강의 생명체로 통하기 때문이다. 고작 505레벨일지라도.

종족이 용이면, 레벨 계산법도 달라지기 때문이다. 스킬 구성과 등급에 따라서 오차범위가 꽤 크긴 하지만, 능력치 레벨에 곱하기 3을 해주면 인간 레벨이 나온다.

즉, 용사든 영웅이든 혼자서 505레벨 용을 쓰러트리고 싶으면, 1515레벨을 찍어야 한다는 뜻이다.

교생 아가씨. 참 쉽지?

▶제안: 강한수 생도님. 믿음직한 동료들이랑 협공하면 공략이 더욱 쉬워져요.

그 새끼들은 도움은커녕 방해만 된다. 용은 개체 수가 적기 때문에 아무튼 보호해야 한다고 지껄이는 몽상가들이다.

여기서 더 웃긴 건? 자기들 기분 내킬 때는 여자 1명을 구하려고 용 1마리를 사냥하는 파격적인 등가교환의 법칙을 따른다. 행동과 주장에 일관성이 없다.

"Quuuuuuu…!"

백룡이 아가리를 쫙 벌리며 포효를 터트렸다. 그리고 주둥이 안쪽에 냉기를 머금는다.

용의 숨결. 쏘아지면 이 일대는 꽁꽁 얼어붙으리라.

순수한 위력만 따지면, 얼음공주의 폭주보다 이쪽이 위력이나 범위나 훨씬 윗줄.

그러나 용의 숨결이 터지기 직전, 내 웃음보가 먼저 터졌다.

"하핫! 그 레퍼토리는 1회차랑 다를 게 없네."

순순히 하늘로 도망치도록 놔둘 생각은 없었지만, 내가 백룡이었다면 아가리 벌리고 조준할 시간에 제공권부터 확보했을 것이다. 이미 나는 놈의 면상 앞에 있었다.

빠각!

Z급 축복이 깃든 Z급 신성한 주먹이 용의 턱주가리에 박혔다. 용의 종족 보정 따위 간단히 씹어버렸다.

"Quuu-?!"

푸확!

입안에 머금은 냉기의 숨결은 토해지지 못하고 내부에서 폭발! 추하게 파란색 혀를 빼문 백룡의 푸른색 눈동자가 뒤집혔다.

일시적인 기절과 뇌진탕. 하지만 내 공격은 아직 끝나지 않았다.

■■C

길들이기 좋은 수준까지 용의 기억을 지웠다.

인간 형태의 놈을 제압했을 때도 망각시킬 수 있었지만, 그러다가 원래 모습으로 돌아가는 방법까지 까먹으면 안 되기에 기다려줬다. 그리고 지금은?

"내 눈을 바라봐."

"Quuu…!"

팔락! 쿵! 콰직!

백룡이 날개와 꼬리 등을 허우적거렸다.

하지만 이미 육체적으로나 정신적으로나 내게 완전히 제압된 상태였기에 그 저항과 반발은 금방 잦아들었다.

"대갈통 숙여."

"…Quuu."

나에 대한 공포와 본능만 남은 백룡은 순순히 내 지시에 따랐다.

조련F→조련B

사육F→사육D

교감F→교감E

스킬 숙련도가 대폭 상승했다. 경험치 500%의 용사다운 성장세였다. 일반직업 기준으로는 용 5마리를 길들인 거나 다름없으니, 이 정도 성장은 역으로 모자란 감마저 느껴졌다. 하지만 앞으로 시간이 흐르면 자연스럽게 오를 게 자명한 사실.

"이것도 업적으로 쳐주려나?"

"마, 맙소사…."

허겁지겁 란제리와 담요만 몸에 걸친 채 통나무집에서 뛰쳐나온 요정이 보였다. 백룡의 머리 위에 앉은 나를 괴물처럼 쳐다본다. 무척 귀찮지만….

"이봐, 요정."

"뭐든 할 테니 살려주세요!"

요정은 노예근성에 찌들어 있었다. 이대로 놔두면 암흑상회에 소리소문없이 납치되어 경매장 상품으로 올라갈 터.

뒷수습은 내 전문이다.

"마을에서 가장 큰 술집에 가면 라누벨이란 이름의 누추하게 생긴 여자애가 있을 거야. 지금 같은 노예가 아닌, 현자의 탑에서 안정적으로 일할 수 있도록 해줄게."

"저는 강제로 그분의 노예가 된 게 아니에요!"

요정이 답답한 소리를 했다.

"정상적인 아내도 아니지."

"그, 그건…."

"본인이 마법으로 세뇌당한 적이 없다는 확신은? 노예의 삶이 행복하다고 느끼는 것에 아무런 위화감도 없어? 가족과 부모는 그런 너에게 뭐라고 하지? 그들이랑 마지막으로 만난 날짜는?"

내가 해봐서 안다. 성녀H는 순도 100% 세뇌이기 때문이다.

"아…."

"냉정하게 자신을 돌아보고 올바른 인생을 살도록. 가자, 백구야."

"Quuuuu－!"

펄럭!

자기 요정 마누라를 한 차례 갸우뚱 쳐다본 백룡이 3쌍의 날개를 활짝 펼친 후, 기세 좋게 날아올랐다.

나중에 시간 되면 색깔별로 수집해봐야겠다.

황구, 청구, 흑구, 은구, 녹구….

] [

설산M의 정상.

그곳에는 꽁꽁 얼어붙은 모험가들이 만년설에 덮여있다.

상대가 아름다운 공주님이라고 해서, 혈기왕성한 남정네들만 찾아온다고 생각하면 크나큰 오산이다. 찬찬히 이 '얼음 무덤'을 둘러보면 여자가 훨씬 많다.

얼어붙은 여자들은 크게 두 그룹으로 나뉜다.

첫째, 하렘 파티를 짠 남자를 쫓아온 여자들.

얼음공주를 노리는 건 하렘의 주축인 남자지만, 이 파티가 전멸하면 사망자는 남자 1명과 여자 다수가 된다. 색골의 엄한 남자를 따라와서 얼어 죽은 셈이다.

둘째, 얼음공주를 질투하고 시기하는 여자들.

북대륙을 대표하는 남성이 현자라면, 여성은 얼음공주다. 그래서 북대륙 여자들은 태어난 순간부터 얼음공주랑 비교된다.

재능, 외모, 혈통, 인지도…. 그래서 얼음공주를 눈엣가시로 여기는 여성이 매우 많다.

…현자? 마음만 먹으면 국가도 잿더미로 만들 수 있는 대마법사다. 그렇기에 현자에게 시비 거는 멍청이는 없다. 게다가 한결같이 여자를 멀리하는 탓에, 시기하긴커녕 그의 철저한 자기관리를 존경하는 자들이 압도적으로 많다.

현자는 북대륙 최고의 인기스타!

정작 당사자는 과다출혈로 죽기 싫어서 관리하는 거지만, 남들이 멋대로 착각해줘서 존경받는 위인 반열에 올랐다.

▶초롱: 강한수 생도님은 정말 모르는 게 없으시네요.

교생 아가씨. 이건 기본이야.

나는 판타지 야만인들이랑 질적으로 다르다. 아름다운 녹색별 지구의 정보통신사회에서 살아왔기에 정보의 중요성을 매우 잘 알고 있다.

하지만 이것이 나만 특별하다고 생각하진 않는다. 폭력이 지배하는 낯선 세계에 납치된 지구인이라면 누구든, 나랑 같은 판단을 내릴 터. 뭐든지 폭력으로 해결하려는 판타지 원주민들의 텃세로부터 살아남기 위해서 정보수집부터 철저하게 했을 것이다. 나만 했을 리 없다.

▶움찔: 그, 그렇죠. 호호!

나와 백구가 설산M 꼭대기에 도착했을 때, 이미 그곳에서는 치열한 신경전이 한창 벌어지고 있었다.

"죽기 싫으면 떠나세요!"

눈과 얼음으로 뒤덮인 으리으리한 성채 위.

최고급 핫팩으로 안성맞춤인 몸매의 미녀가 성벽 아래를 내려다보며 외쳤다. 순백의 웨딩드레스 같은 아름다운 복장을 하고 있다.

하지만 눈보라치는 이 끔찍한 날씨에 입으니, 예쁘다기보다는 미친년이란 감상이 앞섰다. 저 미친년이 바로 얼음공주다.

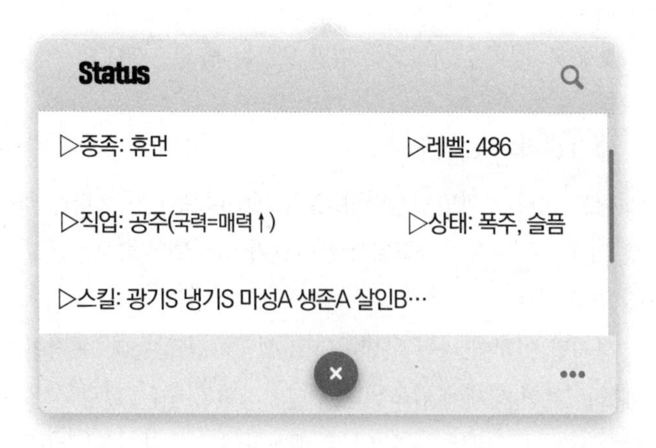

능력치는 1회차 때랑 변함없이 화려했다.

S급 광기와 냉기의 콤비도 환상적이고, 찾아오는 모험가를 죽이면서 올린 경험치 또한 준수한 편이다.

얼음공주의 경고를 들은 성벽 아래쪽에서 외침이 들렸다.

"고귀한 얼음공주여! 내 아이를 낳아주오! 오우거 학살자인 나와 북대륙 최고의 미녀인 그대가 결합한다면, 분명히 용도 잡을 수 있는 굉장한 아이가 태어날 것이오!"

예쁜 아가씨들을 줄줄이 달고 온 미남이 이상한 주장을 펼치며, 얼음공주에게 프러포즈했다.

진화론? 창조론? 유전법칙? 자연주의?

저 교집합은 무슨 근거로 나온 자신감일까.

"용이라…. 백구야?"

"Quuuuuu!"

눈보라 속에서 백룡이 포효를 터트렸다. 그리고 지상의 보잘것없는 연놈들이 경악할 틈도 없이 냉기의 숨결로 덮어버렸다.

휘이이잉~!

쩌저적!

한 방에 하렘 파티가 전멸했다. 용의 숨결에 정통으로 얻어맞은 남자는 물론이고, 이 추운 날씨에 짧은 치마를 곱게 차려입은 아가씨들까지도 예쁘게 얼어붙었다.

백룡은 모험가들에게 최후의 발버둥조차 용납하지 않았다.

"성벽 위에 착지해."

"Quuu."

쿠웅-

백구가 눈 덮인 망루 위에 날카로운 발톱을 찍으면서 착지했다. 나는 얼음공주 옆으로 뛰어내렸다.

"어떻게 용을…. 어멋?! 잠시만요! 가까이 다가오면 폭주하는 냉기가…!"

넋을 놓고 백구를 올려다보던 얼음공주가 경고성을 내뱉었다. 하지만 전혀 문제 될 게 없었다.

슈우우우-!

그녀의 몸에서 줄기차게 뿜어져 나온 냉기가 현자의 지팡이 끝에 달린 황금색 구슬로 흡수된 까닭이다. 완벽히는 아니지만, 내 체감상으로는 영하 50도에서 영하 10도로 온도가 상승한 수준쯤 됐다.

동정A의 말이 맞았다. 얼음공주의 힘은 현자의 지팡이로 제어된다.

"그, 그 지팡이는 설마…?"

이 흡수현상에 놀란 얼음공주의 하늘색 눈동자가 휘둥그레 떠졌다. 지팡이의 정체를 아는 눈치.

당연했다. 그녀도 일국의 공주이기 전에 우수한 마법사.

북대륙에서 활동하는 뛰어난 마법사 중에서 현자를 모르는 자는 없다고 해도 과언이 아니다.

현자가 애인처럼 늘 끼고 다니는 지팡이도 포함해서.

"그 지팡이만 있으면 폭주하는 저의 힘을 제어-까악?!"

"어딜!"

내 손에 쥐어진 현자의 지팡이 쪽으로 건방지게 손을 뻗는 얼

음공주의 머리통을 힘껏 후려쳐줬다.

평범한 무기나 마법이었다면 그녀의 몸에 닿기도 전에 꽁꽁 얼어붙었겠지만, 현자의 지팡이는 아니었다.

슈우우우-

진공청소기처럼 얼음공주의 냉기를 빨아들였다. 몽둥이로 아주 쓸만했다.

"하으으읔…."

"자기가 세상에서 가장 불행하다고 착각하는 공주님. 지금부터 힘의 제어에 실패할 때마다 피똥 쌀 만큼 처맞을 거야. 아! 죽어도 걱정하지 마. 40번은 부활시킬 수 있어. 다른 질문?"

진정한 불행이 뭔지 가르쳐주겠다.

검왕 알렉스가 보증한다.

▶의문: 인생은 짧지만, 불행이 인생을 길게 만든다는 격언이 있는데요. 그런데 어째서 제가 그걸 실감하는 걸까요?

교생 아가씨가 철학적인 질문을 하네.

얼음공주 교육은 아주 순조롭게 진행됐다.

그녀는 내가 목표로 했던 하루도 안 지나서 물리적으로나 정신적으로나 완벽한 성장을 이뤄냈다. 그동안 가슴과 엉덩이에 지방이 덕지덕지 쌓일 만큼 얼마나 행복하고 나태한 삶을 살아왔는지 바로 깨달았다.

이젠 마무리 점검단계다.

"공주님. 정말로 혼자 살았다고 생각해?"

"이, 이젠 아니요."

옷이 넝마가 된 얼음공주가 더듬더듬 대답했다.

"맞아. 풀 한 포기 안 자라는 만년설 속에서 공주님이 생활할 수 있었던 건, 누군가의 보조와 사랑이 있었던 덕분이지."

탑이나 감옥에 갇힌 아름다운 공주님.

…정말로 아름다울까? 사람이 단 며칠만 관리 안 해줘도 얼마나 거지 같은 몰골이 되는지는 굳이 상상해볼 필요도 없다. 외모 관리는커녕 목욕조차 못 한다.

목욕은 질병을 예방하고, 죽은 피부와 기름때 등을 벗겨내며, 혈관을 확장해서 혈액순환을 활발하게 해준다. 이때 피부의 독소가 빠짐으로써, 미녀의 필수조건인 뽀얀 피부가 완성되는 것이다.

즉, 청결과 미녀는 정비례. 이걸 탑이나 감옥에 갇힌 채로는 절대 못 한다. 동화 속의 '탑에 갇힌 아름다운 공주님'은 현실성이 없다는 뜻이다.

"공주님이 그간 지원받은 생활용품들을 떠올려봐."

하다못해, 싼 후의 엉덩이 닦을 휴지까지도 전부 설산M 아래에서 지원받은 물자다.

피가 부동액이다시피 한 얼음공주는 온종일 벌거벗고 있어도 얼어 죽진 않겠지만, 그녀가 매일 예쁜 옷을 입을 수 있는 것도 전부 누군가의 원조 덕분이다.

먹는 것들도 마찬가지. 탄수화물, 단백질, 지방, 비타민….

영양소 개념이 제대로 잡혀있지 않는 무식한 판타지 세상에서도, 골고루 먹는 식습관의 중요성은 안다.

얼음공주의 몸매는?

편식으로는 절대 나올 수 없는 굴곡을 자랑했다.

그녀는 결코 혼자가 아니다. 차가운 방에 쌓인 편지들 또한 그 증거. 편지를 보낸 이들은 꿈과 희망을 품고 있었다. 언젠가 얼음공주의 폭주가 끝날 거라고.

"용사님 덕분에 제어할 수 있게 됐어요."

제어해내기까지 10번쯤 죽은 듯하다.

못 하는 게 이상한 거다.

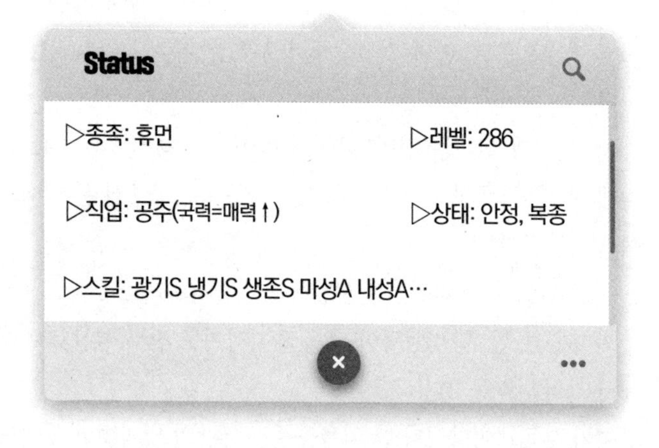

내 마기를 주입해서 악마숭배자로 만들었다면 훨씬 쉬웠겠지만, 나는 동정A처럼 '순도 100% 얼음공주'를 원했다. 치트키는 공략으로 쳐주지 않으니까.

마기에 오염된 얼음공주는 필요 없다. 그 시도는 대단히 성공적!

얼음공주는 현자의 지팡이 없이도 힘을 제어하는 데 성공했다. 훈련 과정에서 그녀를 10번 넘게 부활시킨 '성녀'는 치트키가 아닌 합법이기에 문제없다.

▶난감: 동료를 때려죽이는 건….

교생 아가씨. 이건 교육이었다구? 검왕 알렉스가 보증한다.

"공주님. 오늘 안에 설산 아래의 마을로 내려갈 거야. 그러니 지금부터 빡빡 씻고 깨끗한 옷으로 갈아입어. 일단 나를 따라서 마을에서 며칠 보낸 후, 이곳으로 돌아오든 고향에 가든 마음 내키는 대로 해."

얼음공주에게 용무는 끝났다. 현자의 지팡이에 의존했던 동정A 이상의 성적을 거뒀다.

이젠 얼음공주랑 마을Q로 가서 "강한수 용사님이 사악한 얼음공주를 복종시켰다!"라고 소문만 내면 평판 작업이 완료된다.

"예? 저를 계속 데려가시는 게…."

"내가 왜?"

동료를 늘려봐야 민폐만 끼칠 뿐이다.

지금도 마왕 페도나르를 쓰러트리는데 전혀 문제없고, 이미 현자가 동료로 가입된 상태. 여기서 더 군식구를 늘리고 싶지 않았다. 얼음공주의 가치는 딱 평판용이다.

북대륙에서 가장 유명한 악녀(惡女)를 복종시켰다는 것 하나만으로도 어마어마한 홍보가 될 것이다.

그 뒤는 내가 알 바 아니다.

얼음공주는 성채 중앙에 고여있는 온천수로 몸을 씻었다.

혼자 살아온 삶의 지혜란 걸까? 목욕시설이 꽤 잘 갖추어져 있었다. 어째서 그녀 혼자 사는 곳에 탈의실과 남탕이 구분되어 있는지는 의문이지만.

떠날 채비를 마친 얼음공주는 거의 맨몸이었다.

보석과 금화가 든 주머니가 끝. 슬쩍 물어보니….

"마을에서 새로 구할 생각이에요."

살던 곳에 미련 없다는 어조로 대답하는 얼음공주. 추억이 분명 담겼을 물건이 있을 텐데, 전부 버렸다. 쌓인 편지들도 달달 외웠기에 필요 없다고….

과거랑 결별하기 위해서라도, 생필품과 식량은 현지에서 조달하겠다는 의지로 가득했다. 나로선 아무래도 상관없었다.

"그러면 빠르게 가볼까나."

"Quuuu!"

말 잘 듣는 백구가 우렁차게 대답하며 3쌍의 날개를 파닥거렸다. 어이구, 귀여운 녀석.

그때, 무언가 내 애완동물을 덮쳤다.

"Yaooooong－!"

"Quu?!"

덥석!

눈 속에서 솟구친 거대한 아가리가 백구를 삼켰다.

막 태어난 새끼 용도 아니고, 성욕에 눈을 떠서 요정 마누라도 소유할 정도로 큰 성체 용이 한입에 사라졌다.

"나의 첫 애완용이…."

초등학교 앞에서 산 병아리를 놀이터에 잠시 놔뒀는데, 갑자기 달려온 들고양이가 냅다 물어간 적이 있었다.

그 당시의 트라우마가 슬금슬금 기어 올라왔다.

하필이면 이번에도 고양이다. …고양이 맞나?

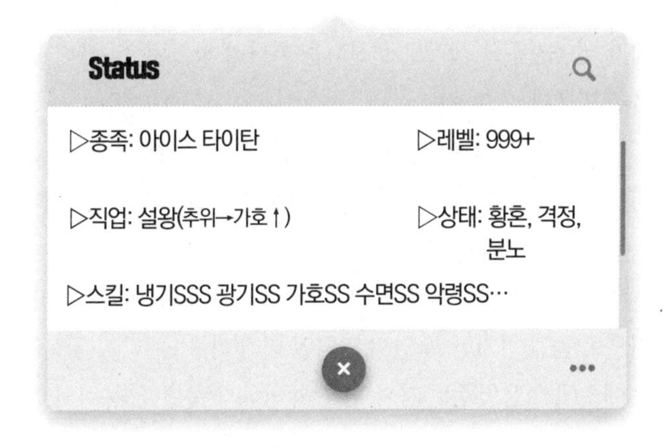

그것은 머리가 고양이처럼 생긴 거인(巨人)이었다.

내가 일전에 쓰러트린 '메기 거인'이랑 같은 계보였다. 하지만 전반적인 능력치는 이쪽이 압도적으로 위. 어째서 갑자기 튀어나온 걸까?

해답은 고양이 거인의 황금색 눈동자가 말해주고 있었다.

얼음공주를 바라보고 있다.

"공주님. 무슨 관계?"

"…제 꿈에 가끔 나오던 흰색 고양이에요. 하지만 그때는 덩치가 이렇게 크지도, 이족보행도 아니었어요."

"과연…."

내 용사 경력이 11년차다. 대충 정황만 보고도 소설을 쓸 수 있다.

상태가 황혼과 분노. 이 고양이 거인은 중앙대륙의 어느 구릉에서 숙면 중인 망룡왕 뇌비우스처럼 늙어 죽기 직전이다. 또한, 내가 얼음공주를 데리고 설산M을 떠나려 하는 순간, 급히 모습을 드러냈다.

이 상황은, 고양이 거인이 자연사하기 전에 얼음공주를 건드리면 발생하는 이벤트나 함정으로 짐작된다.

스킬의 냉기와 광기.

얼음공주랑 스킬 구성이 같았다. 등급은 고양이 거인이 압도적으로 높긴 하지만, 우연의 일치일 리 없다.

애초에 얼음공주는 자기 힘을 제어하지 못했다. 능력치로 스킬 보정을 받는 판타지 세계에서 매우 드문 일이다. 스킬 숙련도가 오르면서 저절로 제어되기 때문이다.

하지만 얼음공주는 그게 안 됐다. 스킬 등급에 맞춰서 폭주도 심해진 탓이다. 원인은?

"네가 배후였군."

아마, 황혼기에 접어든 고양이 거인은 치매에 걸렸다. 그래서 동족도 아닌 엄한 인간 여자애에게 자기 힘을 주입했다.

그리고 설산M으로 유인했다.

곰곰이 따져보면, 고귀한 신분인 얼음공주가 죄인처럼 설산

M에서 쭉 생활할 필요는 없었다. 순전히 주변 사람이 다치는 게 싫었다면, 은둔한 장소는 얼마든지 구할 수 있었다.

출입이 엄격히 금지된 국왕 사유지가 대표적인 예.

땅이 없는 일반인도 아니고, 부유한 왕족인 그녀가 보급이 힘든 열악한 환경에서 '사냥감'처럼 지낼 이유는 없었다.

비합리적인 판단의 극치. 이게 누군가의 간섭에 의한 거라면?

"Yaooong…."

고양이 거인이 나를 보며 으르렁거렸다.

분노의 원인이 나 때문임이 틀림없는 듯했다. 애초부터 타협과 화해의 여지는 없었지만.

"이봐, 고양이. 내 백구를 먹은 대가는 비싸다구?"

스르릉-

나는 성검2를 소환했다. 얼음공주가 우리의 전투에 휘말릴 가능성이 있지만, 고양이 거인도 그녀는 최대한 건드리지 않을 터. 손녀처럼 여길 게 틀림없다.

물론, 그렇다고 해서 치졸한 인질극은 고려하지 않았다. 얼음공주가 인사불성으로 피똥 쌀 때도, 피투성이로 10번 넘게 죽을 때도 꿈쩍하지 않았으니까.

그녀가 살았든 죽었든 자기 곁에만 있으면 그만이란 주의다. 어쩌면 노안으로 거기까진 파악하지 못했을지도….

아무래도 상관없다.

"Yaoooong-!"

휘익-!

눈보라 속에 가려져 있던 고양이 손이 휘둘러진다. 손톱 하나가 내 몸보다도 컸다.

그러나 나는 피하지 않고 맞섰다.

"경험치가 되어라!"

푸확-

축복으로 떡칠한 신성과 마기. 그리고 이 둘을 섞은 혼돈의 회오리를 성검2에 감았다.

블랙박스 효과로, 상극인 두 힘이 충돌하는 일은 없었다. 충돌은커녕 흑백의 조화를 이루며 더욱 강렬한 힘으로 승화됐다.

혼돈E→혼돈A

조화F→조화C

검기E→검기D

스킬 등급 상승은 기본 보너스.

기존의 스킬을 전부 제물로 갈았음에도 아깝지 않은 이유가 바로 이 때문이다. 행운이나 창고처럼 정말 특수한 스킬을 제외한 대부분은 내 몸과 영혼이 기억하고 있다.

그것들을 되새김하면 숙련도는 금방 오른다. 내게 스킬은 보조식품에 지나지 않는다.

▶지적: 그러면 평소에 좀 올려두시지 그러셨어요. 준비된 자는 전투에서 절반은 이기고 들어간다는 말도 있잖아요?

교생 아가씨.

내가 준비하면 대륙은 벌써 초토화됐어.

성스럽게 손가락만 튕겨도 도시의 모든 시민이 몰살이다.

사방에 경험치가 넘쳐나는데, 곤히 보내주고 있다. 땅에 떨어진 지폐뭉치를 외면하는 심정이다.

▶타협: 지금처럼 느긋하게 준비하고 인생을 즐겨주세요!

교생 아가씨는 역시 말귀가 통한다.

만약, 도덕 선생이었다면….

▷충고: 밤말은 쥐가 듣고, 낮말은 새가 듣는다고 했습니다. 발언할 때는 언제나 신중하게 해주세요. 그리고 강한수 학생. 궁지에 몰린 쥐는 고양이를 문다고 했습니다. 방심하면 당신도 당할 수 있어요.

오! 도덕 선생님. 또 불쑥 찾아오셨네요. 그런데 방심이 뭐죠? 먹는 건가요?

방심. 나랑 가장 어울리지 않는 단어다.

고양이 거인이 벌써 빌빌거리고 있지만, 불필요한 대화로 놈에게 반격이나 휴식할 틈을 주진 않았다.

나는 고양의 거인의 숨통을 끊기 위한 최적의 공격만 하고 있다. 방심 따위 하지 않는다. 그리고 방심할 만큼 약한 상대도 아니다.

쿠구구구!

눈사태와 산사태가 여기저기서 벌어졌지만, 그딴 걸 고려하며 싸우기엔 고양이 거인의 힘이 만만치 않았다. 스킬 등급은 나보다 낮았지만, 레벨이 깡패였다. 게다가 직업에서 내가 너무 열세였다.

설왕(雪王). 이 혹한의 날씨가 설왕을 도왔다.

물에서 가호를 받는 수왕(水王) 메기랑 달리, 이 고양이 거인은 자기 영역 밖으로 나와서 약해지는 실수를 하지 않았다.

반면에 나는?

"용사는 역시 쓰레기야."

빠른 성장은 좋지만, 막상 전투가 시작되면 경험치 5배는 전혀 도움이 안 됐다.

그래도 내 승리란 건 변함없었다. 순수한 힘으로 압도해줬다.

푸확-

성검2가 고양이 거인의 두꺼운 목을 벴다.

▷웃음: 저는 충고했습니다.

도덕 선생은 의미심장한 말을 던지고 떠났다. 올 때처럼 갈 때도 참 제멋대로다.

"웃기시네. 내 판타지 경력이 11년이야."

방심하기엔 너무 멀리 와버렸다.

푹! 푹! 푹!

나는 성검2로 고양이 거인을 계속 찔렀다.

"Yaooo~?!"

예상대로 놈은 머리가 잘려도 죽지 않았다.

나는 경험치가 바로 안 들어온 시점에 눈치챘다. 어떤 식으로든 패자부활전이 진행될 거라고.

물론, 순순히 부활하게 기다려줄 마음은 없었다.

뭉글뭉글.

잘린 목 부분에 눈덩이가 뭉치면서 새로운 머리통을 형성했다. 그리고,

서걱-

나는 새 머리통을 바로 또 베어줬다.

악당들의 전형적인 실수. 기껏 준비한 함정카드를 자기 입으로 까발린다. 도덕 선생도 예외는 아니었다.

"고양이 목숨은 7개란 말이 있지. 아니, 9개였나? 아무튼, 계속 죽이다 보면 언젠가 죽겠지."

"Yaooo-!"

그리고 마침내 단말마를 내지르며 고양이 거인이 죽었다.

이번에야말로 경험치가 들어왔으니 확실했다. 한데,

"어라…?"

내 몸이 꽁꽁 얼어붙기 시작했다.

쩌저적-

수왕 거인을 죽이자마자 전국적으로 폭우(暴雨)가 내렸었다. 그렇기에 설왕 거인을 죽이면 폭설(暴雪)이 열흘간 내리리라고 전망했다. 그런데 아니었다.

"내가 방심왕(放心王)이라니…! 이런 거지 같은-"

필름이 끊겼다.

】【

꿈틀—

내가 얼음 속에 갇혔음을 깨달았다. 손가락 하나 까딱할 수 없는 상태였지만, 이렇게 정신이 돌아온 이상 문제 될 게 없었다.

돌이켜보면, 고양이는 목숨만 많은 게 아니었다.

'고양이를 죽이면 저주받는다더니….'

다시 생각해봐도 기가 막혔다. 하지만 그건 그거고,

쩌적—쩍!

고양이 거인이 죽으면서 펼친 저주의 위력은 분명 강력했지만, 죽어버린 존재의 힘은 시간이 흐를수록 약해진다.

반면에 내 힘은 끊임없이 유지된다. 남은 건 시간문제.

하지만 그것도 그리 오래 걸리지 않았다.

챙그랑!

내 몸을 감싼 얼음이 파괴됐다.

"빌어먹을 고양이."

방심이고 뭐고 이건 빠져나갈 수 없는 외통수였다. 그나마 다행이라면 금방 빠져나왔다는 것이다. 내가 약했다면 만년설처럼 영원히 갇혔을지도….

"어머! 드디어 깨어나셨군요, 왕자님."

등 뒤에서 얼음공주의 목소리가 들려왔다.

아버지가 테니스 동호회 명예회장일 뿐인 내가 어째서 왕자로 둔갑했는지 의문이지만, 일단은 마을Q로 돌아가는 게 중요했다.

암흑상회에서 나를 눈 빠지게 기다리고 있을 터. 탈것 없이 가려면 서둘러야 한다.

"공주님. 빨리 내려가자."

"지, 지금 바로요? 잠시만 준비할 시간을…."

"준비를 왜 또—"

따지려고 고개를 돌린 나는 말문이 막혔다.

가련한 척하는 공주님은 사라지고, 슈퍼마켓 할인행사와 쿠폰을 절대 놓치지 않는 알뜰한 아줌마가 있었다.

복장도 아줌마처럼 수수해졌다.

▶비난: 처녀에게 아줌마라니요….

하지만 교생 아가씨. 보라고. 이젠 어여쁜 공주님이라고 우대해주기엔 나이를 너무 먹었—음? 잠시만.

"내가 얼마 동안 얼어있었지?"

"6년이요."

"……"

잠자는 산속의 왕자님 강한수. 6년 만에 깨어나다.

나는 마왕의 페널티를 안 이후부터 레벨을 조절해왔다. 레벨은 적당히 높여서 500레벨쯤 맞추면, 이 뒤로는 판타지 대륙에서 적수를 찾을 수 없다는 확신이 있었다.

하지만 그건 크나큰 오산이었다.

5대 재앙에 버금가는 숨겨진 보스 몬스터가 존재했다.

망룡왕 뇌비우스처럼 황혼기에 접어든 탓에, 빨리 찾지 않으면 죽어버린다. 그래서 1회차에선 찾을 수 없었던 고양이 거인.

제대로 한 방 먹었다. 특히, 죽으면서 쓴 저주가 대박이었다.

▶빼꼼: 잘 주무셨나요?

교생 아가씨. 알면 좀 깨우지 그랬어.

▶투덜: 제가 몇 번 시도했는지 아시면 깜짝 놀라실 걸요. 영영 못 깨어나시는 줄 알았어요.

…그렇다고 한다. 내 방심이 부른 결과이기에 나도 할 말은 없다. 하지만 나도 여기까진 예상하지 못했다.

이딴 걸 상상이나 할 수 있었을까? 초월적인 존재의 횡포에 의해 과거로 시간을 뛰어넘더니, 이젠 미래로 시간을 뛰어넘어 버렸다. 하루 이틀도 아니고 무려 6년씩이나!

지구의 시간으로 따지면 얼추 7개월이란 시간이 후딱 흘러가 버린 셈이다. 내 문화시민으로서 삶과 부모님께 효도할 시간도 그만큼 줄어들어 버렸다. 비극도 이런 비극이 없다.

용사 페스티벌 당시에 들었던 이야기를 종합해보면, 남들은 평균 4년이면 마왕을 쓰러트리고 졸업하는 듯했다.

그런데 나는 어떠한가?

"17년이라니…."

이대로 어영부영 보내면 18년이 될 것이다.

내가 지구에서 태어나고 자란 시간보다 판타지 세계에서 보낸 시간이 훨씬 길어지게 생겼다. 상상만으로도 끔찍했다.

"왕자님."

"그냥 용사라고 불러. 갑자기 웬 왕자 타령이야."

내 핀잔에 얼음공주가 차분히 대답했다.

"그게…. 듣고 놀라지 마세요."

"제발 놀라게 해봐."

체감상으로는 눈을 잠시 감았다가 떴을 뿐인데 6년이 흘렀단다. 이보다 더 놀라운 일이 있을 것 같지 않다.

"산 아래의 지상에선 지금 전쟁으로 난리가 났어요. 강력한 골렘을 앞세운 왕국들이 일제히 전쟁을 일으키는 바람에 판타지아 전 대륙이 황폐해진 상태에요."

"…전 대륙?"

"네. 시발점인 북대륙에서 가장 멀리 떨어진 남대륙 빼고는 전부 전쟁 중이에요. 아! 그래도 북대륙은 조용한 편이에요. 현자님과 여신님이 연전연승하면서 주변국들이 몸을 사리는 중이거든요."

…내가 알던 역사에서 많이 틀어져 있었다.

"여신은 또 누구야?"

"현자님의 전용골렘이에요. 다른 골렘이랑 달리 크기는 사람 수준인데, 전투력이 상상을 초월해요. 듣기로는 고대의 용사님이 깃든 에고골렘(Ego-Golem)이라는 모양이에요."

"허…."

1회차 경험을 통해서 어느 정도 예상했던 시나리오였기에 놀라진 않았다. 단지, 머리에서 김이 모락모락 피어날 뿐.

나는 얼음공주의 능력치를 힐끔 살펴봤다.

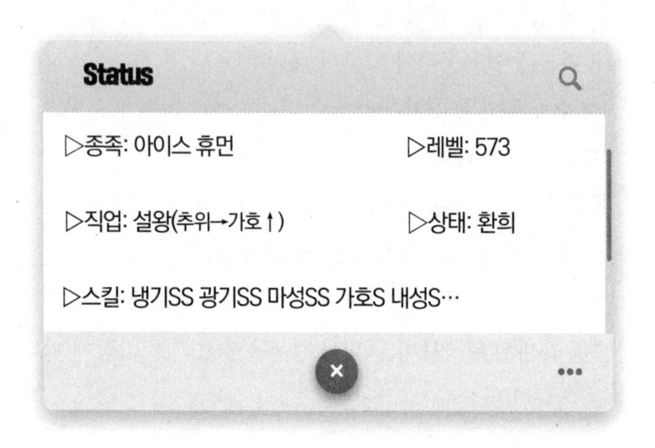

6년 동안 놀지 않았다고 말하기엔 스킬이 무시무시했다. 용사도 아닌데 성장이 너무 빠른 게 아닐까?

내 시선을 눈치챈 얼음공주가 수줍게 말했다.

"그 흰색 고양이의 힘 일부가 저에게 옮겨왔어요."

이젠 얼음공주라고 부르기 힘들어졌다.

종족이 바뀌고 직업도 설왕.

레벨도 인간 기준으로는 터무니없이 높은 편이다. 그러나 스킬에 비해선 낮은 편이니, 설산M을 돌아다니면서 사냥 좀 열심히 하면 999레벨까지 무난하게 달성할 것이다.

내 상황도 별반 다르지 않았다.

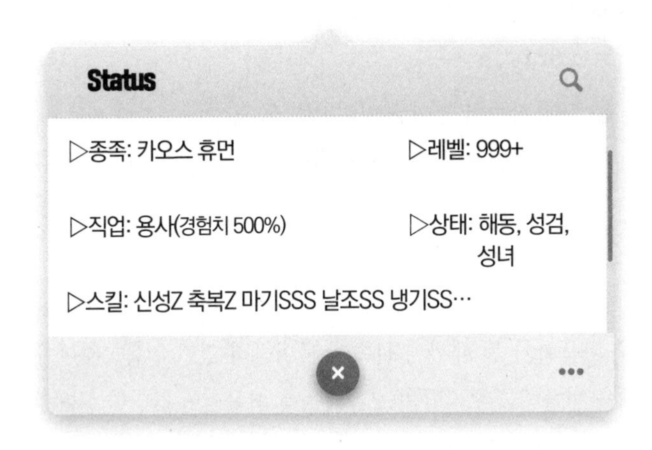

종족과 직업에는 변동이 없었지만, 스킬에 냉기SS가 추가됐다. 이것 외에도 다양한 스킬이 골고루 생성되거나 성장했다.

하지만 전혀 기쁘지 않았다. 무려 6년이었으니까.

그 시간을 알차게 보냈다면 훨씬 화려한 능력치가 됐을 터. 시간적인 손해가 이만저만이 아니다. 아무튼,

"우선은 산부터 내려가자. 따라와."

시험지 꼬락서니가 영 아니다 싶으면 바로 마왕 페도나르를 잡으러 가면 된다. 중앙대륙으로 넘어가는 것도 일이긴 하지만, 망한 시험지를 붙잡고 있는 것보다는 낫다.

그렇게 생각하니 마음이 편해졌다. 평온—

"왕자님. 그러면 이걸 타고 가요."

"또 맞을래? 이거라고 하면 내가 어떻게 아냐?"

"죄, 죄송해요. 흠흠. 그러면 소개할게요! 제 전용골렘 글라시

오라에요! 얼음의 주인이 명한다! 깨어나라! 글라시오라!"

쿠구구구!

눈 속에 파묻혀 있던 거인이 일어섰다.

그 강렬한 퍼포먼스에 내 입에서 절로 감탄사가 나왔다.

"오오! 그런데…."

기대가 클수록 실망도 큰 법.

골렘의 거대한 크기를 보고 한순간 기대했던 내가 바보 같았다. 아줌마가 될 때까지 산속에 틀어박혀 있던 얼음공주에게 골렘을 선물해줄 오지랖의 소유자들을 떠올리면 간단한 문제다.

현자, 잡것. 이 둘밖에 없다.

"멋지지 않나요? 아무도 모르던 불치병을 왕자님 덕분에 치료한 현자님께서 감사의 뜻으로 특별제작해주신 거예요."

"감사를 왜 공주님에게 해?"

"그, 글쎄요. 호호!"

"아무리 봐도 수상한데…. 뭐, 아무튼."

얼음공주의 전용골렘 골렘G.

그것은 내가 꿈꿔온 슈퍼로봇이랑 한참 거리가 멀었다. 현대 지구인 관점에서는 좀 통통한 몸매인 비너스상을 닮았다. 저기서 박진감과 강인함을 찾긴 무리였다.

그리고 갑옷 하나 안 걸친 알몸. 피부 자체가 단단한 금속이니 불필요할지도 모르지만, 외견은 중요한 법이다. 골렘G의 오른손에 쥐어진 창이 아니었다면 전투용이라고는 전혀 생각하지 못했을 것이다.

"왕자님. 얼른 타세요."

"…그래."

나는 얼음공주를 따라서 골렘의 왼손바닥 위에 올라탔다.

"가자! 글라시오라!"

뿌득, 뿌득, 뿌득.

골렘G는 덩치와 무게에 어울리지 않게 눈을 사푼사푼 밟으면서 설산M을 뛰어 내려갔다.

"KuKu?!"

"OwOwuuu?!"

"Trooog?!"

뿌직! 콰직! 뚜둑!

가는 길에 마주친 몬스터는 무시하듯 밟고 지나갔다. 설산M에 서식하는 몬스터는 레벨이 높고 흉포하기로 악명 높지만, 이 골렘 앞에서는 산토끼나 다를 게 없었다.

이것이 차세대 골렘. 전투력은 이미 기존의 판타지 규격을 한참 넘어섰다. 200레벨 이하는 단순한 잔챙이로 전락해버렸다. 그랬기에 전쟁의 패러다임까지 바뀐 거겠지만.

그렇게 산 중턱쯤 내려왔을까.

은근슬쩍 내 팔을 껴안은 얼음공주가 속삭이듯 경고했다.

"여기서부터는 조심해야 해요. 제 골렘은 출력이 높은 산악전용이라서 산 정상까지 오를 수 있었지만, 일반적인 골렘은 힘들거든요. 그래서 적들은 이 아래쪽에서 제가 내려올 때까지 잠복해요. 탐지 무효화 마법진이 설치되어 있긴…. 저기, 왕자님? 듣고 계세요?"

"어, 그래."

아무래도 좋다는 심정이다. 슈퍼로봇이 없는 판타지 따위 관심 없다. 그때,

푸홧! 푸홧! 푸홧!

눈 덮인 언덕이 무너져내리더니 골렘 3기가 튀어나왔다.

"붉은색 골렘…."

도색만 보고도 암흑상회에서 절찬리에 판매한 골렘임을 단번에 눈치챌 수 있었다. 그런데 내가 알던 외형이랑 사뭇 달랐다.

근육질 골격은 어디로?

그 소리만 들어도 가슴 뛰게 했던 왼손 드릴도 보이지 않았다.

골렘G만큼은 아니지만, 이쪽도 외견이 시원찮았다.

"적대국 골렘이에요!"

얼음공주가 빠르게 설명하기 시작했다. 성능이 어쩌고, 이름이 어쩌고, 약점이 어쩌고….

하지만 내 귀에는 아무것도 들리지 않았다. 붉은색 골렘의 비실비실한 몸밖에 안 보였다.

"암흑상회, 너마저…."

무엇이 미래를 이따위로 만든 걸까?

그 원흉을 곰곰이 따져보던 나는 금방 깨달았다.

나구나! 내가 원흉이었네!

골렘D의 설계도 첫 장을 암흑상회 수석공학자에게 보여줬었다. 그때 난쟁이가 쓸데없는 영감을 받은 게 틀림없다.

성능은 내가 알던 1회차 붉은색 골렘보다 약간 더 우수했지만, 상대하는 이쪽은 그보다 훨씬 압도적이었다.

쾅! 쿵!

얼음공주의 하얀색 골렘이 휘두른 창에, 붉은색 골렘 3기가 맥없이 파괴됐다.

"살려-으악!"

"컥!"

"지원요청을-꺅?!"

근처에 숨어서 붉은색 골렘을 조종하던 마법사 셋도 처리.

얼음공주가 침착하게 말했다.

"왕자님. 계속 갈게요. 적들이 지금보다 더 몰려들 거예요. 통신으로 이미 왕자님께서 깨어나신 게 알려졌을 테니까요. 그들은 왕자님이 현자의 탑으로 가는 걸 어떻게든 막으려고 악착같이 덤벼들 거예요. 왕자님께서 재촉하지 않으셨다면 현자의 탑에 호위병력을 요청했을 텐데…."

"아까부터 왜 계속 왕자 타령인데?"

이미 내 마음속의 결정은 끝난 상태였다.

6회차는 내가 겨울잠에 빠지면서 완전히 망해버렸다. 빠르게 7회차로 넘어가는 편이 내 정신건강에 이롭다.

얼음공주가 대답했다.

"현재, 판타지아 대륙은 암흑상회의 골렘이 석권하고 있어요. 아주 오래전부터 골렘 주재료를 독점해온 그들이 전쟁을 판도를 쥔 이후부터는 대항할 방도가 없어졌어요."

처음에는 암흑상회에서 골렘을 저렴하게 팔았다고 한다. 하지만 작은 회사와 공장들이 싹 문을 닫고, 전쟁터에서 골렘이 진가를 발휘하고부터 달라졌다.

암흑상회는 골렘 가격을 올렸다.

그리고 이에 반발하는 국가에는 골렘 공급을 끊어버렸다. 그러면 얼마 안 가서 타국의 골렘에 처참히 짓밟히며 멸망했다.

이런 악순환.

하나둘 빚에 허덕이기 시작한 국가들은 암흑상회에 많은 걸 양보하기 시작했다. 광산, 토지, 권리, 항구, 도로, 상권….

백성을 노예처럼 팔기 시작했고, 실제로 어떤 국가의 왕은 아름다운 딸을 암흑상회의 간부에게 시집보냈다고 한다.

하지만 나라들은 멈추지 못했다. 멈추면 멸망하기 때문이다.

"북대륙의 맹주였던 마법왕국은 이미 멸망한 거나 다름없는 상태예요. 아름다운 공주를 암흑상회에 팔았다는 나라가 바로 여기니까요. 이날을 기점으로 현자의 탑에서 독립을 선언하고 반격을 시작해요."

현자의 탑에서 생산한 푸른색 골렘은 강력했다.

하지만 힘만으로는 부족했다. 구심점이 필요했다.

"그런데 왜 왕자야?"

"그래야 뭔가 있어 보이잖아요. 어느 고귀한 혈통의 아들. 그리고 선택받은 용사. 고귀한 왕은 실종됐다는 설정이라서, 왕자님이 실질적인 왕이나 다름없으세요. 현자의 탑에 도착하시면 전용골렘도 준비되어있어요. 현자님 말씀으로는 세상을 멸망시킬 수도 있다고 해요."

"퍽이나."

절로 웃음이 나왔다.

내가 잠든 6년 사이에 정치에 이용당했다. 지구에 멀쩡히 살아계시는 내 아버지는 영문도 모른 채 실종으로 처리되셨고…

너무 기가 막혀서 짜증 낼 기분도 안 났다.

세상은 확실히 엉망진창이 되어있었다. 내가 알던 지형이랑 많이 바뀌어있었으며, 마을Q가 있던 자리는 폐허로 변해있었다.

골렘의 전쟁이 이렇다. 하나같이 덩치가 크고 힘이 센 탓에 이기든 지든 주변 지형을 전부 박살 내버린다.

▶추가: 고래 싸움에 새우 등 터진다고 해요.

교생 아가씨. 정답이야.

그 새우가 대륙의 모든 인간거주지란 게 문제지만.

우리는 쭉 암흑상회의 붉은색 골렘의 방해를 받으면서 현자의 탑까지 이동했다.

어딜 돌아봐도 처참하기만 했다. 그런데 이런 북대륙이 가장 평화로운 거라고?

"이번 회차는 글렀군…."

솔직히 이건 내 잘못이 아니다. 내 애완동물을 잡아먹은 사악한 고양이가 나를 6년이나 잠재워서 벌어진 사태다.

억울하지만, 얼른 7회차로 넘어가자.

▶궁금: 바로 마왕 잡으러 안 가시네요?

교생 아가씨. 오해는 하지 마.

나를 위해 준비했다는 전용골렘만 보고 떠날 거야.

저 멀리, 근사한 옷을 빼입은 현자와 잡것이 보였다. 그 옆으로는 6년이 흘러도 전혀 늙지 않은 누추한 여동생과 백구(사망)의 마누라, 골렘D가 보였다.

대표로 현자가 반갑게 내게 인사했다.

"하하! 용사님! 무사하셔서 다행-켁켁?!"

나도 현자의 목을 흔들며 반갑게 인사했다.

"너, 이 새끼야. 암흑상회를 막으라고 했더니 그동안 뭐했어?"

"켁켁! 용사님이 주문하신 골렘을 제작하느라 늦었습니다. 워낙에 주문하신 사항이 많아서 재료수급부터 공정까지 쉬운 게 하나도 없었지만, 저 친구랑 끝내 완성해냈습니다. 자! 보시지요!"

척! 척! 척! 척! 척!

현자의 탑에서 5기의 골렘이 뛰쳐나왔다.

내가 주문한 디자인대로 양팔에 드릴과 포대를 장착하고, 롤러블레이드처럼 양발에는 바퀴가 달려 있었다.

하지만 그뿐이었다.

"현자야. 고작 이거 만들려고 대륙이 쑥대밭 될 때까지 가만 놔뒀던 거니? 죽고 싶은 거지? 그런 거지?"

"켁켁! 용사님! 아직 끝난 게 아닙니다! 더 보십시오!"

푸화아앙-!

푸화핫-!

등에 달린 부스터의 불을 뿜으면서 하늘로 날아오른 5기의 골렘이 변신&합체하기 시작했다.

몸통, 왼팔, 오른팔, 왼다리, 오른다리.
각기 다른 다섯 파츠(parts)로 변해서 합쳐졌다.
철컥, 철컥, 철컥-
다섯 골렘이 하나로!
무게만 따져도 통상적인 골렘의 5배. 그 위풍당당한 외형도 가슴 벅차게 하는 무언가가 있었다.
"슈퍼로봇…."
이것이 내 전용골렘이었다.
"용사님. 마음에 드십니까?"
"…똑똑한 친구! 뒷일은 이 용사님에게 맡겨달라구!"
6회차의 평화는 내가 지킨다!

▶당황: 저기, 강한수 생도님? 7회차는 어쩌시고요?

환승역에서 기다리라고 해.
"위대한 용사님. 5기의 골렘은 땅, 불, 바람, 물, 마음. 정령이랑 같은 5가지 속성을 각각 품고 있습니다. 그리고 합체함으로써 각 속성의 약점은 사라지고 마법 공격에 면역이 됩니다. 또한, 각기 다른 속성의 마법 대포는 상황에 맞춰서 효과적으로 사용할 수 있습니다. 굉장하지 않습니까?"
현자의 설명이었다.
"5가지 속성이라…"
"그렇습니다."
"신성과 마기가 빠졌네."

"송구하게도 그 두 속성은 실패했습니다. 무분별하게 날뛰는 마기는 정제하기가 너무 어려웠고, 그 실존마저 불확실한 천사들의 신성은 아예 구할 방도가 없었습니다."

"그래?"

웃음이 절로 나왔다. 신성을 구할 방법이 없다고?

나는 현자에게 슈퍼로봇 소유권을 넘겨받자마자 신성과 축복을 최대로 부여했다.

파아앗!

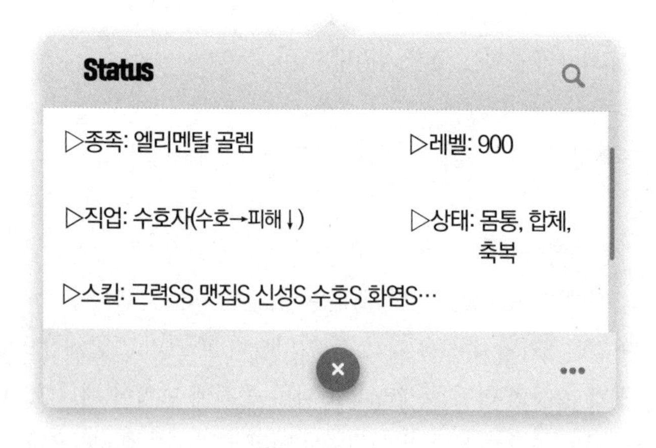

신성을 흡수한 5기의 골렘은 따로따로 성장했다.

그 까닭에 변신&합체가 끝난 슈퍼로봇의 능력치는 레벨과 스킬이 통합 비슷한 상승효과를 일으켰다.

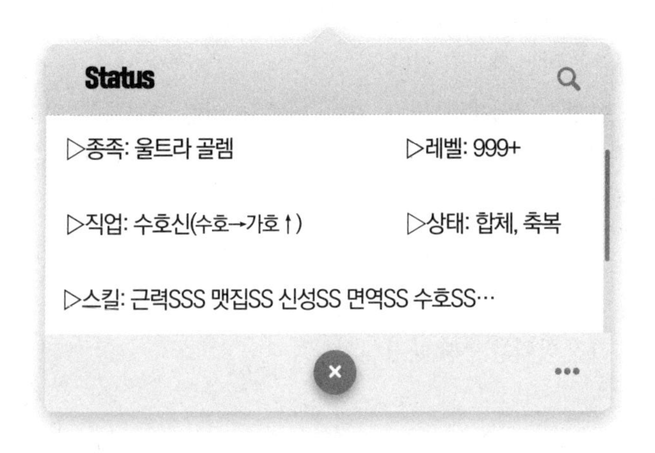

여기에 마기까지 담을 수 있었다면 더 좋았겠지만, 조화를 이루지 못하고 반발을 일으키는 바람에 거기까진 할 수 없었다.

그래도 크게 실망하진 않았다. 이미 현 능력치만으로도 마왕 페도나르 빼고는 다 때려잡을 수 있을 것 같았기 때문이다.

현자가 경고하듯 말했다.

"이 골렘의 성능은 판타지아 역사를 통틀어 보아도 유례가 없을 만큼 우수하지만, 그만큼 마력을 많이 소모합니다. 아무리 위대한 용사님이라도…."

"현자야."

"넵."

"용사의 마력은 무한하다. 절 새겨들어."

"켁! 그건 사기 아닙니까?!"

"괜히 용사님이겠니? 잘 보라구."

내가 용사 페스티벌에서 성녀H로 얻은 스킬 '무한'에는 등급 하락을 막는 효과가 있다.

신성, 마기, 체력, 마력, 기력, 내력…. 이런 자원계통 스킬은, 자원이 고갈된 후에 휴식을 취하지 않고 계속 쥐어짜면 등급이 하락해버린다.

하지만 나는 이 굴레에서 완벽하게 해방된 셈.

슈우우우-

가진 마력을 몽땅 때려 박았다.

마력E→마력C

고양이 거인을 쓰러트리면서 얻게 된 쥐꼬리만큼의 마력. 그것이 골렘의 동력을 충전하면서 빠르게 성장했다.

두 천재가 특별제작한 최고의 골렘 5기를 합친 탓에 필요로 하는 동력도 5배! 평범한 골렘의 50배에 달했다.

그래서 빨아들이는 마력의 양도 엄청났다. 일반적인 마법사라면 이 시점에 마력고갈로 폐인이 됐을 터. 하지만 나랑은 상관없는 이야기였다.

마법과 마술을 쓸 줄 모르는 내가 마력 등급만 쭉쭉 상승했다. 그렇게 등급이 상승함에 따라 한 번에 공급할 수 있는 마력의 양도 부쩍 늘어났다. 아무리 마력이 무한하더라도 매초 쥐어짤 수 있는 양에는 한계가 있는 법이니까. 그 최대치가 늘어난 것이다.

"맙소사…."

마력의 축복을 받았다고 해도 과언이 아닌 현자는 그걸 육안

(肉眼)으로 보고 이해했다. 그리고 부르르 몸을 떨며 전율했다.

하지만 모두가 놀란 건 아니었다.

나는 똑같이 마법사임에도 어리둥절한 표정만 짓고 있는 누추한 여동생을 불렀다.

"라누벨."

"네, 왕자님!"

"그냥 용사님이라고 불러. 그리고 귀여운 척하지 마라."

"용사님! 라누벨은 자연산이에요!"

나는 그녀의 구차한 변명 따위 무시하고 이어서 말했다.

"내가 암흑상회랑 최근에-6년 전에 거래했던 최초의 용사 정보는 어떻게 됐어?"

고양이의 저주로 내가 꽁꽁 얼어붙으면서 무산되긴 했지만, 골렘D의 설계도를 원했던 암흑상회라면 쉽사리 포기하지 않았을 것이다. 어딘가에 그 정보를 수집해서 보관해뒀을 터.

"에…. 그러니까…."

"……"

"라누벨은 전혀 모르겠어요."

"참 자랑이다!"

처음부터 라누벨에게 기대하지 않기를 잘했다.

마력C→마력A

슈퍼로봇의 거대한 마력탱크에 마력이 꽉 찼을 때쯤, 스킬 마력이 A등급까지 성장해 있었다.

여기서 더 올리려면 먼저 마력을 소모해줄 필요가 있었다.

즉, 지금부터 실전투입이다.

"가자! 캡틴 판타지(Captain-Fantasy)!"

▶소름: 어여쁜 성녀를 찰떡이라고 부를 때부터 짐작하긴 했지만, 그 촌스러운 이름은 좀….

쯧쯧! 교생 아가씨가 로망을 모르네.

슈퍼로봇의 이름은 직관적일수록 강렬해서 좋은 법이다.

우리는 6회차의 평화를 지배할 것이다. 압도적인 힘으로!

쿠웅-쿠웅-쿠웅-

캡틴 판타지는 붉은색 골렘이 몰려있는 곳을 향해 힘차게 달렸다. 등 뒤에 부스터가 잔뜩 달려 있긴 했지만, 그건 나중에 있을지도 모를 공중전에 대비해서 아껴뒀다.

몰려있는 붉은색 골렘의 국적은 다양했다. 그러나 그들 모두가 암흑상회의 하수인이나 다름없기에 굳이 구분할 필요는 없었다.

"다 죽일 연놈들인데 굳이…."

암흑상회는 골렘 시장 독점체제의 최대 방해꾼인 현자의 탑을 2년째 공격하고 있었다. 북대륙의 모든 나라를 동원해서.

하지만 함락에는 실패했다.

대신, 설산M으로 향하는 길을 제외한 세 방위를 포위하고 고립시킴으로써, 현자의 탑에서 생산하는 푸른색 골렘의 판매와 재료공급을 끊는 데 성공했다. 오늘날까지는.

이곳은 포위한 전진기지 중 하나였다.

“헉! 저건 대체 뭐야?!”

“엄청나게 크잖아?!”

“현자의 탑에서 괴물 출현－!”

북대륙 연합군이 내 슈퍼로봇을 보고 식겁한다.

“아주 좋은 반응이야.”

이것이 전장의 소음 그리고 냄새. 비실비실한 디자인의 붉은색 골렘보다 신장만 2배 이상 큰 골렘의 머리 위에 앉아서 내려다보는 지상은 실로 아름다웠다. 그리고 더 아름다워질 것이다.

위이이잉－

몸 곳곳에 스파이크처럼 달린 드릴이 회전을 시작했다.

“전부 파괴해버려! 캡틴 판타지!”

▶화끈: 그 이름은…. 우으….

나의 슈퍼로봇은 적진 한복판을 향해 돌격했다. 텔레비전 앞에 옹기종기 모여있는 유치원생들 사이를 가로지르는 어른처럼.

하지만 아이를 상대하듯 상냥하진 않았다.

콰광! 펑! 파직! 쾅!

캡틴 판타지의 드릴에 닿은 모든 붉은색 골렘이 줄줄이 분쇄되며 파괴됐다.

골렘만 부서지는 게 아니다. 전진기지 곳곳에 배치된 막사에서 느긋하게 휴식을 취하던 마법사와 공학자, 상인 등도 함께 갈려 나갔다.

"반격해라!"

"적은 혼자다!"

"겁먹지 마!"

내 기습으로 큰 타격을 받은 연합군이었지만, 현자의 탑을 포위 중인 붉은색 골렘은 여전히 많았다.

5, 10, 20, 50, 100, 200…. 빠르게 숫자를 불린 그것들이 일제히 내게 달려들었다. 하지만 내게는 가소로울 뿐이었다.

번쩍! 콰르르-!

번쩍! 퍼직-!

캡틴 판타지는 신성 S등급과 SS등급 효과로 모든 일반피해를 무시하고 반사했다. 단단한 골렘 외장에 조금이라도 피해를 주려면 마기나 신성이 깃든 특수한 장비로 공격해야만 한다.

그렇지 않으면? 이처럼 자멸하게 된다.

쾅! 콰직! 덜컹!

캡틴 판타지의 다리랑 충돌한 모든 골렘이 돌격하던 기세 그대로 고꾸라졌다.

"하핫! 전탄 발사!"

펑! 펑! 펑! 펑! 펑!

현자가 알려준 5가지 속성의 마법 포탄이 일제히 쏘아졌다. 그리고 화려하게 적진 한복판에서 폭발했다. 그만큼 마력탱크의 마력도 빠르게 고갈됐지만, 나로선 환영할 일이었다.

마력A→마력S

다시 충전하는 과정에서 마력 숙련도가 급상승했다. 하지만 적들은 이 사실을 몰랐다.

"절대로 물러서지 마라!"

"놈도 마력이 무한하진 않을 터!"

"침착해! 소모전으로 끌고 가!"

북대륙 연합군은 끊임없이 전력을 투입했다. 내가 언젠가 지치길 희망하면서 정말 쉴 틈 없이 쏟아부었다. 그러다가 슬슬 이상하다고 깨달았을 때는 너무 늦었다. 이미 쏟아부은 전력이 많았으니까.

암흑상회의 특징이다. 성과가 없다면 있을 때까지 재투자하거나 불법을 저질러서라도 결국에는 이득을 낸다. 그렇기에 연합군은 항복하지 않았다. 전쟁을 멈추지 못했다.

몰살S→몰살SSS

마력S→마력SS

정복F→정복SS

북대륙에 산재한 모든 붉은색 골렘 전력이 파탄 날 때까지.

물론, 캡틴 판타지는 건재했다.

) (

전쟁이라고 부르기도 민망한 전쟁이 막을 내렸다.

여전히 다른 대륙에선 치고받고 싸우는 중이었지만, 북대륙은 정리 단계에 접어들었다. 거의 모든 왕국이 항복 의사를 보내왔다.

하지만 나는 항복을 받아주지 않았다.

▶당혹: 왜요?

교생 아가씨가 이상한 질문을 하네.

현재, 북대륙의 정치경제는 지옥이나 다름없는 상태다. 모든 나라가 암흑상회에 빚을 지면서 무지막지한 세금을 백성들에게 부과한 탓이다.

사람들은 돈 때문에 별의별 짓을 다 했다.

살인, 약탈, 매춘, 협박, 납치….

이렇게 만든 주모자들을 용서한다고?

"안 될 말이지. 전부 사형(死刑)이야."

댕강! 댕강! 댕강!

북대륙에 산재한 영지와 도시, 마을 등을 순회하면서 왕족과 귀족, 암흑상회 관계자들을 전부 공개처형 했다.

남자, 여자, 아이, 노인, 친척, 이웃…. 조금이라도 관련됐다면 예외를 두지 않았다.

그들 중 일부는 억울하다고 외치거나, 무고한 아내와 어린 자식들만은 살려달라고 구걸하는 자도 더러 있었다.

하지만 나는 그 청원들을 전부 기각했다.

어차피 살아남더라도 분노한 백성들에게 맞아 죽을 게 뻔하니까. 여자라면 죽음 위에 끔찍한 경험이 얹어질 뿐. 내가 책임지고 보호한다는 건 더욱 있을 수 없다.

"한쏘 왕자님, 만세!"

"용사님, 감사합니다!"

"흑흑! 고맙습니다."

처형식을 구경하던 수많은 백성이 눈물, 콧물 질질 짜내면서 나를 찬양해댔다. 평판이 오르는 건 좋은데, 기쁘진 않았다. 거지들의 왕(王)이 된 기분이다.

"현자야. 뒷일을 부탁해."

그래서 현자에게 맡기기로 했다.

나는 슈퍼로봇으로 활약하고 싶은 거지, 파괴된 나라와 도시, 마을 등을 재건하는 게 목적이 아니기 때문이다.

현자가 늠름하게 대답했다.

"하하! 걱정하지 마십시오. 저의 하늘 같은 여신님께서 잘 처리하고 계십니다. 용사였던 그녀는 전장에선 용맹하지만, 고요한 서류작업에도 매우 능숙합니다. 물론, 침대에서도-아윽!"

"당신의 입방정은…."

골렘D의 팔꿈치에 옆구리를 찔린 현자가 맥없이 휘청거렸다. 하지만 입으로는 헤벌쭉 웃고 있었다. 놀랍게도 코피를 쏟진 않았다.

아름다운 여성이라도 골렘은 괜찮다는 걸까?

그 기준을 도무지 알 수가 없었다.

아무튼, 현자의 호언장담대로다. 골렘D는 육체적으로나 정신적으로나 피로를 전혀 느끼지 않는 탓에 서류작업 같은 것도 매우 잘했다.

그 안에 깃든 성검3의 영혼이 따분하다고 느낄 순 있지만, 고통받는 북대륙 백성을 구해야 한다는 정의로움으로 충만한 성검3는 가혹한 노동시간에도 불평 한마디 안 했다.

▶흐뭇: 묘하게 잘 어울리는 커플이네요.

성검3가 현자를 동료로 받자고 제안했을 때부터 수상했었다.
살아생전에 아름답고 고결한 용사였다고?
남자에 굶주린 노처녀였을 뿐이다.

▶난감: 그렇게 말씀하실 것까지는….

내가 없는 곳에서 나름대로 활약한 얼음공주도 어느새 '왕자비' 혹은 '용사님 마누라'로 사람들에게 불리고 있었다.
"이년이 선동과 날조를…."
멀쩡한 총각을 유부남으로 만들려고 한다. 괘씸죄로 얼음공주의 볼기짝을 날려줄 생각이었는데, 그림자조차 보이질 않았다. 또 어딘가에서 사람을 얼려버리는 중일 것이다.
그렇게 나는 북대륙을 정리해갔다.
이번 전쟁을 주도한 암흑상회 심층부까지 쭉…!
우르르 쾅쾅!
번개처럼 떨어진 시커먼 마기가 5기의 골렘을 급습했다.
"캡틴 판타지~?!"
펑! 팡! 풍!

나의 자랑스러운 슈퍼로봇이 폭죽처럼 공중분해 됐다.

신성으로 보호받는다고 자만한 걸까? 적들이 보는 앞에서 당당하게 변신&합체하다가 벌어진 참극이었다. 현기증이 몰려왔다.

"합체하는데 공격하다니!"

로망을 모르는 비겁한 놈! 당장 모습을 드러내라!

"흥! 내 마음이－꺄앗?!"

"푸하하하!"

비겁한 놈이 아니라 년이었다. 그런데 품고 있는 마기의 양이 심상치 않았다. 심지어 점점 늘어났다. 이건 SSS급 이상인데?

번쩍－!

나는 망설임 없이 신성한 번개를 쏘아서 그년의 예쁘장한 머리통을 쪼개줬다.

음? 생각보다 돌머리였나.

"비겁한 자식! 변신하는데 공격하다니!"

"흥! 내 마음이다!"

▶황당: 묘하게 어울리는 비겁한 커플이네요….

우리의 운명적인 만남은 비겁하게 시작됐다.

암흑상회에 이런 괴물이 있었나?

진심전력은 아니었지만, 그래도 내 방금 일격은 마왕 페도나르도 한 방에 보내버릴 수 있는 위력이었다.

아무튼, 신성하기 때문이다. 그런데….

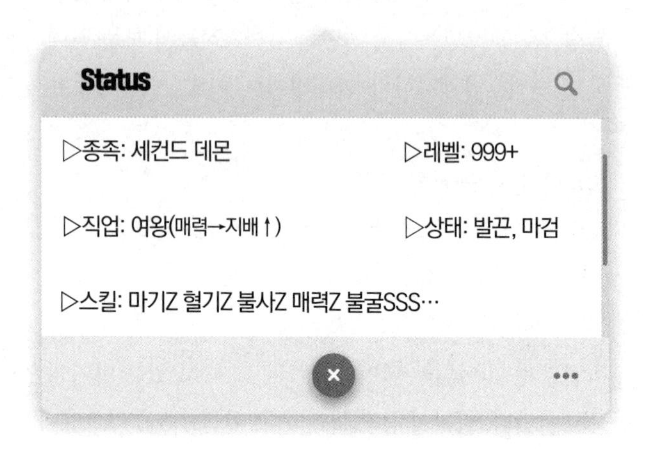

상대는 더 만만치 않았다.

초월영역이 넷? 지금 나랑 장난하는 걸까?

악마가 말했다.

"동족을 마구 쳐 죽일 때부터 예상하긴 했지만, 너는 전혀 용사 같지 않아. 어디서 굴러들어온 짝퉁 천사야?"

"지구별에서 왔지!"

나는 핀잔주며 재차 도약했다. 악마 여자의 대갈통을 쪼갤 의도로 쏜 원거리 공격이 실패했기에 이번에는 근접전을 시도했다.

바로 성검2를 소환. 증폭과 축복으로 내 육체를 강화했다.

휘이이잉~!

신성과 마기를 섞은 회오리로 성검2를 휘감았다. 여기에 수많은 스킬의 증폭 효과와 축복이 중첩되어 더해졌다.

내가 현재 낼 수 있는 최고의 공격이었다.

“최초의 용사랑 같은 힘이네?”

악마 여자는 침착하게 마검을 소환했다.

하지만 이걸 ‘검(劍)’이라고 불러도 될까? 쇠붙이로 된 칼날 대신 보라색 광체가 솟구쳤다. 저건 그러니까….

“판타지에 광선검(光線劍)?!”

장르를 완전히 초월했다.

“왜? 쓰지 말란 법이라도 있어? 애초에 말이야. 유치한 로봇 놀이에 심취한 인간에게 그런 소리를 듣고 싶진 않은데?”

“남자의 로망을 매도하지 마라!”

변신&합체 슈퍼로봇은 정의다!

피지지직－

성검2와 마검이 충돌하면서 원형의 파동이 발생했다. 대기는 물론이고, 대지까지 파도처럼 출렁이며 닿는 모든 걸 파괴했다.

“으아아아~?!”

“사, 살려줘~?!”

“꺄아앗~?!”

여기에 휘말린 암흑상회 떨거지들이 훨훨 날아갔다. 판타지아 북대륙을 주름잡던 최고위 간부들이었지만, 나와 악마 여자의 싸움에 휘말린 순간부터 먼지나 다름없었다.

그만큼 차원이 다른 접전이었다.

“크…?!”

“푸하하하!”

초월영역에 접어든 스킬 숫자에서 밀린 나지만, 놀랍게도 동수를 이룰 수 있었다. 신성이 악마에게 치명적인 덕분이었다.

악마 여자가 부들부들하며 외쳤다.

"비겁한 짝퉁 자식!"

"비겁한 천사들이랑 비교하지 마!"

그 닭대가리들은 좋은 신성 공급원이었을 뿐이다.

성검2와 마검이 충돌할 때마다 판타지아 대륙의 지형이 이리저리 뒤집혔다. 산사태와 지진은 수시로 발생했고, 폭풍을 동반한 천둥&번개마저 몰아치기 시작했다. 그리고 우리의 옷들도 하나씩 난도질되며 사라져갔다.

"비겁한 자식! 고의로 옷을 노렸지?!"

새침하게 외친 악마 여자의 발차기가 내 정강이에 박혔다.

"커억?! 비겁한 년! 쓸데없이 큰 젖통으로 시선을 유도하다니!"

"용사가 성희롱?!"

"헹! 판타지에 그딴 게 어디 있냐!"

이 악마 여자는 판타지에 어울리지 않는 광선검도 그렇고, 묘하게 말귀가 통했다.

바로 조금 전만 해도 그렇다. 판타지 세계에서 11년… 17년을 지내면서 '성희롱'이란 단어 자체를 이번에 처음 들었다.

도대체 뭐하는 악마지?

전투력은 이미 마왕을 한참 앞섰다.

종족은 '두 번째' 악마. 그렇다면 첫 번째 악마인 마왕 페도나르의 딸이란 걸까? 아니면 자연적으로 태어난 순번이 두 번째란 뜻일까? 뭐가 됐든 간에 강하다는 건 틀림없었다.

악마에게 치명적인 신성으로 우위를 점하지 못했다면 상당히 위험할 뻔했다.

그렇다고 내 상황이 낫다는 건 절대 아니었다. 불사와 혈기. 두 Z등급 스킬이 악마 여자의 생명력과 방어력을 극단적으로 올려줘서 답이 보이질 않았다. 특단의 조치가 필요했다. 그래서,

"꺄앗?!"

악마 여자의 등허리까지 내려온 긴 머리카락을 잡아당겼다.

"좋았어!"

"비겁한 자식!"

뭐라고 해도 상관없다. 악마 여자의 생머리를 잡아당겨서 균형을 빼앗은 후, 성검2를 그녀의 가슴에 꽂아-

출렁!

칼날이 가슴 탄력에 튕겨나갔다.

"비겁한 년! 남녀차별을 이용하다니!"

"이게 어딜 봐서?!"

아무튼, 내 회심의 일격이 실패하면서 악마 여자에게도 기회가 왔다. 그녀는 이 틈을 놓치지 않고 광선검을 찔러왔다.

하지만 나도 이쯤은 예상했다.

그녀의 사기적인 가슴에 튕겨진 성검2를 서둘러 당겨 보라색 광체를 막았다. 아니, 막았어야 했다.

휘익-퍽!

갑자기 광선검의 광체가 사라졌다. 그 바람에 표적을 잃은 내 성검2의 칼날이 악마 여자의 왼쪽 어깨에 힘껏 박혔다.

이와 동시에,

위잉—푹!

성검2를 어깨로 받아낸 후에 다시 보라색 광체를 생성한 광선검이 무자비하게 내 허리를 가로로 긁고 지나갔다.

좌악—

상당히 깊게.

"커억!?"

갈라진 내 허리에서 오장육부가 흘러내리는 줄 알았다. 바로 회복되었지만, 한 번 잃어버린 승기를 다시 되찾기란 쉬운 게 아니었다. 서로 한 방씩 주고받은 셈이지만, 손해는 내가 훨씬 컸다.

스르르—

불사를 초월영역까지 올린 악마 여자의 회복력은 사기적인 수준이었던 탓이다.

성검2에 베인 어깨가 절단되기는커녕 칼날을 역으로 밀어냈다. 그리고 어깨의 상처 부위에서 솟구친 붉은색 피가 가시처럼 쏘아져 날아왔다.

퐉! 퐉! 퐉!

내 왼쪽 가슴에 연달아 꽂혔다.

"비겁한 자식, 너도 이제 끝이야!"

혈기를 활용해서 공격한 악마 여자가 득의양양하게 외쳤다.

그녀의 말마따나, 정말로 위험한 상황이긴 했다. 마스터 몰랑의 가르침을 활용해서 피부를 두껍게 해두지 않았다면 그대로 심장까지 관통 당했을 것이다. 하지만 그건 그거고.

벌거벗은 채로 우쭐대는 변태 여자에게 끝이란 소리를 듣고 싶진 않았다.

"누구 마음대로 끝이야!"

나는 이마에 신성한 기운을 담아서 힘껏 머리박치기를 했다.

"꺅?!"

불사라고 해서 고통까지 못 느끼는 건 아니다.

내 손발의 움직임에 집중하고 있던 악마 여자는 내 머리를 완전히 무시하고 있다가 제대로 한 방 맞았다.

빠각!

그녀의 높은 콧대가 주저앉고 코피를 쏟았다. 비틀비틀 다리마저 꼬였다. 하지만 악마 여자도 순순히 당해주지 않았다. 반격하듯 광선검을 휘둘러서 내 하반신을, 소중한 분신을 노렸다.

휘잉—

성검2로 쳐낸 덕분에 아슬아슬하게 스쳐 지나갔다.

하지만 너무 놀라서 바짝 쪼그라들고 말았다.

"이 비겁한 년이!"

세상에는 도의적으로 공격하지 말아야 할 곳도 있는 법이다. 하지만 이 비겁한 악마가 먼저 규칙을 깼다.

그러므로 원망하지 말기.

나는 불사Z 때문에 영 효과가 없는 성검2의 소환을 해제하고, 양손으로 그녀의 볼륨 있는 몸을 손잡이처럼 꽉 붙잡았다.

그리고 비틀었다.

"꺄아아악?!"

지금까지의 내 공격은 영 신통치 않았다. 하지만 이번에는 악마 여자가 정신 못 차릴 만큼 효과적이었다.

그녀는 허리를 비틀면서 거친 숨을 몰아쉬었다.

끝내 비명을 지르면서 마검마저 놓친 악마 여자도 본격적으로 비열하게 나오기 시작했다. 내 소중한 분신을 잡아먹을 기세로 집요하게 노렸다.

나는 여기에 굴하거나 겁먹지 않고 불끈 힘을 주면서 악착같이 버텼다.

▶황당: 엉망진창이네요….

교생 아가씨의 핀잔은 깃털처럼 무시했다. 내가 당장 죽게 생겼는데, 정정당당을 따지게 생겼는가?

우리는 서로를 쥐어뜯었다. 뒤엉킨 채로 초토화된 대지 위를 뒹굴었다.

"비겁한 자식!"

"누가 할 소리!"

나는 11년… 17년 판타지 생활을 통틀어서 가장 비겁하고 비열한 적이랑 마주쳤다. 그러나 이에 굴하지 않고 치열하게 맞서 싸웠다.

끝이 없을 것 같았던 싸움.

마침내, 이 대접전에도 그럴싸한 결말이 났다.

여기가 어디인지는 모른다.

하늘은 화산폭발로 발생한 분진으로 새까맸고, 너무나 치열한 싸움으로 지형이 싹 뒤바뀌는 바람에 위치파악은 불가능했다. 그래도 주변 상황은 볼 수 있었다.

나는 단단한 천연절벽으로 악마 여자를 몰아붙였다.

"윽!"

절벽이랑 충돌한 그녀가 신음을 흘렸다. 그러나 피해다운 피해는 전혀 없었다. 이 비열한 악마가 탱탱한 엉덩이를 이용해서 충격을 최소화한 탓이었다.

그렇기에 여기서 멈춘다면 몰아붙인 의미가 없다.

이번에는 나도 그럴싸한 계획을 준비했다.

탁, 탁.

여자 악마의 가녀린 손목을 붙잡았다. 이것으로 위협적인 마검 공격은 차단된 셈.

그녀가 괘씸한 다리를 들지 못하도록 몸도 바짝 밀착했다. 악마 여자의 매서운 무릎치기는 나의 여린 분신에게 너무나 위협적이기 때문이다. 이것으로 1차적인 제압 완료.

악마 여자가 뜨거운 숨을 몰아쉬며 말했다.

"포기해. 너는 나를 못 이겨."

몇 번째인지 모를 도발을 또 해왔다. 하지만 불패(不敗)를 논하는 여자치고는 얼굴이 지나치게 새빨갰다.

나는 피식 웃었다. 그리고 2단계 작전에 돌입했다.

"음."

"우읍?!"

여자 악마의 도발대로다. 나는 그녀를 죽이지 못해서 제압했다. 하지만 제압만 해서는 이 싸움이 영원히 끝나지 않으리라.

그래서 나는 악마 여자가 거친 숨조차 쉬지 못하도록 내 입술로 그녀의 입술을 틀어막았다. 그리고,

우득!

가녀린 목을 부러트렸다.

한순간 축 늘어지는 악마 여자의 팔다리.

하지만 이번에도 악마 여자는 빠르게 부활하려 했다.

여기까지는 이전이랑 똑같았다. 그리고 이대로 끝낸다면 기껏 입술을 틀어막은 보람이 없다.

"쓰읍!"

"움?!"

지금부터가 진짜 싸움이다. 내가 악마 여자의 목구멍으로 넘긴 신성Z 엑기스가 그녀의 부활을 방해하고, 내부를 파괴하기 시작했다. 그것은 매우 효과적이었다.

부르르…!

비겁한 악마 여자가 애처롭게 몸을 떠는 척했다. 비열하게 가슴을 출렁이면서 내 시선을 아래로 유도하려 했다.

하지만 나는 끝까지 입술을 떼지 않았다.

쓰으읍!

끊임없이 흘러나오는 악마 여자의 마기를 입술이랑 함께 빨고, 내 신성을 뱉지 못하도록 그녀의 목구멍 안쪽 깊숙이 주입해줬다. 그렇게 얼마나 시간이 흘렀을까?

▶한숨: 강한수 생도님의 키스는 일회용인가요…?

교생 아가씨. 날씨가 참 좋지?

여기저기서 폭발한 화산의 분진으로 하늘이 흐려졌다. 해로운 직사광선을 피할 수 있어서 피부건강에 좋을 것이다.

나는 신성에 찌들어 쓰러진 악마 여자를 물끄러미 내려다보았다.

“더럽게 끈질겼어.”

이처럼 비겁한 악마는 생전 처음 보았다. 용사로서 이런 말은 좀 그렇지만, 악마답지 않게 신사적인 마왕 페도나르가 좀 본받을 필요가 있었다.

그나저나 여긴 어디지?

“선택받은 용사여! 용사가 마왕의 딸이랑 원조교제하는 건 허들이 너무 높은 것 아닌가? 아니면 설마! 짐이 유행을 못 쫓아가는 건가…?”

“…딸?”

나는 낯익은 목소리가 들려온 위쪽을 올려다봤다.

화려한 테라스 위. 양손으로 테라스 난간을 붙잡고 엉덩이를 뒤로 뺀 요염한 자세의 요정왕 마누라 뒤편에 선 악마 남자가 보였다.

그가 알몸으로 당당히 외쳤다.

“아무튼, 예고도 없이 잘 왔다, 전설의 용사여! 내가 막 요정나라의 아름다운 왕비를 취하려 할 때 방해하다니! 요정왕도 운이 좋군!”

운이 좋기는 개뿔.

옥좌에서 야외플레이까지 넘어온 게 뻔히 보였다. 6년 차에 이 정도면 진도가 꽤 느린 편이라고 해야 할까?

나는 축 늘어진 악마 여자를 가리키며 물었다.

"딸이라고?"

"그전에 짐의 소개부터 하지! 짐은 모든 마(魔)의 정점, 마왕 페도나르다! 홀로 여기까지 쳐들어온 용사의 기상을 높이 사서, 요정왕의 아내는 무료로 풀어주겠다!"

마왕 페도나르가 선심 쓰듯 외쳤다.

나로선 전혀 기쁘지 않았다.

"용사가 용사했을 뿐인데 무슨…."

내가 악마랑 밀회했다고 오해받은 장소는, 가파른 천연절벽 위에 지어진 마왕의 성 아래였다.

하지만 나는 북대륙에서 중앙대륙으로 넘어온 기억이….

▶힐난: 어떤 숙녀분의 가슴 보기 바쁘셨죠.

아무튼, 모르는 일이다.

딸이 눈앞에서 살해당했음에도 덤덤한 마왕 페도나르의 태도. 자식에게 냉정한 악마 같은 성격 때문이라서가 아니었다.

괜히 불사Z가 아니랄까.

펄럭!

죽은 줄 알았던 악마 여자의 등에서 2쌍의 날개가 솟구쳤다. 하지만 내가 익히 알고 있던 악마의 '박쥐 같은 날개'는 아니었다. 반투명한 빛으로 된 저것은 분명,

"에테르 윙(Ether-Wing)…?"

보랏빛 광체로 이루어진 날개.

이쪽도 광선검처럼 판타지 세계관에서 살짝 동떨어져 있었

다. 아니면 이 악마가 '빛'이랑 깊게 연관이 있는 걸까.

아무튼, 날개를 생성한 악마 여자가 하늘 높이 날아올랐다.

악마에게 치명적인 신성에 찌든 상태임에도 틈을 보이자마자 부활해버렸다. 물론,

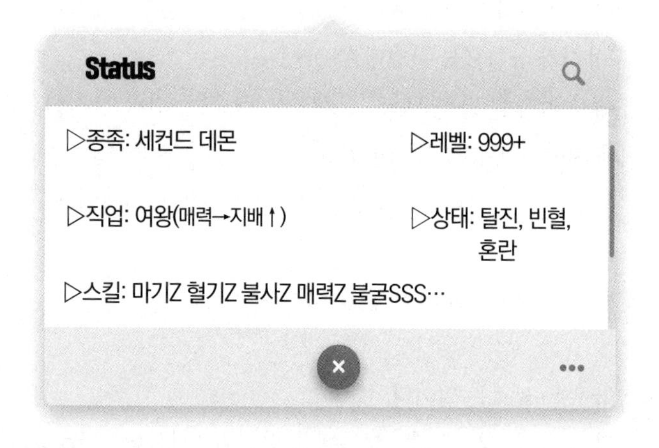

능력치에 표시된 상태가 썩 좋진 않았다.

창백하게 질린 피부와 힘없이 쳐진 눈매, 축 늘어진 팔다리 또한 병자를 보는 듯했다.

"끝까지 비겁한 년이네."

남자의 보호본능을 자극해서 공격을 망설이게 하려는 수작이 틀림없다.

"여자의 몸과 마음이나 후리는 비겁한 자식이 뭐라는 거야!"

…나는 결백하다.

벌거벗은 채로 하늘을 떠다니는 여자 따위 모른다.

저 노출증 악마는 밑에서 다 보인다는 자각 자체가 없는 걸까.

"흠흠. 용사여! 쏘시아를 마음에 들어 하는 건 알겠지만, 악마의 주적인 용사가 그러면 여러모로 곤란하다고 본다만…."

요정왕 마누라를 뒤로 물린 마왕이 은근슬쩍 대화에 끼어들었다. 방금까지 알몸이었던 그는 어느새 완전무장 상태였다. 이대로 싸워도 좋다는 뜻으로 받아들여도 좋을까.

그 자신감의 비밀은 어렵지 않게 눈치 챌 수 있었다.

"망할 레벨…."

내 레벨이 매우 높아졌음을 깨달았다. 악마 여자를 쓰러트린답시고 대륙 여기저기를 들쑤시는 과정에서 부수적으로 많이 죽였다.

실수는 아니었다. 스킬에서 밀린다면 레벨 격차라도 줄여야 한다고 판단했다. 실제로 그 판단은 정확해서, 내 레벨이 높아짐에 따라, 악마 여자를 제압할 수 있는 경지까지 도달할 수 있었다. 각종 스킬의 성장은 덤이고.

그렇기에 나는 크게 걱정하지 않았다.

우선, 블랙박스 활성화.

지금까지는 악마 여자—마왕의 딸 '쏘시아'를 보호하는 무언가에 막혀서 '망각'이 통하지 않았다. 하지만 빌빌거리는 지금이라면 충분히 파고들 수 있을 터.

그렇기에 우선 이쪽부터 정리를….

"비겁한 자식. 아까부터 계속 수작부리더라?"

"흠…?"

"아름다운 여자의 옷을 난도질해서 벗기고, 멀쩡한 기억마저

지운 후에 대체 무슨 짓을 할 속셈이지? 역시 짐승….”

“나를 이상한 놈으로 몰지 마! 이 비겁한 년아!”

나는 올곧고 바른 대한민국 청년이다.

▶지적: 강한수 생도님. 청년이라고 주장하기에는 나이가 좀 많지 않나요? 하시는 행동을 보면 맞는 것 같기도 하고….

교생 아가씨가 제대로 봤네! 내 몸과 마음은 여전히 팔팔한 10대라구!

▶난감: 그게 그런 뜻이…. 흠흠. 맞아요. 그래요.

쏘시아가 도도하게 콧방귀 끼며 말했다.

“흥! 예쁜 여자의 옷을 벗기고 기억도 지우려 했잖아. 정황이 이렇게 뚜렷한데 비겁하게 발뺌할래?”

“예쁘다고…?”

“왜? 불만 있어?”

무척 분하게도 없었다.

…아!

“그러는 너는 남자 옷을 벗기고 알몸으로 당당히 날아다니잖아. 자신의 변태성부터 돌아보는 게 어때?”

“너 때문이잖아!”

“나도 너 때문이거든!”

쏘시아는 정말 끈질겼다. 악마에게 사약(死藥)이나 다름없는 치명적인 신성을 왕창 먹여도 안 죽고, 블랙박스로도 기억이 안 지워졌다. 이건 무기징역밖에 답이 없었다. 이번에 제압하면 온몸을 꽁꽁 묶어서 바다 깊숙이 던져버리자.

나는 그렇게 다시 전의(戰意)를 가다듬었다.

테라스 위의 마왕?

자식교육에 실패하여 딸을 비겁한 변태로 키운 유감스러운 마왕님이랑 면담은 그 뒤에 천천히 해도…. 음?

파아아아-!

마왕 페도나르의 몸에서 마기가 폭포수처럼 솟구쳤다.

내 11년-17년 경력을 통틀어서 가장 레벨이 높았던 시절은 1회차였는데, 이번에 갱신됐다.

그건 다시 말해, 마왕 페도나르가 전성기에 가까워졌다는 뜻이다. 그리고 딸을 이용해서 레벨에 적응할 시간도 벌었다.

레벨 감소 후유증에서 풀려난 마왕이 담담한 어조로 말했다.

"선택받은 용사여. 2가지 의미로 고맙다는 말을 해주겠다. 첫째, 짐의 딸이랑 친하게 놀아줘서. 둘째, 짐의 기대치 이상으로 충분히 성장해줘서."

비꼬는 게 아니라 진심으로 내게 고마워하는 마왕의 표정.

나는 신성한 주먹으로 회답해줬다.

"이거나 먹고 뒤져."

파앙-

충격파만으로 마왕의 성이 흔적도 없이 날아갔다. 그만큼 내 주먹에 담긴 힘은 무지막지했다.

용사의 경험치 5배 특전으로도 이젠 레벨 올리기가 힘들 만큼 상승한 상태. 레벨이 높아짐에 따라 스킬의 효율도 극대화됐다.

마스터 몰랑의 힘, 성검2, 축복, 상승효과….

이 조합은 실로 막강했다. 분명 그럴진대,

"용사여. 제법 매서운 주먹이었다. 북대륙에서 실종되었다고 들었을 때만 해도 포기했었는데, 이렇게 강해져 돌아와서 짐은 매우 고맙고 기쁘게 생각한다."

"뭔…."

나는 말문이 막혔다. 내 주먹이 마왕의 손바닥에 막힌 탓이다.

상식적으로 있을 수 없는 일이었다. 마왕의 마기SSS로는 내 신성Z를 저지할 수 없기 때문이다.

그러다가 무심코 마왕의 능력치를 살펴봤더니….

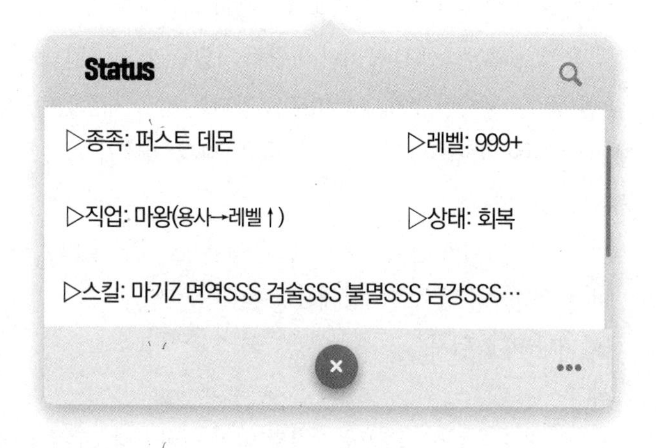

헛웃음이 절로 나왔다. 뭐냐, 이 말도 안 되는 뻥튀기는.

레벨뿐만 아니라 스킬 등급이 전체적으로 상승했다.

심지어, 마왕 페도나르의 Z급 지배력이 나를 압박하기 시작했다. 하지만 나는 신성으로 물 흘리듯 가볍게 날려버렸다.

하지만 만약에 신성의 보호가 없었다면?

내가 악마추종자A로 전락할 뻔했다.

"성검 없이 신성을 품은 용사여. 마기의 운용이 심하게 서툴구나. 짐이 한 수 가르쳐주겠다. 마기는 이렇게 다루는 것이다."

내 주먹을 막은 마왕이 역공해왔다. 1회차부터 4회차까지 한 방에 간단히 쓰러지던 마왕. 그가 오른팔에 시커먼 마기를 꼼꼼히 두른 후, 주먹으로 내 머리를 노리듯 찔러왔다.

푸웅-!

공기를 찢어발기는 소리. 음속을 가볍게 넘어선 마왕의 주먹은 그 위력마저 이전이랑 궤를 달리하고 있었다. 그건, 장족의 발전을 넘어서서 경악이었다.

"이 무슨-큭!"

나는 대응을 포기하고 물러섰다. 지금의 마왕은 능력치로 설명이 안 됐기 때문이다.

스킬 등급은 자기 딸보다 낮은데, 움직임은 딸의 전투력을 간단히 뛰어넘고 압도했다.

"마기는 만물(萬物)의 악의(惡意)다."

거리가 벌어진 만큼 다시 좁힌 마왕 페도나르가 평소의 가벼움을 버리고 묵직하게 주먹을 내질렀다.

나는 신성을 두른 팔뚝을 교차시켜서 막았다.

빠득.

그런데도 주먹을 막은 뼈에 금이 갔다. 그리고 이 틈새로 마기가 침입하면서 균열이 점차 커져갔다. 진짜 위험한 게 아닐까?

마왕의 마기Z를 내 신성Z로 막았는데, 결과는 판이하게 달랐다. 피해는 거기서 그치지 않았다. 축복과 성검2로 강화된 자연 회복력마저 더뎌졌다. 이건 내 예상 밖이었다.

아무리 Z등급이라고 해도 이건 너무 사기적인 게 아닌가?

초월영역 스킬 넷을 보유한 딸의 발차기보다도 마왕의 주먹 한 방이 더 강했다. 어째서?

내 의문이 풀릴 틈도 없이 마왕 페도나르의 다음 공격이 이어졌다.

좌아아—

마왕의 손끝에서 쏘아진 검은색 마기가 촉수처럼 내게 쏘아졌다. 나는 부러진 팔을 회복하기 위해 대응을 포기하고 후퇴를 선택했지만, 마왕은 뒤로 물러서는 나를 끈질기게 쫓아왔다.

전혀 생각지 못한 방식으로.

펄럭—!

마왕의 넓은 등짝에서 솟구친 2쌍의 에테르 날개. 머리 좌우에 달린 악마의 뿔이 더욱 길고 두꺼워지고, 어깨와 무릎, 발등과 손등에 없던 뿔이 새롭게 돋아났다. 손톱과 발톱도 들짐승처럼 길어졌다.

"이게 변신이었나…!"

내가 끊임없이 몰아붙이는 바람에 쏘시아는 변신하지 못했다. 하지만 마왕 페도나르는 아니었다. 정말 순식간에 변신을 마치고, 등에 솟아난 에테르 날개에서 부스터 같은 청색 빛을 분사

하면서 돌진해왔다.

푸와아앙!

마왕이 빙판 위를 미끄러지듯 내게 접근해왔다. 허리에 찬 마검은 장식품처럼 아예 뽑지도 않았다. 이번에는 오만이 아닌 순수한 자신감의 발로. 그리고 또 마기였다.

쿵!

나는 침착하게 신성을 전개해서 막았으나, 미지의 충격이 내 몸에 엄습하면서 또 한 번 흔들었다.

"허…. 이 무슨…."

아직 닿지도 않은 마기가 허공에 녹아들며 사라지더니, 내 신성을 뚫고 육체에 직접적인 타격을 줬다. 내 지식과 상식을 아득히 뛰어넘는 운용. 이건 내가 아는 마기가 아니다.

"쿨럭!"

시커먼 피가 내 입에서 토해졌다. 몸 속에 침투한 마기 탓에 면역력이 떨어진 내가 무언가에 중독되었음을 깨달았다. 하지만 정확히 그것이 무엇인지는 당장 알 도리가 없었다.

이러다가 죽겠네. 정말 이 생각밖에 안 들었다.

마왕 페도나르가 이렇게 강할 줄은 상상도 못했다. 사랑과 우정의 힘에 당하는 한심한 캐릭터 아니었던가? 그때,

뚝.

갑자기 마왕이 공격을 멈추며 말했다.

"여기까지는 마왕으로서 선택받은 용사를 상대했다면, 지금부터는 말괄량이 딸의 아비로서 딸의 남자친구를 지도해주겠다."

"누가 남자친구–큭!?"

내가 말할 틈도 안 주고 마왕 페도나르가 재차 공격해왔다. 하지만 이번에는 무언가 달랐다.

마기의 발출. 나도 할 줄 아는 응용이었다.

신성으로 막을까? 혼돈으로 막을까?

찰나 동안 그 둘 사이에서 고민하던 나는 충동적으로 제3의 선택지를 선택했다.

콰아아–

나의 SSS급 마기로 맞불을 놓았다. 그리고 여유로운 Z등급 신성을 돌려서 반격을 취했다.

탁.

하지만 신성은 또 간단히 막혀버렸다. 마기 또한 내 숙련도와 이해도의 부족으로 밀리고 말았다. 그래도 이번에는 마왕의 기교를 흉내 내면서 간신히 버틸 수 있었다.

"제법이군."

"마왕님이야말로 너무 변했네."

나는 하늘을 힐끔 올려다봤다. 바로 반응이 왔다.

"어딜 빤히 보는 거야?! 비겁한 자식아!"

소스라치게 놀라며 허벅지를 바짝 오므린 마왕의 딸은 속옷을 입고 있었다. 비겁한 여자답지 않게 귀여운 디자인이었다.

노란색 병아리라니….

"용사여. 지금은 나랑 대화중이지 않나?"

"쯧."

속옷에서 다시 마왕으로!

이후, 우리는 끊임없이 충돌했다. 무한의 축복을 받은 나는 지치지 않았다. 그러나 마왕의 진득한 마기는 내 영혼과 육체를 야금야금 갉아먹었다. 그 메커니즘을 이해했을 때는 너무 늦어버렸다.

"많이 힘든 모양이군."

"빌어먹을…."

휘청.

이젠 몸을 겨누기조차 힘들어졌다. 쉴 틈을 잠깐이라도 준다면 어떻게든 해보겠는데, 마왕은 그럴 틈을 내게 주지 않았다.

이젠 인정할 수밖에 없었다.

'마왕에게 내가 진다고?'

지금까지는 단 한 번도 생각해본 적이 없었다.

지나친 오만일 수도 있겠지만, 회귀할 때마다 강해지는 나는 마왕만 벌써 4번 쓰러트린 전적이 있었다. 질 걱정을 하라는 게 무리였다. 그것도 역대 최고로 강해진 상태에서!

아니, 아니다. 내가 최고로 강해진 게 문제였다. 마왕의 페널티가 감소해버리면서 실력격차가 커지기는커녕 더욱 좁혀져버렸다. 그것이 내 목숨을 위협했다.

스르릉-

마왕이 처음으로 허리춤에 찬 마검을 뽑았다.

이쪽도 수수깡처럼 쉽게 부러지던 이전이랑 달리, 흉흉한 기세를 뿜으면서 강력한 힘을 과시했다.

소유자랑 비례해서 강해지는 마검이었던가?

그 죽음의 사신이 점점 가까워졌다. 그리고 멈춰선 마왕 페도나르가 희미하게 웃으며 중얼거렸다.

"딸이 드디어 남자를 사귀다니. 오래 살고 볼 일이군."

"아빠!"

마왕의 딸 쏘시아가 발끈했다.

나도 마찬가지다. 저렇게 비겁한 악마가 내 여자친구라고?

슬쩍 상상만 했을 뿐인데도 살기 싫어졌다.

"왕이면 왕답게 수치는 그만 주고 죽여라!"

"내가 수치?!"

옷을 다 입고 빽빽대는 마왕의 딸은 무시하고, 나는 어떻게든 회복하고자 안간힘을 쓰면서 마왕을 주시했다. 그랬더니,

"짐의 비공식 패치를 받아라."

뜬금없이 이상한 말을 남긴 마왕이 마검을 역수로 쥐더니, 그대로 자신의 허리를 베면서 할복(割腹)했다.

푸확!

피와 내장이 흘러내리진 않았다. 그 대신, 방대한 양의 마기가 절단면에서 분수처럼 솟구치면서 세상을 암흑으로 덮어버렸다.

마왕이 자살이라니?

지나가던 슬라임이 몰랑거릴 기사(奇事)였다.

하지만 이건 엄연한 현실이었고, 내가 익히 아는 판타지 결말이 아니었다. 무언가 틀어졌다.

"아비와 딸이 쌍으로 지랄—"

나의 의식도 어둠에 휩싸이며 세상처럼 삼켜졌다. 그 직후,

▷용사님. 모험은 즐거우셨나요?

어렴풋이 들려오는 천진난만한 목소리.

진짜 죽여 버리고 싶었다.

▷진정한 용사의 길은 실로 험난합니다. 하지만 꿈과 희망을 잃지 않은 당신을 응원해준 수많은 인연이 있었습니다. 그들에게 우정과 사랑을 배우며 함께 성장한 당신은 마침내 사악한 마왕을 처치했습니다. 진심으로 축하합니다!

▷지금부터 성적을 알아볼까요?

그건, 내 상상을 초월한 결과였다.

성적표

- 성적표를 꼼꼼히 확인해주세요!
- 이름: 강한수
- 전투력: FF
- 업적: A
- 평판: A
- 인성: A
- 비고: 이 용사가 이렇게 정의로울 리 없어!

트리플 A…!

업적A, 평판A, 인성A.

아주 중요하니 한 번 더! 업적A, 평판A, 인성A…!

드디어 내 노력이 빛을 보는 순간이었다.

마왕 페도나르에게 정말 뜬금없이 발리면서 전투력 성적에 차질이 생기긴 했지만, 그래도 쭉 나를 힘들게 했던 세 과목에서 A학점을 받았다는 사실이 실로 고무적이었다. 감개무량했다.

그동안 채점관의 편파판정으로 얼마나 마음고생이 심했던가? 내 노력이 마침내 결실을 맺었다.

▷불합격했습니다.

불합격! 좋다! 6회차는 순순히 인정하겠다.

나는 마왕에게 패배했으니까. 레벨이 같고 스킬은 내가 더 위였음에도, 순수한 대결에서 압도적으로 밀렸다.

변명의 여지가 없는 완벽한 패배였다.

▷사유: 당신은 남을 위하는 숭고한 정신의 소유자입니다. 그 점은 존경받아야 마땅하지만, 이 세상은 그렇게 합리적이지 못합니다. 원통하게 패배한 당신에게 다시 한 번 기회를 드리겠습니다. 성장하고 강해지세요. 그리하여 이번에야말로 세상을 구해주세요!

내가 숭고한 건 맞다. 하지만 판타지 세상은 마왕 페도나르가 자살하면서 구원받았다.

채점관의 불성실한 '복사&붙여넣기'는 여전히 심각한 수준이었다. 아무튼, 7회차는 확정인 듯했다.

▷재시험을 시작합니다.
▷교직원 일동이 당신의 성적에 경악합니다.
▷교직원 일동이 혼란에 빠집니다.
▷전문교사가 파견됩니다.

마왕의 마기로 어두컴컴해졌던 세상이 다시 밝아졌다.

〈3권에서 계속〉

납골당의 어린왕자 11

이 세계에 흐르던 시간이 정지했다

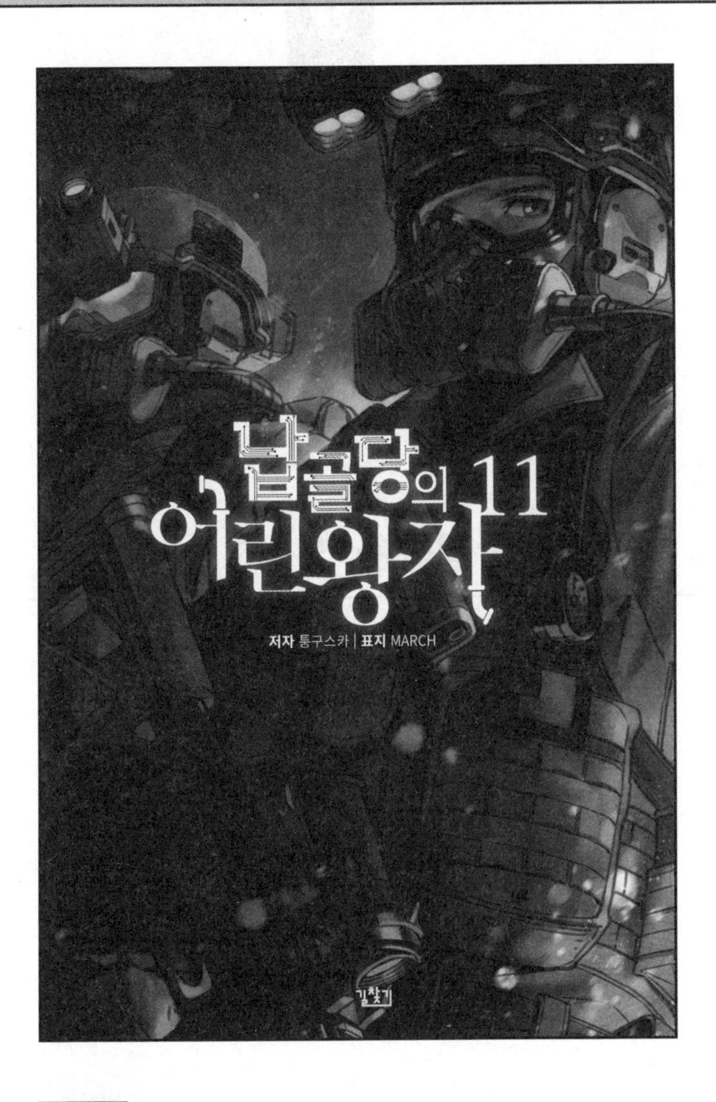

V +053

글 : 툥구스카 / 그림 : MARCH
가격 : 10,000원

FFF급 관심용사 2

초판 1쇄 발행 2020년 3월 20일

저자 파르나르
삽화 あやみ

편집 정다움
디자인 윤아빈
제작 김원재
마케팅 정다움 김서희
발행인 원종우
발행처 (주)이미지프레임

주소 (13814) 경기도 과천시 뒷골1로 6, 3층
영업부 02-3667-2653 **팩스** 02-3667-2655
메일 edit03@imageframe.kr **웹** vnovel.co.kr

ISBN 979-11-6085-971-3 03810 (세트) 979-11-6085-937-9 03810